변신

변신

프란츠 카프카 지음
이영희 옮김

차례

변신	7
화부	115
어느 학술원에 보내는 보고서	175
법 앞에서	201
작품 해설	207
더 알아보기	221

변신

1

 어느 날 아침, 어수선한 꿈에서 깨어난 그레고르 잠자는 자신이 무시무시한 벌레로 변한 채 침대에 누워 있는 것을 보았다. 그는 갑옷처럼 딱딱한 등을 바닥에 댄 채 똑바로 누워 있었다. 고개를 살짝 들어보니, 둥글게 부풀어 오른 갈색의 배는 몇 줄기로 갈라져 있고 그 위에 걸쳐 있는 이불은 금방이라도 미끄러져 내릴 것 같았다. 몸통에 비해 비참하게 왜소한 수많은 다리가 눈앞에서 절망적으로 버둥대고 있었다.
 "이게 대체 무슨 일이지?"
 꿈은 아니었다. 그의 방, 좀 작긴 하지만 제대로 된 인간의 방은 낯익은 벽을 사방에 두른 채 평소와 다름없는 모습이었다. 옷감 샘플 컬렉션이 포장이 벗겨진 채 어지럽게 널려있는―잠자는 장거리 지역 영업 직원이었다―탁자 위에는 얼마 전 잡지에서 오려 예쁘장한 금박 액자에 넣어둔 그림까지 걸려 있었다. 모피 모자에 모피 목도리를 두르고 똑바로 앉아서 양팔 전체를 묵직한 모피 토시에 묻고서는 내밀어 보이고 있는 숙녀의 그림이었다.

그레고르는 창밖으로 눈길을 던졌다. 날씨까지 나빠서—빗방울이 양철 창틀을 때리는 소리가 들렸다—우울한 기분이 더했다.

"이런 멍청한 생각들은 그만두고 잠이나 더 자두는 것이 어떨까?"

하지만 잠을 더 잘 수 없었다. 그는 오른쪽으로 누워야 잠이 드는데 현재 그의 몸 상태로는 그렇게 누울 수가 없었다. 오른쪽으로 누우려고 두 눈을 꼭 감은 채 아마 백 번은 애를 써봤지만 소용이 없었다. 게다가 아직 한 번도 느껴본 적이 없는 가볍고 둔탁한 통증이 옆구리에서 느껴지기 시작하자 그는 그만 포기하고 말았다.

"맙소사! 내가 이렇게 힘든 직업을 선택하다니! 하루도 빠짐없이 날마다 여행을 해야 해. 같은 업무라도 상점에서 하는 것보다 훨씬 힘든 데다가 늘 돌아다니는 데에 따른 고생까지……. 기차를 놓칠세라 걱정해야 하고 맛없는 식사도 제때 먹기가 힘들 뿐만 아니라 상대하는 사람이 늘 바뀌기 때문에 지속적이고 친근한 인간관계를 한 번도 맺을 수가 없어. 정말 빌어먹을 것이지!"

배 위쪽이 좀 가려웠다. 그는 고개를 좀 더 잘 들기 위해 등을 대고 누운 채로 천천히 침대 기둥 쪽으로 몸을 밀었다. 가려운 부분에는 무엇인지 알 수 없는 하얀 작은 점들이 가득했다. 다리 하나로 그 부분을 만져보려고 했지만 닿자마자 소름이 끼쳐서 그만두고 다시 먼저 자세로 돌아갔다.

"일찍 일어나면 이렇게 바보가 되고 마는 거야. 사람은 잠을 충분히 자야 해. 다른 영업 직원들은 후궁의 첩들처럼 편히 살잖아? 아침 일찍 일어나 한나절 일을 끝내고 주문받은 내용을 회사에 전송하려고 호텔로 돌아가 보면 그 신사들은 그제야 아침 식사를 하고 있지. 내가 그러는 것을 우리 사장이 본다면, 나는 그 자리에서 해고당하고 말 거야. 하지만 해고를 당하는 것이 내겐 아주 좋은 일일 수도 있지. 부모님 때문에 참고 있는 거지, 그렇지만 않았다면 벌써 사장 앞에 나서서 마음속에서 부글부글 끓고 있는 것을 다 털어놓았을 텐데. 그랬다면 사장은 분명 기가 막혀 책상에서 굴러떨어졌을 거야! 책상 위에 높이 앉아서 직원을 내려다보며 말하는 것은 정말이지 고약한 버릇이야. 게다가 귀까지 어두워서 직원이 아주 가까이 다가가야 하니……. 하지만 희망이 전혀 없는 것은 아니야. 언젠가 돈을 모아 부모님이 그에게 진 빚을 다 갚으면—아마 5, 6년은 걸리겠지—꼭 그렇게 하고야 말 거야. 그렇게 되면 내 인생의 위대한 장이 시작되겠지. 하지만 지금은 일단 일어나야 해. 5시 기차를 타야 해."

그는 상자 위에서 째깍거리는 자명종 시계를 건너다보았다.

"하느님, 맙소사!"

6시 반, 그런데도 시곗바늘은 아무 일도 없다는 듯 앞으로 움직여 어느새 45분에 가까워지고 있었다. 자명종이 울리지 않았단 말인가? 자명종이 4시에 제대로 맞춰져 있는 것이 침대에서도 보였다. 자명종은 물론 울렸을 것이다. 그렇다. 하지만 방 안을 뒤흔드는 자명종 소리를 들으면서도 느긋하게 잠을 잘 수 있었단 말인가? 그는 뒤숭숭한 꿈 때문에 잠을 제대로 자지 못했다. 아마 그래서 더 깊이 잠들었나 보다. 이제 어떻게 해야 할까? 다음 기차는 7시 출발, 그걸 타려고 해도 미친 듯이 서둘러야 했고 샘플 컬렉션은 아직 포장도 되지 않은 상태였으며 무엇보다도 그 자신의 컨디션이 상쾌하고 민첩한 상태와는 거리가 멀었다. 7시 기차를 탄다고 해도 사장의 불호령은 피할 수 없다. 사환 녀석이 5시 기차를 기다렸을 테니 내가 늦은 것을 이미 오래전에 보고했을 것이다. 그 녀석은 줏대도 생각도 없이 사장의 명령대로 움직인다. 차라리 아프다고 하면 어떨까? 하지만 그렇게 말하는 것도 무척 창피한 일일 뿐만 아니라 의심만 살 것이 뻔하다. 그레고르는 5년간 근무하는 동안 단 한 번도 아픈 적이 없었다. 사장은 분명 건강보험공단의 의사를 데리고 와서 게으른 아들을 둔 부모님을 꾸짖고 의사를 앞세워 어떤 핑계도 일언지하에 잘라버릴 것이다.

건강보험공단의 의사들에게는 모든 사람이 일하기 싫어서 꾀병을 부리는 것으로 보인다. 게다가 이번 경우에는 그런 견해가 부당한 것도 아니다. 그레고르는 실제로 잠을 많이 잔 탓에 쓸데없이 노곤한 것을 제외하면 아프지 않았고 게다가 배도 몹시 고팠다.

아직 일어날 결심도 하지 못한 채 이 모든 것을 매우 급히 서둘러 생각했을 때 시계가 막 6시 45분을 가리켰다. 침대 머리맡에 있는 문을 조심스럽게 두드리는 소리가 들렸다.

"그레고르! 6시 45분이다. 출장 간다고 하지 않았니?"

어머니였다. 그 부드러운 목소리! 다음 순간 그레고르는 어머니에게 대답하는 자신의 목소리를 듣고 깜짝 놀랐다. 분명 자신의 목소리였지만 억제할 수 없는 아픔이 묻어 있는 삐-소리가 섞여 처음에는 말을 분명히 강조해주는 듯 했지만 뒤의 울림 속에서는 말을 완전히 파괴해 제대로 들릴지 알 수 없게 만들었다. 그레고르는 차분하게 설명하려고 했지만 상황이 상황인지라 짤막하게 대답했다.

"네, 어머니, 고맙습니다. 지금 일어납니다."

그 말을 들은 어머니는 마음을 놓고 사라졌다. 나무문이어서 그레고르의 목소리가 달라진 것을 밖에서는 눈치채지 못한 것 같았다. 하지만 이 짤막한 대화로 인하여 그레고르가 예상외로 아직 집에 있다는 사실을 다른 가족들이 알게 되었다. 벌써 아버지가 옆문을 슬쩍, 하지만 주먹으로 두드렸다.

"그레고르, 그레고르? 대체 무슨 일이냐?"

그리고는 잠시 후 다시 한번 낮은 목소리로 불

렀다.

"그레고르! 그레고르!"

다른 쪽 문에서는 여동생이 소리 죽여 불렀다.

"오빠? 아픈 거야? 뭐 필요한 거라도 있어?"

그레고르는 양쪽에 대고 대답했다.

"아니, 괜찮아. 이제 준비가 다 됐어."

그레고르는 자신의 목소리가 이상해진 것을 가족들이 눈치채지 못하도록 매우 조심하여 발음하며 단어마다 넉넉히 사이를 두었다. 아버지는 다시 아침 식사를 하러 돌아갔지만 여동생은 나지막이 속삭였다.

"오빠, 문 좀 열어봐! 제발 부탁이야."

하지만 그레고르는 문을 열 생각은 할 수도 없었다. 출장 다니던 습관대로 잠들기 전 문을 모두 잠근 것이 다행스러웠다.

그는 우선 혼자 느긋하게 일어나 옷을 입고 아침부터 먹은 뒤에 다음 일을 생각할 작정이었다. 이불 속에서 고민해 본들 뾰족한 수가 없었다. 가만히 생각해보니, 이불 속에서는 잠을 잘못 자서 생긴 가벼운 통증 같은 것을 느꼈다가도 막상 일어나 보면 아무렇지도 않았던 적이 꽤 있었다. 오늘의 망상은 어떻게 사라질까 궁금했다. 목소리가 변한 것은 영업직의 직업병인 독감의 전조에 다름이 아니었다. 그 점에 관해서 추호도 의심이 없었다.

이불을 걷어차는 건 아주 쉬웠다. 배를 살짝 부풀렸더니 이불이 그대로 떨어져 내렸다. 하지만 그 뒤의 일이 어려웠다. 몸이 너무 넓었다. 몸을 일으키려면 팔과 손이 필요한데 그에겐 팔과 손 대신 끊임없이 제멋대로 움직이는 작은 다리들만 많았다. 다리 하나를 구부리려고 하니 그 다리가 제일 먼저 길게 쭉 뻗어졌다. 마침내 그 다리를 마음대로 움직이게 되자 다른 다리들이 그사이 해방이라도 맞은 듯이 잔뜩 흥분하여 고통스럽게 움직이고 있었다.

"이제 이불 속에서 그만 뒹굴자!"

그는 제일 먼저 하반신을 침대 밖으로 내보내려고 했지만 그가 아직 보지도 못하여 어떤 모습인지 상상도 할 수 없는 그의 하반신은 움직이기가 매우 어려웠다. 하반신은 아주 느리게 움직였다. 그는 너무 화가 나서 온 힘을 다하여 몸을 무조건 앞으로 밀었는데 그만 방향을 잘못 잡는 바람에 침대 기둥에 쾅하고 부딪히고 말았다. 불에 덴 듯 화끈거리는 통증을 느끼며 그는 하반신이야말로 현재로서는 가장 예민한 부분임을 알게 되었다.

그래서 상반신을 먼저 침대 밖으로 내보내려고 조심스럽게 머리를 침대 가장자리로 돌렸다. 그건 쉬웠다. 넓고 무거운 몸도 천천히 머리를 따라 움직였다. 하지만 머리가 막상 침대 밖으로 나와 허공에 떠 있는 자세가 되자 무서워서 계속 같은 방식으로 전진할 수가 없었다. 그렇게 침대에서 떨어진다면 기적이라도 일어나지 않는 한, 머리에 부상을 입을 터였다. 지금이야말로 침착함을 잃어서는 안 된다. 차라리 침대에 남아 있는 것이 낫다.

아까만큼 애를 쓴 후에야 먼젓번 자리로 돌아올 수 있었다. 한숨이 절로 나왔다. 그의 다리들은 조금 전보다 더 화가 난 듯 서로 싸우고 있었다. 제멋대로 움직이는 다리들을 가만히 있도록 통제할 수 없었다.

침대에서 벗어날 희망이 거의 없다고 해도 이대로 있을 수는 없어. 어떤 위험이건 감수해야 해. 그렇게 되뇌면서도 그는 절망에 빠져 무모한 결심을 하는 것보다는 차분하고 또 차분하게 심사숙고하는 것이 낫다는 걸 잊지 않았다. 그러는 순간순간 그는 눈을 가능한 한 크게 뜨고 창밖을 바라보았지만 좁은 골목의 건너편도 보이지 않을 정도로 짙은 아침 안개는 자신감을 주지도 기분을 나아지게 하지도 못했다.

'벌써 7시야.'

자명종이 울렸다.

'7시인데도 저렇게 안개가 짙다니.'

그리고는 잠시 숨을 고르며 조용히 누워 있었다. 조용히 있으면 당연한 현실이 되돌아오기라도 하듯 기다리는 것 같았다.

'무슨 일이 있어도 7시 15분이 되기 전까지는 침대에서 빠져나가야 해. 그때는 내 소식을 묻기 위해 회사에서 누군가 온 거야. 회사는 7시 전에 문을 열거든.'

이번에는 몸 전체를 침대 밖으로 던질 참이었다. 이 방식으로 침대에서 떨어지면서 머리를 높이 든다면 머리는 아마 다치지 않을 것이다. 등은 단단한 것 같으니 양탄자 위로 떨어져도 별문제가 없을 것이다. 침대 밑으로 떨어질 때 큰 소리가 날까 봐 그것이 가장 큰 걱정이었다. 그 소리가 문밖까지 들리면 가족들이 놀라 기겁하게 하지는 않는다고 하더라도 걱정할 것이다. 그래도 어쩔 수 없는 일이었다. 그레고르가 침대 밖으로 반쯤 몸을 내밀었을 때 —이 새로운 방법은 힘들다기보다는 재미있었다. 몸을 쑥쑥 계속 흔들기만 하면 되었다—누군가 도와준다면 얼마나 좋을까 하는 생각이 불쑥 들었다. 힘센 사람 두 명이면—그는 아버지와 하녀를 생각했다—충분할 것이다. 그의 둥근 등 밑으로 팔을 밀어 넣어 침대에서 떼어낸 다음에 그대로 몸을 숙이며 기다리기만 하면, 그가 마룻바닥으로 뛰어내릴 텐데. 그때는 다리들이 정신을 차렸으면 좋겠다. 하지만 문들이 잠겨있는 것은 차치하고서라도 대체 어떻게 도움을 청해야 한단 말인가? 기가 막힌 곤경에 처해 있으면서도 그런 생각을 하니 터져 나오는 웃음을 억누를 수 없었다.

조금만 더 세게 몸을 흔들면 더 이상 균형을 잡을 수 없는 지경이 되었다. 이제 곧 마지막 결정을 내려야 했다. 5분만 있으면 7시 15분이었다. 그때 현관의 초인종이 울렸다.

'회사에서 왔구나.'

몸이 뻣뻣하게 굳는 것 같았지만 다리들은 더욱 분주하게 춤을 추고 있었다. 한순간 사방이 고요해졌다.

'가족들이 문을 열어 주지 않을 거야.'

그레고르는 말도 안 되는 희망에 매달렸다. 하지만 다음 순간 여느 때와 마찬가지로 하녀가 차분한 걸음으로 걸어 나가 문을 열었다.

그레고르는 인사하는 소리만 듣고도 누군지 알았다. 지배인이 직접 온 것이다. 어째서 그레고르는 조금만 늦거나 소홀해도 즉시 엄청난 의심을 받는 회사에 다녀야 한단 말인가? 직원들이란 모두가 한결같이 놈팡이란 말인가? 그들 가운데에는 아침 몇 시간 동안 회사를 위해 일하지 않은 것만으로도 양심의 가책에 괴로운 나머지 멍청한 바보가 되어 침대에서 빠져나오지 못하는 충성스럽고 헌신적인 자가 단 한 명도 없단 말인가? 꼭 그래야 한다면, 어린 사환을 보내 사정을 물어보는 것으로 충분치 않단 말인가? 매우 의심스러운 사건은 지배인이 조사할 수 있음을 이런 식으로 아무 죄도 없는 가족 모두에게 보여줘야 한단 말인가? 그레고르는 이런 생각에 너무 흥분한 나머지 제대로 결심하지도 못한 채 침대에서 힘껏 뛰어내렸다. 쿵 소리가 났지만 생각했던 것처럼 엄청난 정도는 아니었다. 양탄자가 소음을 약간 줄여주었고 등도 그레고르가 생각했던 것보다는 탄력성이 뛰어나서 눈에 띄게 둔탁한 소리가 나지는 않았다. 다만 머리 자세를 조심스럽게 유지하지 못하여 머리가 바닥에 부딪혔다. 그는 아프기도 하고 화도 나서 머리를 돌려 양탄자에 문질렀다.

"저 방 안에서 무엇인가 떨어졌군요."

왼쪽 옆방에서 지배인이 말했다. 그레고르는 오늘 그에게 일어난 일과 비슷한 일이 언젠가 저 지배인에게도 일어날 수 있지 않을까 상상해 보았다. 그럴 가능성은 사실 충분했다. 그레고르의 그 상상에 맞장구나 치듯 지배인은 옆방에서 서너 걸음을 걸으며 빠드득빠드득 에나멜 부츠 소리를 냈다. 오른쪽 옆방에서 동생이 그레고르에게 속삭였다.

"오빠, 지배인님이 오셨어요."

"알고 있어."

그레고르가 말했다. 하지만 여동생이 들을 수 있을 만큼 큰 소리를 낼 엄두는 나지 않았다.

"그레고르!"

왼쪽 옆방에서 아버지가 말했다.

"지배인님이 오셔서 네가 왜 새벽 기차를 타지 않았는지 물으신다. 우리는 어떻게 대답해야 좋을지 모르겠구나. 그리고 지배인님께서는 너와 직접 이야기하고 싶어 하신다. 그러니 제발 문을 열어라. 좋으신 분이니 방 안이 어지럽더라도 탓하지 않으실 게다."

"잠자 씨, 안녕하십니까?"

지배인은 친절한 목소리로 끼어들었다.

"우리 애는 지금 아파요."

아버지가 문 옆에 서서 이야기하는 사이, 어머니가 지배인에게 말했다.

"몸이 불편하다고요. 지배인님. 정말입니다. 그렇지 않고는 기차를 놓칠 아이가 아닙니다 머릿속이 온통 일뿐인걸요. 사실 저는 그 애가 저녁에도 전혀 외출을 하지 않아서 화가 날 지경입니다. 이번에는 8일간이나 시내에 있었으면서도 저녁마다 집에 있었어요. 우리와 함께 탁자에 앉아서 조용히 신문을 읽거나 기차표를 살펴보아요. 취미라면 작은 톱으로 물건을 만드는 것뿐이지요. 2, 3일 동안 저녁 시간을 이용하여 작은 액자도 하나 만들었지요. 얼마나 예쁘장한지 지배인님도 깜짝 놀라실 겁니다. 액자는 방 안에 있어요. 그레고르가 이제 방문을 열면 지배인님도 보시게 될 겁니다. 아무튼 지배인님, 지배인님이 와주셔서 기쁩니다. 지배인님이 오지 않으셨다면 그레고르가 문을 열게 할 수 없었을 겁니다. 고집이 세거든요. 아침에는 괜찮다고 말했지만 몸이 불편한 것이 분명해요."

"이제 곧 나가겠습니다."

그레고르는 천천히 조심스럽게 말했다. 그러면서도 바깥 이야기를 놓치지 않으려고 가만히 있었다.

"부인, 저도 그렇게 생각합니다. 이 일을 달리 어떻게 설명할 수 있겠습니까?"

지배인이 말했다.

"큰 병이 아니길 바랄 뿐입니다. 하지만 우리 장사꾼들은—글쎄 그게 유감스러운 일인지 다행한 일인지 알 수 없지만—가벼운 병치레 정도는 일을 생각해서 그냥 이겨내야 합니다."

"얘야, 지배인님께서 이제 들어가셔도 괜찮겠냐?"

아버지가 조급증을 내며 다시 문을 두드렸다.

"안 돼요!"

그레고르가 말했다. 왼쪽 옆방에는 어색한 침묵이 시작되었고 오른쪽 옆방에서는 여동생이 훌쩍거리기 시작했다.

동생은 왜 다른 사람들에게 가지 않을까? 아마 늦게 일어나서 아직 옷을 입지 않은 모양이다. 그런데 왜 울지? 그가 일어나지도 않고 지배인을 방 안에 들어오게 하지 않아서? 그가 해고당할까 봐? 그리고 나면 사장이 옛 부채를 갚으라고 다시 부모님을 닦달할까 봐? 하지만 그런 것들은 지금 불필요한 걱정이었다. 아직은 그레고르가 여기 있고 가족을 버릴 생각은 조금도 없었다. 이 순간, 그가 양탄자 위에 누워 있긴 하지만 그가 지금 어떤 상태인지 아는 사람이라면 아무도 지배인을 방 안에 들어오게 하라고 하지 않을 것이다. 지금 저지르는 작은 무례는 나중에 적당히 둘러대면 될 것이니 그걸 이유로 즉시 해고당하지는 않을 것이다. 그레고르는 지금 지배인을 그대로 두는 편이 울고 애원하며 혼란스럽게 하는 것보다 훨씬 낫다고 생각했다. 하지만 다른 가족들은 상황을 분명히 알지 못하기 때문에 어쩔 줄 모르고 무례한 행동에 대한 용서를 빌고 있었다.

"잠자 씨!"

지배인이 목소리를 높였다.

"이게 대체 무슨 일입니까? 문을 잠그고 방 안에

틀어박혀서 '예', '아니요'라는 대답만 하며 부모님께 쓸데없는 걱정을 잔뜩 지우고—이건 뭐 지나가는 말이지만—전대미문의 방식으로 직장 일을 소홀히 하다니. 나는 지금 잠자 씨의 부모님과 사장님을 대신하여 말하는데, 이 사태를 당장 명확하게 설명해 주십시오. 정말 놀랍고도 기가 막힌 일이 아닙니까! 나는 잠자 씨가 조용하고 합리적인 사람이라고 생각했는데 갑자기 이상한 변덕을 부리기 시작하려는 것 같습니다. 사장님은 오늘 아침 잠자 씨가 나타나지 않은 것이 어쩌면 최근 수금 건을 맡겼기 때문일지 모른다고 의심하셨지만 나는 그런 일은 절대 없을 것이라고 거의 맹세할 뻔했습니다. 그런데 이렇듯 도저히 이해할 수 없는 고집을 부리고 있으니, 이제는 잠자 씨를 위해서 조금이라도 애쓸 생각이 없습니다. 잠자 씨의 자리도 그리 안전한 것만은 아닙니다. 이런 이야기는 원래 단둘이서 나누려고 했는데 잠자 씨가 이렇듯 쓸데없이 귀중한 시간만 낭비하게 만드니 잠자 씨의 부모님이 알든 말든 내가 배려할 이유가 없습니다. 최근 잠자 씨가 올린 성과는 매우 형편없었습니다. 물론 지금이 특히 사업이 잘되는 계절은 아니지만 그래도 단 한 건도 못 올리는 계절은 없는 법이고 또 그래서도 안 됩니다."

"지배인님! 지금 즉시 문을 열겠습니다!"

그레고르는 이성을 잃고 흥분하여 아무 생각 없이 소리쳤다.

"몸이 좀 아파서, 어지러워서 일어나지 못했습니다. 지금도 침대에 누워 있어요. 하지만 이제는 다시 좋아졌어요. 이제 침대에서 나옵니다. 잠깐만 기다려주세요. 생각했던 것처럼 그렇게 잘되지는 않군요. 하지만 괜찮아요. 이게 대체 무슨 날벼락인지! 어제저녁까지만 해도 아무 일이 없었습니다. 부모님도 알고 계신다고요. 회사에 왜 이야기를 안 했는지! 하지만 좀 아프다고 꼭 결근할 필요는 없지 않습니까? 지배인님! 제 부모님께는 아무 말씀도 말아주십시오. 지금 제게 하시는 비난은 정말이지 아무 근거도 없습니다. 그런 이야기는 들어보지도 못했습니다. 혹시 제가 최근에 보낸 주문서를 읽어보지 않으셨습니까? 게다가 8시 기차는 탈 수 있습니다. 몇 시간 쉬었더니 힘이 납니다. 제발 먼저 가십시오. 저는 곧이어 회사에 나가겠습니다. 그리고 제발 부탁이니 사장님께 제 사정을 잘 말씀드려주십시오."

 그레고르는 이 모든 말을 성급히 쏟아냈지만 정작 자신은 무슨 말을 하는지도 잘 몰랐다. 그러면서 아마 침대에서 연습한 탓인지 쉽게 상자 가까이 다가갈 수 있었다. 이제 그는 몸을 일으켜 문을 열고 다른 사람들에게 자신의 모습을 드러내고 지배인과 이야기를 나누려 했다. 지금 자신을 애타게 부르고 있는 저들이 자신을 보면 무슨 말을 할지 알고 싶었다. 그들이 기겁한다고 해도 그레고르에겐 책임이 없으니 가만히 있어도 될 것이다. 하지만 그들이 이 모든 일을 아무렇지도 않게 받아들인다면 그도 흥분할 이유가 없으며 서두른다면 8시 기차 시간에 맞출 수 있을 것이다.

 그는 몇 차례 미끄러운 상자에서 미끄러져 내렸지만 결국은 살짝 몸을 날려 일어설 수 있었다. 하반신이 타는 듯 아팠지만 아무래도 좋았다. 그리고는 가까운 의자의 등받이를 향해 뛰어내린 다음 의자 끝을 다리로 꽉 붙들었다. 그러고 나니 자제력이 생겨 끊임없이 지껄이던 말을 멈출 수 있었다. 지배인의 말이 들렸다.

 "단 한 마디라도 알아들었습니까?"

지배인이 부모님에게 물었다.

"설마 우리를 놀리는 건 아니겠죠?"

"그럴 리가 없습니다."

어머니가 훌쩍이며 소리쳤다.

"어쩌면 중병이 든 애를 지금 우리가 괴롭히고 있는 거예요. 그레테! 그레테!"

어머니가 소리쳤다.

"어머니!"

동생이 다른 쪽에서 불렀다. 그들은 그레고르의 방을 사이에 둔 채 이야기를 주고받았다.

"지금 당장 의사 선생님을 모셔 오렴. 오빠가 아프단다. 빨리 의사 선생님을 모셔와! 너도 오빠가 이야기하는 걸 들었지?"

"그건 짐승이 울부짖는 소리였어."

그렇게 소리치는 어머니를 향해 지배인은 이상하게 낮은 목소리로 말했다.

"안나! 안나!"

아버지는 응접실 너머 부엌에 대고 소리 지르며 손뼉을 쳤다.

"어서 가서 열쇠 가게 아저씨를 불러오너라."

두 소녀는 치맛자락이 휘날리는 소리를 내며 응

접실을 통과해 달려 나가 현관문을 열었다. 여동생은 대체 어떻게 저렇게 빨리 옷을 입었을까? 문 닫히는 소리는 들리지도 않았다. 커다란 불행이 일어난 집처럼 문을 그대로 열어둔 모양이었다.

하지만 그레고르는 마음이 훨씬 편해졌다. 그러니까 이제 사람들은 그의 말을 알아듣지 못한다. 그에게는 충분히 명확하게, 아니 전보다 더 분명히 들리는 것 같은데 말이다. 아마 귀에 익숙해진 모양이다. 어쨌거나 다른 사람들이 그에게 문제가 생겼다는 걸 알게 되었으니 이제 도우려 할 것이다. 응급조치들이 확실하고 믿음직하게 취해진 덕분에 그레고르는 기분이 좋아졌다. 다시 인간 사회에 편입된 것 같았다. 의사와 열쇠 가게 아저씨가—그는 이 둘을 정확히 구별할 수 없었지만—엄청나고도 놀라운 능력을 발휘하길 빌었다. 이제 곧 시작될 중요한 면담에서 발음을 분명히 하기 위해 그레고르는 헛기침하며 목을 가다듬었다. 물론 소리를 낮추려고 주의했는데, 그건 어쩌면 그 소리가 자신은 이제 더 이상 구별할 자신이 없었지만 인간의 헛기침 소리와는 다르게 들릴 수도 있기 때문이었다. 그런 사이 옆방은 조용해졌다. 아마 부모님과 지배인이 탁자에 앉아 조용히 이야기를 나누고 있거나 모두가 문에 붙어서 엿듣는 중일 것이다.

그레고르는 천천히 의자를 밀고 가서 방문에 몸을 붙인 채 똑바로 서서—그의 다리 끝들은 약간 끈적거리는 액체를 분비했다—잠시 숨을 헐떡이며 쉬고 있었다. 그리고는 입으로 열쇠를 열쇠 구멍에 넣어 돌리려고 했다. 그런데 유감스럽게도 그에겐 제대로 된 이가 하나도 없었다. 무엇으로 열쇠를 잡아야 한담? 하지만 이가 없는 대신 턱이 매우 단단했다. 정말 턱을 이용하여 열쇠를 움직일 수 있었다. 입에서 갈색 액체가 흘러나와 열쇠를 스쳐 바닥으로 떨어져 내리는 것으로 보아 어딘가 상처를 입은 것이 분명했지만 그런 것에는 신경도 쓰지 않았다.

"저 소리가 들리세요? 열쇠를 돌리고 있어요."

지배인이 옆방에서 말했다. 그 소리를 들으니 그레고르는 힘이 불끈 솟았다. 아버지와 어머니도 모두 힘을 내라고 응원해야 할 것이다.

"그레고르, 힘을 내!"

그렇게 외쳐야 할 텐데.

"힘내, 한눈팔면 안 돼! 열쇠에 꼭 매달려!"

모두가 가슴 졸이며 그가 애쓰는 모습을 지켜보

는 걸 상상하자 그는 혼신의 힘을 다하여 열쇠를 물고 매달렸다. 열쇠가 돌아가면서 그도 함께 버둥대며 돌았다. 이제 몸은 입으로만 지탱하고 필요에 따라 열쇠에 매달리거나 온몸으로 눌렀다. 마침내 찰칵 문이 열리는 소리가 명쾌하게 들렸고 그 소리에 그레고르는 정신이 들었다. 안도의 숨을 내쉬며 이렇게 말했다.

"열쇠 가게 아저씨는 필요 없게 되었군."

그리고는 문을 열기 위해 머리를 손잡이 위에 놓았다.

그레고르는 이런 식으로 문을 열어야 했기 때문에 문은 이미 활짝 열렸어도 그의 모습은 아직 보이지 않았다. 그는 이제 천천히 문의 한쪽 날개 주위를 돌아 나와야 했다. 그것도 밖으로 나오기 전에 벌렁 뒤로 자빠지지 않으려면 매우 조심해야 했다. 그 어려운 동작에 몰두해 있느라 그는 다른 것에는 주의할 시간이 없었는데 갑자기 지배인이 큰 소리로 악! 비명을 지르는 소리가 들렸다. 그건 마치 바람이 세차게 불어오는 소리 같았다. 그제야 그는 지배인이 문에서 가장 가까운 곳에서 딱 벌린 입을 손으로 막고 천천히 뒷걸음질하는 것을 보았다. 눈에 보이지 않는 어떤 힘이 그를 일정한 속도로 떠밀어 내는 것 같았다. 어머니는 지배인이 와 있는데도 잠 자던 모습 그대로 헝클어진 머리를 한 채 처음에는 팔짱을 끼고 아버지를 바라보더니 두 걸음쯤 그레고르 쪽으로 걸어와 털썩 주저앉았다. 그러자 치마가 둥글게 펼쳐졌다. 어머니의 얼굴은 가슴 쪽으로 완전히 떨어뜨리어져 보이지 않았다. 아버지는 화가 난 표정으로 주먹을 쥐었다. 그레고르를 방 안으로 다시 밀어 넣으려는 것 같았지만 이내 어찌할 바를 모르고 거실을 두리번거리더니 손으로 눈을 가린 채 힘센 가슴을 들먹이며 울었다.

그레고르는 아직 방문을 나서지도 않은 채 빗장을 채운 문짝에 기대 서 있었기 때문에, 몸의 절반과 다른 사람들을 엿보느라 비스듬히 기울인 머리만 보였다. 어느새 주위가 환해져서 도로 건너편에 끝없이 늘어선 짙은 회색 건물의 단면이 선명하게 보였다. 병원이었다. 일정한 간격을 두고 난 밋밋한 창문들이 냉정하게 건물의 단면을 자르고 있었다. 아직도 비가 내렸다. 하지만 이제는 눈에 보이게 굵은 빗방울이 한 방울씩 땅 위로 떨어졌다. 아침 식사 그릇들이 수북이 식탁 위에 놓여 있었다. 아버지에게는 아침 식사가 하루 중 가장 중요한 끼니여서 그는 여러 신문들을 읽으면서 몇 시간씩 아침 식사를 했다. 건너편 벽에는 그레고르가 육군 소위로 근무하던 군대 시절에 찍은 사진이 걸려 있었다. 그는 군도에 손을 댄 채 편안한 미소를 지으며 자신의 멋진 자세와 군복에 경의를 표할 것을 요구하고 있었다. 응접실 문이 열려 있었다. 거실 문까지 열려 있었기 때문에 현관 앞부분과 아래로 내려가는 계단이 시작되는 부분이 보였다.

그레고르는 지금 침착함을 유지할 수 있는 사람은 자기 혼자뿐이라는 걸 의식하면서 말했다.

"그럼. 이제 곧 옷을 입고 샘플을 챙겨 출발하겠습니다. 출발해도 되겠지요. 지배인님. 보시다시피 저는 고집불통이 아닐뿐더러 일을 좋아합니다. 늘 돌아다니는 일이 고된 건 사실이지만 그래도 돌아다니지 않고는 살 수 없을 겁니다. 지배인님은 이제 어디로 가실 겁니까? 회사로 가시겠지요? 그리고 이 모든 일을 사실대로 보고하시겠지요? 지금 당장은 일을 못할 수도 있지만 지금이야말로 예전에 부지런했던 때를 기억하고 나중에 어려움이 사라진 뒤에는 더욱더 부지런히 정신 차려 일을 할 거라고 배려할 때입니다. 사실 저는 사장님의 은혜를 많이 입은 사람입니다. 지배인님도 잘 아실 겁니다. 어디 그뿐입니까? 부모님과 여동생은 또 어쩌고요. 지금은 제 처지가 이렇습니다만 어떻게든 이 난관을 헤쳐 나갈 겁니다. 그러니 더 이상 저를 몰아세우지 마세요. 회사에서 제 편이 되어 주십시오. 사람들이 영업 사원을 좋아하지 않는다는 건 저도 알고 있습니다. 대개는 돈을 많이 벌어서 흥청망청 쓰며 산다고 생각하죠. 특별한 계기가 없으면 이런 선입견을 정확히 살펴보게 되지 않습니다. 하지만 지배인님, 지배인님만큼은 다른 누구보다도 사정을 잘 알고 계시지 않습니까? 솔직히 말씀드려서 사장님보다도 더 잘 아실 겁니다. 사장님은 기업가의 입장이고 보니 직원에게 불리한 판단을 내리기도 하니까요. 1년 내내 돌아다니는 영업직은 온갖 루머와 우연한 사건 그리고 근거 없는 불평불만의 희생자가 되기 쉽습니다. 그렇다고 어떻게 해볼 도리도 없는 것이 대부분입니다. 그는 아무것도 모르고 있다가 출장을 마치고 지쳐서 돌아온 뒤에야 원인을 알 수 없는 불쾌한 결과를 온몸으로 느끼게 되니까요. 지배인님, 가시기 전에 제 말이 적어도 조금은 맞다고 인정해 주십시오."

하지만 지배인은 그레고르가 말하기 시작했을 때 이미 고개를 돌렸고 움직대는 어깨너머로 입을 쑥 내민 채 그레고르를 돌아보았을 뿐이다. 그레고르가 이야기하는 동안 그는 한시도 가만히 서 있지 않았고 눈을 그레고르에게서 떼지 않은 채 방을 나서는 것이 무슨 금기라도 되는 듯이 아주 천천히 문 쪽으로 걸어갔다. 그는 벌써 응접실에 있었다. 거실에서 마지막 발을 빼내는 갑작스러운 동작을 보며 방금 뒤꿈치를 불에 덴 사람 같았다. 하지만 응접실에서는 계단 쪽으로 오른손을 쭉 뻗었다. 마치 초월자의 구원이 그곳에서 그를 기다리고 있기라도 하는 것처럼.

이대로 지배인을 돌려보낼 수는 없었다. 해고당하지 않으려면 그를 설득해야 했다. 부모님은 그런 사정을 몰랐다. 워낙 오랫동안 근무한 만큼 그레고르가 평생 그 회사에 다닐 것이라고 확신하는 데다가 지금은 당장 눈앞에 닥친 일 때문에 장래까지 걱정할 여유가 없었던 것이다. 하지만 그레고르는 바로 그 장래가 걱정스러웠다. 지배인을 붙잡아 진정시키고 호의를 가질 때까지 설득하지 않으면 곤란

했다. 그레고르 자신과 가족의 장래가 달린 문제였다. 이럴 땐 동생이 있어야 했다. 여동생은 아주 영리했다. 조금 전 그레고르가 누워 있을 때에도 울었다. 게다가 지배인은 여자를 좋아하니까 여동생이라면 그를 설득할 수 있을 것이다. 여동생이라면 거실 문을 꼭 닫은 뒤 현관에서 그를 진정시킬 수 있을 것이다. 하필이면 이럴 때 여동생이 없다니. 그레고르가 해야 한다. 하지만 그는 자신의 몸을 움직일 방법조차 모르며 이야기를 해봤자 상대방이 알아들을 수도 없었다.

그레고르는 방문에서 띨어서 나와 전전히 문지방을 넘었다. 지배인 쪽으로 방향을 잡을 생각이었다. 지배인은 우스꽝스럽게도 두 손으로 현관 밖 계단 난간을 잡은 채 매달려 있었다. 그레고르는 몸을 지탱할 만한 걸 찾아 허우적대다가 비명을 지르며 넘어지고 말았다. 그 순간 처음으로 몸이 편안해졌다. 많은 다리가 이제야 비로소 꼿꼿하게 마룻바닥을 밟았으며 그레고르의 뜻대로 움직여 주었다. 그는 몹시 기뻤다. 다리들은 그가 가고 싶어 하는 곳으로 옮겨다 주기까지 했다. 이 모든 고통이 머지않아 사라질 것이라는 생각까지 들었다.

계단으로 불어왔다. 창문의 커튼이 휘날렸고 식탁 위의 신문이 파닥거리며 한 장씩 바닥으로 떨어져 내렸다. 아버지는 사정없이 몰아대며 야생동물처럼 쉭쉭 소리를 냈다. 하지만 그레고르는 뒷걸음질 연습을 해보지 않아서 정말 아주 느리게 움직였다. 그레고르가 몸을 돌릴 수만 있다면 방 안으로 빨리 들어갈 수 있었을 것이다. 하지만 그는 몸을 돌리려면 시간이 오래 걸릴 텐데 아버지가 기다려주지 않을까 봐 무서웠다. 아버지의 손에 들린 지팡이가 당장이라도 그를 내려쳐 등이나 머리에 치명상을 입을 것만 같았다. 하지만 그레고르는 몸을 돌리지 않을 수 없었다. 기가 막히게도 뒷걸음질을 쳐서는 방향을 제대로 유지할 수도 없었다. 그래서 그는 무서운 아버지를 힐끔힐끔 곁눈질하며 가능한 한 빨리, 하지만 실제로는 매우 느린 속도로 몸을 돌렸다. 아버지도 그레고르의 선한 의도를 알아차렸는지 더 이상 방해하지 않고 멀찍이 서서 지팡이 끝으로 이리저리 방향을 지시하기까지 했다. 아버지가 쉭쉭 소리만 내지 않는다면 얼마나 좋을까! 정말 그 소리는 견디기가 힘들어 머리가 돌아버릴 지경이었다. 방향을 거의 다 틀었을 무렵, 그는 계속되는 아버지의 쉭쉭 소리에 그만 정신이 빠져 조금 거꾸로 돌고 말았다. 마침내 다행스럽게도 머리를 문 앞에 놓을 수 있었지만, 몸뚱이가 너무 넓어서 문을 통과할 수 없었다. 물론 현재 상태의 아버지로서는 다른 쪽 문을 열어 그레고르가 통과할 수 있는 충분한 공간을 마련해 줄 생각은 전혀 할 수 없었다. 아버지는 다만 그레고르를 가능한 한 빨리 다시 방 안으로 들여보내야 한다는 생각에만 매달려 있었다. 아버지는 그레고르가 몸을 일으켜서 선 자세로 문을 통과하려면 반드시 필요한 번거로운 준비 과정도 결코 허용하지 않을 것이다. 아버지는 아무런 장애물도 없다는 듯이 더욱더 소리를 높이며 그레고르를 몰아댔다. 그레고르 뒤에서 들려오는 그 소리는 더 이상 아버지 혼자서 내는 것 같지 않았고 이제 정말 참을 수 없었다. 그레고르는 될 대로 되라지! 밀고 들어갔다. 몸통의 한쪽 편이 위로 들리며 비스듬히 문틈에 끼었고 한쪽 옆구리가 완전히 밀리는 상처를 입으며 하얀 문틀에 보기 흉한 얼룩이 생겼다. 그는 이제 문틈에 꽉 끼여서 혼자 힘으로는 더 이상 움직일 수 없게 되었다. 몸통 한쪽의 작은 다리들은 허공에서 떨고 있었고 다른 쪽 다리들은 고통스럽게 바닥에 눌렸다. 그때 아버지가 뒤에서 그를 세차게 쳤다. 그건 정말 구원의 손길이었다. 그레고르는 공중으로 붕 떠올랐다가 많은 피를 흘리며 방 안 깊숙이 떨어졌다. 문은 지팡이로 꽝 닫혔고 드디어 조용해졌다.

2

 그레고르는 저녁 어스름이 되어서야 무의식 상태와도 같이 무거운 잠에서 깨어났다. 이제 잠을 푹 잤고 또 충분히 쉰 느낌인 걸 보면 아무런 방해를 받지 않았어도 분명 곧 깨었을 것이지만, 도망치듯 사라지는 발소리와 응접실로 통하는 문이 조심스럽게 닫히는 소리가 그를 깨웠다. 가로등의 창백한 불빛이 방 천장과 가구의 윗부분을 여기저기 비추었지만 그레고르가 있는 바닥은 어두웠다. 그는 무슨 일인지 살펴볼 양으로 아직 서툰 솜씨이긴 하지만 더듬이로 더듬어가며 문 쪽으로 천천히 몸을 밀었다. 그는 이제야 더듬이가 얼마나 중요한지 알게 되었다. 몸의 왼쪽으로는 불쾌하게 땅기는 상처가 길게 나 있었고 두 줄로 난 다리를 절뚝절뚝 절어야 했다. 게다가 다리 하나는 오전의 일로—사실 다리 하나만 다친 것도 거의 기적에 가까웠다—부상이 심하여 죽은 듯 끌려다녔다. 문가에 닿았을 때야 비로소 그는 자신을 그곳으로 유혹한 실체가 무엇인지 알았다. 그것은 무엇인가 먹을 수 있는 것의 냄새였다.

문가에는 잘게 썬 하얀 빵을 띄운 달콤한 우유가 가득 담긴 그릇이 있었다. 그는 아침보다 더 배가 고팠기 때문에 너무 좋아서 하마터면 소리를 내어 웃을 뻔했다. 그리고는 즉시 눈이 잠길 만큼 머리를 우유 속에 푹 넣었지만 너무 맛이 없어 곧 고개를 들어버렸다, 왼쪽 옆구리의 상처가 뜨겁게 당겨서 무엇을 먹는다는 것이 매우 힘들었기 때문만은 아니었다. 그는 이제 몸 전체를 헉헉대며 움직여야만 먹을 수 있었다. 우유는 평소에 자신이 가장 좋아하는 음료이고 아마 그 때문에 여동생이 우유를 방 안에 들여놓았을 것이지만 이제는 너무도 맛이 없었다. 그랬다. 그는 거의 거부감까지 느끼며 우유 그릇에서 몸을 돌려 방 한가운데로 다시 기어갔다.

그레고르가 문틈으로 보니, 거실에는 가스등이 켜 있었다. 하지만 평소 이때쯤이면 아버지가 어머니 그리고 때로는 여동생에게도 석간신문을 큰 목소리로 읽어주곤 했던 것과는 달리 아무 소리도 들리지 않았다. 글쎄, 여동생이 그에게 늘 이야기하고 또 편지에도 썼던 아버지의 신문 낭독은 최근에 들어 완전히 중지되었는지도 모른다. 사방이 매우 조용했지만 집이 텅 빈 것은 아닌 것이 분명했다.

"우리 가족은 정말 조용하군!"

그레고르는 어둠 속을 응시하며 그렇게 생각했다. 그리고 한편으로 부모님과 여동생이 이렇게 좋은 집에서 조용히 살 수 있게 해준 스스로에게 가슴 벅찬 뿌듯함을 느꼈다. 하지만 이제 이 모든 고요 그리고 모두가 만족하는 생활 수준이 갑작스러운 종말을 맞아야 한다면? 그레고르는 그런 생각에 빠지지 않으려고 몸을 움직여 방 안을 이리저리 기어다녔다.

긴 저녁 시간, 옆문이 한 번 그리고 다른 쪽 문이 한 번 조금 열렸다가 급히 닫혔다. 누군가 방 안으로 들어오고 싶지만 망설임이 너무 큰 모양이었다. 그레고르는 거실 문 바로 옆에 멈추어 서서 그 망설이는 방문객을 어떻게든 들어오게 하거나 아니면 적어도 그가 누구인지 알아내려고 했지만 문이 더 이상 열리지 않아 쓸데없이 기다리기만 했다. 아침 일찍, 문이 안에서 잠겨 있었던 때에는 모두가 방 안으로 들어오려 했다. 그러나 그레고르가 연 문 하나와 낮부터 열려 있던 것이 분명한데다가 열쇠까지 꽂혀 있는 다른 문들에서도 누군가 오가는 일은 없었다.

저녁 늦게, 거의 밤이 되어서야 거실의 등이 꺼졌다. 부모님과 여동생이 그렇게 늦게까지 잠들지 않았다는 걸 확인할 수 있었다. 지금 세 사람 모두가 발끝걸음으로 멀어져 가는 소리를 정확히 들을 수 있었다. 아침이 될 때까지는 분명 아무도 그레고르가 있는 방으로 들어오지 않을 것이다. 다시 말해서 이제 그는 앞으로의 삶에 관해 누구의 방해도 받지 않고 곰곰이 생각할 시간이 많이 있다는 것이다. 하지만 지금 그가 갇힌 채로, 바닥에 납작하게 누워 있을 수밖에 없는 높은 층고의 커다란 방은 알 수 없는 이유로 그를 불안하게 만들었다. 벌써 5년이나 살았던 방인데 말이다. 그는 가벼운 수치감이 없지 않았지만 반쯤 무의식적으로 몸을 돌려 소파 밑으로 달려갔다. 등이 약간 눌렸고 고개를 위로 들 수도 없었지만 매우 아늑했다. 그의 몸이 너무 커서 소파 밑에 완전히 숨을 수 없는 것이 안타까울 따름이었다.

그는 소파 밑에서 반쯤 졸다가 배가 고파서 깜박깜박 깨면서 또 걱정과 불분명한 희망에 휩싸인 채 온밤을 지새웠다. 아무리 생각해도 일단은 조용히 근신하며 인내심을 가지고 가족을 배려하며, 어쩔 수 없이 생긴 이 불쾌한 상황을 가족들이 견딜 수 있도록 그 고충을 조금이라도 덜어줘야 한다는 결론에 도달했다.

날도 새지 않은 꼭두새벽에 그레고르는 방금 자신이 내린 결단을 실천에 옮길 힘이 있는지 시험할 계기를 맞게 되었다. 응접실 쪽에서 여동생이 거의 외출복 차림으로 문을 열고는 틈새로 안을 들여다보았다. 동생은 그레고르를 바로 발견하지는 못했지만 소파 밑에 있는 것을 알아채고는—하느님 맙소사, 그도 어딘가에는 있어야 하지 않겠는가! 흔적 없이 사라질 수는 없지 않은가!—몹시 놀라서 문을 다시 닫아버렸다. 하지만 그렇게 행동한 것을 후회라도 하는 듯 즉시 문을 다시 열고 마치 중병에 걸린 환자나 혹은 낯선 사람의 방에 들어서는 것처럼 발끝으로 걸어 들어왔다. 그레고르는 머리를 거의 소파 가장자리까지 내밀고 여동생을 살펴보았다. 그가 우유를 먹지 않고 그대로 놓아둔 것을 알아차렸을까? 배가 고프지 않아서가 아니라는 사실도? 그의 입맛에 좀 더 맞는 다른 음식을 가지고 들어올 것인가? 동생이 자발적으로 그렇게 하지 않는다면 그는 차라리 굶어 죽을망정 동생의 주의를 환기하지 않을 것이다. 하지만 소파 밖으로 뛰쳐나가 여동생의 발밑에 몸을 던지고선 무엇이든 먹을 것을 가져다 달라고 사정하고 싶은 충동을 강하게 느꼈다. 하지만 놀랍게도 여동생은 가장자리에 약간 흘러 있기는 했으나 우유가 그릇에 가득 담긴 채 그대로 남아 있는 것을 즉시 알아차렸으며—맨손이 아니라 걸레 조각으로—곧 그것을 들고 밖으로 나갔다. 동생이 이번에는 무엇을 가지고 들어올 것인지 그레고르는 대단히 궁금하여 그에 관해 여러 가지 생각을 했다. 하지만 착한 여동생이 정말 어떻게 할 것인지는 아무래도 짐작이 가지 않았다. 여동생은 오빠의 입맛을 시험하기 위해 다양한 음식을 가지고 들어와 낡은 신문지 위에 늘어놓았다. 오래되어 반쯤 상한 채소, 저녁때 먹다 남아 굳어버린 흰 소스가 묻어 있는 뼈, 건포도와 아몬드 몇 개, 이틀 전 그레고르가 더 이상 먹을 수 없다고 말한 치즈, 마른 빵, 버터를 바른 빵, 버터를 바른 뒤 소금을 뿌린 빵, 그 외에도 동생은 아마 이제 그레고르의 것으로 정해놓은 것 같은 그릇에 물을 담아 가져왔다. 그리고 그레고르가 자신 앞에서는 먹지 않으리라는 것을 알고 있었기 때문에 오빠를 배려하는 다정한 마음에서 급히 밖으로 나가 문을 닫고 열쇠까지 채웠다. 그 모든 행동이 이제 먹고 싶은 대로 편안히 먹을 수 있다는 것을 그레고르에게 알리기 위해서였다. 이제 먹으러 갈 수 있다는 판단이 서자 그레고르의 다리가 재빨리 움직였다. 옆구리의 상처도 이제 완전히 나았는지 아무런 불편이 없었다. 한 달도 더 전에 칼로 살짝 손가락을 벤 상처가 그저께까지도 아팠던 생각을 하니 옆구리의 상처가 그렇게 빨리 나은 것이 놀랍기 그지없었다.

"이제 감각이 둔해진 걸까?"

언뜻 그런 생각이 들었나 했다. 그러나 입으로는 다른 어떤 음식보다 강하게 그를 끌어당기는 치즈를 탐욕스럽게 급히 빨아 먹고 있었다. 그는 기쁨에 겨워 눈물까지 흘려가며 치즈와 채소, 소스를 차례차례 먹어 치웠다. 하지만 신선한 음식은 맛이 없었을 뿐만 아니라 냄새가 참기 힘들 정도로 역겨워서 먹고 싶은 음식을 다른 곳으로 조금 멀리 끌어다가 먹었다.

이제 숨으라는 표시로 여동생이 천천히 열쇠를 돌려 문을 열었을 때, 그레고르는 벌써 오래전에 먹기를 끝내고 게으르게 그 자리에 누워 있었다. 가물가물 졸고 있었지만 문이 열리는 소리에 깜짝 놀라 서둘러 소파 밑으로 숨었다. 비록 동생이 방 안에 있는 짧은 시간 동안이었지만 소파 밑에 있는 것은 엄청난 자아 극복을 요구했다. 음식을 많이 먹은 뒤라 몸이 둥글게 부풀어 올라 소파 밑의 좁은 공간에서는 거의 숨을 쉴 수 없었다. 그는 질식할 것만 같은 곤란을 겪으며, 아무것도 모르는 여동생이 그레고르가 남긴 음식뿐만 아니라 손도 대지 않은 음식까지 더 이상 먹을 수 없다는 듯이 서둘러 빗자루로 쓸어 몽땅 통 속에 쏟아붓고는, 나무 뚜껑을 닫아 밖으로 가지고 나가는 모습을 약간 튀어나온 눈으로 살펴보았다. 동생이 등을 돌리자마자 그레고르는 소파 밑에서 기어 나와 기지개를 켜고 심호흡했다.

이제 그레고르는 그런 식으로 매일 음식을 받았다. 부모님과 하녀가 아직 잠을 자는 아침에 한 번, 그리고 모두가 함께 점심 식사를 한 뒤 다시 한번.

부모님이 점심 식사 뒤 잠깐 낮잠을 잤기 때문이었다. 남은 하녀는 그레테가 무엇인가 사오라며 밖으로 보내었다. 그들도 분명 그레고르가 굶어 죽는 것을 바라지는 않았을 것이지만 그가 먹는 것에 관해 소식을 전해 듣는 것 이상은 참을 수 없었을지 모른다. 아니 어쩌면 여동생이 부모님의 슬픔을 조금이나마 덜어주려고 했던 것인지도 모른다. 사실 부모님은 충분히 고통을 당하고 있었다.

그레고르가 벌레로 변한 첫날 아침, 의사와 열쇠 가게 주인에게 어떤 핑계를 대어 돌려보냈는지 그레고르는 알 수 없었다. 그들은—여동생까지 포함하여—그레고르의 말을 알아들을 수 없었기 때문에 그레고르도 다른 사람의 말을 알아들을 수 있다고 생각하지 않았다. 그래서 그레고르는 여동생이 그의 방 안에 있을 때 이따금 한숨을 쉬며 성인聖人들의 이름을 부르는 것을 듣는 것으로 만족할 수밖에 없었다.

나중에 여동생이 어느 정도 익숙해졌을 때—물론 완전히 익숙해진다는 건 상상도 할 수 없었다—그레고르는 선의의 말 혹은 그렇게 해석될 수 있는 말들을 가끔 들을 수 있었다.

"오늘은 맛있었나 봐."

그레고르가 음식을 많이 먹었을 때 동생은 그렇게 말했고 점차 빈도가 높아져 가는 그 반대의 경우에는 슬픈 듯 이렇게 말하곤 했다.

"오늘은 또 아무것도 먹지 않았어."

그레고르는 새로운 소식을 직접 접할 수 없었지만, 인접한 방에서 들려오는 말소리는 엿들을 수 있었다. 목소리가 들려오기만 하면 그는 즉시 소리가 들려오는 문 쪽으로 달려가 온몸을 문에 대고 눌렀다. 특히 초기에는 비록 은밀하긴 했지만 어떻게든 그와 관련되지 않은 대화가 없었다. 첫 이틀 동안은 식사 때마다 이제 어떻게 해야 할지 의논하는 소리가 들렸다. 식사 시간이 아닌 때에도 같은 주제로 이야기했다. 집에는 언제나 적어도 두 명이 남아 있었다. 아마 아무도 혼자 집에 있고 싶어 하지 않았고 또 어떤 경우에도 집을 완전히 비워둘 수 없었기 때문일 것이다. 하녀는 첫날 이 사건에 관해 무엇을 또 어떻게 알게 되었는지는 분명하지 않았지만, 어머니에게 무릎을 꿇고 즉시 자신을 해고해 줄 것을 간청했다. 그리고 15분 뒤 집을 떠날 때는 커다란 호의라도 입은 듯 눈물을 흘리며 해고 사실에 감사했으며 아무도 시키지 않았건만 이 일에 관해 털끝만큼도 누설하지 않겠다고 굳게 맹세했다.

이제 여동생은 어머니와 함께 요리도 해야 했지만 가족들은 거의 아무것도 먹지 않았기 때문에 별로 힘들 것도 없었다. 그레고르는 가족들이 계속해서 서로에게 좀 더 먹을 것을 권하는 소리를 들었다. 하지만 대답은 언제나 똑같았다.

"고맙지만 벌써 배가 불러. 많이 먹었어."

술도 전혀 마시지 않는 것 같았다. 가끔 여동생은 아버지에게 맥주를 마시겠냐며 가서 맥주를 사오겠다고 했지만 아버지는 아무런 대답도 하지 않았다. 또 아버지가 걱정하지 않도록 관리인에게 맥주를 사오라고 시키겠다고 해도 아버지는 마침내 싫다며 확실히 거부 의사를 밝혔다. 그러면 맥주 이야기는 끝장이 났다.

아버지는 첫날 당장 어머니와 여동생에게 전체적인 재산 상태와 전망에 관해 설명해주었다. 그는 이따금 탁자에서 일어나 5년 전 사업이 실패하여 모든 것을 잃었을 때도 빼앗기지 않은 금고에서 서류나 장부 같은 것을 꺼내왔다. 아버지가 복잡한 자물쇠를 열고 무엇인가를 꺼낸 뒤 다시 잠그는 소리가 들렸다. 재정 상태에 관한 아버지의 설명은 그레고르가 갇힌 뒤 처음으로 들은 즐거운 소식이었다. 그레고르는 아버지가 사업에 실패하면서 무일푼이 되었다고 생각했다. 적어도 아버지는 그런 그레고르의 생각이 잘못되었다고 고쳐주지 않았다. 물론 그레고르는 그에 관해 아버지에게 물은 적도 없었다. 당시 그레고르는 가족 모두를 완벽한 절망으로 빠뜨린 그 사업상의 불운을 가능하면 모두가 빨리 잊을 수 있도록 하려고민 했다. 그래서 그때 그는 아주 특별한 열정으로 일하기 시작했고 거의 하룻밤 사이에 보잘것없는 보조 직원에서 장거리 지역 영업 직원이 될 수 있었다. 장거리 지역 영업 직원이 되면 물론 돈을 버는 가능성이 완전히 달라져서 성과를 올릴 때마다 인센티브 형식으로 현금을 받았다. 그는 그 돈을 깜짝 놀라며 좋아하는 가족들 앞에 내놓을 수 있었다. 정말 좋은 시절이었다. 그 뒤로는 그레고르가 가족 전체의 생활비를 감당할 만한 돈을 벌어들였지만—적어도 그 광채에 있어서는—그만큼 좋은 시절을 다시 만나지 못했다. 가족이나 그레고르나 익숙해진 것이다. 가족들은 그레고르에게 돈을 받으며 고마워했고 또 그레고르도 기꺼이 돈을 가져다주었지만 특별한 다정함은 더 이상 생겨나지 않았다. 그래도 여동생만은 예전과 다름없이 그레고르에게 가까웠다. 그는 자신과는 달리 음악을 매우 사랑하며 감동적으로 바이올린을 연주할 줄 아는 여동생을 내년에 음악학교에 보낼 계획을 남몰래 품고 있었다. 비용이 많이 들 것임으로 어떻게 달리 돈을 마련해야겠지만 그런 것은 아무래도 좋았다. 그레고르가 잠깐씩 시내에 머물 때는 여동생과 이따금 음악학교 이야기를 나누기도 했지만 음악학교는 언제나 실현될 수 없는 아름다운 꿈으로만 여겨졌다. 또 부모님은 음악학교 이야기만 나와도 듣기 거북해했다. 하지만 그레고르에게는 여동생을 음악학교에 보낼 계획이 확고했으며 크리스마스 저녁에는 가족들 앞에서 자신의 계획을 멋지게 밝힐 생각이었다.

그레고르가 문에 붙어 서서 엿듣는 동안, 현재 상황에서는 전혀 쓸모없는 그런 생각들이 뇌리를 스쳐 지나갔다. 때로는 전체적인 피로감 때문에 문 밖에서 나는 소리에 귀를 기울일 수 없어서 무심결에 머리가 문에 부딪혔지만 그때마다 즉시 머리를 다시 곧추세웠다. 조금이라도 소리가 나면 옆방에서 듣고 모두가 입을 다물 것이기 때문이었다. 저 애가 또 뭘 하는 거야? 한참 뒤 아버지가—분명 문을 향해—그렇게 말하고 나면 중단되었던 대화가 다시 서서히 시작되었다.

아버지는 자꾸만 말을 반복하며 설명했다. 그건 그가 이미 오래전부터 이런 일에 몰두하지 않았기 때문이기도 하지만 어머니가 모든 것을 쉽게 이해하지 못했기 때문이기도 했다. 그 덕분에 그레고르는 그 모든 불행에도 불구하고 아주 적으나마 옛 재산이 남아있고 그동안 이자를 건드리지 않았기 때문에 재산이 약간 불어났다는 것을 알게 되었다. 그뿐만 아니라 그레고르가 매달 가져온 돈도—그레고르는 자신을 위해서는 늘 몇 푼만 남겼다—다 쓰지 않고 늘 저축하여 자그마한 자본이 축적되어 있었다. 그레고르는 문 뒤에서 열심히 고개를 끄덕이며 기대치 않았던 아버지의 조심성과 절약에 기뻐했다. 사실 그레고르라면 그 여분의 돈으로 아버지가 사장에게 진 빚을 좀 더 갚았을 것이고 그만큼 직장을 떠날 날을 앞당길 수 있었을 것이지만 지금에 와서는 아버지처럼 처리한 것이 더 나은 해결책이었음이 분명했다.

하지만 그 돈도 가족이 이자만으로 생활할 수 있을 만큼 충분한 액수는 못 되었다. 아마 1, 2년은 버틸 수 있을지 모르지만 그 이상은 불가능했다. 그러니까 그건 사실 손대지 말고 긴급한 상황을 대비해서 남겨놓아야 할 돈이었다. 생활비는 벌어야 했다. 아버지는 건강하지만 나이가 있는 데다 벌써 5년간이나 일을 하지 않아서 크게 기대할 수 없었다. 또 힘들게 일했지만 성공을 거두지 못한 그의 인생에서 첫 휴가라고 할 수 있는 이 5년 동안 그는 살이 많이 쪄서 거동이 상당히 불편했다. 또 나이 든 어머니는 집안을 돌아다니는 것도 힘들어할 정도로 천식에 시달리는 데다가 이틀에 하루는 호흡 곤란으로 창문을 열어놓고 소파에 누워 있어야 할 정도인데 어떻게 일을 할 수 있단 말인가! 여동생도 이제 겨우 17세가 된 어린아이인 데다 이제까지는 옷을 잘 차려입고 늦잠 자고 집안일을 거들고 바이올린 연주와 같은 몇 가지 소박한 취미를 즐기는 편안한 삶을 살아왔을 뿐이 아닌가! 반드시 돈을 벌어야 할 필요성이 제기될 때마다 그레고르는 부끄러움과 슬픔에 어쩔 줄 몰라서 문가에 기대어 엿듣던 것을 멈추고 그만 옆에 있는 차가운 가죽 소파에 몸을 던졌다. 그렇게 한 순간도 잠을 이루지 못하고 긴 밤을 지새우며 몇 시간이고 가죽만을 노려보고 있을 때도 자주 있었다. 혹은 의자를 창문으로 밀고 가는 수고까지 하며 창틀로 기어 올라간 다음 의자에 발을 버티고 창문에 몸을 기대어 있기도 했는데 그것은 예전에 창밖을 보며 느꼈던 해방감에 대한 어렴풋한 기억 때문이었을 것이다. 사실 그에겐 이제 조금이라도 멀리 떨어져 있는 물건은 희미하게 보였고 하루가 다르게 그 정도가 심해져 갔다. 예전에는 너무 자주 보여서 화를 내곤 했던 건너편의 병원도 이제는 더 이상 볼 수 없었다. 조용하지만 도시 분위기가 완연한 샬롯테 거리에 살고 있다는 사실을 그가 알지 못했다면 창밖으로 보이는 풍경이 잿빛 하늘에 잿빛 땅이 분간할 수 없이 하나로 뒤섞인 황야라고 믿었을 정도이다. 세심한 여동생은 의자가 창가에 서 있는 것을 단지 두 차례 보았을 뿐이지만, 방을 청소하고 난 뒤에는 언제나 의자를 다시 정확히 창가로 밀어놓았으며 안쪽 창문을 열어두기까지 했다.

그레고르가 여동생과 이야기를 나눌 수 있고 동생이 그를 위해 해야 하는 모든 일에 감사할 수 있었더라면 동생의 보살핌을 좀 더 마음 편히 받아들일 수 있었을 것이다. 하지만 그렇지 못했기 때문에 그레고르는 매우 괴로웠다. 여동생은 물론 이 모든 일의 수치스러운 부분을 애써 무시하려고 했고 시간이 지날수록 그렇게 할 수 있었지만 그레고르는 시간이 흐르면서 모든 것을 훨씬 더 정확히 꿰뚫어 보게 되었다. 동생이 방 안으로 들어오는 것부터가 그에겐 끔찍스러운 일이었다. 여동생은 평소 누구에게도 그레고르의 방을 보여주지 않으려 주의를 기울이지만, 방 안으로 들어오면 문도 닫기 전에 즉시 창가로 달려가 성급한 손동작으로 창문을 열고 심호흡했다. 문이 열리기가 무섭게 창가로 달려가는 소리 그리고 덜그럭거리며 열리는 창문 소리에 그레고르는 매일 두 차례씩 겁을 먹어야 했고 여동생이 방 안에 있는 동안 소파 밑에 숨은 채 벌벌 떨었다. 하지만 여동생이 어떻게든 그레고르가 있는 방 안에 창문을 열지 않고도 있을 수 있었다면 오빠에게 그런 고통을 줄 리가 만무하다는 걸 그레고르는 매우 잘 알고 있었다.

그레고르가 벌레로 변한 지도 한 달이 넘었으니 이제는 여동생이 그레고르를 본다고 해도 놀랄 만한 특별한 이유가 없었다. 하지만 어느 날 여동생이 평소보다 일찍 방 안으로 들어오는 바람에 그레고르가 꼼짝도 않고 정말 깜짝 놀랄 만하게 몸을 곧추세운 채 창밖을 내다보고 있는 모습을 마주치게 되었다. 그레고르가 그렇게 서 있는 바람에 여동생이 방 안에 들어오자마자 즉시 창문을 열 수 없었을 테니 그 안으로 들어오지 않았다고 해도 놀랄 일은 아니었을 것이다. 하지만 여동생은 방 안으로 들어오지 않는 것으로 그치지 않고 되돌아 달려 나가 문을 닫아버렸다. 사정을 모르는 사람이 그 광경을 보았더라면 그레고르가 몰래 숨어서 기다리고 있다가 습격하려 했다고 생각했을 정도였다. 그레고르는 물론 즉시 소파 밑으로 몸을 숨겼지만 그렇게 점심나절까지 기다려야 했다. 여동생은 점심나절이나 되어서 다시 들어왔지만 평소보다 훨씬 불안해 보였다. 그레고르는 이 사건을 통해 자신의 외모가 여동생에게는 여전히 참고 견딜 수 없으며 앞으로도 계속 그러리라는 것, 그리고 몸이 아주 조금 소파 밑으로 삐죽 드러나 보일 뿐이지만 여동생이 그걸 보고도 도망치지 않기 위해서 무척이나 애를 쓰며 참고 있다는 걸 알았다. 그는 소파 밑으로 조금 빠져나온 몸의 일부까지도 여동생에게 보이지 않도록 하기 위해 테이블보를 등에 지고 소파 위로 날라 —이 일을 하는 데 4시간이 걸렸다—자기 몸이 완전히 가려져 여동생이 설사 몸을 구부린다고 해도 그를 볼 수 없도록 덮어놓았다. 동생은 그 테이블보가 불필요하다고 생각하면 치울 수도 있을 것이다. 그레고르가 소파 밑에 몸을 완전히 감추고 갇혀 있는 것을 좋아하지 않는 것은 분명했기 때문이다. 하지만 여동생은 그 테이블보를 놓인 그대로 놓아두었을 뿐만 아니라, 그레고르가 테이블보를 머리로 조심스럽게 살짝 들어 올려 여동생이 이 새로운 장치를 어떻게 받아들이나 살펴보았을 때 고마워하는 것 같았다.

처음 2주 동안 부모님은 그레고르의 방에 들어올 엄두를 못 냈다. 그전까지 부모님은 여동생을 다소 쓸모없는 어린아이라고만 생각하고 자주 화를 냈지만 이제는 곤경에 빠진 오빠를 돌보는 여동생을 크게 칭찬하는 소리가 가끔 들려왔다. 여동생이 그레고르의 방을 치우는 동안 두 분, 그러니까 아버지와 어머니가 바깥에서 기다리는 일이 잦았다. 그러다가 동생이 바깥으로 나오자마자 방 안은 어떤지, 그레고르가 무엇을 먹었는지, 이번에는 어떤 행동을 했는지 그리고 다소나마 차도를 느낄 수 있는지 상세히 캐물었다. 어머니는 비교적 빨리 그레고르를 보러 방 안으로 들어가겠다고 했고 아버지와 여동생은 처음에는 합리적인, 그레고르도 매우 주의 깊게 경청했지만 완벽하게 인정할 수 있는 이유를 대며 말렸다. 하지만 나중에는 완력을 써서 어머니를 말려야 했다.

그러면 어머니는 "제발 좀 내 아들을 볼 수 있게 해줘!", "그 애는 내 가여운 아들이란 말이야!", "내가 그 애에게 가야 한다는 걸 대체 왜 이해하지 못한단 말이야?"라고 큰소리를 질렀고 그레고르는 어쩌면 어머니가 방 안으로 들어와 자신을 보는 것이 좋을 수도 있다고 생각했다. 물론 매일은 아니지만 일주일에 한 번 정도. 어머니는 여동생보다 모든 것을 훨씬 더 잘 이해했다. 여동생은 물론 용감하긴 했지만 여전히 어린아이에 불과했고 어쩌면 어린아이의 경솔함에서 그 힘든 과제를 맡고 나섰을 뿐이었다.

어머니를 보고 싶은 그레고르의 소망은 곧 이루어졌다. 그레고르는 부모님을 배려하는 마음에서 낮 동안에는 창가에 몸을 나타내지 않았지만 좁은 방바닥에서는 제대로 기어다닐 수 없었고 가만히 누워 있는 것은 밤 동안에도 지겨웠으며 먹는 것도 곧 아무런 재미가 없었으므로, 심심풀이로 벽과 천장을 이리저리 기어다니는 습관을 붙이게 되었다. 특히 천장에 매달려 있는 것이 재미있었다. 그건 바닥에 누워 있는 것과는 완전히 달랐다. 호흡도 자유로웠고 가벼운 떨림이 온몸을 관통해 지나갔다. 그렇게 천장에 매달려 거의 행복에 가까운 즐거움에 탐닉하고 있노라면 갑자기 정신을 놓고 철썩 바닥에 떨어져 자신도 깜짝 놀라곤 했다. 물론 그는 이제 전과는 달리 자신의 몸을 마음대로 움직일 수 있었고 높은 곳에서 떨어져도 다치지 않았다. 여동생은 오빠가 새로운 오락거리를 발견했음을 즉시 눈치챘으며—그는 기어다닐 때 여기저기 끈적거리는 액체를 남겼다—그레고르가 기어다닐 수 있는 면적을 최대로 넓힐 생각에 방해가 되는 가구, 특히 상자와 책상을 치우려고 했다. 하지만 여동생은 그 일을 혼자 처리할 수 없었다. 그래도 아버지에게는 차마 도와달라는 말을 하지 못했다. 하녀도 분명히 도와주지 않았을 것이다. 16세쯤 된 하녀는 전의 요리사가 나간 뒤로도 용감하게 버티고 있었지만 언제나 부엌문을 잠그고 있으며 특별히 부를 때에만 문을 열 수 있게 해달라고 부탁한 것이다. 그래서 여동생으로서는 아버지가 없는 틈을 타서 어머니를 불러올 수밖에 다른 도리가 없었다. 어머니는 좋아하며 큰 소리를 내며 다가왔지만 그레고르의 방문 앞에까지 왔을 때는 말이 없어졌다. 여동생은 물론 먼저 방 안에 아무런 이상이 없는지 살피고 나서 어머니를 들어오게 했다. 그레고르는 급히 서둘러 테이블보의 주름을 더욱 깊게 또 더 많이 만들었다. 그건 정말 우연히 소파 위에 던져진 테이블보처럼 보였다. 그레고르는 테이블보 밑에서 엿보지 않고 참았다. 그는 모처럼 주어진 어머니를 볼 기회도 포기했다. 그래도 어머니가 방 안으로 들어온 것이 기뻤다. 들어오세요. 오빠는 보이지 않아요. 여동생이 말했다. 여동생이 어머니의 손을 잡고 이끄는 것이 분명했다. 그리고 힘없는 어머니와 여동생이 그래도 꽤 무거운 낡은 상자를 밀고, 어머니가 너무 무리한다고 걱정하는데도 아랑곳없이 여동생이 대부분의 일을 떠맡는 것을 그레고르는 들을 수 있었다. 매우 오래 걸렸다. 일을 시작한 지 아마 15

분쯤 지난 후였다. 어머니는 상자를 제자리에 그대로 놔두는 것이 더 나을 것 같다고 말했다. 우선 너무 무거워서 아버지가 돌아오기 전에 일을 끝내지 못할 것이고, 상자가 방 한가운데 있으면 그레고르가 움직일 때마다 방해가 될 것이라고 했다. 게다가 가구를 치우는 것을 그레고르가 좋아할지 모르겠다고 했다. 어머니는 가구를 치우면 그레고르가 좋아하지 않을 거라 생각했다. 텅 빈 벽을 보니 마음이 답답해지는데 그레고르가 왜 그런 느낌을 받아야 하느냐? 방 안에 있는 가구에는 오래전부터 익숙해져 있을 터인데 왜 텅 빈방에서 버림받은 느낌을 받아야 하느냐고 했다. 그렇지 않겠니? 어머니는 아주 낮은 목소리로 거의 속삭임에 가깝게 말을 맺었다. 어머니는 그레고르가 방 안에 있는지 잘 모르고 있었기 때문에 그레고르에게 아무런 소리도 들리지 않도록 하려는 것이었다. 어머니는 그레고르가 말을 알아듣지 못한다고 굳게 믿고 있었다. 우리가 가구를 치우면 그 아이의 병이 나을 것이라는 희망을 완전히 포기하고 무자비하게 혼자 내버려두는 것처럼 보이지 않겠니? 내 생각으로는 방을 예전 상태 그대로 두어서 그레고르가 다시 우리 곁으로 돌아왔을 때 모든 것이 조금도 변함이 없으면 그간의 일을 보다 쉽게 잊을 수 있을 것 같구나. 어머니의 이야기를 들으며 그레고르는 이 두 달 동안 사람들과 직접적인 의사소통이 전무했고 가족들 사이에서 단조로운 생활을 한 탓에 그의 정신이 혼란에 빠졌음을 깨달았다. 그가 방이 텅 비기를 간절히 원했던 것을 그밖에 달리 설명할 길이 없었다. 그는 물려받은 가구들로 아늑하게 꾸며진 온화한 방을 정말 동굴로 바꾸고 싶었다. 그러면 그 안에서 거침없이 사방으로 이리저리 기어다닐 수 있겠지만 인간이던 과거를 그만큼 빨리 잊었을 것이다. 그런데 지금 오랜만에 듣는 어머니의 음성이 그를 흔들어 깨웠다. 아무것도 치워선 안 된다. 가구가 그의 상태에 미치는 긍정적인 영향을 포기할 수 없다. 가구는 그가 무의미하게 기어다니는 것을 방해하겠지만 그것은 손해가 아니라 커다란 이익이다.

하지만 여동생은 유감스럽게도 의견이 달랐다. 그녀는―물론 그럴 권한을 완전히 부인할 수 없었지만―그레고르와 관련된 일에 관한 한 특별한 전문가로 부모님의 의견에 반대하고 나섰다. 그래서 지금도 어머니의 충고를 듣고서는 상자와 책상만 치우려고 했지만 꼭 필요한 소파를 제외한 가구 전부를 치워야 한다고 고집했다. 그것은 물론 어린아이의 반항도 아니었고 가구를 치울 계획을 세울 만큼 최근 기대치 않게 또 어렵게 획득한 자신감의 표현만도 아니었다. 여동생은 그레고르가 기어다닐 수 있는 공간이 많이 필요하며 가구는 조금도 사용하지 않는다는 것을 실제로 직접 관찰한 것이다. 하지만 어쩌면 그 나이 소녀들이 흔히 갖고 있는, 기회가 있을 때마다 펼치고 싶어 하는 들뜬 기분이 한몫 거들었는지 모른다. 그래서 그레테는 지금까지보다 더욱더 오빠를 위해 일할 수 있도록 그레고르의 상황을 더욱 끔찍하게 만들려는 유혹에 빠졌는지도 모른다. 그레고르 혼자 텅 빈 벽을 기어다니는 방 안에는 아마 그레테 외에는 아무도 다시는 발을 들여놓지 않을 것이다.

어머니는 그레테의 결심을 꺾을 수 없었다. 어머니는 이 방에서도 몹시 불안해하는 것 같았고 곧 아무 말도 하지 않으며 여동생이 상자를 밖으로 내가는 것을 힘이 닿는 대로 도와주었다. 좋다. 상자는 어쩔 수 없다면 포기할 수도 있다. 하지만 책상은 남겨두어야 한다. 그래서 여동생과 어머니가 끙끙

대며 상자를 밀어 나가자마자 그레고르는 조심스럽게 또 최대한 여동생과 어머니를 배려하며 소파 밖으로 머리를 내밀었다. 하지만 먼저 방 안으로 들어온 것은 불행하게도 어머니였다. 그레테는 옆방에서 끄떡도 하지 않는 상자를 붙잡고 이리저리 밀고 당기고 있었다. 그레고르의 외모에 익숙지 않은 어머니가 그레고르를 본다면 병이 날지도 모른다. 그래서 그레고르는 기겁하고 서둘러 뒷걸음질해서 소파의 다른 쪽 끝으로 갔지만 앞에 놓인 테이블보가 약간 움직이는 것은 어쩔 수 없었다. 그것은 어머니의 주위를 환기하기에 충분했다. 어머니는 멈칫 한동안 조용히 서 있다가 그레테에게 되돌아갔다.

특별한 일은 없으며 약간의 가구가 위치를 바꾸는 것뿐이라고 그레고르는 계속 혼잣말을 되뇌었지만 그 자신도 곧 인정할 수밖에 없었듯이 어머니와 여동생이 이리저리 돌아다니고 낮은 소리로 서로를 부르는 것과 바닥에 남은 긁힌 자국들이 사방에서 밀려오는 커다란 회오리바람처럼 그를 엄습했다. 그는 머리와 다리를 잔뜩 움츠리고 몸뚱이를 바닥에 대고 누른 채 이 모든 것을 더 이상 참을 수 없다고 말하지 않을 수 없었다. 그들이 그의 방을 비우고 있다. 그가 사랑하는 모든 것을 가져간다. 톱과 다른 공구들이 들어 있던 상자는 이미 밖으로 내갔다. 그들은 이제 그가 대학에서 경영학을 공부할 때, 중고등학교를 다닐 때 아니 초등학교를 다닐 때부터 숙제를 하던, 바닥에 단단히 고정한 책상까지 흔들고 있다. 그에겐 두 여자의 좋은 의도를 점검할 시간이 없다. 그들은 벌써 지쳐서 말없이 일을 하고 있었기 때문에 그레고르는 그들의 존재까지 거의 잊고 있었다. 무거운 발소리만 들릴 뿐이었다.

그레고르는 소파 밑에서 나와—여자들은 옆방에서 숨을 조금 돌리기 위해 책상에 몸을 기대고 있었다—사방으로 방향을 네 번이나 바꾸었지만 제일 먼저 무엇을 구해야 좋을지 알 수 없었다. 어느새 텅 빈 벽에는 모피로 감싼 숙녀의 그림만이 걸려 있었다. 그는 급히 그 그림으로 기어 올라가 유리에 대고 몸을 눌렀다. 유리가 그를 꽉 붙잡으며 뜨거운 그의 배를 기분 좋게 식혀주었다. 적어도 이 그림, 그레고르가 지금 거의 뒤덮고 있는 이 그림만은 아무에게도 빼앗기지 않을 것이다. 그는 여자들이 돌아오는 것을 보려고 거실 문 쪽으로 고개를 돌렸다. 그들은 많이 쉬지 않고 벌써 돌아왔다. 이제 무엇을 치우지? 그레테는 그렇게 말하며 주위를 둘러보았다. 그때 그녀의 눈길이 벽에 붙은 그레고르의 눈길과 마주쳤다. 그레테가 정신을 잃지 않은 것은 아마 어머니 때문이었을 것이다. 그레테는 어머니가 주위를 둘러보지 못하도록 얼굴을 어머니 쪽으로 숙인 채 떨리는 목소리로 급히 말했다. "어머니, 잠깐 거실로 다시 가는 것이 좋겠어요." 그레고르는 그레테의 의도를 분명히 알아차렸다. 그레테는 어머니를 안전한 곳으로 보내고 나서 그를 벽에서 쫓아내려는 것이다. 좋다, 할 테면 해봐라. 그는 자신의 그림 위에 앉아 지킬 것이다. 아니, 그레테의 얼굴 위로라도 뛰어오를 것이다.

하지만 그레테의 말에 어머니는 크게 불안해하며 옆으로 고개를 돌리다가 그만 꽃무늬가 있는 양탄자 위에서 거대한 갈색 그림자를 보았고 자신이 본 것이 그레고르라는 것을 제대로 의식하지도 못한 채 목쉰 소리를 크게 질렀다.

"아유! 하느님, 맙소사!"

그리고는 모든 걸 포기하는 듯 두 팔을 벌린 채 소파 위로 쓰러져 꼼짝 않았다.

"오빠!"

동생은 주먹을 높이 들고 눈을 부라리며 소리쳤다. 그것은 그가 변신한 이래 여동생이 그에게 직접 던진 최초의 말이었다. 동생은 혼절한 어머니를 깨울 수 있는 무엇인가를 가져오려고 옆방으로 달려갔다. 그레고르도 도우려 했지만—그림을 구할 시간은 아직 남아있었다—유리에 몸이 찰싹 달라붙어서 억지로 몸을 떼어내야 했다. 그러고 나서 그도 예전처럼 동생에게 무슨 충고라도 할 수 있는 듯이 옆방으로 달려갔지만 많은 약병을 뒤지고 있는 동생 뒤에 그냥 서 있어야 했으며 동생이 몸을 돌렸을 때 깜짝 놀라게 했다. 병 하나가 바닥에 떨어져 깨졌고 유리 조각 하나에 그레고르의 얼굴이 다쳤다. 무엇인가 따가운 약물이 그의 주위에 흘렀다. 그레테는 이제 오래 지체하지 않고 들고 갈 수 있는 약병은 다 들고 어머니에게로 달려갔다. 그리고 발로 문을 닫았다. 그레고르는 이제 자신의 죄로 어쩌면 죽을지도 모르는 어머니로부터 격리되었다. 문을 열 수 없었다. 어머니 곁에 있어야 할 동생을 쫓아내고 싶지 않았다. 그는 지금 기다리는 것밖에 아무것도 할 수 없었다. 자책감과 근심에 억눌린 채 그는 기어다니기 시작했다. 벽, 가구, 천장 위를 기어

다니다가 마침내 방 전체가 그를 두고 돌기 시작하자 어찌할 바를 모른 채 커다란 탁자 한가운데로 떨어졌다.

얼마간 시간이 흘렀고 그레고르는 지쳐 누워 있었다. 사방이 조용했다. 그건 어쩌면 좋은 징조였다. 그때 벨이 울렸다. 하녀는 물론 부엌에 갇혀 있었기 때문에 그레테가 문을 열어주어야 했다. 아버지가 왔다. "무슨 일이 있었니?" 그것이 아버지가 맨 처음 던진 말이었다. 그레테를 보자마자 모든 일을 알아차린 것이다. 그레테는 먹먹한 소리로 대답했다. 아버지의 가슴에 얼굴을 묻고 있는 것이 분명했다.

"어머니가 기절했어요. 하지만 이제 좀 나아졌어요."

"그레고르가 밖으로 나왔니? 각오하고 있었다. 내가 늘 그렇게 일렀는데도 우리 집 여자들은 도대체가 말을 듣질 않아."

아버지는 그레테의 짤막한 보고를 잘못 해석하여 그레고르가 무슨 폭력 범죄라도 저질렀다고 간주하고 있는 것이 분명했다. 그레고르는 아버지에게 진상을 밝힐 시간도 가능성도 없었기 때문에 지금으로서는 아버지의 마음을 누그러뜨리려 할 수밖에 없었다. 그레고르는 자신의 방문으로 달려가 몸을 문에 대고 눌렀다. 아버지가 응접실에 들어서자마자 그레고르가 방으로 돌아가려고 하고 있으니 그를 쫓아낼 필요가 전혀 없고 문만 열어주면 즉시 사라질 것을 알리려는 셈이었다.

하지만 아버지는 그렇게 세심하게 상황을 살필 기분이 아니었다.

"오호!"

아버지는 들어서자마자 다짜고짜 소리부터 질렀다. 분노와 기쁨이 뒤섞인 묘한 톤이었다. 그레고르는 머리를 돌려 아버지를 바라보았다. 눈앞에 우뚝 서 있는 아버지는 정말 꿈도 꾸지 못했던 모습이었다. 물론 그는 요즘 기어다니는 방법을 새로 터득하는 바람에 거기에 정신이 팔려서 예전처럼 집안일에 관심을 쏟지 않았고 따라서 집안 사정이 달라졌다고 해도 놀랄 일은 아니었다. 하지만 아무리 그렇다고 해도 아버지는 정말 상상도 못 했던 모습을 하고 있었다.

예전에 아버지는 그레고르가 출장 준비를 마치고 집을 나설 때도 침대에서 일어나지 못할 정도로 피곤한 모습이었다. 저녁에 퇴근하여 돌아와도 잠옷 차림으로 안락의자에 앉은 채, 일어서지 못하고 반가운 표시로 두 팔만 치켜들었다. 또 일 년에 몇 차례 일요일이나 휴일에 가족과 산책해도 원래 걸음이 느린 어머니와 그레고르 사이에서 낡은 외투에 푹 싸인 채 지팡이에 몸을 의지하며 힘겹게 걸음을 옮겼고, 무슨 말을 하려고 할 때에는 걸음을 멈추고 가족들이 가까이 다가오도록 불렀다. 그러던 아버지가 지금 옷을 제대로 차려입고 똑바로 서 있는 것이 아닌가! 은행 수위들이 입는 것과 같은 청색 제복에는 구김살이 한 점도 없었고 번쩍이는 금단추가 달려 있었다. 재킷의 높고 빳빳한 깃 위로 그의 튼튼한 이중 턱이 보였다. 짙은 눈썹 밑에 놓은 검은 눈은 신선하고 주의 깊은 빛을 발하고 있었다. 항상 헝클어져 있던 백발은 너무하다 싶을 정도로 깔끔하고 단정하게 빗질이 되어 있었다.

아버지는 은행 이니셜을 금실로 수놓은 것으로 보이는 모자를 벗어 던졌다. 모자는 방 전체에 큰 원을 그리고 나서 소파 위에 떨어졌다. 아버지는 긴 옷자락을 젖히고 양손을 바지 주머니에 찔러 넣고는 단호한 표정을 지으며 그레고르에게 다가왔다.

아버지 자신도 어쩔 생각인지 모르는 것 같았다. 아무튼 그는 발을 특이하게 높이 쳐들며 걸었고 그레고르는 아버지의 구두 밑창이 너무 커서 깜짝 놀랐다. 하지만 그런 것은 아무래도 좋았다. 그의 삶이 새로 시작된 첫날부터 아버지가 그를 엄격하게 대하려 한다는 것을 알고 있었기 때문에 그레고르는 아버지가 다가오면 도망을 쳤다. 아버지가 멈추면 그레고르도 멈추고 아버지가 조금 움직이기만 해도 다시 서둘러 도망쳤다. 그들은 그런 식으로 여러 차례 방을 맴돌았지만 중대한 사건은 일어나지 않았으며 움직이는 속도가 느려서 추적하고 도망치는 것처럼 보이지도 않았다. 그레고르는 바닥으로만 기어다녔다. 벽이나 천장으로 도망을 가면 아버지가 특히 못된 짓으로 여길까 봐 두려웠던 것이다. 하지만 이런 달리기도 그레고르는 오래 견딜 수 없을 것 같았다. 아버지가 한 걸음만 떼어도 그는 엄청나게 많이 움직여야 했기 때문이다. 예전에도 폐가 그리 건강한 편이 아니었기 때문에 벌써 호흡 곤란이 느껴지기 시작했다.

그레고르가 그렇게 온 힘을 모아 눈도 거의 뜨지 못한 채 달리고 있을 때, 달리는 것밖에는 다른 구원의 가능성을 생각도 못 하고, 벽 위로—세심하게 조각된 가구의 삐죽삐죽한 부분들이 벽을 가로막고 있긴 했지만—도망갈 수 있다는 사실까지 거의 잊고 있었을 때, 그때 바로 그의 옆으로 가볍게 던져진 무엇인가가 떨어지면서 데구루루 그의 앞으로 굴러왔다. 그것은 사과였다. 곧이어 두 번째 사과가 그를 향해 날아왔다. 그레고르는 너무 놀라서 멈춰 섰다. 더 이상 도망쳐봤자 아무런 소용이 없었다. 아버지는 그를 폭격하기로 결심한 것이다. 탁자 위의 과일 그릇에 남긴 사과를 수머니에 가득 채우고 정확히 조준도 하지 않은 채 그냥 계속 던졌다. 작고 빨간 사과들이 전기라도 오른 듯 바닥을 굴러다니며 서로 부딪쳤다. 가볍게 던져진 사과 하나가 그레고르의 등을 스쳤지만 그냥 미끄러졌다. 하지만 그 뒤를 이어 날아온 사과는 그레고르의 등에 제대로 꽂혔다. 그레고르는 도망을 가면 그 갑작스럽고 믿을 수 없는 고통이 사라지기라도 할 것처럼 달아나려고 했지만 그 자리에 못 박힌 것 같았다. 그는 결국 완전히 정신을 잃고 그 자리에 뻗어 버렸다. 마지막으로 그의 방문이 열어젖히면서 큰 소리로 울부짖는 여동생 앞으로 어머니가 달려 나오는 것이 보였다. 어머니는 셔츠 차림이었다. 여동생이 어머니의 의식을 되돌리기 위해 호흡이 자유롭도록 옷을 벗긴 것이다. 어머니는 아버지에게 달려갔고 열어젖힌 치마들이 하나씩 바닥으로 미끄러져 내렸다. 어머니는 치맛자락에 발이 걸려 비척대며 달려가 아버지를 끌어안고—그때 그레고르의 시력이 다했다—그레고르를 살려달라고 애원했다.

3

 그레고르는 그 상처로 한 달이 넘게 고생했다. 살 속에 박혀 있는 그 사과는 아무도 뽑아낼 엄두를 못 내는 바람에 그날 있었던 일을 알려주는 가시적인 징표가 되었다. 그레고르가 참담하고 징그럽게 변했지만 분명한 가족이므로 원수처럼 대하면 안 되며, 구역질이 나더라도 꿀꺽 삼키며 참고 또 참는 것만이 가족의 의무라는 것을 아버지에게조차도 상기시켜 준 것이다.
 그레고르는 그 상처로 이제 다시는 자유롭게 움직일 수 없게 되었고 자신의 방을 가로지르는 데에도 늙은 부상병처럼 한참이 걸렸으며 높은 곳을 기어오른다는 것은 상상도 할 수 없었으나 충분한 보상을 받았다고 생각했다. 언제나 저녁 무렵이 되면 거실의 문이 열리는 것이다. 그레고르는 거실의 문이 열리는 한두 시간 전부터 그쪽만 바라보며 기다릴 정도였다. 문이 열리면 거실에서는 보이지 않는 어두운 방 안에 누운 채, 환한 불빛을 받으며 테이블 주위에 모여 이야기를 나누고 있는 가족들을 어느 정도 허락을 받고-그러니까 전과는 상황이 달랐다-볼 수 있었다.

물론 그레고르가 작은 호텔 방의 눅눅한 침대에서 어느 정도 그리워하며 생각했던 예전의 활기찬 대화는 아니었다. 이제는 대개 매우 조용할 따름이었다. 아버지는 저녁 식사가 끝나면 안락의자에 앉은 채 곧 잠이 들었다. 어머니와 여동생은 번갈아가며 서로 조용히 할 것을 상기시켰다. 어머니는 등불 밑으로 몸을 크게 숙이고 의상실에서 받아온 일감을 바느질했다. 상점의 점원으로 취직한 여동생은 나중에 더 나은 직장을 구하기 위해 저녁이면 속기와 불어를 공부했다. 아버지는 가끔 눈을 뜨고는 언제 잠들었냐는 듯 어머니에게 "오늘은 또 얼마나 오랫동안 바느질할 작정이오?" 하고는 다시 잠들었다. 그러면 어머니와 여동생은 힘없는 미소만 주고받았다.

무슨 옹고집이라도 되는 듯 아버지는 집에서도 수위 제복을 벗지 않았다. 잠옷이 그냥 옷걸이에 걸려 있었지만 아버지는 언제나 완벽한 제복 차림으로 자리에 앉은 채 졸았다. 언제나 만반의 근무 태세를 갖추고 집에서도 상사의 명령을 기다리는 듯했다. 그리하여 처음 지급할 때부터 새 옷이 아니었던 제복은 어머니와 여동생이 세심하게 손봐주었지만 지저분해지고 말았다. 금 단추는 항상 닦아서 번쩍번쩍 빛이 났지만 아버지의 제복에는 여기저기에 얼룩이 있었으며 그레고르는 저녁 내내 그것을 바라보며 지내곤 했다. 제복을 입은 아버지는 매우 불편한 모습이긴 했으나 조용히 잠들어 있었다.

열 시가 되면 어머니는 나지막한 목소리로 아버지를 깨우고는 침대에 가서 자라고 설득했다. 안락의자에서는 제대로 잠을 잘 수 없고 6시가 되면 출근하는 아버지는 충분히 잠을 자야 했다. 하지만 수위가 된 다음부터 고집이 세진 아버지는 언제나 더 앉아 있겠다고 우기다 다시 잠에 들었다. 그러면 아버지를 의자에서 침대로 옮기기가 무척 힘이 들었다. 어머니와 여동생은 어서 자러 가야 한다며 여러 차례 아버지를 종용했지만 아버지는 15분씩이나 고개를 천천히 흔들 뿐 눈은 감은 채 일어서지 않았다. 어머니는 아버지의 소매를 잡아당기며 다정한 말을 속삭였고 여동생도 어머니를 돕기 위해 공부하던 책을 덮었으나 아버지는 꿈쩍도 하지 않았다. 안락의자 속으로 더욱더 깊이 파고들 뿐이었다. 두 여자가 겨드랑이 밑에 손을 넣어 억지로 일으켜 세우려 할 때에야 겨우 눈을 뜨고 "이것이 인생이야! 내 황혼의 안식처란 말이다."라고 말하곤 했다. 그리고 두 여자의 부축을 받으며 자기 몸이 무거운 짐이라도 되는 듯이 어렵사리 몸을 일으켜 문 있는 곳까지 가서는 어머니와 여동생을 돌려보내고 혼자 걸어갔다. 하지만 어머니는 바느질감을 치우고, 또 여동생은 펜을 급히 던져놓고 아버지를 뒤따라가 더 도와줄 일은 없는지 살폈다.

이렇게 모두가 지치고 피곤한 가정에서 누가 필수불가결한 정도를 넘어 그레고르를 보살필 시간이 있을까? 집안 형편도 점점 어려워졌고 하녀도 결국 내보냈다. 그 대신 백발을 휘날리는 몸집이 크고 튼튼한 할머니가 아침저녁으로 드나들며 힘든 일만 거들었다. 그 외의 다른 일은 바느질하는 틈틈이 어머니가 해냈다. 어머니와 여동생이 친목회나 축하 모임에 갈 때면 자랑스럽게 걸치던 장신구들까지 팔게 되었다. 그레고르는 가족들이 저녁에 모여 그것을 얼마나 받고 팔 것인지 의논하는 걸 듣고서야

이 사실을 알게 되었다.

하지만 언제나 가장 큰 걱정거리는, 지금 처지로는 너무 크지만 그레고르를 옮길 방도가 없어서 이사 갈 수도 없는 집이었다. 하지만 그레고르는 가족들이 자신에 대한 배려 때문에 이사 가지 못하는 것이 아니라는 것을 잘 알고 있었다. 적당한 궤짝에 구멍 몇 개만 뚫어놓으면 그를 운반할 수 있을 것이다. 이사를 가지 못하는 가장 큰 이유는 무엇보다도 완벽한 절망감 그리고 친척이나 친구들 사이에서 아무도 겪어본 적이 없는 불행에 빠졌다는 생각 때문이었다.

가족들은 가난한 사람들이 겪어야 하는 고통을 충분히 감내하고 있었다. 아버지는 은행의 말단직원들에게 아침 식사까지 날랐으며 어머니는 낯선 사람들의 옷가지를 위해 몸을 아끼지 않았고 여동생은 손님들의 비위를 맞추느라 하루 종일 종종걸음을 쳤다. 가족들은 더할 수 없이 지쳐 있었다.

어머니와 여동생은 아버지를 침대에 눕히고 거실로 돌아오면 일감도 밀어놓은 채 바싹 다가앉았다. 어머니는 그레고르의 방을 가리키며 "그레테, 저 문 좀 닫아주겠니?" 하고 말했고 그레고르는 다시 어둠 속에 묻혔다. 그러면 두 여자는 나란히 앉아 함께 눈물을 흘리거나 눈물조차 메말라 버리면 탁자만 뚫어져라 쳐다보며 앉아 있었다. 그럴 때면 그레고르는 등의 상처가 다시 아프기 시작했다.

그레고르는 밤에도 낮에도 거의 잠을 이루지 못했다. 다시 방문이 열리면 옛날처럼 가족을 책임지겠다는 생각도 가끔 들었다. 오랜만에 다시 사장과 지배인, 직원들과 견습사원, 아주 미련했던 사환, 다른 회사에서 일하는 두세 친구들, 시골 호텔의 청소부 아가씨, 짧지만 즐거웠던 추억, 진지하게 청혼했지만 때가 너무 늦었던 모자 가게 점원의 모습이 눈앞에 떠올랐다. 그들은 낯선 사람들이나 이미 잊어버린 사람들과 함께 뒤섞여 나타났다. 하지만 그들은 그레고르나 가족을 도와주기에는 너무 멀리 있었다. 그들의 모습이 사라지면 오히려 기뻤다.

그러면 가족을 돌보고 싶은 마음이 다시 사라지고 자신을 제대로 돌봐주지 않는 데에 잔뜩 화가 났다. 무엇을 먹고 싶은지 전혀 짐작도 안 되고 배도 고프지 않았지만, 먹을 만한 걸 찾아볼 생각으로 부엌으로 가는 계획도 세워 보았다. 요즘 들어 여동생은 무엇으로 그레고르를 기쁘게 해줄 수 있을지 전혀 생각도 하지 않고 아침과 점심, 출근하기 전에 서둘러 아무 음식이나 발로 밀어 방 안에 들여놓았다. 그리고 집에 돌아오면 그가 입을 댔거나 말았거나—입도 대지 않는 경우가 대부분이었다—신경도 쓰지 않고 빗자루로 쓸어 내버렸다.

방 청소는 저녁마다 했는데 어찌나 서두르는지 그보다 더 빨리 해치울 수는 없을 것이다. 벽마다 더러운 줄이 생기고 먼지와 쓰레기가 여기저기 덩어리를 지어 나뒹굴었다. 처음에 여동생이 들어왔을 때 그레고르는 일부러 특히 지저분한 구석에 서 있었다. 그런 식으로 방이 더러운 것을 책망할 생각이었다. 하지만 그레고르가 일주일간이나 그렇게 서 있어도 여동생은 꿈쩍도 하지 않았다. 여동생도 그레고르와 마찬가지로 방이 더러운 것을 보았지만 그냥 두기로 결심을 한 것이었다. 그러면서도 그레고르의 방 청소는 자기의 권한으로 다른 사람이 대신 치우지 않도록 감시했는데 그 점에서 여동생은 예전에는 찾아볼 수 없었던 민감함을 보였고 이에 온 가족도 크게 놀랐다.

한 번은 어머니가 양동이에 물을 서너 번이나 길어오며 그레고르의 방을 대청소한 적이 있었다. 그 바람에 방이 온통 젖어서 그레고르는 속이 상했고 기분도 나빠서 꼼짝 않은 채 소파 위에 엎드려 있었다. 어머니는 그 벌을 피할 수 없었다. 여동생이 저녁에 그레고르의 방이 달라진 것을 보자마자 거실로 달려가—어머니가 다시는 그렇게 하지 않겠다고 두 손을 들고 맹세했지만—목 놓아 운 것이다. 처음에 부모님은—아버지는 물론 깜짝 놀라 안락의자에서 벌떡 일어났다—어찌할 바를 모르고 어리둥절 바라보기만 했지만 결국 마음이 약해지기 시작했다. 아버지는 한편으로는 그레고르의 방 청소를 딸에게 맡기지 않은 어머니를 책망했고 다른 한편으로는 그레테에게 앞으로는 절대로 그레고르의 방을 청소하지 말라고 소리쳤다. 그러는 동안 어머니는 아버지를 침실로 끌고 들어가려 했지만 아버지는 흥분한 나머지 그런 사정을 모르고 있었다. 그레테는 여전히 몸을 떨며 울고 조그만 주먹으로 탁자를 두들겼다. 그레고르는 아무도 방문을 닫을 생각을 않고 이런 꼴을 모두 그에게 보여주는 것에 화가 나서 쉿쉿 소리를 냈다.

여동생이 직장 일 때문에 피곤하여 전처럼 그레고르를 돌보는 일이 짜증 난다고 해도 어머니가 여동생을 대신할 필요는 전혀 없으며 그렇다고 그레고르가 굳이 방치될 이유도 없었다. 파출부 할머니가 있지 않은가! 그 늙은 과부는 긴 세월 온갖 고난을 단단한 몸뚱이 하나로 버텨낸 까닭에 그레고르에게 별다른 혐오감을 느끼지 않았다. 그녀는 무슨 호기심 때문이 아니라 그저 우연히 한 번 방문을 열고 그를 보게 되었는데, 그레고르는 너무 놀라 누가 쫓는 것도 아닌데 이리저리 달리기 시작했다. 그러나 정작 그 할멈은 팔짱을 낀 채 서서 놀랍다는 듯 바라보고만 있었다. 그 뒤부터 할멈은 아침저녁으로 늘 잠깐씩 문을 조금 열고 그레고르를 들여다보았다. 파출부 할멈은 처음에는 친절한 말을 건넨답시고 "늙은 말똥 벌레야, 이리 오렴."이라든가 "이 늙은 말똥 벌레 좀 보게!" 하고 불러댔다. 그에 대해 그레고르는 아무런 대답도 하지 않았을 뿐만 아니라 문이 열리지도 않았다는 듯이 꼼짝 않고 제자리에 앉아 있기만 했다. 그 할멈에게 아무 쓸모도 없이 기분 내키는 대로 그를 방해하는 대신 매일 방 청소를 시키면 되지 않겠는가! 어느 날 이른 아침이었다. 세찬 빗방울이 유리창을 치는 것으로 보아서 봄이 오고 있는 것 같았다. 그날도 파출부 할멈은 그레고르의 방문을 열고 놀리기 시작했고 그레고르는 몹시 화가 났다. 그래서 물론 느리고 약했지만, 공격이라도 할 것처럼 할멈을 향해 돌아섰다. 하지만 파출부는 겁을 먹기는커녕 문 옆에 있는 의자를 높이 쳐들고 입을 크게 벌리며 서 있는 것으로 보아 손에 든 의자로 그레고르의 등을 내려칠 의도가 분명했다. 그레고르가 다시 방향을 바꾸자 그녀는 "그래, 더 이상은 안 되겠지?" 하며 의자를 다시 조용히 구석에 내려놓았다.

이제 그레고르는 거의 아무것도 먹지 않았다. 넣어준 음식 옆을 우연히 지나갈 때면 심심풀이 삼아 한 입을 베어 물고 있었지만 그렇게 몇 시간이고 있다가는 대개는 다시 뱉어 버렸다. 처음에는 방이 너무 참담해서 슬픈 나머지 음식을 먹을 수 없다고 생각했지만 방의 변화에는 사실 곧 적응이 되었다. 사람들은 적당히 둘 곳이 없는 물건을 그레고르의 방에 넣어두곤 했다. 방 하나에 세 남자 하숙인을 들였기 때문에 그런 물건들이 많아졌다. 그레고르가 한 번 문틈으로 보니 그 세 명의 엄숙한 남자들은 —모두가 수염을 잔뜩 기르고 있었다—지독할 만큼 정리 정돈을 중요시했다. 그들이 살고 있는 방뿐만 아니라 살림 전체, 특히 부엌을 청결히 할 것을 강조했다. 쓸모없는 물건이나 더러운 살림살이는 참고 보질 못했다. 게다가 그들은 자신들의 살림살이도 많이 가지고 왔기 때문에 많은 물건이 불필요해졌다. 팔 수는 없지만 버리기에는 아까운 물건들이었다. 그런 물건들이 모두 그레고르의 방 안에 쌓이게 되었다. 재를 담는 상자와 부엌의 쓰레기통도 마찬가지였다. 늘 몹시 서두르는 파출부 할멈은 당장 불필요하다고 생각되는 것들은 그냥 모두 그레고르의 방에 넣어두었다. 다행히도 그레고르는 물건과 그 물건을 들고 있는 손밖에 볼 수 없었다. 아마도 파출부 할멈은 시간이 나고 기회가 되면 그 물건들을 다시 가져가거나 혹은 모두 한꺼번에 내다 버릴 참이었지만 결국은 처음 던져둔 그 자리에 그대로 있었다. 그레고르는 그 잡동사니들 사이를 다니며 움직였는데 처음에는 그렇게라도 해야 기어다닐 수 있는 공간을 만들 수 있기 때문에 억지로 했지만 나중에는 재미까지 느꼈다. 하지만 그렇게 돌아다니고 나면 죽을 듯이 피곤하고 슬퍼져서 몇 시간이고 꼼짝도 하지 못했다.

하숙인들은 가끔 저녁 식사도 집에서 했는데, 함

께 쓰는 거실에서 식사했기 때문에 그런 날 저녁이면 거실 문이 닫혀 있었다. 그레고르는 쉽게 포기했다. 문이 열려 있는 저녁에도 가끔은 그 기회를 이용하지 않고 가족들도 모르게 자기 방의 어두운 구석에 누워있었다. 하지만 언젠가 한 번 파출부 할멈이 거실 문을 살짝 열어놓은 것이 저녁이 되어 하숙인들이 들어 왔을 때도 그대로였다. 그들은 식탁 윗자리, 예전 같으면 부모님과 그레고르가 앉았을 자리에 냅킨을 펼치고 손에 나이프와 포크를 들었다. 곧이어 어머니가 고기 그릇을 들고 들어왔고 그 뒤를 이어 여동생이 감자가 가득 담긴 그릇을 들고 따라왔다. 음식에서 김이 무럭무럭 피어올랐다. 하숙인들은 먹기 전에 점검이라도 하듯이 앞에 놓인 그릇 위로 고개를 숙이고 들여다보았다. 다른 두 남자의 존경을 받는, 가운데 앉은 남자가 아직 그릇에 담겨있는 고기를 한 조각 잘랐다. 잘 익었는지, 부엌으로 다시 돌려보내지 않아도 되는지 확인하는 것이 분명했다. 그 남자가 만족한 표정을 지었고 긴장한 채로 그 모습을 지켜보던 어머니와 여동생은 한숨을 쉬며 미소 짓기 시작했다.

가족들은 부엌에서 식사했다. 아버지는 부엌에

들어오기 전에 하숙인들이 있는 거실로 들어가서 모자를 손에 들고 절을 한 번 하고는 식탁 주위를 한 바퀴 돌았다. 하숙인들은 모두 일어서서 턱수염 속에서 무슨 말인지 중얼거렸다. 아버지가 나가자 그들은 거의 아무 말도 하지 않고 음식을 먹었다. 식사하는 동안 여러 가지 소리 속에서 계속해서 음식을 씹는 이빨 소리가 들려오는 것이 그레고르에게는 이상하게 느껴졌다. 마치 먹기 위해서는 이빨이 필요하며 아무리 멋진 턱이 있더라도 이빨이 없으면 아무것도 할 수 없다는 걸 그레고르에게 보여주려는 것 같았다.

"나도 먹고 싶지만 저런 음식은 싫다. 저 하숙인들처럼 먹는다면 나는 죽고 말 거야!"

그레고르는 걱정스럽게 중얼거렸다.

바로 그날 저녁, 부엌에서 바이올린 소리가 들려왔다. 그레고르는 바이올린 소리를 계속 들었는지 기억할 수 없었다. 하숙인들은 저녁 식사를 마쳤고 가운데 앉은 남자가 신문을 꺼내어 다른 두 남자에게 한 장씩 주었다. 세 사람은 몸을 뒤로 젖히고 앉아 신문을 읽으며 담배를 피웠다. 바이올린 연주가 시작되자 하숙인들은 그 소리에 주목하여 의자에서 일어나 발끝걸음으로 응접실 문까지 가서 옹기종기 모여 서 있었다. 그 소리가 부엌까지 들렸음이 틀림없었다.

아버지가 "바이올린 소리가 신사분들께 방해가 됩니까? 그렇다면 즉시 멈추겠습니다." 하고 묻는 소리가 들려왔다.

"오히려 그 반대입니다." 가운데 남자가 대답했다.

"괜찮으시다면 이쪽으로 나와서 연주하세요. 그러면 훨씬 편안하고 좋겠습니다."

"그렇게 하지요."

아버지는 자신이 바이올린 연주자라도 되듯이 흔쾌히 대답했다. 하숙인들은 거실로 돌아가서 기다렸다. 곧 아버지가 악보 대를, 어머니가 악보를, 여동생이 바이올린을 가지고 들어왔다. 여동생은 침착하게 연주 준비를 마쳤다. 전에는 한 번도 방을 세놓은 적이 없고 그래서 하숙인에게 과도하게 공손한 부모님은 자신들의 의자에 앉을 엄두조차 못 내었다. 아버지는 문에 기대서서 오른손을 제복 단추 사이에 찔러 넣고 있었다. 어머니는 하숙인 한 명이 권하는 대로 그 하숙인이 우연히 구석 자리에 세워둔 의자에 그대로 앉았다.

동생이 연주를 시작했다. 아버지와 어머니는 제각기 자리 잡은 위치에서 주의 깊게 딸의 손 움직임을 바라보았다. 그레고르는 바이올린 소리에 끌려 겁도 없이 조금 앞으로 나아가 머리는 벌써 거실에 있었다. 그는 요사이 다른 사람들을 거의 배려하지 않고 지내 온 것이 별로 이상하게 느껴지지 않았다. 예전에는 다른 사람들을 배려하는 데 특히 긍지를 느꼈다. 그리고 지금에 와서는 다른 사람의 눈앞에서 몸을 숨겨야 할 이유가 더욱 절실했을 것이다. 왜냐하면 그의 방 안에는 어디나 먼지가 소복이 쌓여 있었으며 조금만 움직여도 먼지가 펄펄 날려 온몸이 먼지투성이였기 때문이다. 그는 실오라기, 머리털, 먹다 남은 음식 찌꺼기를 등과 옆구리에 붙인 채 끌고 돌아다녔다. 그는 만사에 무관심해져서 예전처럼 하루에도 몇 번씩 등을 양탄자에 대고 누워 비비는 일도 없었다. 이런 상태에도 불구하고 그는 거리낌 없이 티끌 하나 떨어져 있지 않은 깨끗한 거실 바닥 위를 기어 앞으로 갔다.

하지만 아무도 그레고르를 보지 않았다. 가족들은 완전히 바이올린 연주에 몰두해 있었다. 반면 하숙인들은 처음에는 두 손을 바지 주머니 속에 찔러 넣은 채 여동생의 악보 스탠드 바로 뒤에 마치 모두가 악보를 읽을 수 있다는 듯 너무 가까이 서 있어 동생이 방해를 받을 정도였지만, 잠시 후에는 머리를 숙이고 나직한 소리로 이야기를 나누며 창가로 물러섰다. 아버지는 근심 어린 눈초리로 창가에 서 있는 그들을 쳐다보고 있었다. 아름답고 재미있는 바이올린 연주를 기대했다가 실망하고 싫증이 난 기색이 역력했다. 다만 예의를 지키기 위해 마지못해 듣고 있는 눈치가 분명했다. 특히 그들이 모두 담배 연기를 코와 입으로 공중 높이 내뿜는 모습을 보면 잔뜩 신경질이나 있음을 알 수 있었다. 그래도 여동생은 매우 훌륭하게 연주했다. 얼굴을 옆으로 기울인 채 슬픈 눈길로 악보의 줄을 더듬고 있었다. 그레고르는 조금 더 앞으로 기어 나갔고, 어쩌면 동생과 눈을 마주칠 수 있다는 기대를 품고 머리를 바닥에 바짝 대고 있었다. 이처럼 음악에 감동하는데도 그가 짐승이란 말인가? 그에겐 동경해 마지않던 미지의 양식을 얻을 수 있는 길이 열리는 것 같았다. 그는 동생이 있는 곳까지 기어가서 동생의 치맛자락을 끌어당기며 바이올린을 가지고 자기 방으로 와달라는 뜻을 전할 결심이었다. 여기에는 아무도 자기만큼 동생의 연주를 칭찬해 주는 사람이 없기 때문이었다. 그러고 나서는 적어도 자신의 목숨이 붙어 있는 한 동생을 자기 방에서 내보내지 않으려 했다. 그의 흉악한 모습은 처음으로 도움이 될 것이다. 그의 방에 있는 모든 문을 동시에 지키며 누구라도 공격해 들어오면 으르렁대며 덤벼들 것이다. 하지만 동생은 억지로 강요당해서가 아니라 자유로운 의사에 따라 그의 방에서 지내야 한다. 동생이 그와 함께 소파에 나란히 앉아 그에게 귀를 기울이면, 반드시 음악학교에 보내 주겠다는 결심을 밝히고 이런 불행한 사건만 일어나지 않았더라면 어떤 반대가 있었더라도, 지난 크리스마스에 크리스마스가 아마 벌써 지났지? 모두에게 자신의 결심을 알렸을 것이라고 말해줄 것이다. 그러면 동생은 틀림없이 감격한 나머지 울음을 터뜨릴 것이고 그레고르는 동생의 어깨까지 몸을 일으켜 목에 입을 맞출 것이다. 동생은 직장에 나가면서부터 리본도 칼라도 없이 목을 내놓고 다녔다.

"잠자 씨!"

가운데 남자가 아버지를 부르고는 천천히 앞으로 기어 나오는 그레고르를 아무 말 없이 집게손가락으로 가리켰다. 바이올린 소리가 멈췄다. 가운데 남자가 고개를 가로저으며 친구들에게 미소 짓더니 다시 그레고르 쪽을 쳐다보았다. 아버지는 그레고르를 쫓아내는 것보다는 먼저 하숙인들을 진정시키는 것이 더 중요하다고 생각하는 것 같았다. 하지만 하숙인들은 전혀 흥분하지 않았고, 오히려 바이올린 연주보다 그레고르에게 더 흥미를 느끼는 것 같았다. 아버지는 그들에게 뛰어가서 두 팔을 벌리고 하숙인들을 그들 방으로 돌려보내려고 애를 쓰는 동시에 자기 몸으로 그레고르가 보이지 않도록 가리려고 했다. 그들은 정말 약간 화가 났다. 하지만 아버지의 행동에 화가 났는지, 그레고르 같은 것이 옆방에 살고 있었다는 사실을 꿈에도 모르고 있다가 그제야 알게 되어 화가 난 것인지 알 수 없었다. 그들은 아버지에게 해명을 요구하고, 자기들도 팔을 들어 불안한 듯 수염을 잡아당기며 천천히 그들 방으로 물러갔다.

그사이 동생은 별안간 연주가 중단된 후 빠져든 망연자실한 상태를 극복하고 잠시 축 늘어뜨린 두 손에 바이올린과 활을 쥐고 마치 연주를 계속하듯이 악보를 들여다보았다. 그러고는 갑자기 몸을 일으켰다. 동생은 격렬하게 움직이는 폐로 인해 호흡 곤란에 빠져 아직 의자에 앉아 있는 어머니의 품에 악기를 내려놓고 옆방으로 뛰어 들어갔다. 하숙인들은 아버지에게 밀려서 이제는 좀 더 빠른 속도로 옆방—그들의 방—으로 다가가고 있었다. 여동생은 능숙한 솜씨로 침대 위에 놓여 있던 이불과 베개를 들어 올려 툭툭 턴 뒤 보기 좋게 정돈해 놓았다. 동생은 하숙인들이 방에 들어오기 전에 침대 정돈을 끝내고 살짝 빠져나왔다. 아버지는 또다시 옹고집에 사로잡혀서 어쨌건 하숙인들을 존중해야 한다는 사실조차 잊어버린 것 같았다. 아버지는 그들을 밀고 또 밀뿐이었다. 마침내 방문 앞에 다다르자 가운데 남자가 쾅 하고 발을 굴렀고 아버지도 할 수 없이 멈춰 섰다.

"나는 이 자리에서 선언하지만……."

그 남자는 한쪽 손을 쳐든 채 눈으로는 어머니와 여동생을 찾으며 말했다.

"현재 이 집과 이 집의 가족들 사이에 감돌고 있는 불쾌한 분위기를 고려해서."

그는 여기까지 말한 다음 단호히 바닥에 침을 뱉었다.

"지금 당장 방을 해약합니다. 지금까지 지낸 기간의 방세는 물론 한 푼도 지불할 수 없습니다. 또 앞으로 이건 정말입니다. 아주 쉽게 찾을 수 있는 어떤 이유를 근거로 당신에게 손해 배상 청구를 제기할 것인지도 신중히 고려해 볼 작정입니다."

그 남자는 입을 다물고, 마치 무엇인가를 기다리는 듯 똑바로 앞을 바라보았다. 실제로 그의 두 친구가 즉시 입을 열었다.

"우리도 역시 지금 당장 해약하겠습니다."

그 뒤 가운데 남자는 문의 손잡이를 쥐더니 탕 하고 요란스럽게 문을 닫았다.

아버지는 비틀대며 손으로 더듬더듬 의자까지 걸어오더니 힘없이 의자 위에 내려앉았다. 평소와 다름없이 저녁잠을 자는 것처럼 사지를 뻗고 있었지만 힘없는 고개를 쉴 새 없이 끄덕거리고 있는 모습이 전혀 잠을 자고 있지 않다는 걸 알려주었다. 그레고르는 그동안 하숙인들에게 들켰던 바로 그 자리에 조용히 누워 있었다. 계획이 실패한 데 대한 실망감과 아마도 오랫동안 굶주린 탓에 몸이 극도로 쇠약해졌기 때문에 도저히 꼼짝달싹할 수 없었다. 그는 지금 당장이라도 모든 것이 무너져 내리며 자신을 덮칠 것이라는 어느 정도 확실한 예감에 두려워 떨며 기다리고 있었다. 그때 어머니의 떨리는 손가락 아래로 빠져나온 바이올린이 바닥으로 떨어지며 큰 소리를 냈지만 그레고르는 조금도 놀라지 않았다.

"사랑하는 부모님!"

여동생은 그렇게 말머리를 떼더니 손으로 탁자를 내리쳤다.

"더 이상 못 견디겠어요. 어머니와 아버지는 아마도 아직 사정을 모르시겠지만 저는 잘 알고 있어요. 저는 저런 괴물을 앞에 놓고 오빠의 이름을 입에 올리고 싶지 않아요. 우리는 저것을 털어 버려야 해요. 우리는 저것을 먹여 살리며 참느라고 인간으로서 할 수 있는 일은 다했어요. 아무도 우리를 조금도 나무랄 수 없다고 생각해요."

"저 아이 말이 천만번 옳아."

아버지는 혼잣말로 중얼거렸다. 아직도 숨을 제대로 쉬지 못하는 어머니는 마치 정신이 나간 사람과 같은 눈초리로 손을 입에 대고 심한 기침을 시작했다. 여동생은 어머니 옆으로 달려가서 이마를 짚어 주었다. 여동생의 말에 생각이 보다 확실해진 것 같은 아버지는 자세를 고쳐 의자 위에 똑바로 앉더니 하숙인들이 저녁 식사를 끝낸 다음에도 식탁 위에 놓여 있는 접시들 사이에서 놓인 그의 수위 모자를 주물럭거리며 가끔 조용히 있는 그레고르를 쳐다보았다.

"우리는 어떻게든 저것으로부터 벗어나야 해요."

여동생은 이제 아버지에게만 말했다. 어머니는 기침하느라고 아무 말도 듣지 못했기 때문이다.

"저것이 이제는 부모님을 죽일 거예요. 그럴 날이 올 것을 저는 알고 있어요. 우리처럼 갖은 고생을 다하며 일해야 하는 사람이 어떻게 집에 와서까지 이 영원한 고통을 참을 수 있겠어요? 저도 이제는 더 이상 참을 수 없어요."

그러고 나서 동생은 격렬한 울음을 터뜨렸다. 동생의 눈물이 어머니의 얼굴 위로 흘러내리자 동생은 기계적인 손동작으로 어머니의 얼굴에서 눈물을 닦았다.

"얘야."

아버지는 동생을 한편 가여워하고 두드러진 이해를 보이며 말했다.

"하지만 어떻게 한단 말이냐?"

동생도 어찌할 바를 모르겠다는 표시로 어깨를 움츠려 보였다. 우는 동안 그처럼 단호했던 태도는 어느덧 사라지고만 것이다.

"저놈이 우리말을 알아듣는다면……."

아버지는 반쯤 물어보는 것처럼 그렇게 말했다. 동생은 울면서, 그런 일은 전혀 생각할 수도 없다는 뜻으로 손을 격렬하게 내저었다.

"저놈이 우리말을 알아듣는다면……."

아버지는 같은 말을 되풀이하며 눈을 감았다. 그런 일은 도저히 있을 수 없다는 동생의 확신을 그대로 받아들인 것이다.

"그렇다면 저놈하고 타협할 수도 있을 텐데. 하지만 저 모양이니……."

"내쫓아야 해요!"

여동생이 외쳤다.

"그렇게 할 수밖에 없어요, 아버지! 저것이 그레고르 오빠라는 생각을 떨쳐 버리셔야만 해요. 저것이 그레고르 오빠라고 오랫동안 믿어 왔던 것이 우리의 진짜 불행이에요. 저것이 어떻게 오빠란 말이에요? 만일 정말 오빠라면, 사람은 저런 짐승과 함께 살 수 없다는 것을 벌써 알아차리고 스스로 나가

버렸을 거예요. 그러면 오빠는 없을망정 우리는 계속 살 수 있고, 오빠에 대한 기억을 소중하게 간직할 수 있을 거예요. 하지만 저것은 우리들을 뒤쫓아 다니며 하숙인들을 쫓아낼 뿐만 아니라 이 집 전체를 차지하고 우리를 거리로 내몰려고 하는 것이 분명하잖아요! 저것 좀 보세요, 아버지." 여동생이 갑자기 외쳤다.

"벌써 또 시작했어요!"

동생은 그레고르로서는 전혀 이해할 수 없는 공포에 사로잡힌 채 어머니로부터 물러났다. 마치 그레고르의 옆에 있느니 차라리 어머니를 포기하겠다는 듯이 어머니의 의자로부터 선뜻 물러나더니 아버지 뒤로 달려갔다. 동생의 행동에 흥분한 아버지는 자리에서 일어나 동생을 보호하려는 듯 동생을 향해 두 팔을 반쯤 앞으로 쳐들었다.

하지만 그레고르는 여동생은 물론이고 그 누구도 불안하게 만들 생각이 추호도 없었다. 그는 단지 자기 방으로 돌아가려고 몸을 돌리기 시작했을 뿐인데, 그의 비참한 상태로는 몸을 돌리는 것과 같은 어려운 동작을 하기 위해서는 머리를 이용해야 했으므로 몇 번이고 머리를 쳐들었다 바닥 위로 내리치기를 반복했던 것인데 그것이 그렇게 이목을 끈 것이다. 그는 동작을 멈추고 주위를 살폈다. 가족들은 그레고르의 악의 없는 의도만은 알아주는 것 같았다. 그저 순간적으로 놀랐을 따름이었다. 이제는 모두가 아무 말도 하지 않고 슬픈 표정으로 그를 바라보고 있었다. 어머니는 의자에 앉아서 두 다리를 모아 쭉 뻗치고 있었다. 너무 지쳐서 눈이 거의 감긴 상태였다. 아버지와 동생은 나란히 앉아 있었다. 동생은 한 손으로 아버지의 목을 감고 있었다.

'자, 이제는 방향을 돌려도 괜찮겠지.'

그는 다시 작업을 시작했다. 너무 힘들어서 숨을 몰아쉬는 것을 억제할 수 없었고 가끔 쉬어야 했다. 게다가 재촉하는 사람도 없었다. 모든 것이 그에게 맡겨진 상태였다. 방향을 바꾸고 난 뒤 그레고르는 곧장 되돌아가기 시작했다. 그는 자기 방까지의 거리가 그렇게 먼 데 크게 놀라며 조금 전 쇠약한 몸을 이끌고 어떻게 이처럼 먼 거리를 짧은 시간 내에 전혀 멀다고 느끼지 않고 기어왔는지 도무지 납득이 가지 않았다. 그는 그저 빨리 기어가는 일에만 몰두하여 가족들이 말을 걸거나 소리를 쳐서 방해하지 않았다는 사실도 거의 눈치채지 못했다. 방문 앞에 도착했을 무렵에야 비로소 한 번 고개를 돌려보려고 했으나 목이 뻣뻣하게 굳어 제대로 되지 않았다. 그래도 조금 전과 달라진 것은 아무것도 없으며 여동생만이 서 있는 걸 볼 수 있었다. 그의 마지막 시선이 어머니를 스쳐 지나갔다. 어머니는 완전히 잠들어 있었다. 그가 방 안에 들어가자마자 방문이 서둘러 닫히더니 단단히 잠겼다. 갇힌 것이다. 별안간 뒤에서 요란스러운 소리가 들려서 그레고르는 깜짝 놀라 다리가 꺾일 뻔했다. 그렇게 서둘러 달려온 사람은 여동생이었다. 동생은 미리 서서 기다리고 있다가 그레고르가 방에 들어가자마자 번개같이 달려왔던 것이었다. 그레고르는 동생의 발소리를 전혀 듣지 못했다. 동생은 열쇠를 자물쇠 구멍에 넣어서 돌려 잠그며 부모님을 향해 소리쳤다.

"이제 드디어 됐어요!"

"이젠 어쩌지?"

그레고르는 그렇게 스스로에게 되물으며 어둠 속에서 주위를 둘러보았다. 그는 곧 더 이상 조금도 움직일 수 없다는 사실을 깨달았다. 그것이 이상하지도 않았다. 오히려 지금까지 정말 가늘기 짝이 없는 그 다리들로 움직일 수 있었다는 것이 이상할 정도였다. 어느 정도 편안한 느낌까지 들었다. 온몸이 아팠지만 그 고통도 점점 약해지다가 결국은 완전히 사라질 것 같았다. 등에 박힌 썩은 사과도, 부드러운 먼지가 쌓인 그 주위의 염증도, 벌써 거의 느껴지지 않았다. 그는 감동과 애정을 가지고 가족들을 돌이켜 생각해 보았다. 자신이 사라져야 한다는 그의 생각은 여동생의 생각보다 아마 훨씬 단호했을 것이다. 교회의 시계탑이 새벽 3시를 알릴 때까지 그는 그렇게 허전하고 고요한 생각에 잠겨 있었다. 창밖이 훤하게 밝아오기 시작하는 것까지는 알 수 있었다. 그 뒤 머리가 자기도 모르게 밑으로 푹 떨어지며 콧구멍에서 마지막 숨이 힘없이 흘러나왔다.

아침 일찍, 할멈이 왔다. 제발 그러지 말라고 지금까지 몇 번이나 부탁했지만, 할멈은 힘이 세고 급한 성격이어서 문이란 문을 모두 쾅쾅 세게 닫기 때문에 할멈만 오면 온 가족들이 편히 잠을 잘 수 없었다. 할멈은 습관적으로 잠깐 그레고르의 방을 들여다보았으나 처음에는 아무런 이상도 발견하지 못했다. 할멈은 그레고르가 일부러 꼼짝도 않고 누워 기분이 상한 것처럼 굴고 있다고 생각했다. 할멈은 그가 어떤 것이든 다 알고 있다고 생각했다. 할멈은 때마침 손에 긴 빗자루를 들고 있었기 때문에 방문에 선 채 빗자루로 그레고르를 간질거리려 했다. 그래도 아무 효과가 없자 할멈은 화가 나서, 그레고르의 몸을 약간 쑤셔 보았다. 곧 그 진상을 알게 되자, 할멈은 눈이 휘둥그레져서 휘파람을 획 하고 불었지만 그 자리에 오래 머물지는 않고 침실 문을 열어젖히더니 어둠 속을 향해 큰 소리로 외쳤다.

"저것 좀 봐요, 저것이 뻗었어요. 저기 누워 있어요. 완전히 죽어 자빠졌어요!"

잠자 부부는 침대에서 일어나 똑바로 앉아 있었다. 그리고 할멈의 보고 내용을 파악하기 전에 우선 아랫사람에게 깜짝 놀라 당황한 상태를 수습해야 했다. 하지만 잠자 부부는 곧 서둘러 침대 좌우로 내려왔다. 잠자 씨는 어깨에 이불을 걸치고, 부인은 잠옷 차림으로 나와 그레고르의 방으로 들어갔다. 그러는 동안, 하숙을 친 다음부터 그레테가 잠을 자는 거실 문도 열렸다. 그레테는 전혀 잠을 자지 않은 것처럼 단정하게 옷을 입고 있었다. 무엇보다도 창백한 얼굴빛이 그것을 증명하는 것 같았다.

"죽었어?"

잠자 부인은 이렇게 말하며, 스스로 점검할 수

있고 또 점검해보지 않아도 알 수 있는 일이지만 할멈에게 묻듯이 쳐다보았다.

"죽은 것 같아요."

할멈은 이렇게 말하고 그 증거로 빗자루를 가지고 그레고르의 시체를 옆으로 쭉 밀었다. 잠자 부인은 빗자루를 치우라고 하려는 듯했지만 그만두었다.

"자아, 이제 우리 하느님께 감사드리자."

잠자 씨가 이렇게 말하며 가슴에 십자가를 그었다. 세 여자도 그를 따라 했다. 그때까지 시체에서 한눈도 팔지 않고 있던 그레테가 입을 열었다.

"이것 좀 보세요, 어쩌면 저렇게 말랐을까요. 벌써 오래전부터 아무것도 먹지 않았어요. 음식은 갖다준 그대로 그냥 다시 나왔어요."

정말 그레고르의 몸은 완전히 납작한 상태로 말라붙어 있었다. 이제 더 이상 다리들이 그의 몸을 들고 있지 않고 그 밖에도 주의를 다른 곳으로 돌릴 것이 아무것도 없게 된 지금에 와서야 비로소 그 사실이 분명히 드러났다.

"그레테, 이리 와라. 잠시 우리 방으로 가자."

잠자 부인이 우울한 미소를 지으며 말했다. 그레테는 시체를 돌아다보며 부모의 뒤를 따라 침실로 들어갔다. 할멈은 방문을 닫고 창문을 활짝 열어젖혔다. 아직 이른 아침이지만, 신선한 공기 속에는 어딘지 훈훈한 온기가 감돌고 있었다. 어느덧 벌써 3월 말이었다.

세 하숙인은 방에서 나와 어리둥절한 표정으로 아침 식사를 찾았다. 모두가 하숙인들이 있다는 것을 잊고 있었다.

"아침 식사는 어디 있습니까?"

가운데 남자가 불쾌한 어투로 할멈에게 물었다. 할멈은 말없이 손가락만 입에 대고는 그레고르의 방에 가보라고 성급히 눈짓했다. 그들은 그레고르의 방으로 가서 약간 낡은 웃옷 주머니에 두 손을 찔러 넣은 채 그레고르의 시체를 둘러싸고 서 있었다. 방 안은 이미 훤하게 밝았다.

그때 침실 문이 열렸다. 잠자 씨는 수위 제복을 입은 채, 한쪽 팔에는 아내를 다른 쪽 팔에는 딸을 데리고 부축을 받으며 나타났다. 세 사람은 모두 약간 운 듯했다. 그레테는 때때로 아버지의 팔에 얼굴을 묻었다.

"당장 우리 집에서 나가 주시오!"

잠자 씨는 아내와 딸을 곁에 둔 채 현관을 가리

키며 말했다.

"무슨 뜻입니까?"

가운데 남자가 약간 놀란 표정으로, 싱그레 미소를 지으며 말했다. 나머지 두 남자는 뒷짐을 진 채 끊임없이 손을 비비고 있었다. 마치 자기들에게 유리하게 벌어지게 될 언쟁을 마음속으로 은근히 기다리는 것 같았다.

"지금 내가 말한 그대로입니다."

잠자 씨는 이렇게 대답하고, 아내와 딸을 옆에 거느린 채 그대로 나란히 서서 그 하숙인 앞으로 곧장 걸어갔다. 그 하숙인은 꼼짝도 않고 그 자리에 서서, 마치 여러 가지 일을 머릿속에서 새로 정리하려는 듯이 잠시 바닥을 내려다보았다.

"그렇다면, 나가지요."

그가 그렇게 말하며 잠자 씨를 쳐다보았는데, 그 모습은 마치 불현듯 기가 꺾여 집을 나가겠다는 이 결심에 대해서조차 새로이 승낙을 받으려는 것 같았다. 잠자 씨는 눈을 부릅뜨고 그저 몇 번 고개를 끄덕일 뿐이었다. 그 후 남자는 정말 즉시 응접실로 천천히 걸어 들어갔다. 벌써 한참 동안 손도 가만히 둔 채 조용히 듣고만 있던 그의 두 친구는 이제 그가운데 남자의 뒤를 따라 거의 뛰어갔는데, 마치 잠자 씨가 앞질러 응접실에 들어가 자기들과 그 가운데 남자 사이의 관계를 방해할까 두려워하는 것 같았다. 그들 세 사람은 모두 응접실 옷장에서 모자를 집어 들고 지팡이를 꺼내 든 다음, 말없이 고개 숙여 인사를 하고는 집을 떠났다.

잠자 씨는 아내와 딸을 데리고 못 믿겠다는 듯 ― 그의 불신이 아무런 근거도 없음은 곧 밝혀졌다 ― 현관 밖까지 나가 난간에 기댄 채 세 남자가 천천히, 하지만 멈추지 않고 계단을 내려가는 모습을 지켜봤다. 그들은 각 층의 계단이 휘어진 곳에서 모습을 감췄다가 곧 다시 나타났다. 그들이 밑으로 내려갈수록 그들에 대한 잠자 가족의 관심도 사라져 갔다. 머리에 짐을 진 정육점 직원이 떳떳한 걸음걸이로 그들을 향해 올라왔다가 그들을 지나쳐 위층으로 올라갔다. 잠자 씨도 아내와 딸을 데리고 홀가분한 기분이 되어 집으로 들어갔다.

그들은 오늘 하루 푹 쉬며 산책하기를 결정했다. 그들은 결근할 자격이 있을 뿐만 아니라 또 반드시 필요하기도 했다. 그들 모두는 책상에 앉아 결근계를 썼다. 잠자 씨는 지배인에게, 잠자 부인은 주문자에게 그리고 그레테는 상점 주인에게 썼다. 결근계를 쓰고 있는데 할멈이 들어와서 아침 일을 다 끝마쳤으니 이제 가겠다고 말했다. 세 사람은 얼굴도 들지 않은 채 고개만 끄덕거렸지만 그래도 할멈이 자리를 뜰 생각을 않자 짜증을 내며 쳐다보았다.

"왜 그러고 있어요?"

잠자 씨가 물었다. 할멈은 가족들에게 매우 반가운 소식을 전해 주려고 하지만 상대방이 캐묻지 않으면 알려주지 않겠다는 듯이 문가에 서서 미소를 짓고 있었다. 할멈의 모자에 저의 수직으로 꽂힌 타조 깃털이―잠자 씨는 내내 그 깃털을 싫어했다―가볍게 흔들리고 있었다.

"대체 무슨 일이지요?"

잠자 부인이 물었다. 할멈은 이 집에서 부인을 가장 존경하고 있었다.

"사실은……."

할멈은 웃음이 터져 나왔기 때문에 말을 빨리 잇지 못했다.

"저기 옆방에 있는 그것을 치울 걱정은 조금도 하지 마세요. 제가 벌써 치워버렸으니까요."

잠자 부인과 그레테는 결근계를 계속 쓰려는 듯

고개를 숙였다. 할멈이 상세히 설명을 늘어놓으려 하자 잠자 씨가 손을 내밀며 단호히 막았다. 이야기를 늘어놓을 수 없게 된 할멈은 급한 일이 있음이 생각났다.

"모두 안녕히 계셔요!"

기분이 상한 내색이 역력한 할멈은 그렇게 소리치며 휙 돌아서더니 요란스럽게 문을 닫고 갔다.

"저녁에 할멈을 내보내."

잠자 씨가 이렇게 말했으나, 아내도 딸도 대답하지 않았다. 간신히 마음의 평온을 얻었는데 할멈 때문에 다시 혼란스러운 것 같았다. 아내와 딸은 자리에서 일어나 창가로 가서 서로 부둥켜안고 있었다. 잠자 씨는 의자에 앉은 채 몸을 두 사람 쪽으로 돌리더니, 잠시 조용히 그들을 쳐다보고 있다가 이렇게 말했다.

"자, 그만 이리 와. 지난 일은 그만 묻어두자. 이제는 나도 좀 생각해 줘야지!"

아내와 딸은 곧 아버지에게 달려가 그를 위로한 다음, 결근계를 빨리 써 버렸다.

그들은 몇 달 만에 처음으로 함께 집을 나서 전차를 타고 교외로 나갔다. 오붓하게 그들 가족만 앉아 있는 전차 안으로 따스한 햇살이 흘러 들어왔다. 그들은 좌석에 편안히 몸을 기대고, 장래 일에 대한 이야기를 주고받았다. 자세히 살펴보니, 앞날의 전망이 썩 나쁜 것도 아니었다. 이제까지는 서로 상세히 물어보지 않았지만, 세 사람 모두 상당히 훌륭한 직장에 취직했으며, 특히 전망이 좋았다. 또 이사를 하면 상황을 당장 쉽게 개선할 수 있을 것이 분명했다. 그들은 그레고르가 골랐던 지금의 집보다 작고 값싸지만 위치가 좋고 무엇보다도 실용적인 집을 원했다. 그렇게 이야기를 나누고 있는 동안, 잠자 부부는 점점 활기를 띠는 딸의 모습을 바라보며, 딸이 최근 얼굴빛이 창백해지도록 고생했으나 어느새 토실토실 예쁜 처녀로 피어났음을 거의 동시에 느꼈다. 잠자 부부는 점점 조용해지며 거의 무의식적으로 서로 눈길을 나눴다. 이제는 딸을 위해 훌륭한 신랑감을 찾아야 할 때가 왔다고 생각했다.

전차가 목적지에 도착하자 딸이 제일 먼저 일어나 기지개를 켰다. 그런 딸의 모습을 통해 잠자 부부는 새로운 꿈과 아름다운 계획들을 확인받는 느낌이었다.

화부

열여섯 살의 칼 로스만은 하녀의 꼬임에 빠져 아이를 배게 만들었다. 때문에 그의 가련한 부모는 그를 미국으로 보냈다. 멀리서부터 보았던 자유의 여신상을 비추는 햇살은 그를 태운 배가 속도를 늦추고 뉴욕항으로 들어왔을 때 갑자기 더욱 강렬한 빛을 내리쬐이는 것 같았다. 긴 칼을 든 여신상의 팔은 방금 치켜든 듯 우뚝 솟아있었고 주위에는 자유로운 바람이 불고 있었다.

"저렇게 크다니!"

칼은 그렇게 중얼거리며 배에서 내릴 생각도 않고 서 있는데 그의 옆을 지나가는 짐꾼들이 점점 늘어나면서 그는 차츰 갑판 난간까지 밀려났다. 항해 중에 알게 된 젊은 남자가 지나가면서 말했다.

"아직도 내리고 싶지 않소?"

"이제 곧 내릴 겁니다."

칼이 웃으며 대답했다. 힘이 센 칼은 여행 가방

을 들어 겁 없이 옆구리에 꼈다. 하지만 지팡이를 약간 휘두르며 다른 사람들과 함께 멀어져가는 그 젊은 남자를 건너다보자 갑자기 우산을 아래 선실에 두고 온 것이 생각났다. 그는 썩 마음 내켜 하지 않는 그 남자에게 달려가 잠깐만 여행 가방을 봐달라고 부탁하고는 돌아올 때를 위해 장소를 확인한 다음 서둘러 그 자리를 떠났다.

아래로 내려와 보니 지름길 통로가 유감스럽게도 항해 중과는 달리 막혀 있었다. 아마 승객이 모두 하선했기 때문인 것 같았다. 그는 무수히 많은 작은 방과 계속 이어지는 낮은 계단들 그리고 끊임없이 이어지는 복도, 책상만 덩그러니 놓여 있는 텅 빈 방을 가로지르며 길을 찾기 위해 애썼지만 결국 어디가 어딘지 알 수 없게 되고 말았다. 이 길은 한두 번 밖에 와본 적이 없는 데다가 또 늘 많은 사람과 함께 무리 지어 다녔기 때문이었다. 어찌할 바를 모르기도 했지만, 사람이라곤 한 명도 보이지 않으면서 수천 명의 발소리가 머리 위에서 계속 들려왔고 또 이미 정지된 기계의 마지막 작동 소음이 마치 숨결처럼 멀리서 들려왔기 때문에 칼은 이리저리 헤매고 다니다가 문득 마주친 작은 문을 아무 생각 없이 두드렸다.

"열려 있어요."

안에서 누군가 소리쳤다. 칼은 안도의 숨을 내쉬며 문을 열었다.

"왜 그렇게 미친 듯이 문을 두드려대는 겁니까?"

커다란 남자가 칼을 보자마자 물었다. 배의 위 칸에서 이미 소진된 흐릿한 불빛이 어디선가 채광창을 통해 들어와 초라한 선실을 밝혀주었다. 선실 안에는 침대 하나, 옷장 하나, 의자 하나와 덩치 큰 남자가 마치 창고 안에 저장된 물건처럼 나란히 늘어서 있었다.

"길을 잃었습니다. 항해 중에는 몰랐는데 지독하게 큰 배군요."

칼이 말했다.

"네, 그렇지요."

남자는 자랑스럽다는 듯 그렇게 말하면서도 작은 가방의 잠금장치가 제대로 작동하도록 두 손으로 반복해서 눌러대고 있었다.

"아무튼 들어오시오! 그렇게 계속 밖에 서 있겠다는 건 아니겠죠?"

남자가 말했다.

"제가 방해되지 않겠습니까?"

칼이 물었다.

"천만에요. 당신이 무슨 방해가 되겠소?"

"독일인이세요?"

미국에 갓 도착한 사람에겐 특히 아일랜드인이 위험하다는 이야기를 많이 들었기 때문에 칼은 우선 그가 정말 독일인인지 확인하고 싶었다.

"그렇소. 독일인이오."

남자가 말했다. 칼은 아직도 망설이고 있었다. 어느 틈엔가 남자는 문손잡이를 잡고 문을 당겨 닫았고 그 바람에 칼은 안으로 끌어들여졌다.

"나는 사람들이 복도에서 들여다보는 걸 참을 수가 없소."

그는 다시 가방을 손보면서 말했다.

"아무나 복도를 지나가면서 들여다보는데 그걸 어떻게 참겠소!"

"하지만 복도에는 아무도 없어요."

칼은 침대 기둥에 불편하게 낀 채 말했다.

"지금이야 그렇죠."

남자가 말했다.

'하지만 중요한 건 지금이잖아. 이 남자와는 애

기가 안 통하겠어.'

 그렇게 생각하는 칼에게 다시 남자가 말했다.

 "침대 위로 올라가 누우세요. 거긴 자리가 더 넓을 겁니다."

 칼은 훌쩍 몸을 날려 침대 위로 오르려 했지만 실패했다. 그래서 되는대로 기어들어 가며 멋쩍은 웃음을 터뜨렸다. 하지만 침대에 들어가자 "맙소사! 가방을 까맣게 잊고 있었네!" 하고 소리쳤다.

 "가방이 어디 있는데요?"

 "갑판 위에 있어요. 아는 사람이 봐주고 있지요. 그런데 그 사람 이름이 뭐더라?"

 칼은 어머니가 여행에 대비해 웃옷 안감에 덧대준 비밀 주머니에서 명함 한 장을 꺼냈다.

 "부터바움, 프란츠 부터바움이군요."

 "꼭 필요한 가방이오?"

 "물론이죠."

 "그렇다면 왜 낯선 사람에게 맡겼소?"

 "우산을 두고 와서 가지러 왔는데, 가방을 끌고 다니고 싶지 않았지요. 그런데 그만 길을 잃어버렸습니다."

 "혼자인가요? 동행이 없나요?"

"네, 혼자예요."

'어쩌면 이 남자와 함께 있는 편이 낫겠어. 지금 어디에서 더 나은 친구를 찾겠어?' 그런 생각이 칼의 머리를 스치고 지나갔다.

"그렇다면 이젠 가방까지 잃어버렸군요. 우산은 말할 것도 없고요."

남자는 이제 칼의 일에 관심을 가지게 되었다는 듯 그렇게 말하며 의자에 앉았다.

"하지만 가방은 아직 잃어버리지 않았다고 생각되는데요."

"믿는 사람에게 복이 있나니."

남자는 숱이 많은, 검고 짧은 머리를 벅벅 긁으며 말했다.

"배를 타면 항구가 바뀔 때마다 풍습도 바뀝니다. 함부르크에서라면 당신이 말하는 그 부터바움이 아마 가방을 지켜주었겠지만 여기서는 아마 부터바움도 가방도 흔적을 찾기 어려울 겁니다."

"그렇다면 지금 당장 올라가 봐야겠습니다."

칼은 그렇게 말하며 어떻게 나갈까 주위를 둘러보았다.

"가만히 있어요."

남자는 그렇게 말하며 한 손으로 칼의 가슴을 제법 거칠게 떠밀어 침대 안으로 밀어 넣었다.

"대체 왜 이러는 겁니까?"

칼이 불안한 마음으로 물었다.

"그래봤자 아무 소용도 없기 때문이오. 잠시 후면 나도 나가니 함께 갑시다. 가방을 이미 도둑맞았다면 지금 올라가 봤자 아무 소용이 없고 그가 가방을 그냥 놔두었다면 배가 완전히 빈 다음에는 더 잘 찾을 수 있을 겁니다. 우산도 그렇고요."

"배 안의 자리를 잘 아십니까?"

칼이 미심쩍은 듯 물었다. 배가 텅 비면 물건을 찾기가 가장 쉽다는 생각은 평소 같으면 설득력이 있었겠지만 지금의 칼에게는 수상쩍게 느껴졌다.

"나는 이 배의 화부요."

그 남자가 말했다.

"당신이 화부군요!"

칼은 전혀 예기치 않았다는 듯 기뻐하며 소리쳤다. 그리고는 팔꿈치에 몸을 기대고 그 남자를 자세히 쳐다보았다.

"내가 슬로바키아 남자와 함께 자던 선실 바로 앞에 창이 하나 있었는데 그 창을 통해서 기계실이 보였지요."

"그렇소. 내가 거기서 일했소." 화부가 말했다.

"나는 언제나 기술에 관심이 깊었지요. 미국에 와야 하지 않았다면 분명 나중에 엔지니어가 되었을 겁니다."

칼은 생각에 잠긴 채 말했다.

"그런데 왜 이곳으로 와야 했소?"

"아 그건."

칼은 손을 내저으며 솔직히 고백하지 않는 것을 용서하라는 듯 화부를 향해 빙그레 웃었다.

"그럴만한 사연이 있었겠지."

화부가 말했다. 칼에게 그 사연을 들려달라는 것인지 그만두라는 뜻인지 잘 알 수 없었다.

"이제는 화부가 될 수도 있을 겁니다. 지금 제 부모님에겐 제가 무엇이 되건 상관이 없을 겁니다."

칼이 말했다.

"내 자리가 빌 거요."

화부는 그가 한 말의 뜻을 마음속에 새기며 바지 호주머니 속에 두 손을 넣었다. 그리고는 주름진 철회색의 가죽 바지를 입은 다리를 침대 쪽으로 쭉 뻗었다. 칼은 벽 쪽으로 좀 더 자리를 옮겨야 했다.

"그만둘 겁니까?"

"네, 우리는 오늘 떠납니다."

"대체 무슨 이유죠? 마음에 들지 않아서요?"

"네, 사정이 있어요. 마음에 드느냐 들지 않느냐가 언제나 중요한 건 아니죠. 게다가 당신 말이 맞아요. 마음에 들지 않아요. 당신도 정말 화부가 되려는 건 아니겠죠? 그럴수록 화부가 되기 쉽지요. 그래서 하는 말인데, 결단코 말리고 싶소. 유럽에서는 대학 공부를 할 작정이었다면 여기서 못할 이유가 무엇이겠소? 미국의 대학들은 유럽의 대학들과 비교할 수 없이 훌륭합니다."

"글쎄, 그럴 수도 있겠지만 대학에 갈 돈이 없어요. 낮에는 가게에서 일을 하고 밤에는 대학 공부를 해서 박사학위를 받고 아마 시장까지 되었다는 사람의 이야기를 읽은 적이 있긴 하지만 그러려면 엄청난 인내심이 필요하지 않겠어요? 그런데 제겐 그런 인내심이 없을 것 같아 겁이 납니다. 게다가 전 중고등학교에 다닐 때도 특별히 훌륭한 학생이 아니어서 졸업식을 할 때도 사실 섭섭한 마음이 별반 없었거든요. 이곳의 학교는 아마 더 엄격할지도 모르고 전 영어를 거의 할 줄 모릅니다. 게다가 이곳 사람들은 외국인에 대해 선입관이 심한 것 같고요."

"벌써 그런 일을 겪었소? 그렇다면 좋소. 그렇다면 우리는 한편이오. 당신도 보다시피 우린 독일 배를 타고 있지 않소? 이 배는 함부르크-미국 해운사 소속인데 왜 독일인만 고용하지 않는단 말이오? 왜 일등기관사가 루마니아인이란 말이오? 그 녀석 이름은 슈발이오. 도대체 있을 수 없는 일이지. 그 빌어먹을 자식이 독일 배에서 우리 독일인들을 혹사하고 있으니!"

그는 숨이 막히는지 손으로 부채질했다.

"내가 매사에 쓸데없이 불평불만만 늘어놓는다고 생각지 마시오. 나는 당신이 아무런 영향력도 없는, 불쌍한 청년에 불과하다는 걸 알고 있소. 하지만 이건 너무 심하단 말이오!"

그러면서 그는 주먹으로 탁자를 여러 번 내리쳤는데 그동안 한순간도 눈을 주먹에서 떼지 않았다.

"나는 벌써 수많은 배에서 일한 경력이 있소."

그러고 나서 그는 스무 개나 되는 배의 이름을 마치 한 단어인 양 단숨에 늘어놓았다. 칼은 매우 혼란스러웠다.

"그동안 상도 받았고 칭찬도 받았소. 나는 선장들이 좋아하는 일꾼이었소. 한 상선에서 몇 년씩 일한 적도 있소."

그는 그때가 자기 인생의 절정이라는 듯이 몸을 일으켰다.

"그런데 이 배에선 모든 것이 자로 잰 듯 반듯해, 유머도 없고······. 여기서 나는 아무 쓸모도 없어. 언제나 슈발을 방해하기만 하는 게으름뱅이니 당장 쫓겨나도 마땅한데 그나마 가엾이 여겨서 월급이라도 준다는 거야. 알겠소? 나는 모르겠소."

"그런 일을 그냥 참고만 지내서는 안 됩니다."

칼이 흥분해서 말했다. 그는 지금 자신이 발을 딛고 서 있는 곳이 안전한 땅이 아니라 불안한 배 안, 그것도 미지의 땅, 낯선 해안에 정박한 배 안이라는 걸 거의 잊고 있었다. 이곳 화부의 침대 위가 칼에게는 그렇게 마치 집처럼 아늑했다.

"선장은 찾아가 봤습니까? 선장을 만나 자신의 권리를 요구해 보았습니까?"

"아! 그만둡시다. 당신은 차라리 당신의 갈 길을 가는 게 좋겠소. 나는 당신이 여기 있는 걸 원치 않소. 당신은 내가 하는 말은 듣지도 않고 충고만 하려고 하는군. 내가 대체 어떻게 선장을 찾아간단 말이오?"

화부는 피곤한 듯 다시 자리에 앉으면서 얼굴을 두 손으로 감쌌다.

'그건 내가 그에게 해줄 수 있는 최상의 충고였는걸.'

칼은 여기서 바보 취급을 받는 충고나 하느니 차라리 여행 가방이나 가져오는 편이 더 나았겠다고 생각했다. 아버지는 그 여행 가방을 칼에게 완전히 넘겨주며 농담처럼 이렇게 말했다.

"네가 얼마나 오랫동안 이 가방을 잃어버리지 않고 쓰겠니?"

그 비싼 가방을 어쩌면 지금 정말 잃어버렸는지도 모른다. 단 하나 위안은 아버지가 여행 가방을 찾으려 해도 현재 위치를 거의 알아낼 수 없을 것이라는 사실뿐이었다. 선박회사도 여행 가방이 뉴욕에 도착했다는 사실만 알려줄 수 있을 것이다. 칼에게는 가방 속에 든 물건을 거의 써보지 않은 것이 유감스러웠다. 예를 들어 셔츠는 벌써 오래전에 갈아입어야 했을 것인데, 그러니까 잘못된 곳에 절약한 것이다. 지금, 사회생활에 첫발을 내딛는 지금이야말로 깨끗한 옷차림이 중요했을 터인데 더러운 셔츠 차림으로 나서야 하게 되었다. 그렇지만 않았다면 가방을 잃어버린 게 그다지 화가 나지 않았을 것이다. 지금 입고 있는 양복은 가방 속에 든 양복보다 더 나았다. 가방 속에 든 양복은 사실 긴급한 상황을 위한 것으로 출발하기 직전에 어머니가 수선해야 할 정도였다. 지금 생각해 보니 가방 속에는 베로나산 살라미 한 토막도 들어 있었다. 어머니가 특별한 선물로 넣어주신 것인데 항해 중에는 식욕이 없었고 중간 갑판에서 나누어주는 수프만으로도 충분했기 때문에 조금 먹었을 뿐이었다. 칼은 지금 그 살라미가 있으면 좋겠다고 생각했다. 그렇다면 화부에게 그걸 선물할 수 있을 것이다. 화부와 같은 사람들은 자그마한 선물만 주어도 쉽게 환심을 살 수 있다는 것을 칼은 아버지에게 배워 알고 있었다. 아버지는 시가를 나누어주어 사업상 관계가 있는 모든 하급 직원의 환심을 샀다. 지금 칼에겐 선물할 수 있는 것이라고는 돈밖에는 없었는데 여행 가방까지 잃어버린지도 모르는 상황에서 일단 돈은 건드리고 싶지 않았다. 칼은 다시 여행 가방에 대해 생각했다. 그렇게 쉽게 잃어버릴 가방을 항해

중에는 대체 왜 그렇게 잠도 제대로 자지 못하면서 주의 깊게 지켰는지 정말 이해할 수 없었다. 지난 5일간 자신의 왼쪽으로 두 번째 침상에서 잠을 자던 자그마한 슬로바키아인이 밤마다 자신의 여행 가방을 노리고 있다고 줄곧 의심했던 일이 기억났다. 그 슬로바키아인은 칼이 지쳐서 깜박 잠이 들기만을 기다렸다가 낮 동안 가지고 놀던, 아니 연습했던 긴 장대로 여행 가방을 끌어당기려 했다. 그 슬로바키아인은 낮에는 매우 선량한 사람으로 보였지만 밤만 되면 가끔 침상에서 몸을 일으켜 슬픈 눈초리로 칼의 여행 가방을 건너다보곤 했다. 칼은 그런 사정을 매우 분명히 알 수 있었는데 그건 불안한 이민자들이 이곳저곳에 늘 작은 불을 켜고—이는 선내 규칙으로 금지되어 있었다—이민 대행소의 이해할 수 없는 안내서를 판독하려 했기 때문이었다. 그런 불이 가까운 곳에 켜져 있으면 칼은 잠깐 졸 수 있었지만 멀리 있거나 어두울 때면 눈을 크게 뜨고 있어야 했다. 그렇게 칼은 정말 녹초가 되도록 가방을 지키려 애를 썼는데 그 모든 노력이 이제는 어쩌면 아무 소용도 없게 되었을 수도 있었다. 이놈의 부터바움! 어디서든 한번 만나기만 해봐라! 바로 그때 이제까지 조용하던 적막을 깨며 멀리서부터 어린아이들의 발소리 같은 작은 소리가 들려왔다. 그 소리는 점점 강해지면서 가까이 다가왔다. 그건 남자들의 조용한 행진이었다. 그들은 좁은 복도에서 그렇듯 한 줄로 서서 걷는 것이 분명했다. 무기에서 나는 것 같은 찰칵대는 소리가 들렸다. 여행 가방과 슬로바키아인에 대한 모든 근심에서 벗어나 침대에서 막 잠이 들려 했던 칼은 깜짝 놀라 일어나 어떻게든 주의를 끌려고 화부를 밀쳤다. 행렬의 선두가 이제 막 문 앞에 도착한 것 같았기 때문이었다.

"저건 이 배의 악대요. 갑판에서 연주를 끝내고 이제 짐을 싸러 가는 겁니다. 이제 다 끝났으니 우리도 가도 됩니다. 자, 갑시다."

화부가 말했다. 그는 칼의 손을 잡고 선실을 나서기 직전 침상 위 벽에 붙은 마리아 그림 액자를 떼더니 웃옷 안주머니에 쑤셔 넣었다. 그리고는 가방을 들고 칼과 함께 급히 밖으로 나갔다.

"이제 나는 사무실로 가서 신사분들께 내 의견을 말하겠소. 승객들이 다 내렸으니 신경 쓸 필요도 없소."

화부는 걸어가면서 그 말을 여러 번 되풀이했다.

그는 통로를 가로질러 가는 쥐 한 마리를 옆으로 차서 밟아 죽이려 했으나 마침 쥐구멍에 도착한 쥐를 오히려 빨리 쥐구멍 속으로 밀어 넣어준 격이 되고 말았다. 그는 다리가 길었지만 너무 무거웠기 때문에 동작이 매우 느렸다. 두 사람은 주방을 통과했다. 주방에는 몇몇 아가씨들이 더러운 앞치마를 두르고—그들은 일부러 앞치마를 젖게 만들었다—커다란 통 안의 그릇들을 닦고 있었다. 화부가 리네라는 아가씨를 불러 허리에 팔을 감았고 리네는 애교를 부리며 한동안 그의 팔에 기대어 같이 걸었다.

"지금 급료를 받으러 가는데 함께 갈까?" 화부가 물었다.

"내가 갈 필요가 있어요? 가져다줘요."

리네는 그렇게 대답하며 화부의 팔 아래로 몸을 빼내어 달아났다.

"저렇게 예쁜 애송이는 대체 어디서 낚았죠?"

리네는 또 그렇게 외쳤지만 대답은 들으려 하지 않았다. 일손을 멈추고 있던 아가씨들이 모두 웃음을 터뜨렸다. 두 사람은 계속 걸어가다가 어느 문 앞에 멈춰 섰다. 문 위에는 작은 지붕이 달려 있었는데 금박을 입힌 작은 여인상이 그 지붕을 받치고 있었다. 배 안의 설비치고는 너무 사치스럽게 보였다. 칼은 이곳에는 전혀 와본 적이 없음을 깨달았다. 이곳은 아마도 항해 중 일등 선실과 이등 선실의 승객 전용으로 사용되었지만 이제 대청소를 앞두고 칸막이들이 제거된 것 같았다. 두 사람은 사실 빗자루를 어깨에 멘 채 화부에게 인사를 건네는 몇몇 사람들을 만나기도 했다. 칼은 배에서 일하는 사람들이 그렇게 많은 것을 보고 놀랐다.

그가 있던 선실에서는 짐작도 하지 못했던 일이었다. 통로를 따라 전선이 길게 늘어져 있었고 작은 벨 소리가 계속 들려왔다. 화부가 공손하게 노크했고, "들어오시오." 소리가 들리자 칼에게 겁내지 말고 들어가라고 손짓했다. 칼도 들어갔지만 문 옆에 서 있었다. 방 안의 세 창문 밖으로 넘실대는 파도가 보였고 그 흥겨운 움직임을 바라보고 있자니 칼의 가슴도 뛰었다. 지난 5일 동안 계속 바다를 보았는데도 마치 그런 일이 없었던 것 같았다. 커다란 배들이 서로 엇갈려 지나가며 제 무게가 허락하는 한 파도에 몸을 맡겼다. 눈을 가늘게 뜨고 보면 그 배들은 오로지 자신들의 무게 때문에 흔들리는 것처럼 보였다. 돛대 위에는 가늘고 긴 깃발이 매달려

들을 가진 남자에게로 갔다. 사환의 말에 그 남자의 표정이 굳어지는 것이 분명히 보였다. 그래도 그는 자신과 이야기하고 싶어 하는 남자 쪽으로 몸을 돌리고 화부를 향해 그리고 보다 확실히 자신의 뜻을 전하기 위해 사환을 향해 단호한 거절의 뜻으로 나가라는 손짓을 했다. 그러자 사환이 화부에게 돌아와 무슨 비밀 이야기라도 털어놓는 듯한 톤으로 "당장 나가주세요!"라고 말했다. 그 말을 들은 화부는 말없이 고충을 호소하듯 칼을 건너보았다. 칼은 앞뒤 생각도 없이 항해사의 의자를 슬쩍 건드리기까지 하며 방을 가로질러 달려갔다. 사환은 몸을 굽히고 마치 벌레라도 쫓듯이 칼을 잡으려고 팔을 벌린 채 따라갔지만 칼이 먼저 경리 주임의 책상에 도착했다. 그리고는 사환이 끌어낼 경우를 대비하여 책상을 꽉 움켜잡았다.

방 전체가 갑자기 활기를 띠었다. 탁자에 앉아 있던 항해사가 벌떡 일어났고 항만청의 두 남자는 느긋하기는 하지만 주의 깊게 사태를 살폈으며 창가의 두 남자는 나란히 섰다. 사환은 신사분들이 관심을 보이니 자신이 끼어들 자리가 아니라는 생각에 뒤로 물러섰다. 문가에 서 있는 화부는 자신의 도움이 필요하게 될 순간을 잔뜩 긴장하여 기다리고 있었다. 마침내 경리 주임이 의자에 앉은 채 오른쪽으로 빙그르르 몸을 돌렸다. 칼은 사람들의 시선에는 아랑곳하지 않고 비밀 주머니에서 여권을 꺼낸 다음, 자신의 소개를 대신하여 여권을 펼쳐 책상 위에 놓았다. 경리 주임은 여권은 중요하게 생각하지 않는 듯 두 손가락으로 한편에 밀쳐 두었다. 그러자 칼은 그것으로 공식적인 절차가 만족스럽게 끝난 듯 여권을 다시 집어넣었다.

"감히 말씀드리지만 제 의견으로는 여기 이 화부 분이 부당한 대우를 받고 있습니다. 이 배의 슈발이라는 자가 그를 괴롭히고 있습니다. 그는 이제까지 많은 배에서 대단히 흡족하게 일한 경력이 있습니다. 이제까지 근무했던 배의 이름을 모두 열거할 수도 있습니다. 그는 부지런하고 자신의 일을 좋아합니다. 그런데 예를 들어 상선처럼 일이 과도하게 힘들지도 않은 이 배에 왜 그가 부적당한지 정말로 영문을 알 수 없습니다. 그러므로 그가 승진하지 못하고 마땅히 받아야 할 칭찬을 받지 못하는 이유는 단 하나, 누군가 그를 중상 모략하는 것뿐입니다. 저는 이 사안에 관해 일반적인 내용을 말씀드렸을 뿐입니다. 그의 특별한 불만 사항에 관해서는 그가 직접 말씀드릴 겁니다."

칼은 방 안의 모든 사람을 향해 이렇게 말했다. 사실 그들 모두가 다 귀를 기울여 들었기 때문이기도 했지만, 거기 모인 모든 사람 가운데 정당한 사람이 한 명이라도 있을 가능성이 경리 주임이 바로 그 정당한 사람일 가능성보다 훨씬 더 컸기 때문이기도 했다. 게다가 칼은 화부와는 방금 알게 된 사이라는 사실은 말하지 않는 편이 낫겠다는 생각에서 그 부분은 말하지 않았다. 아무튼 칼은 그 자리에서 처음 보게 된, 대나무 막대를 든 남자가 얼굴을 붉히며 상기하는 것에 당황하지 않았더라면 훨씬 더 멋지게 말할 수 있었을 것이다.

"그 말은 한 마디 한 마디 모두가 진실입니다."

화부는 누가 묻기도 전에, 아니 사람들이 그를 쳐다보기도 전에 그렇게 말했다. 훈장은 단 남자가 —그가 선장인 것을 칼은 그때 퍼뜩 깨달았다— 화부의 말을 들어보기로 마음을 먹지 않았더라면 화부가 그렇게 서두른 것은 아마 큰 실수였을 것이다. 선장은 팔을 내뻗고 망치로 내려치듯 단호히 화부를 향해 외쳤다.

"이리로 오시오!"

이제 모든 건 화부에게 달렸다. 지금 정의가 실현될 것이기 때문이었다. 칼은 그 점에 대해 조금도 의심하지 않았다. 화부가 세상을 두루 돌아다녔다는 사실이 다행히도 이 기회에 밝혀졌다. 화부는 아주 침착하게 작은 가방에서 서류 한 묶음과 수첩 한 권을 단번에 찾아 꺼내 들고 당연한 일이라는 듯 경리 주임은 완전히 무시한 채 선장에게로 가서 창틀 위에 증거자료들을 펼쳐놓았다. 경리 주임도 그쪽으로 갈 수밖에 없었다.

"이 자는 불평불만이 많기로 아주 유명합니다."

경리 주임이 설명했다.

"이 자는 기관실보다는 경리실에 더 많이 와 있습니다. 이 자 때문에 침착한 슈발도 어쩔 줄을 모르고 있습니다. 내 말을 들어보시오."

경리 주임이 화부 쪽으로 몸을 돌렸다.

"당신은 정말로 너무 주제넘게 행동하고 있소. 지금까지 얼마나 여러 번 급료 지불실에서 쫓겨났소! 언제나 전혀 터무니없는 요구를 하니 그런 꼴을 당하는 것도 당연하지 않소! 또 얼마나 여러 번 급료 지불실에서 경리실로 달려왔소! 슈발은 당신의 직속상관이니까 그의 부하로서 슈발과 잘 지내야 한다고 얼마나 자주 좋은 말로 타일렀습니까? 그런데 이제는 선장님이 계신 때에도 찾아와 선장님까지 괴롭히는 걸 부끄럽게 생각하기는커녕 이 배에서 처음 보는 애송이까지 데리고 들어와서 말도 안 되는 고발을 대신 늘어놓게 하다니 참으로 어리석기 짝이 없소!"

칼은 당장이라도 끼어들고 싶은 걸 억지로 참았다. 바로 그때 선장이 말했다.

"이 사람의 말을 한번 들어봅시다. 아무튼 슈발은 전과 달리 너무 제멋대로 행동하고 있소. 그렇나고 내가 당신 편을 들어 이야기하는 것은 절대 아니오!"

마지막 말은 화부에게 한 말이었다. 선장이 지금 당장 화부 편을 들 수 없는 건 당연한 일이었지만 모든 것이 잘 되어 가는 듯이 보였다. 화부는 처음부터 슈발에게 "씨"자를 붙여 말할 정도로 스스로 자제하며 설명하기 시작했다. 칼은 경리 주임이 떠난 책상 옆에서 얼마나 기뻤는지 모른다. 그는 장난삼아 편지 저울을 계속 눌러댔다. 슈발 씨는 불공평하다! 슈발 씨는 외국인을 선호한다! 슈발 씨는 화부를 기관실에서 내쫓고 화장실 청소를 시켰는데 이는 분명 화부의 업무가 아니다! 슈발 씨의 능력까지 의심의 대상이 되었다. 그는 실제로 능력이 있다기보다는 겉으로만 그렇게 보인다. 그 대목에서 칼은 선장이 자기 동료라도 되는 것처럼 다정한 눈길로 응시했다. 그것은 다만 화부의 약간 서툰 표현 방식이 선장에게 나쁜 인상을 주지 않도록 하기 위해서였다. 아무튼 화부는 핵심이 없는 말을 계속 늘어놓았고, 선장은 화부의 말을 이번에는 끝까지 들어보겠다는 단호한 눈빛으로 아직 앞을 바라보고 있었지만, 다른 남자들은 벌써 인내심을 잃었다. 얼마 되지 않아 화부의 목소리는 방 안의 분위기를 완전히 장악하지 못하게 되었는데 그건 여러 면에서 걱정스러운 일이었다. 사복을 입은 남자가 제일 먼저 대나무 막대기를 움직이며 낮은 소리였긴 했지만 마룻바닥을 두드렸다. 다른 남자들도 물론 이따금 그를 바라보았다. 꾹 참고 있는 것이 분명한 항만청 소속의 두 남자는 다시 서류를 들고—아직 약간 멍한 상태이긴 했지만—훑어보기 시작했다. 항해사는 다시 자신의 탁자로 다가갔고 경리 주임은 승리를 확신하며 아이러니한 한숨을 깊이 내쉬었다.

사환만은 방 전체를 지배하는 산만한 분위기에 빠져들지 않았다. 그는 높은 사람들 사이에 선 가련한 화부의 고통을 어느 정도 공감하며, 칼에게 무엇인가 말하려는 듯 진지한 표정으로 고개를 끄덕였다. 그러는 사이 창밖에는 항구의 일상이 계속 진행되고 있었다. 납작한 화물선 한 척이 산더미 같은 통을 싣고—통들이 굴러떨어지지 않도록 기가 막히게 쌓아놓은 것이 분명했다—지나가며 방 안을 거의 어둠 속으로 몰아넣었다. 칼이 지금 시간만 있었다면 자세히 살펴볼 수 있었을 작은 모터보트들이 핸들을 잡고 똑바로 서 있는 남자의 손이 움직이는 대로 요란한 소리를 내며 직선을 그으며 사라졌다.

특이하게 생긴 부표들이 조용한 바다 위로 가끔 떠올랐다가 곧 파도를 뒤집어쓰고는—놀란 칼의 눈앞에서—가라앉았다. 원양 기선의 보트들은 힘차게 노를 젓는 선원들을 태우고 앞으로 나아갔다. 거기는 승객들이 억지로 밀어 넣은 것처럼 가득 차 있었는데 승객 모두가 조용히 기대에 찬 모습으로 앉아 있었지만 그래도 몇 사람은 눈앞에 계속 펼쳐지는 새로운 광경을 바라보기 위해 머리를 돌리지 않을 수 없어 보였다. 끝없이 이어지는 움직임, 불안한 동작들은 요동하는 바다에서 의지할 데 없는 인간과 인간의 작품들로 전이되고 있었다. 모든 것을 빨리, 명확하게, 아주 상세하게 설명할 것을 촉구하고 있었다. 하지만 화부는 무엇을 했던가? 물론 땀에 뒤범벅이 되어 이야기하고 있었다. 창틀 위의 서류들은 손이 떨려서 더 이상 들고 있지 못했다. 화부에겐 슈발에 관한 비난이 사방에서 밀물처럼 몰려왔고 그중 하나만으로도 그 슈발이란 작자를 완전히 매장하기 충분하다고 생각했지만 슈발이 선장에게 내보일 수 있었던 것은 애석하게도 모든 것이 뒤죽박죽인 혼란스러운 이야기뿐이었다. 대나무 막대를 든 남자는 벌써 오래전부터 천장을 향해 나지막이 휘파람을 불고 있었고, 항만청의 남자들은 자기들 탁자에 항해사를 붙들어 놓고는 다시 놓아주려는 기색이 없었으며, 경리 주임은 당장이라도 끼어들고 싶은 것을 선장의 느긋함 때문에 참고 있는 것이 역력했다. 사환은 열중쉬어 자세로 선장이 화부와 관련하여 명령을 내릴 순간을 기다리고 있었다. 칼은 가만히 있을 수 없었다. 칼은 천천히 사람들이 있는 쪽으로 걸어가면서 어떻게 하면 이 일을 가장 재치 있게 처리할 수 있을까 급히 생각했다. 지금 이야말로 가장 적절한 순간이었다. 조금만 더 있으면 두 사람은 아마 사무실에서 쫓겨날 것이다. 선장은 정말 좋은 사람인 것 같았고 또 지금이야말로 공평한 상사로서의 면모를 드러낼 특별한 이유가 있는 것처럼 보였지만 그래도 그는 마음대로 주무를 수 있는 사람이 아니었다. 그런데 화부는 물론 극도로 격앙된 심정에서이긴 했지만 선장을 제 마음대로 주무르려 하고 있었다. 그래서 칼은 화부에게 이렇게 말했다.

"너 산난하게 설넝하셔야 합니나. 보나 넝확하세 말입니다. 지금처럼 설명하시면 선장님께서 당신의 말을 인정하실 수 없을 겁니다. 선장님께서 대체 어떻게 기관사나 사환들의 이름이 세례명을 모두 아시겠습니까? 그러니 그렇게 이름이나 세례명만 대가며 이야기해서는 선장님께선 그게 누군지 아실 수 없을 겁니다. 당신의 고충을 정리해서 그중 가장 중요한 것을 먼저 말씀드리고 나머지 것들은 그다음에 차례차례 설명하십시오. 그렇게 하면 아마 사람들의 이름을 그렇게 많이 언급할 필요도 없어질 겁니다. 제게는 언제나 아주 명확하게 설명하지 않앉습니까!"

 미국에서는 가방도 훔쳐 가니 가끔 거짓말도 할 수 있겠지……. 칼은 변명 삼아 그렇게 생각했다. 칼의 말이 도움이 되었다면! 하지만 벌써 너무 늦은 것은 아닐까? 화부는 낯익은 목소리가 들리자 즉시 이야기를 중단했다. 하지만 남자로서 자존심을 짓밟힌 데다가 끔찍한 기억들이 되살아났고 지금 당면한 곤경까지 겹쳐 눈물이 글썽글썽한 그의 눈에는 칼이 제대로 보이지도 않았다. 이제 와서 어떻게―칼은 지금 침묵하고 있는 화부를 앞에 두고 말없이 그의 사정을 통찰할 수 있었다―갑자기 어투를 바꾼단 말인가! 해야 할 말은 모두 한 것 같은데 조금도 호응을 받지 못한 데다 다른 한편으론 정작 하고 싶은 말은 아직 한 마디도 못한 것 같고, 높으신 분들께 그 모든 이야기를 더 들어달라고 할 수조차 없었다. 그런 상황에서 그의 유일한 추종자인 칼이 끼어들어 훌륭한 가르침을 주려 했지만 결국은 모든 것이, 모든 것이 끝장났다는 걸 알려준 것이다.

 '창밖을 내다보는 대신 좀 더 일찍 왔다면 좋았을걸.'

칼은 모든 희망이 사라졌다는 표시로 화부 앞에 고개를 숙이고 두 손으로 바지 솔기를 매만지며 그렇게 생각했다. 하지만 화부는 칼을 오해했다. 아마 칼이 은밀히 자신을 비난하고 있음을 감지한 것 같았다. 그래서 자신의 입장을 설명하려는 좋은 의도에서 칼과 언쟁을 벌이는, 최고로 어리석은 행동을 시작했다. 그것도 지금, 둥근 탁자에 앉은 남자들이 쓸모없는 소음으로 자신들의 중요한 작업을 방해받은 데에 대해 벌써 오래전부터 화가 나 있고, 경리 주임은 선장의 인내심을 점차 이해할 수 없어 당장이라도 폭발할 기세이며, 사환은 높으신 분들의 영역으로 다시 들어와 화부에게 거친 눈길을 던지고 있으며, 선장까지도 가끔 친절한 눈으로 건너다보는 대나무 막대를 가진 남자는 화부를 완전히 무시하며 아니 불쾌한 내색을 드러내며 작은 메모장을 꺼내어—그는 전혀 다른 일에 몰두하고 있는 것이 분명했다—메모장과 칼을 번갈아 보고 있는 지금 말이다.

"알고 있어요, 그래요, 압니다."

칼은 그렇게 말하며 이제 자신을 향해 쏟아지는 화부의 장광설을 막으려 애썼지만 말다툼 중에도 화부를 향해 친절한 미소를 잃지 않았다.

"당신 말이 옳아요. 옳고말고요. 그 점에 대해 나는 전혀 의심하지 않습니다."

칼은 얻어맞을까 봐 화부의 내젓는 손을 붙잡고 싶었다. 아니 그보다는 아무도 못 듣게 그를 한쪽 구석으로 데리고 가서 몇 마디 마음을 안정시켜줄 말을 나직이 속삭여주고 싶었다. 하지만 화부는 완전히 제정신이 아니었다. 칼은 최악의 경우 절망에 빠진 화부가 여기 있는 일곱 명의 남자 모두를 제압할 수도 있겠다고 생각하며 그나마 위안을 삼았다. 눈길을 돌리니 책상 위에는 전선이 연결된 누름 단추들이 많은 판이 놓여 있었다. 한 손으로 그 단추들을 누르기만 하면 통로마다 적대적인 사람들로 가득한 배 전체에 폭동을 일으킬 수 있을 것이다. 그때 이제까지 완전히 무관심한 태도를 보이던 대나무 막대를 든 남자가 칼에게로 다가와서 너무 크지는 않지만 화부의 고함을 누를 수 있을 만큼 분명한 목소리로 물었다.

"대체 당신은 이름이 무엇입니까?"

그 순간, 누군가 문 뒤에서 이 남자의 말을 기다리기라도 한 것처럼 노크 소리가 들려왔다. 사환이 선장을 건너보았고 선장은 고개를 끄덕였다. 그러자 사환이 가서 문을 열었다. 문밖에는 낡은 예복을 입은 중간 정도 몸집의 남자가 서 있었다. 그는 외모로 보아서는 원래 기계를 만지는 일에 적합한 사람으로 보이지 않았으나 그 남자가 바로 슈발이었다. 모든 사람의 눈에, 선장도 예외가 아니었는데, 어느 정도 흡족한 빛이 떠올랐다. 칼이 그들의 눈초리에서 그게 슈발이라는 사실을 알아차리지 못했다고 해도 팔을 쭉 내뻗은 채 주먹을 불끈 쥐고 있는 화부의 모습을 보았을 때는 깜짝 놀라며 알 수밖에 없었다. 주먹을 불끈 쥐고 있는 것이 화부에게는 가장 중요한 일인 것처럼, 그것을 위해서는 인생의 모든 것을 희생할 수 있는 것처럼 보였다. 지금 거기에는 그의 모든 힘, 똑바로 서 있을 수 있는 힘까지도 들어 있었다. 그러니까 적이 늠름한 예복 차림으로 화부의 임금 지급표와 작업 증명서로 보이는 장부책을 팔에 끼고 자유롭게 나타난 것이다. 그는 무엇보다도 거기 있는 모든 사람의 기분을 확인하려는 의도를 거리낌 없이 드러내며 한 사람 한 사람의 눈을 차례차례 들여다보았다.

여기에 있는 일곱 남자는 모두 벌써 그의 편이었

다. 선장이 조금 전 그에게 불만을 표시했거나 어쩌면 그런 척했다고 해도 화부에게 괴롭힘을 당하고 난 지금에 와서는 아마 슈발을 비난할 바가 조금도 없을 것처럼 보였다. 화부와 같은 남자는 아무리 엄하게 다뤄도 지나치지 않을 것이었고, 슈발을 질책해야 할 것이 있다면 그가 그동안 화부의 괴팍한 성격을 완전히 꺾어 놓지 못하여 오늘 감히 선장 앞에 나서기까지 하도록 만들었다는 점이었다. 화부와 슈발의 대결은 어쩌면 상급 공청회에서 얻을 수 있는 효과를 이 사람들 앞에 가져올 것이라고 추측 가능했다. 슈발이 아무리 본색을 잘 숨긴다고 해도 끝까지 버티지는 못할 것이다. 그의 사악함이 언뜻 비치기만 해도 여기 있는 높은 분들이 충분히 알아차릴 수 있을 것이다. 칼은 일이 그렇게 되도록 할 것이다. 칼은 여기 있는 신사들 각자의 예리한 감각, 약점과 성향들을 이미 파악하고 있었다. 그렇게 보자면 이제까지 여기서 보낸 시간도 헛된 것이 아니었다. 화부가 좀 더 일을 잘 해냈다면 좋았겠지만, 지금 화부는 싸울 능력을 완전히 상실한 것 같았다. 슈발을 데려온다면 화부는 아마 그 밉살맞은 머리통을 주먹으로 두들겨 팰 수 있을 것이다. 하지만 슈발에게로 몇 걸음을 걸어가는 것도 화부에게는 어려울 것 같았다.

마침내는 슈발이 자발적으로건 선장이 불러서건 오고야 말 것이라는 건 쉽게 예견할 수 있는 일인데 칼은 대체 왜 그걸 예상하지 못했을까! 왜 여기까지 오면서 화부와 정확한 전략을 의논하지 않고 아무런 준비도 없이 무작정 문이 있는 곳까지 와서 다짜고짜 들어왔을까! 대체 화부는 아직 이야기할 수 있을까? 물론 가장 유리한 경우에 마주하게 되겠지만 반대 심문이 벌어지면 "예"나 "아니요"라고 말할 수 있을까? 화부는 다리를 벌린 채 서 있었는데 무릎에는 힘이 빠졌고 머리는 약간 들려 있었다. 공기가 그의 벌어진 입을 통해 들락날락하는 것이 공기를 가공하는 폐가 몸 안에 없는 것 같았다. 하지만 칼은 힘이 솟구치며 머리까지 맑아지는 것을 느꼈다. 고향에 있을 때는 한 번도 느껴보지 못한 기분이었다. 그가 낯선 나라에서 명망 있는 인사들을 앞에 두고 선을 위해 싸우고 있는 걸 부모님들이 볼 수 있다면! 최후의 정복은 차치하고 아직 승리하지 못했지만 부모님은 그에 대한 생각을 바꿔주실까? 그를 두 분 사이에 앉히고 칭찬해주실까? 부모님께 그렇게 헌신하는 그의 눈을 한 번쯤, 한 번쯤 찬찬히 들여다봐주실까? 부적절한 의문들 그리고 그런 의문들을 제기하기에 부적절한 순간!

"제가 여기 온 것은 화부가 무슨 일인가를 꼬투리로 잡고 저의 부정직함을 고발하고 있다고 생각해서입니다. 주방에서 일하는 한 아가씨의 말이 화부가 이리로 오는 것을 보았다고 하더군요. 선장님, 그리고 여기 계신 신사 여러분, 저는 어떤 내용이건 제가 가지고 온 서류를 근거로 그리고 필요한 경우에는 문밖에 있는 객관적이고 편견 없는 증인들의 발언을 통해 반박할 준비가 되어 있습니다."

슈발이 그렇게 말했다. 그건 물론 남자다운 명쾌한 발언이었고, 청자들의 표정이 바뀌는 것으로 보아 그들도 오랜만에 다시 인간다운 목소리를 듣게 되었다고 생각하는 것 같았다. 하지만 그들은 이 멋진 발언에도 빈틈이 숨어있음을 알아차리지 못했다. 왜 슈발은 일과 관련하여 '부정직함'이란 말을 가장 먼저 떠올렸을까? 혹시 민족적 편견이 아니라 부정직함을 비난해야 했던 것일까? 화부가 사무실로 가는 걸 주방의 아가씨가 보았다고 했을 때 슈발은 즉시 생각한 것이다. 그가 신경을 곤두세우고 있었던 건 죄의식 때문이 아닐까? 게다가 증인들까지 곧 데려왔고 그 증인들이 객관적이고 편견 없는 사람들이라고 하지 않는가? 이건 속임수, 속임수에 지나지 않는다! 그런데 이 신사들은 그런 속임수를 눈감아줄 뿐만 아니라 그것이야말로 적절한 행동이라고 칭찬해주다니! 주방 아가씨의 보고를 받고 여기 나타날 때까지 왜 그렇게 오랜 시간이 필요했단 말인가! 그것은 화부가 사람들을 지치게 하여 점차 명확한 판단력을 잃게 만들려는 것 이외의 다른 목적은 없다! 슈발은 무엇보다도 명확한 판단력을 두려워해야 하기 때문이다. 그는 벌써 오래전부터 문밖에 서서 기다리고 있었음이 분명한데 왜 이제야 노크했을까? 아까 저 신사가 중요하지 않은 질문을 던지는 것을 보고 화부가 이미 끝장났다고 생각했던 게 아닐까? 모든 것이 명백했다. 슈발도—자신의 의지와는 달리—모든 사실을 분명히 드러냈다. 하지만 여기 있는 신사들에게는 다른 방식으로, 보다 구체적으로 보여줘야 한다. 그들에겐 충격이 필요하다. 그렇다면 칼, 서둘러라! 증인들이 나타나 일을 망치기 전에 적어도 이 시간을 이용해라! 바로 그때 선장이 손짓으로 슈발을 제지했고 슈발은 즉시 그의 일이 잠시 연기된 것으로 보였기 때문에 한편으로 물러나 곧 그의 편이 된 사환과 나직한 이야기를 나누며 화부와 칼을 곁눈질하기도 하고 자신만만한 손짓까지 했다. 슈발은 그런 식으로 다음 번 연설을 연습하는 것 같았다.

"야콥 씨, 저 젊은이에게 뭔가 물어보려 하지 않으셨습니까?"

모두가 조용한 가운데 선장이 대나무 막대를 든 남자에게 말했다.

"물론입니다."

대나무 막대를 든 남자가 가볍게 고개를 숙여 친절한 배려에 감사를 표하며 말했다. 그리고는 칼에게 다시 물었다.

"그런데 당신의 이름은 무엇입니까?"

칼은 간막극間幕劇과도 같은 이 집요한 남자의 질문을 빨리 처리하는 것이 이 중요한 안건에 유리하다는 생각에서, 여권을 보이는 것으로 자신의 소개를 대신하는 습관을 내보이지 않았다. 대신 간단히 말로 대답했다. 여권을 찾으려면 시간이 걸리기 때문이었다.

"칼 로스만입니다."

"그렇다면."

야콥이라 불린 남자는 믿을 수 없다는 듯한 미소와 함께 한걸음 뒤로 물러서면서 말문을 떼었다. 선장과 경리 주임, 항해사 그리고 사환까지도 칼의 이름을 듣고 과장되게 깜짝 놀라는 표정이 역력했다. 항만청 소속 신사들과 슈발만이 무관심한 태도를 보였다.

"그렇다면."

야콥 씨가 다시 말을 떼며 약간 경직된 걸음걸이로 칼을 향해 걸어왔다.

"내가 네 외삼촌 야콥이고 넌 나의 귀여운 조카야. 그렇지 않아도 줄곧 그런 예감이 들었단다."

그는 선장을 바라보며 그렇게 말한 다음 칼을 얼싸안고 입까지 맞췄다. 칼은 아무 말 없이 그가 하는 대로 놓아두었다.

"성함이 어떻게 되세요?"

포옹에서 풀려 난 후 칼은 매우 공손하게 하지만 아무런 감정도 없이 그렇게 물으며 이 새로운 사건이 화부에게 미치게 될 영향을 골똘히 계산했다. 슈발이 이 사건으로 덕을 볼 수 있을 것 같은 조짐은 일단 없었다.

"젊은이, 자네가 얼마나 운이 좋은지 모르겠나?"

칼의 질문으로 야콥 씨의 품위가 손상되었다고 생각한 선장이 말했다. 야콥 씨는 자신의 흥분한 얼굴을 다른 사람들에게 보이지 않으려고 손수건으로 얼굴을 감싼 채 창가로 몸을 돌렸다.

"지금 자네의 외삼촌이라고 밝히신 분은 에드워드 야콥 상원의원이시네. 이제 눈부신 인생이 자네를 기다리고 있네. 아마 자네가 지금까지 기대했던 것과는 전혀 다를 것이네. 처음이라 어리벙벙하겠지만 잘 좀 생각해보게. 그리고 정신 차리게!"

"제겐 미국에 야콥 삼촌이 계시긴 하지만……."

칼은 선장을 보며 말했다.

"하지만 제가 오해한 것이 아니라면 야콥은 상원의원님의 성이지 않습니까?"

"그렇다네."

선장이 기대에 차서 말했다.

"하지만 제 어머니의 오빠이신 야콥 삼촌은 세례명이 야콥이고 성은 물론 제 어머니의 성과 같아야 할 겁니다. 제 어머니의 결혼 전 성은 벤델마이어입니다."

"여러분!"

창가에서 잠시 마음을 가라앉힌 상원의원이 명랑한 모습으로 되돌아와 칼의 설명과 관련하여 이야기를 시작했다. 항만청 관리를 제외한 모든 사람이 웃음을 터뜨렸는데 그중에는 감동한 듯한 사람들도 있었고 사정을 잘 몰라서 웃는 사람들도 있었다.

'내 말은 그렇게 우스운 말이 아니었는데……'

칼은 생각했다.

"여러분!"

상원의원이 다시 말을 이었다.

"제가 의도한 바도 아니고 여러분이 의도한 바도 아니지만 여러분께선 간략한 가족 드라마를 보시게 되었습니다. 따라서 여러분께 설명하지 않을 수가 없군요. 왜냐하면 제 생각으로는 선장님만이 모든 사정을 알고 계시기 때문입니다."

그 대목에서 선장과 상원의원은 서로 고개를 숙여 인사를 나눴다.

"이제는 정말 한 마디 한 마디 주의해서 들어야 해."

칼은 그렇게 생각하며 곁눈질로 보니 화부가 다시 원기를 되찾기 시작한 것 같아서 기뻤다.

"미국에 오랫동안 체류하면서 — 체류란 단어는 몸과 마음을 다해 미국 시민이 된 제겐 사실 어울리지 않지만―저는 유럽의 친척들과는 완전히 결별하고 살았습니다. 그렇게 된 이유는 첫째 여기서 말씀드릴 성질의 것이 아니고, 둘째 그 이야기를 하자면 정말 아주 오래된 옛날 일까지 거슬러 가야 할 것입니다. 내 사랑스러운 조카에게 그 이야기를 해야 할 순간이 올까 봐 두려울 정도입니다. 그때는 유감스럽게도 조카의 부모와 그 일가친척에 관해서도 솔직히 털어놓아야 하겠죠."

"삼촌이야. 틀림없어. 아마 이름을 바꿨을 거야."

칼은 그렇게 생각하며 귀를 기울였다.

"내 사랑스러운 조카는 그 부모로부터―단도직입적인 표현을 쓴다면―쫓겨났습니다. 귀찮은 고양이를 내다 버리듯이 말입니다. 저는 조카가 그런 벌을 받기까지 저지른 일을 미화할 생각은 조금도 없습니다. 하지만 그가 저지른 죄라는 것도 잘못했다는 말만해도 벌써 용서받을 수 있는 사소한 실수일 뿐입니다."

"그럴듯하군. 하지만 삼촌이 모든 사람에게 그 이야기를 하는 건 싫어. 게다가 삼촌은 그 일을 알 수 없을 텐데. 대체 어떻게 알았을까?"

"제 조카는 그러니까······."

삼촌은 몸을 굽혀 대나무 막대에 기댔다. 그 행동으로 이런 경우 늘 생각나는 불필요한 엄숙함을 정말 제거할 수 있었다.

"제 조카는 하녀의 유혹에 빠졌습니다. 그 하녀는 요한나 브룸머, 35세입니다. '유혹에 빠졌다'라는 표현으로 제 조카에게 상처를 줄 생각은 조금도 없습니다만 달리 적절한 단어를 고르기가 쉽지 않군요."

벌써 삼촌 가까이 다가온 칼은 이제 몸을 돌려 삼촌의 이야기가 다른 사람들에게 미친 영향을 살폈다. 아무도 웃지 않았다. 모두가 참을성을 가지고 진지하게 경청하고 있었다. 사실 상원의원의 조카를 처음 만난 자리에서 비웃는 사람은 없을 것이다. 다만 화부가 칼을 바라보며 살며시 미소를 지은 것 같았는데 그건 새로운 생동감의 표시로 다행스럽기도 했지만 칼이 선실 안에서 특별한 비밀로 간직하려 했던 이야기가 이제 공공연히 알려져 버렸으니 그가 미소를 짓는 것도 용서할 수 있는 일이었다.

"그런데 그 브룸머란 여자는······."

삼촌은 이야기를 계속했다.

"제 조카의 아이를 낳았습니다. 건강한 사내아이로 야콥이란 이름으로 세례를 받았고요. 틀림없이 부족하기 짝이 없는 저를 염두에 둔 것인데, 제 조카가 별다른 생각 없이 제 이야기를 조금 들려준 것에 큰 감명을 받았던 것 같습니다. 천만다행으로 말입니다. 왜냐하면 조카의 부모는 양육비 부담이나 스캔들에 휘말리는 것을 피하려고—저는 그곳의 법률 사정이나 조카 부모의 기타 형편은 모르고 있습니다. 이 점은 분명히 해두고 싶습니다—그러니까 양육비 부담과 스캔들을 피하려고 아들인 제 사랑스러운 조카를 미국으로 보내버린 겁니다. 그것도 무책임하게 제대로 준비도 해주지 않고 말입니다. 만일 그 하녀가 내게 보낸 편지에—그 편지도 오랫동안 이리저리 헤매고 다니다가 그저께 제 손에 들어왔습니다만—그 모든 사건의 전말과 제 조카의 생김새 그리고 영리하게도 배의 이름을 적지 않았더라면 의지할 곳 하나 없는 이 젊은이는 뉴욕 항구의 뒷골목에서 그만 시들고 말았을 겁니다. 여러분, 여러분을 즐겁게 해드리는 것이 목적이라면 여기서 이 편지의 몇 토막을 읽어야 할 것입니다."

외삼촌은 빽빽하게 쓴 두 장의 커다란 편지지를

꺼내 흔들어 보였다.

"이 편지는 좋은 의도이긴 하지만 단순한 계산과 아이 아버지에 대한 사랑으로 쓴 것이므로 분명히 감동적일 것입니다. 하지만 저는 여러분께 사정을 밝히는 데 필요한 이상으로 오락을 제공하려는 마음이 없고 또 제 조카와 처음 대면하는 자리에서 그의 마음속에 아직 남아있는 감정을 다치게 하고 싶지 않습니다. 제 조카는 그를 위해 마련해 놓은 조용한 방에서 이 편지를 읽으며 교훈을 얻을 수 있을 겁니다."

하시만 칼은 그 여자에 대해 아무런 감정이 없었다. 점점 뒤로 사라져가는 회상 속에서 그녀는 부엌 찬장에 팔꿈치를 괴고 앉아 있었다. 아버지가 마실 물을 가지러 가거나 어머니의 심부름을 하기 위해 칼이 이따금 부엌에 가면 그녀는 칼을 가만히 바라보았다. 그녀는 때로 찬장 옆에서 불편한 자세로 편지를 쓰다가 칼의 얼굴을 보고 무엇인가 새로운 생각을 떠올리곤 했다. 손으로 얼굴을 가리고 있기도 했는데 그럴 때는 불러도 소용이 없었다. 그녀는 가끔 부엌 옆에 있는 자신의 좁은 방에서 무릎을 꿇고 앉아 나무 십자가를 향해 기도했다. 그러면 칼은 지나가면서 조금 열린 문틈으로 그녀의 모습을 조심스럽게 쳐다보았다. 또 어떤 때 그녀는 부엌을 이리저리 뛰어다니다 칼이 길을 막으면 마녀처럼 깔깔 웃으며 뒤로 물러서곤 했다. 또 칼이 부엌에 있을 때 부엌문을 잠그고 그가 나가게 해달라고 청할 때까지 문손잡이를 붙잡고 있었다.

때로는 칼이 전혀 원하지도 않는 물건을 가지고 와서 말없이 칼의 손에 쥐여주기도 했다. 한 번은 그녀가 "칼!"하고 부르는 바람에 깜짝 놀란 칼을 데리고 얼굴을 찌푸리며 한숨을 쉬며 자신의 방으로 가서는 문을 잠갔다. 목이 졸리도록 칼의 목을 힘차게 끌어안은 그녀는 옷을 벗겨 달라고 부탁하면서 실제로는 칼의 옷을 벗겨 자신의 침대에 눕혔다. 마치 지금부터는 누구에게도 그를 내주지 않고 이 세상이 끝날 때까지 쓰다듬으며 사랑하고 싶다는 듯 말이다.

그녀는 그를 볼 수 있고 그를 차지한 것을 확인할 수 있다는 듯이 "칼! 오! 나의 칼!" 하고 소리쳤지만 그는 아무것도 볼 수 없었고 그녀가 그를 위해 쌓아둔 것처럼 보이는 따뜻한 침구 속에서 불편하기만 했다. 그런 후 그녀도 그의 곁에 몸을 눕히고 그에게서 어떤 비밀을 알아내려 했으나 그는 아무 말도 할 수 없었다. 그녀는 장난인지 진짜인지 모르게 화를 내며 그를 흔들어댔고 그의 심장 소리를 들으며 칼에게도 그녀의 심장 소리를 들으라고 가슴을 내밀어 주었다. 하지만 칼은 그렇게 하지 않았다. 그녀는 벌거벗은 자신의 배를 칼의 몸에 대고 누르며 손으로 칼의 두 다리 사이를 더듬었으며 —칼은 너무 불쾌하여 머리와 목을 베개에서 빼내며 흔들었다— 자신의 배를 서너 번 칼에게 밀착시켰다. 칼은 그녀가 벌써 그의 몸 일부가 된 것 같았고 아마도 그 때문에 엄청난 누려움을 느꼈다. 그녀는 다시 만나자는 말을 수없이 했으며 칼은 울면서 자신의 침대로 돌아왔다. 그게 전부였다. 그런데 삼촌은 그걸 가지고 거창한 이야기를 지어낼 줄 알았다. 그러니까 그녀는 칼을 생각하고 외삼촌에게 그의 도착을 알린 것이다. 그녀 덕분에 일이 잘되었으니 칼은 언젠가 그 은혜를 갚을 것이다.

"그래 이제 내가 네 삼촌인지 아닌지 네게서 듣고 싶구나."

상원의원이 말했다.

"당신은 제 삼촌입니다."

칼이 그렇게 말하며 그의 손에 입을 맞추니 그는 칼의 이마에 입을 맞춰 주었다.

"삼촌을 만나게 되어 무척 기쁩니다. 하지만 삼촌이 생각하시는 것처럼 제 부모님이 삼촌을 늘 나쁘게만 말씀하신 것은 아닙니다. 그리고 삼촌의 이야기 중에는 몇 가지 틀린 점도 있는데, 다시 말해 사실은 모든 일이 그런 식으로 일어나지 않았다는 겁니다. 하지만 여기 계신 삼촌께서는 사정을 정확히 판단하실 수 없을 겁니다. 또 여기의 신사분들도 별 관계 없는 일의 상세한 부분을 조금 잘못 알고 있어도 특별히 해가 되지는 않을 것입니다."

"잘 말해주었구나."

상원의원은 그렇게 말하며 눈에 띄게 관심을 보이는 선장에게 칼을 데리고 가서 다음과 같이 물었다.

"제 조카가 멋지지 않습니까?"

"상원의원님, 조카분을 알게 되어 기쁩니다. 저희 배에서 이 같은 해후가 이루어지다니 특별한 영광입니다."

선장이 고개를 숙여 인사하며 말했다. 그런 인사는 군대 교육을 받은 사람만이 할 수 있을 것이다.

"삼등 선실은 아마 매우 불편했을 겁니다. 하지

만 어떤 분이 승선해 있는지 저희가 어떻게 알겠습니까? 저희는 예를 들어 삼등 선실의 손님들이 미국 배를 이용할 때보다 훨씬 편하게 여행할 수 있도록 가능한 모든 노력을 다하고 있습니다만, 삼등 선실은 항해를 즐기기에 아직도 미흡한 점이 많습니다."

"저는 불편하지 않았습니다." 칼이 말했다.

"불편하지 않았답니다."

상원의원이 큰 소리로 웃으면서 반복했다.

"다만 제 가방이 없어졌을까 봐 걱정입니다."

그 말을 하자 이제까지 일어난 일 그리고 앞으로 남은 일들이 모두 기억나서 칼은 주위를 둘러보았다. 모두가 존경심과 놀라움에 찬 눈으로 그를 바라보며 제자리에 서 있는 것이 보였다. 항만청 관리들만이 엄격하고 자족적인 표정 너머 속마음을 드러내고 있는 한—이토록 부적절한 때에 온 것을 유감스럽게 생각하고 있었다. 지금 그들 앞에 놓인 회중시계가 그들에게는 아마도 이 방 안에서 일어났고 어쩌면 앞으로 일어날 수 있는 모든 일보다 더 중요했다. 선장 다음으로 관심을 표명한 첫 번째 사람은 이상하게도 화부였다.

"진심으로 축하합니다."

그는 그렇게 말하며 칼과 악수했는데 마치 칭찬의 뜻을 표현하려는 것 같았다. 그 후 상원의원에게도 축하의 말을 하려 했다. 그러나 상원의원은 화부가 주제넘은 행동이라도 하는 듯 뒤로 한 걸음 물러섰다. 그러자 화부도 즉시 그만두었다. 이제 다른 사람들도 어떻게 해야 할지 알게 되었기에 모두가 곧 칼과 상원의원을 둘러싸고 소란을 피웠다. 그래서 칼은 슈발의 축하 인사까지 받고 답례도 하게 되었다. 다시 조용해졌을 때 항만청 직원들이 마지막으로 다가와 영어로 한두 마디를 했는데 그것은 우스꽝스러운 인상을 주었다. 상원의원은 자신의 기쁨을 온전히 즐기고 싶어서 대수롭지 않은 일까지 기억해 사람들에게 들려주었는데, 물론 모두가 상원의원의 이야기를 용납했을 뿐만 아니라 흥미를 보이며 경청했다.

예를 들어 그는 하녀의 편지 속에 기술된 칼의 두드러진 인상착의를 혹시 필요할 때 즉시 이용할 수 있도록 수첩에 써두었다는 사실을 들려주었다. 그래서 그는 화부가 듣기 싫은 장광설을 늘어놓는 동안 그저 지루하여 수첩을 꺼냈고 하녀가 기록한, 그다지 정확하지 않은 내용을 장난삼아 칼의 외모와 비교해 본 것이다.

"그렇게 조카를 찾아내다니요!"

상원의원은 다시 한번 축하를 받으려는 듯한 어조로 그렇게 이야기를 끝냈다.

"이제 화부는 어떻게 되는 겁니까?"

외삼촌의 이야기가 끝나자 칼이 물었다. 칼은 이제 전과는 다른 위치에 있으므로 생각하는 바를 모두 말해도 좋을 것 같았다.

"마땅히 받아야 할 것을 받게 되겠지."

상원의원이 말했다.

"그리고 선장님께서 적당하다고 생각하는 바를 받게 될 거야. 우리는 화부의 이야기를 충분히, 지나치게 충분히 들었다고 생각되는데 아마 여기 계신 모든 신사분도 같은 의견일 거야."

"하지만 정의가 문제 될 때 그건 중요하지 않습니다."

칼이 말했다. 칼은 외삼촌과 선장 사이에 서 있었는데 어쩌면 그 위치의 영향을 받아서 자신에게 결정권이 있다고 믿었다. 하지만 화부는 더 이상 아무 희망도 걸고 있지 않는 것 같았다. 그는 두 손을 바지 벨트 안에 반쯤 찔러 넣고 있었는데 흥분된 몸

동작으로 바지 벨트와 줄무늬 셔츠가 드러나 보였다. 하지만 그는 조금도 개의치 않았다. 자신의 고통을 모조리 털어놓았으니 몸에 걸친 누더기를 조금 보인다고 그게 무슨 대수일까! 이제 사람들은 그를 밖으로 떠메 갈 것이다. 여기 있는 사람들 가운데 가장 신분이 낮은 사환과 슈발이 자기를 밖으로 내가는 최후의 친절을 보이게 될 것이다. 그러면 슈발은 편안해질 것이고 경리 주임의 말처럼 절망에 빠지는 일도 더 이상 없을 것이다. 선장은 루마니아인들만 고용할 수 있을 것이며 어디서나 루마니아 말로 이야기하게 될 것이다. 그러면 아마 모든 것이 정말 더 나아질 것이다. 어떤 화부도 경리실에서 떠들어대지 않을 것이며 그의 마지막 장광설은 상원의원이 분명히 선언한 것처럼 조카를 찾게 된 간접적인 계기를 제공했으므로 즐거운 기억으로 간직될 것이다. 아무튼 그 조카는 화부를 위해 이미 여러 번 애를 썼으므로 그를 다시 찾게 해준 화부의 공로는 이미 충분히 갚은 터였다. 화부도 상원의원의 조카에게 더 이상 무엇인가를 요구할 생각을 하지 않았다. 게다가 그가 상원의원의 조카라고 해도 선장이 된 것은 아니잖은가! 선장의 입에서 결국 부정적인 말이 떨어질 것이다. 그런 칼의 생각처럼 화부도 칼을 건너볼 생각을 하지 않았지만 적들로 가득한 이 방 안에는 유감스럽게도 달리 눈을 둘 곳이 없었다.

"상황을 오해하지 말게."

상원의원이 칼에게 말했다.

"정의도 중요하지만 그에 못지않게 규율도 중요하거든. 정의와 규율, 특히 이곳의 규율은 선장님의 판단에 달렸어."

"그렇지."

화부가 중얼거렸다. 그의 말을 듣고 이해한 사람들이 낯선 미소를 지었다.

"게다가 배가 뉴욕에 막 도착한 때라 틀림없이 엄청나게 많은 업무가 산적해 있을 선장님을 우리가 지나치게 지체하게 만들었으니 지금이야말로 하선하기에 가장 적당한 순간일세. 게다가 쓸데없이 참견하여 두 기관사의 하찮은 다툼을 큰 사건으로 만들지 않기 위해서 말이야. 나는 네 행동 방식을 잘 알고 있어. 그러니까 너를 빨리 이곳에서 데리고 가는 게 옳다고 생각해."

"저는 즉시 두 분을 위해 보트를 내리도록 하겠

습니다."

 선장은 삼촌의 말에 조금도 이의를 제기하지 않으며 말해서 칼은 놀랐다. 삼촌의 말은 의심할 바 없이 겸손의 표현으로 이해되었기 때문이다. 경리 주임이 황망히 책상으로 가서 선장의 명령을 수부장에게 전달했다.

 '시간이 촉박하군.' 칼이 생각했다.

 '하지만 여기 있는 모든 사람의 감정을 상하게 하지 않고서는 아무 일도 할 수 없어. 삼촌이 나를 겨우 찾아냈는데 혼자 보낼 수는 없어. 선장은 예의 바르기는 하지만 더 이상 바랄 것은 없군. 규율 문제가 제기될 때는 예의도 한계가 있지. 삼촌은 분명 선장의 마음을 꿰뚫어 보고 말씀하신 거야. 슈발과는 말하고 싶지 않아. 그와 악수한 것까지 후회가 되는군. 여기 있는 다른 이는 모두가 쓰레기야.'

 칼은 그런 생각을 하며 화부에게 천천히 걸어갔다. 그리고 그의 오른손을 혁대에 빼내어 자기 손안에 넣고 만지작거리며 말했다.

 "왜 아무 말씀도 안 하세요? 왜 이 모든 걸 참고 계시죠?"

 화부는 무슨 말을 해야 좋을지 생각하는 것처럼

이마를 찌푸리기만 했다.

그리고는 칼의 손과 자신의 손을 내려다보았다.

"당신은 이 배 안의 누구도 당해본 적이 없는 부당한 일을 겪었습니다. 내가 잘 알고 있어요."

칼은 그의 손가락을 화부의 손가락 사이에 끼웠다 뺐다 했다. 화부는 커다란 기쁨에 넘치는 듯 그리고 아무도 그의 기쁨을 비난할 수 없다는 듯 눈을 반짝이며 사방을 둘러보았다.

"스스로를 지켜야 합니다. '예'와 '아니요'를 분명히 말해야 해요. 그렇지 않으면 사람들은 진실을 전혀 알 수 없습니다. 내 말대로 하겠다고 약속해주세요. 저는 여러 가지 사정이 있어서 유감스럽게도 더 이상 도와드릴 수 없을 것 같습니다."

칼은 화부의 손에 입을 맞추고 그 갈라진, 거의 생기 없는 손을 어쩔 수 없이 포기해야 하는 보물이나 되는 양 자기 뺨에 대고 누르며 울었다. 하지만 삼촌 상원의원이 벌써 그의 곁으로 와서 가볍게 그를 잡아끌며 데려갔다.

"너는 저 화부에게 반한 것 같구나."

상원의원이 말하며 칼의 머리 너머 선장에게 의미 있는 시선을 보냈다.

"네가 버림받았다고 느꼈을 때 저 화부를 만났기 때문에 그에게 고마움을 느끼는 것이지. 그건 기특한 일이야. 하지만 나를 생각해서라도 너무 지나친 행동은 삼가라. 네 위치를 알아야지."

문밖에서 소란한 소리가 들렸다. 외치는 소리가 들리는가 하면 누군가 거칠게 문에 부딪히는 것도 같았다. 한 선원이 안으로 들어왔다. 약간 거칠어 보이는 그는 여자가 입는 앞치마를 두르고 있었다.

"밖에 사람들이 있습니다."

선원은 아직도 군중 속에 끼어있는 것처럼 발꿈치를 이리저리 휘두르며 소리쳤다. 마침내 그는 정신을 차렸고 선장 앞에 서서 경례하려 했는데 그때 자신이 두르고 있는 앞치마를 보았다. 그는 그걸 잡아당겨 바닥에 내동댕이치고는 큰 소리로 말했다.

"정말 구역질 나는 일입니다. 저들이 제게 앞치마를 둘러놓았습니다."

그리고 나서 그는 구두 뒤축을 딱 붙이고 경례를 했다. 누군가 웃으려 했지만 선장이 엄격한 목소리로 말했다.

"기분이 좋은 모양이군. 그런데 대체 누가 밖에 있나?"

"제 증인들입니다."

슈발이 앞으로 나서며 말했다.

"저들의 부적절한 행동에 진심으로 용서를 빕니다. 항해가 끝나면 미친 것처럼 날뛰는 사람들이 있습니다."

"즉시 들어오도록 하게!"

선장이 명령했다. 그리고는 상원의원에게 몸을 돌리고 공손하지만 급한 어조로 말했다.

"존경하는 상원의원님, 조카분과 함께 이 선원을 따라가시겠습니까? 보트까지 안내할 겁니다. 의원님과 개인적으로 알게 된 것이 제게는 커다란 기쁨이자 영광이었다는 건 새삼 말씀드릴 필요도 없겠습니다. 머지않아 의원님과 나누었던 미국 선박 사정에 관한 대화를 재개할 수 있고 또 오늘처럼 유쾌하게 중단되기를 바랍니다."

"당분간은 이 조카만으로 충분합니다."

삼촌이 웃으며 말했다.

"당신의 호의에 깊은 감사를 드립니다. 안녕히 계십시오. 우리가 다음번 유럽 여행을 할 때는 아마 선장님과 좀 더 긴 시간을 나눌 수 있을 겁니다."

삼촌은 그렇게 말하며 칼을 다정하게 끌어안았다.

"그렇게 된다면 정말 기쁘겠습니다."

선장이 말했다. 두 신사는 악수했다. 칼은 말없이 선장에게 잠깐 손을 내밀 수 있을 뿐이었는데 선장은 벌써 열다섯 명이나 되는 사람들을 상대해야 했기 때문이었다.

슈발의 인솔하에 안으로 들어온 그들은 약간 당황한 기색이었지만 몹시 시끄러웠다. 선원은 상원의원에게 앞장서겠다고 양해를 구한 다음, 상원의원과 칼을 위해 군중을 헤쳐 길을 내주었다. 상원의원과 칼은 고개 숙여 인사하는 사람들 사이를 쉽게 통과했다. 평소 명랑한 성격의 그들은 슈발과 화부가 선장 앞에 와서까지도 장난삼아 다투고 있다고 생각하고 있었다. 칼은 그들 가운데 주방 아가씨 리네를 보았다. 리네는 흥겨운 듯 칼에게 눈을 찡긋하며 선원이 내던진 앞치마를 허리에 둘렀다. 그 앞치마는 리네의 것이었기 때문이다. 그들은 계속 선원을 따라 사무실을 나왔고 좁은 통로 안으로 들어갔다. 서너 걸음을 걸으니 조그만 문이 나왔고 거기서부터 이어지는 짧은 계단은 그들을 위해 준비된 보트로 이어졌다. 이제까지 그들을 안내해 온 선원이 훌쩍 올라타니 보트 안의 선원들이 일어서 경례

했다. 상원의원은 칼이 맨 위 계단에서 격한 울음을 터뜨리자 조심해서 내려오라고 주의를 주었다. 상원의원은 오른손을 칼의 턱 아래에 대고 그를 꼭 껴안은 채 왼손으로 어루만져 주었다. 그들은 그런 자세로 천천히 계단을 내려와 서로 꼭 붙은 채 보트에 올랐다. 상원의원을 칼을 위해 맞은편에 있는 편안한 자리를 마련해주었다. 상원의원이 신호를 하자 선원들은 보트를 밀치고 즉시 노를 젓기 시작했다.

배에서 몇 미터 떨어지자마자 칼은 자신이 바로 경리실 창문을 통해 내다보이는 쪽에 있음을 알게 되었다. 세 창문 모두를 슈발의 승인들이 차지하고 있었다. 그들은 친절하게 인사를 건네며 손을 흔들었고 삼촌까지도 답례했다. 한 선원은 규칙적인 노젓기 리듬을 깨지 않으면서도 멋지게 손 키스를 보냈다. 이제 더 이상 화부는 존재하지 않는 것 같았다. 칼은 자신과 무릎을 맞대고 있는 삼촌의 눈을 보다 자세히 들여다보았다. 이 남자가 그에게 화부의 역할을 대신할 수 있을지 의심스러웠다. 삼촌도 눈길을 피하며 보트를 흔들고 있는 파도를 쳐다보았다.

어느 학술원에
보내는 보고서

존경하는 학술원의 신사 여러분!

여러분께서는 제게 지난달 원숭이였던 시절에 관한 보고서를 제출해달라고 요구하셨습니다. 여러분의 요청은 제게 더할 나위 없는 영광입니다. 다만 애석하게도 저는 여러분이 생각하는 그런 보고서를 제출할 수가 없습니다.

원숭이였던 그때와 지금의 저 사이에는 5년에 가까운 세월이 가로막고 있습니다. 달력을 기준으로 본다면 그리 긴 세월이 아닐지도 모르겠습니다. 하지만 저처럼 죽어라 달음질쳐온 자에게는 한도 끝도 없이 긴 세월이었습니다. 물론 때로는 훌륭한 사람들이 저를 지켜봐 주었고 고귀한 충고, 군중의 박수갈채 그리고 오케스트라의 음악이 저와 함께 해주기도 했습니다. 하지만 저는 근본적으로 늘 '혼자'였습니다. 함께했던 그 모든 것은—비유를 들어 말씀드리자면—울타리 저 너머에 멀찍이 서 있었을 뿐입니다.

만일 제가 원숭이로 태어난 천성 그대로 살겠다고 고집을 피웠거나 어린 시절의 추억에 매달렸다면 오늘날과 같이 성공할 수는 없었을 겁니다. 하지만 모든 종류의 고집을 포기하는 것, 그것이야말로 내가 스스로 세운 첫 번째 계명이었습니다. 자유로운 원숭이였던 저는 그 계명의 멍에를 짊어졌습니다. 그리하여 시간이 흐르면서 추억의 문도 점차 닫히게 되었습니다.

인간이 만약 그럴 마음만 먹었더라면, 처음에는 저도 하늘이 땅 위에 펼쳐놓은 저 넓은 문을 통과해서 자유롭게 과거의 원숭이로 돌아갈 수 있었을 겁니다. 하지만 제가 채찍질을 맞으며 앞으로 발전해 나가면서 그 문은 점점 낮아지고 좁아졌습니다. 그리고 저는 인간 세상이 차츰 편안해졌고 점점 인간 세상에 동화되었습니다.

과거로부터 거세게 불어오던 폭풍이 가라앉았습니다. 오늘 그 폭풍은 제 발뒤꿈치를 식혀주는 한 자락 바람에 불과할 정도입니다. 그 폭풍이 불어왔고 또 내가 그 옛날 통과해 왔던 저 먼 곳의 그 구멍은 이제 너무나 작아졌습니다. 그래서 제게 그 구멍으로 되돌아갈 힘과 의지가 있다고 하더라도 그 구멍을 다시 통과하려면 제 몸의 털가죽이 하나도 남김없이 모조리 벗겨지고 말 것입니다.

솔직히 말씀드리겠습니다. 이런 이야기는 멋진 비유로 들려드리고 싶긴 하지만 그래도 솔직히 털어놓고 말씀드리겠습니다. 존경하는 신사 여러분, 여러분의 원숭이 본성 말입니다. 여러분도 그런 시절을 거쳐 왔다면, 원숭이 본성과 여러분 사이의 거리가 원숭이 본성과 제 사이의 거리보다 더 크지는 않을 겁니다. 여기 땅 위를 걸어 다니고 있는 한 하찮은 침팬지이건 위대한 아킬레스이건 원숭이 본성이 발뒤꿈치를 간질이고 있는 건 모두 마찬가지입니다.

하지만 지극히 제한된 범위 내에서라면 저는 아마도 여러분의 질문에 답변할 수 있을 것입니다. 제게는 그것이 또 아주 커다란 기쁨이기도 합니다. 제가 가장 먼저 배웠던 적이 있습니다. 그것은 악수를 청하는 것입니다. 악수를 청한다는 것은 마음을 연다는 뜻입니다. 제 생애 최고봉에 오른 오늘날, 저는 처음 악수를 청할 때 다정한 인사말을 곁들이는 것을 좋아합니다. 저의 이런 답변이 학술원에 근본

적으로 새로운 사실을 밝혀줄 수 없을 것이며 여러분이 제게 요구했던 바에는 턱없이 모자랄 것입니다. 그것은 제가 아무리 노력해도 이야기할 수 없는 부분이 있기 때문입니다. 그래도 원숭이였던 자가 어떻게 인간세계에 비집고 들어와 자리를 굳히게 되었는지 그 기본적인 과정은 보여줄 것입니다. 하지만 이제부터 제가 여러분에게 들려드릴 이야기가 아무리 별것 아니라고 해도, 만일 제가 저에 대하여 확고한 확신이 없다거나 이 문명 세계의 가장 큰 쇼에서의 제 지위가 흔들릴 수 없을 정도로 확고부동하지 않다면 도저히 말씀드릴 수 없었을 것입니다.

저는 아프리카의 황금해안 출신입니다. 제가 어떻게 잡혔는지에 관해서는 다른 사람들의 보고에 의존하여 말씀드려야 하겠습니다. 저녁 무렵 제가 원숭이 무리 한가운데 뒤섞여 물을 마시러 갔을 때, 하겐벡 회사의 사냥 원정대가—이 원정대의 대장과는 그 후 여러 차례 고급 적포도주를 비운 사이입니다—물가 수풀 속에 잠복해 있었습니다. 총성이 울렸습니다. 그리고 단 한 마리의 원숭이가 총에 맞았는데 그것이 바로 저였습니다. 저는 두 방을 맞았습니다.

한 방은 뺨에 맞았습니다. 심각한 정도는 아니었지만 털이 뭉텅 빠져나갔고 새빨간 상처만 크게 남았습니다. 그 상처 때문에 저는 불쾌했을 뿐만 아니라 저와는 전혀 어울리지도 않는, 그야말로 원숭이 새끼에나 어울릴 법한 '빨간 피터'란 별명을 갖게 되었습니다. 빨간 피터라니요! 얼마 전에 뒈진 피터, 그러니까 여기저기 조금 알려진 서커스 원숭이 피터라는 놈하고 제가 이 빨간 흉터밖에는 차이가 없다는 듯이 말입니다. 말이 나온 김에 하는 이야기입니다.

두 번째 총알은 엉덩이 아래에 맞았습니다. 그건 심각한 부상으로 그 때문에 저는 오늘날까지도 다리를 약간 절게 되었습니다. 최근에 저는 저에 대해서 이러쿵저러쿵 말도 안 되는 신문 기사들을 마구 써대는 수많은 개자식 가운데 한 명이 쓴 글을 읽었습니다. 그 작자는 제 원숭이 본성이 아직 완전히 통제되지 않은 상태라고 하더군요. 그리고는 증거라고 들이대는 것이, 제가 손님이 오면 총에 맞은 상처를 보여주려고 바지를 벗는 걸 무척 좋아한다나요. 그따위 글을 써 갈기는 작자의 손가락은 총알로 하나씩 날려버려야 합니다. 저는, 저는 말입니다. 제가 원한다면 누구 앞에서건 바지를 벗을 권리가 있습니다. 바지를 벗어 보았자 잘 손질된 털과—여기서 특정한 목적을 위해 특정한 단어를 쓰겠습니다. 부디 오해하지 마시길 바랍니다—'빌어먹을' 총알이 남긴 상처밖에 아무것도 없습니다. 모든 것이 만천하에 명명백백하게 드러나 있습니다. 아무것도 숨길 것이 없습니다. 아무리 위대한 사상가라도 진리를 밝혀야 할 때는 세련된 매너마저도 내팽개칩니다. 하지만 그런 기사를 쓴 그 작자가 만일 손님이 왔을 때 바지를 벗는다면 그것은 물론 좀 다른 이야기가 될 것입니다. 그러므로 저는 그 인간이 손님들 앞에서 바지를 벗지 않는다는 사실을 이성이 있다는 표시로 인정하겠습니다. 그러니 그 작자도 자신의 예민한 감각을 기준으로 저를 판단하려 들지 말아야 할 것입니다!

저 총격이 있고 난 후, 저는—여기서부터 점차 제 기억이 시작됩니다—하겐벡 회사의 증기선 갑판 위에 있는 우리 안에서 깨어났습니다. 그것은 사방이 쇠창살로 된 우리가 아니었고, 궤짝 하나에 쇠창살로 된 세 개의 벽을 박아놓은 것에 불과했습니다.

그러니까 궤짝이 네 번째 벽이었던 셈입니다. 우리 안은 똑바로 일어서기에는 너무 낮고 털썩 주저앉기에는 너무 좁았습니다. 그래서 저는 계속 떨리는 무릎을 구부린 채 쪼그리고 앉아 있었습니다. 그것도 처음에는 아무도 보고 싶지 않고 어두운 곳에 숨어 있고만 싶어서 궤짝 쪽으로 돌아앉아 있었습니다. 그러고 있자니 쇠창살이 등살로 파고드는 것 같았습니다. 사람들은 야생동물을 잡으면 처음에는 그런 식으로 가두는 것이 좋다고 생각합니다. 그리고 오늘날 저 역시 제 경험을 돌아볼 때 그것이 인간적인 의미에서는 사실 옳다는 것을 부정할 수 없습니다.

하지만 당시 저는 그런 생각을 하지 못했습니다. 저는 난생처음으로 출구가 없는 상황에 처했습니다. 적어도 앞으로 똑바로 나갈 수는 없었습니다. 제 앞에는 상자가 있었습니다. 그것은 널빤지에 널빤지를 단단히 이어 붙여서 짠 상자였습니다. 널빤지 사이에 틈새가 있긴 했습니다. 그 틈새를 처음 발견했을 때 나는 행복에 겨워 괴물처럼 울부짖으며 좋아했지만 그 틈새는 꼬리를 밀어 넣을 수도 없을 만큼 좁았으며 아무리 원숭이라도 도저히 넓힐 수 없었습니다.

나중에 사람들이 제게 들려준 이야기입니다만 제가 그때 이상하리만치 소란을 피우지 않았다고 합니다. 그래서 제가 금방 죽어 나가거나 아니면 그 최초의 고비를 무사히 넘기고 아주 잘 길들 것이라 생각했다고 합니다. 저는 그 시기를 견디고 살아남았습니다. 저는 소리를 죽여 가며 흐느끼고 아프도록 벼룩을 잡으며 코코아 껍질을 힘겹게 빨며 머리통으로 궤짝의 벽을 두드리며 누가 가까이 오면 혀를 내밀었습니다. 저는 새로운 삶에서 그런 짓들에 몰두했습니다. 하지만 무슨 짓을 하건 출구가 없다는 단 한 가지 감정뿐이었습니다. 물론 저는 지금 당시 원숭이로서 느낀 바를 인간의 말로만 기록할 수 있을 뿐이며 따라서 잘못 기록하는 바도 있을 것입니다. 하지만 제가 지금 그 옛날 원숭이의 진실에 더 이상 도달할 수 없다고 하더라도 적어도 그 방향만은 옳을 것입니다. 이 점에 관해서는 의심의 여지가 없습니다.

그전까지 제게는 출구가 아주 많았는데 우리에 갇힌 다음에는 단 하나의 출구도 없었습니다. 저는 들러붙어 버린 것입니다. 사람들이 설령 저를 못 박아 놓았다고 해도 자유롭게 움직이는 가능성이 더 줄어들지는 않았을 것입니다. 왜 이런 일이? 발가락 사이를 피가 나도록 긁어보아도 그 이유를 알 수 없었습니다. 몸뚱이가 두 쪽이 날 때까지 등으로 쇠창살을 밀어 보아도 그 이유를 알 수 없었습니다. 저는 출구가 없었고 그래서 출구를 만들어야 했습니다. 출구가 없이는 살 수 없었기 때문입니다. 언제까지고 그 궤짝 벽에 들러붙어 살아야 했다면 저는 그만 죽고 말았을 겁니다. 하지만 하겐벡 회사에서 원숭이란 것은 궤짝 벽에 들러붙은 존재일 뿐입니다. 그래서 저는 원숭이이기를 포기했습니다. 정말 똑똑하고 멋진 생각이었습니다. 그것은 어쨌거나 제 뱃속에서 나온 생각임이 틀림이 없습니다. 원숭이는 배로 생각을 하니까요.

제가 쓰는 '출구'라는 개념을 여러분들이 정확히 이해하지 못할까 봐 걱정됩니다. 저는 '출구'라는 개념을 가장 일상적인 의미에서 그리고 가장 확실한 의미에서 사용하고 있습니다. 일부러 '자유'라고 말하지 않는 겁니다. 제가 쓰는 '출구'란 개념은 사방이 훤히 뚫린 저 위대한 감정인 자유와는 다릅니다. 저는 아마도 원숭이였을 적에는 자유를 알고 있었고 또 그간 자유를 동경하는 사람들도 사귀게 되었습니다. 하지만 저로 말하자면, 저는 그 당시에나 오늘날에나 자유를 갈망하지 않습니다. 말이 나왔으니 말인데, 사람들은 자유라는 말에 너무도 자주 스스로를 기만하고 있습니다. 자유가 매우 숭고한 감정 중 하나이기 때문에 자유로운 것처럼 속이는 현혹도 매우 숭고한 현혹 가운데 하나입니다. 쇼 무대에 나가기 전에 저는 한 쌍의 곡예사들이 저 위의 천장에 매달려서 공중그네를 타는 것을 자주 보았습니다. 그들은 서로 오락가락하며 그네를 타다가 훌쩍 뛰어오르기도 하고 몸을 날려서 서로의 품 안에 뛰어들기도 하며 한 사람이 다른 사람의 머리카락을 입으로 물어 나르기도 했습니다.

"제멋에 겨운 동작들, 저것도 인간의 자유로구나!"

저는 그렇게 생각했습니다. 정말이지 그건 성스러운 자연에 대한 조롱입니다! 원숭이들이 그 광경을 본다면 얼마나 웃어댈 것인지, 아무리 튼튼하게 지은 건물이라도 버티지 못하고 무너져 내릴 것입니다.

아닙니다. 저는 자유를 원하지 않았습니다. 출

구 하나를 원했을 뿐입니다. 오른쪽이건 왼쪽이건 상관이 없었습니다. 나는 다른 것은 아무것도 바라지 않았습니다. 출구가 착각에 지나지 않는다고 하더라도 상관이 없을 정도였습니다. 바라는 바가 작으니 착각이라고 해도 별것이 아닐 것입니다. 계속 앞으로, 계속 앞으로! 두 손을 높이 들고 가만히 서 있는 것만 아니라면! 궤짝 벽에 들러붙어 있는 것이 아니라면!

오늘날 제가 분명히 알고 있는 사실이 하나 있습니다. 그것은 제 마음이 대단히 안정되어 있었기 때문에 그 고비를 헤치고 빠져나올 수 있었다는 겁니다. 정말이지 오늘날의 제가 있게 된 것은 모두가 그때 배 안에서 며칠 후 제게 찾아온 마음의 안정 덕분일 것입니다. 그리고 내가 안정을 찾게 된 것은 배에서 만났던 사람들 덕분이었습니다.

그들은 그 모든 것에도 불구하고 착한 사람들이었습니다. 저는 요즘에도 당시 어렴풋이 잠이 들었을 때 들었던 그들의 묵직한 발소리를 기억 속에서 더듬곤 합니다. 그들은 무슨 일을 하던 아주 천천히 시작하는 습관이 있었습니다. 어떤 남자는 눈을 비비려고 할 때 무슨 무거운 추라도 들어 올리듯 손을 들어 올렸습니다. 그들이 주고받는 농담은 거칠었지만 따뜻했습니다. 웃음소리에는 늘 위태롭게 들리기는 하지만 별것이 아닌 기침 소리가 늘 섞여 있었습니다. 입안에는 무언가 늘 뱉어낼 것을 담고 다녔는데 그것을 어디에 뱉을 것인지는 개의치 않았습니다. 그들은 제 몸뚱이에 사는 벼룩이 자기들에게 옮아온다고 늘 불평했지만 그것 때문에 제게 정말 화를 낸 적은 한 번도 없었습니다. 그들은 제 털 속에 벼룩이 많고 벼룩은 옮는다는 것을 알고 있었을 뿐입니다. 그들은 그 사실을 있는 그대로 받아들였습니다. 그들은 쉬는 날이면 몇 명씩 제 주위에 반원을 그리고 앉기도 했습니다. 이야기는 거의 하지 않고 서로 으르렁대기만 했습니다. 궤짝 위에 다리를 뻗고 담배를 피우거나 파이프를 피웠습니다. 제가 조금이라도 움직이면 금세 무릎을 치며 신기해했습니다. 가끔은 또 어딘가에서 막대기를 가져와 제가 시원해할 만한 곳을 골라 긁어주는 사람도 있었습니다. 지금 누군가 저에게 다시 그 배를 타고서 함께 여행하자고 초대한다면 저는 분명 거절할 것입니다만 혹시 그 배를 다시 타게 되더라도 갑판 위에서 되살리게 될 기억들이 꼭 불쾌한 것만은 분명 아닐 것입니다.

  그 사람들 사이에서 나는 마음의 안정을 얻었고 그 덕분에 나는 무엇보다도 도망치려는 시도를 모두 삼가게 되었습니다. 지금에 와서 돌이켜 보면, 당시에도 저는 어렴풋하게나마 살고자 한다면 출구를 찾아야 하지만 도망을 친다고 출구를 찾을 수는 없다는 것을 예감했던 것 같습니다. 당시 도망칠 가능성이 있었는지 지금은 모르겠습니다만 원숭이는 언제든 도망칠 수 있다고 생각합니다. 지금의 제 이빨로는 보통 호두를 깨 먹을 때조차 조심해야 할 지경이지만, 당시라면 시간이 필요했겠지만 틀림없이 자물쇠를 물어뜯을 수 있었을 겁니다. 하지만 저는 그렇게 하지 않았습니다. 그런다고 해서 무엇이 더 나아지겠습니까? 아마 제가 머리통을 내밀기가 무섭게 그들은 나를 다시 붙잡았을 것이고 더 고약한 우리에 가두었을 겁니다. 아니면 다른 동물들, 예를 들어 맞은편에 있던 구렁이 우리로 잘못 도망쳐서 그놈들에게 칭칭 감겨 숨이 끊어졌을지도 모릅니다. 혹시 갑판 위까지 몰래 도망쳐서 뱃전 너머로 뛰어내릴 수 있었을지도 모르지만 그래봤자 망망대해에서 잠깐 허우적거리다가 익사하고 말았을 겁니다. 그런 짓들은 절망에 빠진 자들이나 저지르는 맹목적인 행동입니다. 나는 그렇게 인간들처럼 계산하지는 않았습니다만 주위 환경의 영향을 받아서 마치 계산이라도 한 것처럼 처신했습니다.

저는 계산적이진 않았지만 아주 침착하게 관찰을 계속했습니다. 나는 사람들이 이리저리 오가는 모습을 보았습니다. 언제나 같은 얼굴들, 같은 동작들이었습니다. 때로는 모두가 한사람처럼 보였습니다. 그 사람 아니 그 사람들은 아무런 방해도 받지 않고 걸어 다니고 있었습니다. 내게 커다란 목표가 하나 떠올랐습니다.

'나도 저들처럼 되자!'

내가 그들처럼 된다고 해도 쇠창살을 열어주겠다고 약속한 사람은 아무도 없었습니다. 그처럼 불가능해 보이는 일을 두고는 약속을 하지 않는 법입니다. 하지만 그런 가당찮은 목표가 정말로 성취된다면 그 약속은 혹시나 하는 마음으로 헛된 노력을 한다고 생각했던 바로 그 자리에 나타납니다. 사실 그 사람들에게는 제 마음을 잡아끄는 특별한 면모가 전혀 없었습니다. 제가 만일 앞서 이야기했던 자유의 신봉자였다면 저는 그 사람들의 침울한 눈빛이 보여준 '출구'보다는 차라리 망망대해를 선택했을 겁니다. 하지만 저는 그런 것들을 생각하기도 전부터 그 사람들을 오랫동안 관찰해왔습니다. 그리고 제가 관찰한 것들이 차곡차곡 쌓이면서 저를 특정한 방향으로 몰아갔습니다.

그들을 흉내 내기란 정말 쉬운 일이었습니다. 침 뱉기는 며칠 만에 바로 해낼 수 있었습니다. 그렇게 되자 우리는 서로의 얼굴에 대고 침을 뱉었습니다. 그들과 저 사이의 차이는, 저는 나중에 제 얼굴을 깨끗이 핥아냈지만 그들은 그렇게 하지 않았다는 것뿐입니다. 파이프 담배도 얼마 가지 않아서 영감처럼 피울 수 있었습니다. 제가 파이프를 입에 문 채 엄지손가락으로 파이프 대가리까지 꾹꾹 누르면 사람들은 갑판이 떠내려갈 정도로 환호성을 지르며 좋아했습니다. 다만 한 가지, 텅 빈 파이프와 담배를 꽉 채운 파이프의 차이를 저는 오랫동안 이해하지 못했습니다.

가장 어려웠던 것은 독주병이었습니다. 그 냄새는 정말 지독했습니다. 저는 젖 먹던 힘까지 다해서 저와 싸웠지만 그 고비를 넘기기까지 몇 주일이 걸렸습니다. 사람들은 이상하게도 그런 내적 투쟁을 나의 다른 어떤 면보다도 진지하게 평가했습니다. 지금 돌이켜 생각해보아도 저는 그 사람들을 각각 구별하지 못합니다. 그 사람이 그 사람 같습니다. 하지만 언제나 나를 찾아오던 사람이 한 명 있었습니다. 그는 혼자 오기도 하고 동료들과 어울려서 오기도 했습니다. 낮에도 오고 밤에도 오고 아무 때나 왔습니다. 그는 술병 하나를 들고 내 앞에서 서서 나를 가르쳤습니다. 그는 저를 이해할 수 없어서 제 존재의 수수께끼를 풀려고 했던 것입니다. 그는 천천히 술병의 코르크 마개를 열었습니다. 그리고는 제가 이해했는지 살피려고 나를 쳐다보았습니다. 고백하지만, 저는 언제나 더할 수 없는 주의력으로 황급히 그에게 주목했습니다. 이 세상의 모든 인간 선생이 지구를 샅샅이 뒤진다고 해도 나 같은 인간 제자를 찾아낼 수 없을 겁니다. 그는 코르크 마개를 연 다음 병을 입으로 가져갔고 내 눈길은 그의 목구멍 속까지 따라갔습니다. 그는 그런 저에게 만족해서 고개를 끄덕이며 병을 입술에 댑니다. 저는 조금씩 배워가는 것에 너무 황홀해서 꽥꽥 소리를 지르며 손이 닿는 대로 제 몸의 이곳저곳을 마구 긁어댔습니다. 그는 기분이 좋아져서 병을 입에 대고 한 모금 마십니다. 저는 그것을 따라 하지 못해 안달하며 절망한 나머지 오줌똥을 질질 싸며 우리 안을 더럽힙니다. 그런 제 모습을 보며 그는 또 크게 만족합니다. 이제 그는 병을 쑥 내밀었다가 다시 큰 원을 그리며 입으로 가져가 마십니다. 저를 가르치기 위해 과장해서 몸을 뒤로 젖히고 단숨에 병을 비웁니다. 저는 너무도 큰 욕망에 지쳐서 더 이상 그의 행동을 따라 하지 못하고 힘없이 쇠창살에 매달립니다. 그러면 이론 강의는 그것으로 끝나고 그는 배를 쓰다듬으며 싱긋 웃습니다.

그다음에는 실습이 시작됩니다. 이론 수업으로 벌써 제가 너무 지치지 않았냐고요? 그건 그렇습니다. 벌써 기진맥진한 상태입니다. 그것도 제 운명입니다. 하지만 저는 최선을 다하여 그가 내미는 술병을 받아 듭니다. 그리고 덜덜 떨면서 코르크 마개를 엽니다. 병마개를 제대로 열고나니 새로운 힘이 천천히 솟구칩니다. 나는 병을 들어 입에 댑니다. 선생의 시범과 구별할 수 없을 정도로 똑같습니다. 하지만 그리고 나서는 너무도 역겹고 구역질이 나서 병을 던져버리고 맙니다. 이미 텅 빈 병이어서 냄새만 날 뿐인데도 나는 그 지독한 냄새를 견디지 못하고 그만 바닥에 내던지고 맙니다. 제 스승도 슬퍼하지만 무엇보다도 제가 가장 슬퍼합니다. 병을 던져 버리고 난 뒤에도 아주 훌륭한 솜씨로 배를 쓰다듬으며 싱긋 웃는 것까지 잊지 않고 해냈으나 나의 스승에게도 내게도 위안이 되지 않습니다.

수업은 자주 받았지만 늘 그런 식으로 끝났습니다. 제 스승의 명예를 위해서 드리고 싶은 말씀이 있습니다. 그는 절대로 제게 화를 내지 않았습니다. 물론 가끔 불이 붙은 파이프를 제 털가죽에 갖다 대고 제 손이 잘 닿지 않는 어딘가가 타들어 갈 때까지 있기도 했지만 그리고는 다시 그의 커다랗고 다정한 손으로 불을 꺼주었습니다. 그는 제게 화를 내지 않았습니다. 그는 우리가 한편이 되어 원숭이 본성과 싸우고 있다는 것 그리고 제가 진 짐이 더 무겁다는 것을 통찰하고 있었습니다.

그러던 어느 날 저녁, 제 스승과 저는 많은 관객에게 둘러싸인 채 엄청난 승리의 환호를 올리게 되었습니다. 그날, 아마도 파티가 열렸던 것 같습니다. 축음기가 돌아가고 한 장교가 사람들 사이에서 어슬렁거리고 있었습니다. 그날 저녁, 저는 철창 앞에 놓여 있던 술병 하나를 무심코 집어 들었습니다.

그리고 사람들이 점차 주목하는 가운데 코르크 마개를 배운 대로 열고 술병을 입에 댄 다음 아무런 망설임 없이 얼굴 한 번 찡그리지 않고 대단한 술꾼처럼 데굴데굴 눈알까지 굴리면서 꿀꺽꿀꺽 목구멍으로 소리를 내며 정말 진짜로 다 마셔버렸습니다. 그리고는 절망에 빠진 패자가 아니라 멋진 예술가답게 술병을 바닥에 던졌습니다. 그러고 나서 배를 쓰다듬는 건 잊어버렸지만 그 대신 아마도 달리 참을 수가 없어서 너무도 강력한 충동이 밀려와서, 감각이 몽롱해져서 그만 짤막하게 "헬 로우!" 하고 멋들어진 소리를 내질렀습니다. 인간의 소리를 낸 겁니다. 그리고 그 소리와 함께 인간 사회로 뛰어들어간 겁니다.

"들어 봐! 저놈이 말을 하네!"

그때 사람들이 질러댄 함성의 메아리는 땀방울이 뚝뚝 떨어지는 제 몸뚱이에 쏟아지는 키스와도 같이 느껴졌습니다.

다시 한번 말씀드리겠습니다. 저는 인간을 흉내 내는 일에 특별한 매력을 느끼지 못했습니다. 다만 출구를 찾기 위해서 흉내를 냈을 뿐입니다. 그 외의 다른 이유는 전혀 없습니다. 방금 이야기한 저 승리

감과도 별 상관이 없습니다. 그 일이 있는 직후, 저는 인간의 목소리를 다시 낼 수 없었습니다. 다시 인간의 목소리를 낼 때까지는 몇 달이 걸려야 했습니다. 독주병에 대한 거부감은 전보다 더 심해진 것 같았습니다. 하지만 제가 나아가야 할 방향만은 확실히 정해졌습니다.

함부르크에서 첫 조련사에게 넘겨졌을 때, 저는 두 개의 갈림길이 제 앞에 놓여 있음을 곧 깨달았습니다. 동물원이냐! 쇼 무대냐! 저는 망설이지 않았습니다. 쇼 무대에 나가기 위해서 온 힘을 다해 노력하자! 그것이 출구다! 동물원은 새로운 우리일 뿐이다. 우리 속으로 들어가면 그걸로 끝장이다.

존경하는 신사 여러분! 저는 배웠습니다. 아! 다른 길이 없을 때는 배우게 됩니다. 출구를 원할 때 배우게 됩니다. 인정사정없이 배우게 됩니다. 스스로 감시하는 감독이 되어 자신을 채찍으로 내리치며 조금이라도 반항기가 느껴지면 제 살을 짓찢어 놓습니다. 제가 가지고 있던 원숭이 본성은 둘둘 뭉쳐져서 황급히 제게서 빠져나와 사라졌습니다. 그런 저 때문에 제 첫 스승은 바보가 되어 곧 수업을 포기했고 정신병원으로 실려 가야 했습니다. 하지만 다행히도 곧 정신병원에서 다시 나오게 되었습니다.

하지만 저는 많은 선생을 소비했습니다. 심지어는 여러 명의 선생을 동시에 소비했습니다. 제가 제 능력을 확신하게 되었을 때, 세상 사람들이 제 발전에 주목했을 때, 제 미래가 빛나기 시작했을 때, 저는 선생들을 고용하여 다섯 개의 방에 차례로 앉혀 놓고 쉴새 없이 이 방에서 저 방으로 뛰어다니며 그들 모두에게서 한꺼번에 배웠습니다.

아! 그 눈부신 발전! 잠에서 깨어난 뇌 속으로 사방에서 밀려 들어오는 그 지식의 빛줄기! 저는 부인하지 않습니다. 그것이 저를 행복하게 해주었습니다. 하지만 고백할 것이 하나 있습니다. 나는 지식을 과도하게 평가하지 않습니다. 그 당시에도 그랬고 지금에 와서는 더더욱 그렇습니다. 지구상에서 아직 유사한 예를 찾아볼 수 없는 노력으로 저는 유럽인의 평균치 교양을 쌓게 되었습니다. 그것은 그 자체로는 아마 별것이 아닐 것입니다만 그 덕분에 제가 우리에서 나오게 되었으며 이 특별한 출구, 즉 인간의 출구를 갖게 되었다는 점에서 상당한 의미를 갖습니다. 저의 상황을 표현해줄 아주 멋진 표현이 하나 있습니다.

'덤불 속으로 숨다.'라는 표현 말입니다. 그렇습니다. 저는 덤불 속으로 숨었습니다. 자유란 선택할 수 있는 것이 아니라는 것을 전제로 한다면 제게 다른 길은 없었습니다.

지금 제가 걸어온 길과 제가 추구했던 목표를 돌이켜보면 후회할 일도 없지만 그렇다고 해서 만족스러운 것도 아닙니다. 저는 두 손을 바지 호주머니에 찔러 넣고 탁자 위에 포도주병을 올려놓은 채, 반은 서고 반은 흔들의자에 앉아서 창밖을 내다봅니다. 손님이 오면 예의에 맞게 영접합니다. 제 매니저는 응접실에 앉아 있습니다. 제가 초인종을 누르면 제 방으로 와서 제 지시를 듣습니다. 저녁이면 거의 언제나 공연이 있고, 공연마다 더할 나위 없는 성공입니다. 밤늦게 파티나 학술회의, 기분 좋은 회합을 마치고 집으로 돌아오면, 반쯤 훈련이 끝난 조그만 침팬지 암놈이 저를 맞이하고 저는 그녀 곁에서 원숭이의 행복을 즐깁니다. 하지만 낮 동안은 그녀를 보고 싶지 않습니다. 그녀의 눈빛에는 훈련으로 혼란에 빠진 동물의 광기가 보입니다. 그런 것은 오직 저만이 알아볼 수 있습니다. 그리고 저는 그걸 참고 견딜 수가 없습니다.

여하튼 전반적으로 볼 때 저는 달성하려고 했던 바를 달성했습니다. 그것이 그렇게 고생할만한 가치는 없는 것이라고 말씀하지 말아주십시오. 어찌되었건 저는 인간의 판단을 받고 싶지 않습니다. 저는 다만 지식을 전파하려고 할 뿐입니다. 저는 다만 보고할 뿐입니다.

여러분에게도, 고귀하신 학술원의 신사 여러분에게도 저는 보고드렸을 뿐입니다.

법 앞에서

법 앞에 문지기가 서 있다. 시골에서 온 한 남자가 문지기에게 가서 법 안으로 들어가게 해달라고 부탁한다. 하지만 문지기는 지금은 입장을 허락할 수 없다고 한다. 그러자 시골에서 온 남자는 곰곰이 생각하다가 그렇다면 나중에는 들어갈 수 있느냐고 묻는다.

문지기는 "그건 가능하지. 하지만 지금은 안 돼!"라고 말한다. 법으로 가는 문은 언제나처럼 활짝 열려 있고 문지기는 그 옆에 서 있기 때문에 시골에서 온 남자는 문을 통해 안을 들여다보려고 허리를 굽혔다. 그걸 본 문지기가 껄껄 웃으면서 말한다.

"그렇게도 마음이 끌리면 내가 금지하건 말건 들어가 보도록 해. 하지만 알아둘 일이 있지. 나는 힘이 세. 그리고 나는 최하위 문지기일 뿐이야. 방을 통과할 때마다 문지기가 서 있는데 그때마다 더 힘이 센 문지기를 만나게 되지. 세 번째 문지기만 되어도 나조차 똑바로 쳐다볼 수 없어."

시골에서 온 남자는 이런 어려움에 직면하리라고는 생각하지 않았다. 그는 법이란 모든 사람에게 그리고 언제나 열려 있어야 하는 것이라고 믿지만, 지금 모피 외투를 입고 있는 문지기의 크고 뾰족한 코, 길고 가늘며 검은 뻣뻣한 수염을 자세히 살펴보며 입장이 허락될 때까지 기다리는 것이 더 낫겠다는 결심을 한다. 그는 의자에 앉아 며칠 그리고 몇 년을 보낸다. 그는 안으로 들어가려는 시도를 그치지 않아서 문지기는 그의 부탁에 짜증이 난다. 문지기는 가끔 그 남자를 산난히 신문하며 그의 고향 사정을 비롯하여 그 밖의 많은 것을 캐묻지만 그건 높은 사람들이 던지는 것과 같은 무관심한 질문들이다. 그런 질문들은 언제나 아직은 입장을 허락할 수 없다는 말로 끝난다. 이 여행을 위해 많은 물건을 가지고 왔던 시골 남자는 문지기의 환심을 사기 위해 아무리 귀중한 것이라도 아낌없이 뇌물로 사용하며 준비했던 모든 것을 탕진한다.

문지기는 무엇이건 받지만 그때마다 "내가 이걸 받는 건 자네가 모든 노력을 다하지 않았다고 생각하지 않도록 해주기 위해서일세."라고 말한다.

긴 세월이 흐르는 동안 시골에서 온 남자는 거의 끊임없이 문지기를 바라본다. 그는 다른 문지기들은 잊었다. 그에겐 이 첫 번째 문지기가 법으로 들어갈 수 없도록 막는 단 하나의 장애물로 보인다. 그는 이 불행한 우연을 저주한다. 처음 몇 해는 문지기가 듣거나 말거나 큰 소리로, 하지만 세월이 흘러 늙은 뒤에는 그저 혼잣말로 웅얼거린다. 그는 어린아이처럼 되었다. 수년간 문지기를 연구한 탓에 그의 모피 외투 깃에 있는 벼룩들까지 알아보게 된 그는 벼룩들에게까지 자신을 도와 문지기의 마음을 돌리게 해달라고 부탁한다. 마침내 시력이 흐려진 그는 주위가 정말 어두워진 건지 아니면 그의 눈에만 그렇게 보이는 건지 알지 못한다. 하지만 절대 꺼질 수 없는 광채가 법의 문을 통해 비쳐오는 것은 지금 어둠 속에서도 알아볼 수 있었다. 이제 그는 더 이상 오래 살지 못할 것이다. 죽음을 앞둔 그의 머릿속에는 지난 세월 동안 쌓았던 모든 경험이 모여 하나의 질문이 된다. 그 질문은 아직 문지기에게 물어보지 않은 질문이다. 그는 굳어 가는 몸을 더 이상 일으켜 세울 수 없었기에 문지기에게 가까이 다가오라고 손짓한다. 문지기는 몸을 깊이 굽혀야 했다. 두 사람의 키 차이가 시골 남자에게 몹시 불리하게 변했기 때문이다.

"이제 또 무엇을 더 알고 싶나? 자네는 정말 지칠 줄 모르는군."

문지기가 묻는다.

"모든 사람이 법을 향해 나아가려 애쓰고 있지 않소? 그런데 그 많은 세월이 흐르는 동안 나밖에 아무도 입장을 요구하지 않다니, 대체 어찌 된 일이오?"

문지기는 그가 이제 곧 숨을 거두리라는 걸 알고 꺼져가는 청삭으로도 알아듣게 하려고 큰 소리로 외쳤다.

"이곳에서는 다른 누구도 입장 허락을 얻을 수 없소. 이 입구는 당신만을 위해 정해진 것이기 때문이오. 이제 나는 가서 문을 닫겠소."

작품 해설

불안과 부조리에 던지는 도전

이영희 (번역가)

카프카의 세계는 참으로 기괴하다. 어둡고 음침한 분위기, 예상치 못한 도처에 위험이 도사리고 있는 이야기들은 독자를 불쾌하게 괴롭힌다. 차라리 책장을 덮고 현실로 돌아오고 싶을 지경이다. 오죽하면 '카프카적'이라는 단어까지 생겨났을까? 카프카가 들려주는 이야기들이 너무도 비현실적이고 너무도 혼란스럽기 때문일 것이다.

그렇다면 우리는 왜 카프카를 읽는가? 나는 이렇게 대답하고 싶다. 카프카의 글은 삶에 지친 평범한 사람들의 눈물을 닦아주며 위로와 희망을 건네는 따뜻한 사랑의 동화 정반대에 서 있다. 그런 동화들이 현실을 현실보다 좀 더 아름답게 (왜곡해서) 보여주는 거울이라면 카프카의 이야기는 그 정반대의 거울, 현실을 현실보다 좀 더 끔찍하게 (왜곡해서) 보여주는 거울이다. 풍경화와 풍경 사진이 다른 것처럼 문학은 신문 기사가 아니다. 문학은 언제나 현실과 어느 정도 거리를 갖는다. 그리고 그 거리야말로 우리가 '현실'이라고 부르는 것도 결국은 우리가 만들어낸 현실, 변화가 가능한 현실임을 말해주는 것이리라.

우선 가장 널리 알려진 작품 「변신」은 여느 때와 다름없이 잠을 자고 아침에 일어났는데 커다란 벌레로 변해버린 어느 '평범한' 청년의 이야기이다. 아버지가 사업에 실패한 뒤부터 가족을 위해 밤낮없이 일만 했던 그가 왜 벌레가 되어야 한단 말인가! 더 기가 막힌 것은 가족을 위해 희생했던 그가 결국은 가족으로부터 철저하게 버림을 받고 방에 갇힌 채 쓸쓸히 죽어갈 뿐만 아니라, 그가 죽은 뒤에도 가족은 잠깐 슬픔에 잠길 뿐 곧 홀가분한 기분이 되어 밝은 미래를 꿈꾼다는 이야기의 결말이다. 카프카의 세계에는 '정의'가 존재하지 않는 것일까?

대략의 줄거리 진행만 보자면 「변신」의 주인공 그레고르 잠자는 너무도 부당한 일을 겪은 것처럼 보이지만 좀 더 자세히 읽어보면 반드시 그런 것만도 아니다. 우선 잠자는 가족을 위해 희생적으로 일한 것처럼 보인다. 그러나 그 희생이 정말 반드시 필요했던 것일까? 그 희생의 대가로 그가 권력을 누리지 않았던가? 그의 희생은 결과적으로 자신과 다른 가족들의 삶까지 망치지는 않았던가? 만약 이 질문들에 대한 대답이 잠자에게 부정적으로 내려진다면 잠자가 벌레의 모습으로 죽음을 맞은 것은 끔찍하긴 하지만 '정의로운' 결말일 수 있다. 이 질문들에 대한 답변을 이야기의 결말 부분에서부터 찾아보자. 잠자가 죽은 뒤 남은 가족은 오랜만에 전차를 타고 교외로 소풍을 간다. 세 사람의 모습은 다음과 같이 서술되어 있다.

"자세히 살펴보니, 앞날의 전망이 썩 나쁜 것도 아니었다. 이제까지는 서로 상세히 물어보지 않았지만, 세 사람 모두 상당히 **훌륭한 직장에 취직했으며, 특히 전망이 좋았다.** 또 이사를 하면 상황을 당장 쉽게 개선할 수 있을 것이 분명했다. 그들은 그레고르가 골랐던 지금의 집보다 작고 값싸지만 위치가 좋고 무엇보다도 실용적인 집을 원했다. (…) 잠자 부부는 새로운 꿈과 아름다운 계획들을 확인받는 느낌이었다."

이것이야말로 해피엔딩이 아닌가? 잠자는 자신만이 가족의 생계를 책임질 수 있는 유일한 '능력자'로, 남은 가족을 '무능력자'로 믿고 행동함으로써 실제로 그렇게 만들었다. 하지만 잠자가 죽고 난 뒤 세 사람의 행복한 모습은 잠자의 믿음이 잘못되었음을 말해 준다. 가족은 잠자가 생각했던 것과는 달리 훌륭한 직장에 취직했고 또 무엇보다도 갑자기 닥친 어려움을 극복할 수 있을 만큼 실용적으로 생각하고 행동하고 있다. 다시 말해서 그간 잠자의 희생은 불필요했을 뿐만 아니라 가족을 오히려 무능력하게 만늘었을 뿐이다. 가족에 대한 잠자의 평가를 들어보자.

"아버지는 건강하지만 나이가 있는 데다 벌써 5년간이나 일을 하지 않아서 크게 기대할 수 없었다. 또 힘들게 일했지만 성공을 거두지 못한 그의 인생에서 첫 휴가라고 할 수 있는 이 5년 동안 그는 살이 많이 쪄서 거동이 상당히 불편했다. 또 나이 든 어머니는 집안을 돌아다니는 것도 힘들어할 정도로 천식에 시달리는 데다가 이틀에 하루는 호흡 곤란으로 창문을 열어놓고 소파에 누워 있어야 할 정도인데 어떻게 일을 할 수 있단 말인가! 여동생도 이제 겨우 17세가 된 어린아이인 데다 이제까지는 옷을 잘 차려입고 늦잠 자고 집안일을 거들고 바이올린 연주와 같은 몇 가지 소박한 취미를 즐기는 편안한 삶을 살아왔을 뿐이 아닌가!"

잠자는 아버지, 어머니, 여동생 모두를 결코 독립할 수 없는 '무능력자'라고 믿는다. 그 때문에 자신의 직업을 싫어하지만 ("하지만 해고를 당하는 것이 내겐 아주 좋은 일일 수도 있지. 부모님 때문에 참고 있는 거지⋯⋯.") 오직 돈을 벌기 위해 일만 했던 그야말로 일벌레였다.

하지만 그는 정말 희생만 했을까? 그는 돈을 벌어 가족을 부양한 대가로 가장의 권력도 누렸다.

"그때 그는 아주 특별한 열정으로 일하기 시작했고 거의 하룻밤 사이에 보잘것없는 보조 직원에서 장거리 지역 영업 직원이 될 수 있었다. 장거리 지역 영업 직원이 되면 물론 돈을 버는 가능성이 완전히 달라져서 성과를 올릴 때마다 인센티브 형식으로 현금을 받았다. 그는 그 돈을 깜짝 놀라며 좋아하는 가족들 앞에 내놓을 수 있었다. 정말 좋은 시절이었다."

잠자는 가족을 행복하게 만들기 위해 가족을 무능하게 만들고 그 과정에서 유능한 자의 권력을 맛보기도 하지만 오직 돈만을 위해 일하는 일벌레의 삶을 산 것이다. 이렇게 볼 때 그가 벌레로 변한 것도 우연만은 아니며 죽음을 통해 가족들의 삶에서 사라진 것은—물론 대단히 엄격하긴 하지만—부당한 판결로만 볼 수는 없다.

「법 앞에서」도 일견 부조리한 이야기로 보인다. 한 시골 사람이 '법'을 찾아오지만 죽을 때까지 힘센 문지기의 저지로 '법'에 접근하지 못한다. 문지기에게 온갖 뇌물을 주고 심지어 문지기 몸에 붙어 사는 벼룩에게까지 도움을 청하지만 아무 소용이 없다. 결국 시골 사람이 죽음에 임박하자 문지기는 말한다.

"이곳에서는 다른 누구도 입장 허락을 얻을 수 없소. 이 입구는 당신만을 위해 정해진 것이기 때문이오. 이제 나는 가서 문을 닫겠소."

얼마나 기가 막힌 일인가? 손님을 초대해놓고 그

를 위해 마련한 맛있는 음식들을 먹지 못하게 막고 그가 돌아간 뒤 음식을 내다 버리는 격이 아닌가!

하지만 이 이야기는 진실과 마주할 용기가 없어 죽을 때까지 피하며 사는 비겁한 인간의 우화로도 읽을 수 있다. "절대 꺼질 수 없는 광채가 법의 문을 통해 비쳐오는 것"으로 보아서 '법'은 절대적인 진리, 이상, 정의 등 긍정적인 가치의 대명사로 보인다. 시골 사람은 '법'을 원하고 그 '법'에 접근할 수 있는 자신의 입구를 올바로 찾아갔지만 문지기와 정면으로 대결할 용기가 없다. 그저 뇌물이나 주며 벼룩에게나 사정을 하다 죽어갈 뿐이다. 이 비참한 시골 사람은 인생의 정답이 무엇인지 알고 또 어떻게 하면 얻을 수 있는지 잘 알고 있으면서도 실천에 옮기지 못하며 늘 변명하기에 급급한 우리 자신의 모습을 보여준다.

그렇다면 우리에게 제대로 살지 못하게 막는 문지기는 과연 무엇일까? 곰곰이 생각해볼 문제이다.

한편 시골 사람이 비참한 최후를 맞은 것이 그가 특별히 비겁한 탓으로는 보이지 않는다. 실제로 문지기는 도저히 극복할 수 없는 장애물로 묘사되어 있다.

"그렇게도 마음이 끌리면 내가 금지하건 말건 들어가 보도록 해. 하지만 알아둘 일이 있지. 나는 힘이 세. 그리고 나는 최하위 문지기일 뿐이야. 방을 통과할 때마다 문지기가 서 있는데 그때마다 더 힘이 센 문지기를 만나게 되지. 세 번째 문지기만 되어도 나조차 똑바로 쳐다볼 수 없어."

누가 이 같은 위협에 가차 없이 맞설 수 있을까? 대부분의 우리들도 시골 사람처럼 "나중에는 들어길 수 있느냐."라고 물을 것이며 "그건 가능하지. 하지만 지금은 안 돼!"라는 문지기 대답에 한 가닥 희망을 걸고 "법이란 모든 사람에게 그리고 언제나 열려 있어야 하는 것이라고 믿지만, 지금 모피 외투를 입고 있는 문지기의 크고 뾰족한 코, 길고 가늘며 검은 뻣뻣한 수염을 자세히 살펴보며 입장이 허락될 때까지 기다리는 것이 더 낫겠다."라고 타협을 할 것이다.

다시 말해서 시골 사람은 「변신」의 그레고르 잠자처럼 누구나 쉽게 이해할 수 있는 그저 보통의

'평범한 사람'일 뿐이다. 그래서 그들에게 내려진 판결이 더욱 그로테스크하게 느껴지는 것이다.

「어느 학술원에 보내는 보고서」의 주인공 원숭이 피터도 마찬가지다. 그는 아프리카 황금해안에서 사로잡힌 뒤부터 오직 살아 남기 위해 그리고 동물원의 철창 속에 갇히는 신세를 피하기 위해서 인간 흉내를 내기 시작하고 결국은 인간 사회에 동화된다. 그는 누구보다도 열심히 타고난 본성을 부인하고 억제하며 인간 사회에 적응하는 데 성공했지만 결국 인간 사회에서도 원숭이 사회에서도 소외된 고독한 존재이다. 생존을 가능하게 해준 '출구'는 찾았지만 '자유'는 영원히 상실한 것이다. 그가 확보한 '원숭이의 행복'도 밝은 낮에는 참고 견딜 수 없는 거짓에 불과하다.

밤늦게 파티나 학술회의, 기분 좋은 회합을 마치고 집으로 돌아오면, 반쯤 훈련이 끝난 조그만 침팬지 암놈이 저를 맞이하고 저는 그녀 곁에서 원숭이의 행복을 즐깁니다. 하지만 낮 동안은 그녀를 보고 싶지 않습니다. 그녀의 눈빛에는 훈련으로 혼란에 빠진 동물의 광기가 보입니다. 그런 것은 오직 저만이 알아볼 수 있습니다. 그리고 저는 그걸 참고 견딜 수가 없습니다.

「화부」는 「아메리카」 혹은 「실종자」라는 제목의 장편 소설 첫 부분이다. 「성」, 「소송」과 더불어 카프카 '고독의 3부작'으로 불리는 「아메리카」 혹은 「실종자」. 이 소설의 주인공 칼 로스만도 「변신」의 그레고르 잠자, 「법 앞에서」의 시골 사람 그리고 「어느 학술원에 보내는 보고서」의 원숭이 피터처럼 공동체나 의미 있는 가치로부터 버림받고 소외된 인간이다.

소설의 첫머리에 소개된 그의 이력 사항, 즉 나이 많은 하녀의 유혹에 빠져 그녀를 임신시켰기 때문에 부모로부터 추방당한 일은 소설 전반에 걸쳐 반복하여 언급된다. 그런 의미에서 보자면 「화부」는 소설 전체의 축약판으로 읽을 수 있다. 칼 로스만은 우연히 만난 화부를 위해 '책임감'을 느끼며 '정의'를 요구하는 등 '긍정적인 가치'를 내세우지만 카프카의 여느 주인공과 마찬가지로 모범적인 영웅이 못 된다. 그가 화부의 편을 드는 것도 실상 타지인 아메리카에 혈혈단신 빈손으로 던져진 처지에서 화부의 환심을 사서 그에게 의지하려는, 물에 빠진 사람이 지푸라기라도 잡아보려는 이기심의 발로이다. 물론 이 절망적인 시도도 성공하지 못한다.

카프카의 세계에는 절대적인 선도 악도 없다. 주인공도 그 주인공을 억압하고 소외시키는 사회와 마찬가지로 비겁하고 부족한 존재이기 때문에 용감하게 싸우는 영웅도 부당하게 희생당하는 순교자도 없다. 그리고 그들 모두는 무의미하게 버림받고 죽어간다. 할리우드식 영화에 익숙한 우리에게는 갈피를 잡기가 어려운 불편한 세계이지만 어쩌면 그만큼 현실에 가까운지도 모른다.

문학이 현실을 파악하고 형상화하는 매체인 한 그것은 주관적일 수밖에 없다. 카프카의 문학작품도 그의 주관적 구상이기 때문에 그의 생애를 통해 좀 더 가까이 접근할 수 있을 것이다.

하지만 이런 경향이 너무 과도해져서 카프카의 생애를 이해하는 것이 목적이 되어서는 안 될 것이다. 카프카의 문학작품들이 시공간을 초월하여 오늘날의 우리에게 호소력을 갖는 것은 인간존재의 불안과 부조리를 보여주는 보편성을 획득했고 그의 믿음처럼 무엇인가 고칠 수 있는 힘 그리고 그를 통해 '진리에 매우 가까운 무엇인가를 달성'할 수 있는 힘을 가지고 있기 때문이다. 그런 의미에서 나는 카프카의 작품들을 우리에게 던져진 도전으로 읽고 싶다.

더 알아보기

1. 카프카적이라는 단어

'카프카적kafkaesque'이라는 단어는 부조리하고 억압적인 상황을 묘사할 때 쓰인다. 미국의 『메리엄 웹스터 사전』에는 '악몽적으로 복잡하고, 기괴하거나, 비논리적인 성질을 가지고 있는 것'이라고 정의돼 있다. 카프카는 "나의 몸은 문학으로 이루어져 있다."라고 이야기한 바 있을 정도로 문학에 몰두한, 문학적 삶 그 자체를 지향하는 사람이었다. 그의 작품이 보여주는 고립과 불안, 권력의 압박은 곧 그의 이름을 딴 형용사로 자리 잡았다. 한 작가의 이름이 곧 하나의 세계관을 설명하는 단어가 된 것이다.

2. 「변신」의 벌레

「변신」은 "어느 날 아침, 어수선한 꿈에서 깨어난 그레고르 잠자는 자신이 무시무시한 벌레로 변한 채 침대에 누워 있는 것을 보았다."라는 문장으로 시작한다. 하지만 카프카는 단 한 번도 그 벌레가 어떤 벌레인지 정확하게 명시하지 않았다. 편지에서 그는 삽화가에게 그레고르의 벌레 모습을 절대 그리지 말아달라고 요청했으며 출간 당시에도 표지에 벌레를 그리는 것을 극도로 반대했다. 그리하여 초판본의 표지는 그레고르 잠자의 아버지가 머리를 감싸쥔 모습이 묘사되어 있을 뿐이다. 지금까지도 독자들은 상상 속에서만 '카프카의 벌레'를 떠올릴 수 있다. 카프카에게 중요한 것은 외형이 아닌 변화 이후의 고립감과 단절이었다.

3. 그의 원고

막스 브로트와 카프카는 1902년 프리히 대학의 강연장에서 처음 만났다. 브로트는 카프카보다 외향적이고 활달한 성격이었지만 문학에 대한 진지한 태도로 두 사람은 금세 가까워졌다. 카프카는 죽기 전 "모든 원고를 불태워달라."라고 유언했지만, 브로트는 이를 어기고 나치를 피해 국경을 넘을 때에도 카프카의 유고를 손가방에 넣어 그의 작품을 발표했다. 브로트의 그 결정 덕분에 카프카는 사후에 세계적인 작가로 남게 되었다.

4. 이색 업적

카프카는 대학 졸업 후 법원에서 1년간 시보로 일했으나 1907년 프라하의 근로자 상해 보험 회사로 이직했다. 그곳에서 공장의 안전 관리와 근로자 보상 관리를 담당했고 이때 산업용 안전모를 최초로 발명했다. 그 공로를 인정받아 1912년 미국안전협회로부터 수상하기도 했다. 카프카는 직장에서 성실하고 양심적인 직원이라는 좋은 평가를 받았다. 그러나 그의 전기에 따르면 글쓰기에 온전히 집중할 수 없는 탓에 그곳에서의 시간을 경멸했다고 드러나있다.

변신

초판 1쇄 인쇄 2025년 9월 1일
초판 1쇄 발행 2025년 9월 10일

지은이	프란츠 카프카
옮긴이	이영희
펴낸이	정용철
편집	이민애, 박혜빈, 강시현
디자인	김현주, 구세영, 이예은
콘텐츠 총괄	정다정
영업·마케팅	김상길, 이성수, 권지은, 정황규, 어은진, 최서연
경영지원	송유경, 김나현
펴낸곳	㈜좋은생각사람들
주소	서울시 마포구 월드컵북로22 영준빌딩 2층
이메일	book@positive.co.kr
출판등록	2004년 8월 4일 제2004-000184호
ISBN	979-11-93300-49-7 04800
	979-11-93300-60-2 04800 (set)

- 책값은 뒤표지에 표시되어 있습니다.
- 이 책의 내용을 재사용하려면 반드시 저작권자와 (주)좋은생각사람들 양측의 서면 동의를 받아야 합니다.
- 잘못 만들어진 책은 구입하신 곳에서 바꿔 드립니다.

좋은생각은 긍정, 희망, 사랑, 위로, 즐거움을 불어넣는 책을 만듭니다.
positivebook_insta   www.positive.co.kr

검은 수사

검은 수사

안톤 체호프 지음
이상원 옮김

체호프는 단연코 세계 최고의 단편 소설 작가다.

- 레프 톨스토이

유머를 아는 사람들에게
체호프의 작품은 슬프다. 다시 말해,
유머 감각을 지닌 독자들만이
그 슬픔을 진정으로 느낄 수 있다.

- 블라디미르 나보코프

체호프만큼 단순한 것을 훌륭하게
그리는 사람은 없다. 러시아 단편 소설은
체호프, 푸시킨, 투르게네프에 의해 완성되었다.

- 막심 고리키

체호프는 단편적인 사건들로 하나의 조화를
이뤄 내는 예민한 감각을 가졌으며, 인간관계의
미묘함을 가장 섬세하게 분석해 내는 작가다.

- 버지니아 울프

체호프는 100년 전에 바닥으로 가라앉은
사람들에 대해 썼다. 체호프는 그들이
스스로 말할 수 있는 방편을 찾아낸 것이다.

- 레이먼드 카버

차례

반카 9
학생 21
상자 속의 사나이 31
기우 61
검은 수사 73

작품 해설 145
더 알아보기 157

반카

반카는 아홉 살짜리 사내아이였다. 석 달 전부터 제화공 알랴힌 밑에서 일을 배우고 있었다. 성탄 전날 밤, 반카는 잠자리에 들지 않고 제화공 식구와 다른 견습공들이 미사를 드리러 갈 때까지 기다렸다.

모두 떠나고 조용해지자 꺼내온 잉크와 펜, 그리고 구겨진 종이 한 장을 앞에 놓은 채 편지를 쓰기 시작했다. 첫 글자를 쓰기 전 반카는 몇 번이고 겁먹은 눈으로 문과 창문 쪽을 흘끗거렸다. 선반 위 구두 모형들 옆에 놓인 어두운 성상聖像을 곁눈질하다가 한숨을 쉬기도 했다. 의자 위에 종이를 펴놓고 반카는 그 앞에 무릎을 꿇고 앉아 편지를 써 내려갔다.

'사랑하는 할아버지께, 성탄을 축하드려요. 신의 은총이 할아버지께 내리길 빌어요. 엄마도 아빠도 없는 제게는 할아버지 한 분뿐이에요.'

반카는 어두운 창문을 바라보았다. 촛불이 반사되어 어른거리는 가운데 지주 지바레프 댁에서 야간 경비원으로 일하는 할아버지의 모습이 또렷이 떠올랐다. 할아버지는 체구가 작고 여위긴 했어도 예순다섯의 노인답지 않게 민첩하고 활기찼다. 늘 웃는 얼굴에 술 취한 눈빛이었다. 낮에는 북적거리는 부엌 한 귀퉁이에서 잠을 자거나 요리사 아줌마들과 농담하며 시간을 보냈지만 밤이면 헐렁한 외투를 입고 나무 막대기로 딱딱 소리를 내면서 저택 주위를 돌아다녔다. 늙은 개 '카슈탄카'와 약삭빠른 수캐 '미꾸라지'란 녀석이 할아버지 뒤를 따랐다. 미꾸라지란 이름은 기다랗고 검은 몸 때문에 붙은 것이었다. 미꾸라지는 말을 잘 들었고, 잘 아는 사람이나 낯선 사람 모두 잘 따랐지만 신용이 없는 녀석이었다. 그 순종 뒤에 교활함이 숨어 있었던 것이다. 살금살금 다가가 다리를 물어버린다거나 지하실로 숨어들어 농부의 암탉을 훔치는 데는 미꾸라지를 따를 개가 없었다. 뒷다리가 부러진 것만도 여러 번이었고 두 번인가는 거꾸로 매달려 혼쭐나기도 했다. 일주일이 멀다 하고 초주검이 되도록 얻어맞아도 미꾸라지는 언제나 팔팔하게 살아났다.

'지금쯤 할아버지는 문 앞에 서서 색색깔로 밝혀진 교회 창문을 바라보며 눈을 찡그리고 계시겠지. 장화 신은 발을 건들거리며 다른 하인들과 어울려 우스갯소리를 하실 거야. 허리에는 늘 그렇듯이 막대기가 매달려 있고. 추위에 곱은 손을 연신 비벼가며 킬킬거리다가 하녀나 요리사를 슬쩍 꼬집을지도 몰라.

"냄새 한번 맡아보시겠수?"

할아버지는 아줌마들에게 코담뱃갑을 내밀기도 한다. 아줌마들은 냄새를 맡고 재채기를 해댄다. 그러면 할아버지는 재미있어 어쩔 줄 모르며 배를 잡고 웃으신다.

개들한테도 코담배 냄새를 맡게 한다. 카슈탄카는 재채기하며 고개를 절레절레 흔들고는 기분 나쁜 듯 한구석으로 물러난다. 미꾸라지란 녀석은 억지로 재채기를 참고 꼬리를 칠 거야.

날씨는 또 얼마나 좋은지. 대기는 고요하고 신선하다. 어두운 밤에도 하얀 지붕과 굴뚝에서 솟아오르는 연기, 서리 내린 은빛 나무들 그리고 눈더미까지 모두 훤히 보인다. 하늘은 즐겁게 반짝이는 별들로 가득하고 은하수는 성탄을 맞아 눈으로 문질러 닦아낸 것처럼 그렇게 선명할 거야……'

반카는 한숨을 내쉬고는 다시 펜에 잉크를 찍어 써 내려갔다.

'어제는 주인아저씨가 저를 막 때렸어요. 주인댁 아기 요람을 흔들다가 깜박 잠이 들었거든요. 그랬더니 제 머리채를 잡고 마당까지 질질 끌고 나가 가죽끈으로 호되게 때리지 않겠어요. 또 지난주에는 주인아주머니가 청어를 다듬으라길래 꼬리부터 시작했더니 아주머니가 청어를 집어 들고 대가리로 제 얼굴을 쿡쿡 찔러댔어요.

견습공들도 저를 아주 업신여겨요. 술집에서 보드카를 사 오라는 심부름을 시키고 또 주인댁에서 오이도 강제로 훔쳐내게 했어요. 그러자 주인은 닥치는 대로 저를 때렸어요.

먹는 것도 엉망이에요. 아침은 빵 한 쪽, 점심은 옥수수죽, 그리고 저녁은 다시 빵이지요. 차나 수프 같은 건 주인댁 식구들만 게걸스레 먹을 뿐이에요.

제 잠자리는 건초 위예요. 하지만 주인댁 아기가 울면 요람을 흔들어야 하니 제대로 잘 수가 없어요.

사랑하는 할아버지, 제발 저를 시골집으로 다시 데려가 주세요. 여기서는 배우는 것도 아무것도 없어

요. 무릎 꿇고 빌게요. 여기서 절 데려가 주세요. 그렇지 않으면 전 죽고 말 거예요.'

반카는 더러운 손으로 눈가를 닦아내고 훌쩍였다.

'제가 담뱃잎도 부수어드릴게요. 기도도 드리고요. 혹시라도 제가 잘못한 게 있다면 얼마든지 저를 때리세요. 제가 할 수 있는 일이 없다고 생각하지 마세요. 관리인 아저씨 장화를 닦을 수도 있고 페드카 대신 양치기를 해도 좋아요.
 보고 싶은 할아버지, 여기서는 아무 희망이 없어요. 죽는 일밖에는요. 당장 시골로 달려가고 싶지만, 장화도 없고 얼어 죽을까 봐 겁이 나요.
 제가 어른이 되면 할아버지를 잘 보살펴드릴게요. 아무도 할아버지를 함부로 대하지 못하도록 하겠어요. 그리고 할아버지가 돌아가시고 나면 엄마가 돌아가셨을 때 그랬던 것처럼 할아버지의 안식을 위해 기도드릴 거예요.
 모스크바는 정말 큰 도시예요. 집들은 전부 주인댁만큼이나 커요. 말馬은 많지만 양羊은 없어요. 개들도 착해요. 여기 아이들은 별이 뜨고 나면 밖에 돌아다니지 않아요. 교회 성가대석에선 아무나 가서 노래 부르지 못하게 되어 있어요.

한번은 상점 진열창에서 줄이 달린 낚싯바늘을 보았어요. 아주 좋은 낚싯바늘인데 어떤 건 20킬로그램 넘는 메기도 잡을 수 있을 정도예요. 또 귀족 나리들 것하고 비슷하게 생긴 여러 가지 권총을 파는 가게도 보았어요. 글쎄 한 자루에 100루블도 넘는대요.

고깃간에는 멧닭도 있고 들꿩, 토끼까지 있어요. 그걸 다 어디서 잡은 거냐고 물어보았지만 아무도 대답해 주지 않았어요.

사랑하는 할아버지, 주인댁에서 성탄 나무 장식을 하면 금박 입힌 호두를 하나 제 몫으로 떼어 초록색 상자에 넣어주세요. 올가 아주머니에게 반카 것을 챙겨달라고 말씀하시면 될 거예요.'

반카는 한숨을 내쉬며 다시 창문 쪽을 쳐다보았다. 주인댁 성탄 나무를 베러 숲에 갈 때면 할아버지는 늘 손자를 데리고 다녔다. 그럴 때는 정말 얼마나 즐거웠는지! 할아버지가 소리를 치면 차가운 바람도 큰 소리를 내고 그 광경을 바라보며 반카 역시 신나게 소리를 질렀다. 나무를 베기 전 할아버지는 담배를 피우고 오랫동안 코담배 냄새를 맡으며 새빨갛게 언 반카를 놀려대곤 했지…….

서리를 뒤집어쓴 어린 전나무들은 꼼짝 않고 서서 누가 베어져 죽게 될지 기다리는 것 같다. 갑자기 눈더미 사이에서 산토끼 한 마리가 나타나 쏜살같이 달아난다. 그러면 할아버지는 고함을 지르신다.

"잡아라, 잡아! 저런, 꼬리는 짧은 놈이 빠르기도 하군!"

할아버지가 성탄 나무를 베어 주인댁에 들여놓으면 장식이 시작되었다. 반카가 좋아하는 올가 아줌마가 신경을 제일 많이 쓰고 분주했다. 반카의 엄마 펠라게야가 죽기 전 주인댁 하녀로 일하고 있을 때, 올가 아줌마는 반카에게 사탕도 주고 짬이 날 때마다 읽고 쓰기, 100까지 숫자 세기, 심지어는 춤추는 법까지 가르쳐주었다. 하지만 엄마가 죽고 고아가 된 반카는 부엌의 할아버지한테로 밀려났고 마침내 모스크바의 제화공 알랴힌에게 보내진 것이다.

'제발 오셔서 저를 데려가 주세요. 제발요……. 고아인 저를 불쌍히 여겨주세요. 모두 저를 때리기만 해요. 전 늘 몹시 배가 고파요. 슬픈 것은 말할 것도 없고요. 입만 열면 울음이 나오는걸요. 얼마 전에는 주인 어른한테 각목으로 머리를 맞는 바람에 간신히 정신을 차렸을 정도예요. 제 생활은 개만도 못해요.

알료나, 애꾸눈 에고르카와 마부 아저씨께 안부 전해주세요. 그리고 제 아코디언은 아무한테도 주시면 안 돼요.

사랑하는 할아버지, 저를 데리러 어서 오세요.'

반카는 편지를 반으로 접어 전날 사둔 봉투에 넣었다. 잠시 궁리하다가 펜에 잉크를 적셔 주소를 썼다.

'시골에 계신 할아버지께.'

머리를 긁적이며 다시 생각하더니 '콘스탄틴 마카르이치'라고 덧붙였다. 편지를 쓰는 동안 아무 방해도 받지 않은 것이 만족스러웠다. 반카는 모자를 쓰고 셔츠 바람으로 외투도 걸치지 않은 채 거리로 뛰어나갔다.

편지를 우체통에 넣으면 술에 취한 마부가 끄는 우편 마차가 종을 울리며 그 편지를 세상 어디라도 배달해 준다는 얘기를 고깃간 사람들이 해주었다. 반카는 가장 가까운 우체통으로 뛰어가 그 소중한 편지를 집어넣었다. 한 시간쯤 지나 반카는 달콤한 기대에 차서 깊이 잠들었다…….

 꿈속에 커다란 벽난로가 보인다. 난로 옆에 할아버지가 앉아 요리사 아줌마들에게 편지를 읽어준다. 난로 주위로 약삭빠른 수캐 미꾸라지가 꼬리를 흔들며 돌아다닌다.

학생

처음에는 화창하고 평화로운 날씨였다. 개똥지빠귀들이 울었고 그 근처 늪지에서도 무언가 구슬픈 소리가 들려왔다. 빈 병을 불었을 때 나는 소리와 똑같았다. 도요새 한 마리가 긴 울음소리를 내는가 싶더니 총소리가 울렸다. 총소리는 힘차면서도 경쾌하게 봄 공기를 갈랐다. 하지만 숲이 어둠에 잠기고 때마침 살을 에는 듯한 차가운 바람이 동쪽에서부터 불어오자 모든 것이 쥐 죽은 듯 조용해졌다. 웅덩이 위에 살얼음이 생기기 시작했고 숲은 황량한 모습으로 변했다. 겨울 냄새가 났다.

신학교 학생이자 교회 잡일꾼의 아들인 이반 벨리코폴스키는 어서 집에 가고 싶은 마음에 걸음을 재촉하며 목초지의 오솔길을 지나고 있었다. 손가락이 꽁꽁 얼었고 거센 바람 탓에 뺨이 붉어졌다. 갑자기 몰아닥친 추위가 모든 질서와 조화를 깨뜨리는 듯 여겨졌다. 자연조차 겁에 질려 유난히 빨리 저녁 어둠을 내리는 것 같기도 했다. 주위에 인적은 전혀 없었고 그래서 그런지 더욱 깜깜하게 느껴졌다. 눈에 들어오는 불빛이라고는 강 근처 과부네 채소밭의 모닥불뿐이었다. 그 바깥쪽, 그리고 4킬로미터쯤 지나 마을이 있는 곳조차도 온통 차가운 저녁 어둠에 싸여 있었다.

 학생은 집에서 출발하던 때를 떠올렸다. 어머니는 맨발로 마른풀을 깔고 앉아 사모바르[1]를 닦고 있었고 아버지는 벽난로 옆에 누워 기침을 했었다. 예수 수난일인 성 금요일이었기 때문에 먹을 것은 아무것도 없었고 너무나 배가 고팠다. 그리고 지금 추위에 몸을 웅크리면서 학생은 9세기 류리크의 시대에도, 16세기 이반 뇌제의 시대에도, 18세기 표트르 대제의 시대에도 똑같이 이런 바람이 불었으리라 생각했다. 지독한 가난과 허기도 마찬가지였을 테고 구멍투성이 초가지붕과 무지몽매한 사람들, 슬픔, 인적 없는 평원과 어둠, 무거운 마음도 같았으리라. 이 모든 고통은 과거에도 있었고 미래에도 있을 것이며 설령 천년 후라 해도 삶은 그다지 나아지지 않을 것이다.

---

1 러시아식 주전자_편집자 주.

그런 생각을 하다 보니 집에 가고 싶은 마음이 사라졌다.

과부네는 모녀 사이인 두 주인이 모두 과부인 탓에 붙여진 이름이었다. 모닥불이 탁탁 소리를 내며 타올라 채소밭을 멀리까지 비추며 온기를 퍼뜨렸다. 어머니인 바실리사는 키가 크고 몸이 퉁퉁한 노파로 남성용 외투를 입고 생각에 잠긴 채 불길을 바라보고 서 있었다. 작은 키에 곰보 얼굴이 멍청해 보이는 딸 루케리아는 땅바닥에 앉아 냄비와 숟가락을 닦고 있었다. 방금 저녁을 먹은 것이 분명했다. 남자들 목소리도 들렸다. 일꾼들이 강에서 말에게 물을 먹이는 중이었다.

"겨울이 되돌아온 모양입니다. 안녕들 하세요?"

학생이 말했다. 바실리사는 흠칫 놀라다가 곧 학생을 알아보고 따뜻한 미소를 지었다.

"미처 못 알아보았군요. 신의 은총이 함께하셔서 훌륭한 사람이 되기를!"

한때 여러 집을 다니며 유모와 보모로 일했던 바실리사의 말투는 아주 상냥했다. 얼굴에서도 부드러운 미소가 떠나지 않았다. 반면 남편에게 몹시 시달리며 살았던 평범한 시골 아낙인 루케리아는 가는 눈을 뜬 채 잠자코 학생을 바라볼 뿐이었다. 귀머거리 같이 무표정한 모습이었다.

"베드로 성자가 모닥불을 쬐던 추운 밤과 정말 똑같군요."

학생이 모닥불 쪽으로 손을 내밀면서 말했다.

"그러니까 그 시절에도 이렇게 추웠단 얘기죠. 아, 얼마나 이상한 밤이었을까요? 지독하게 음울하고 긴 밤이었죠!"

사방에 깔린 어둠을 바라보던 학생이 갑자기 고개를 좌우로 흔들더니 다시 입을 열었다.

"미사에 꼬박꼬박 참석하시지요?"

"네."

바실리아가 대답했다.

"기억하시겠지만 최후의 만찬에서 베드로는 예수에게 '암흑 속으로도, 죽음을 향해서도 함께 갈 준비가 되어 있다.'고 말했지요. 예수는 이에 대해 '베드로, 너는 오늘 닭이 울기 전에 세 번이나 나를 모른다고 부인하게 될 것이다.'고 답했어요. 만찬 후 예수는 동산에서 한없이 비통해하며 기도를 올렸고 완전히 지쳐버린 베드로는 절로 눈꺼풀이 내려와 도저히 잠을 이기지 못하는 상태가 되어버렸어요. 그리고 잠이 들었죠. 그다음에는 알고 계신 것처럼 유다가 예수에게 다가가 입을 맞추었고 박해자들이 예수를 체포했어요. 예수는 꽁꽁 묶여 대제사장에게 끌려가면서 마구 맞기 시작했어요. 두려움과 슬픔에 완전히 넋이 나가버린 베드로는 끔찍한 일이 일어날 것을 예감하며 뒤따라갔죠. 그토록 열렬히 예수를 사랑했던 그였지만 그 상황에서는 고초를 겪는 예수를 멀리서 지켜보는 것이 고작이었던 거예요."

루케리아가 설거지를 멈추고 학생을 응시했다.

"대제사장의 집에 도착한 예수는 심문을 받았어요. 일꾼들은 마당에 불을 피웠어요. 추운 밤이었기 때문에 사람들이 몸을 녹일 수 있도록 한 거였지요. 베드로도 모닥불을 쬐었지요. 지금의 저처럼 말이에요. 그런데 한 여자가 베드로를 보고 말했어요. '이 사람도 예수와 함께 있었어요!' 자칫하다가는 베드로도 심문에 끌려갈 상황이 된 거죠. 당황한 베드로가 '전 그 사람을 전혀 모릅니다.'라고 말했어요. 아마 그때 모닥불 주위에 있던 일꾼들은 모두 의심스러운 눈초리로 그를 바라보았을 거예요. 잠시 후 다시 누군가가 예수의 제자들 틈에서 베드로를 보았다는 것을 기억해 내고 말했어요. '당신도 제자 중 하나였지요?' 베드로는 다시 부인했어요. 세 번째로 또 다른 사람이 베드로를 돌아다보며 '오늘 예수와 함께 동산에 있지 않았소?'라고 물었을 때 그는 또 부인했어요. 그리고 곧 닭이 울기 시작했죠. 베드로는 멀리서 예수를 바라보며 저녁때 들었던 얘기를 떠올렸어요. 갑자기 정신이 든 그는 그 자리를 빠져나와 구슬프게 울기 시작했어요. 복음서에는 이렇게 나와 있죠. '서럽게 울면서 밖으로 나가더라.' 상상해 보십시오. 더할 수 없이 고요한 동산에서 깜깜한 어둠을 뚫고 갑자기 숨죽인 통곡 소리가 터져 나오는 겁니다."

학생은 한숨을 쉬고 생각에 잠겼다. 바실리사는 여전히 웃는 얼굴이었지만 살짝 흐느끼는 소리를 냈다. 굵은 눈물방울이 뺨을 타고 흘러내렸다. 바실리사는 눈물이 부끄럽다는 듯 얼른 옷소매로 얼굴을 가렸다. 루케리아는 꼼짝 않고 학생을 바라보았다. 상기된 얼굴 위로 엄청난 고통을 참고 있는 사람처럼 경직되고 긴장된 표정이 드러났다.

일꾼들이 강에서 돌아오고 있었다. 앞장선 사람은 말 등에 올라타 있었는데 벌써 가까이 다가와 그 모습이 모닥불 빛에 훤히 드러났다. 학생은 과부들에게 작별 인사를 하고 다시 걷기 시작했다. 주위가 캄캄해지고 손이 얼어붙기 시작했다. 매서운 바람이 불었다. 정말로 겨울이 되돌아온 모양이었다. 모레가 부활절이라고는 도저히 생각하기 어려울 정도였다.

학생은 바실리사에 대해 생각했다. 그 눈물은 끔찍했던 그 밤에 베드로가 겪었던 일이 무언가를 연상시켰기 때문이었을까.

그는 뒤를 돌아보았다. 어둠 속에서 작은 모닥불 하나가 깜박거릴 뿐 사람들은 보이지 않았다. 학생은 다시 생각에 잠겼다. 바실리사가 흐느끼고 딸이 당황했다는 건, 그가 이야기했던 19세기 전의 일이 두 과부의 현재와 관련이 있다는 뜻이리라. 뿐만 아니라 그 일은 황량한 마을에, 학생 자신에게, 또 다른 모든 사람에게 관련이 있을 것이다. 바실리사가 울음을 터뜨린 것은 그가 특별히 이야기를 잘 해서라기보다는 베드로의 처지가 자신과 가깝게 느껴졌고 베드로의 심정에 진심으로 공감했기 때문이리라.

그러자 갑자기 온몸에 기쁨이 넘쳐 올랐다. 잠시 호흡을 가다듬기 위해 걸음을 멈춰야 할 정도였다. 학생은 생각했다.

'끊이지 않고 앞뒤로 연결되는 사건의 사슬을 통해 과거는 현재로 이어진다. 그런데 방금 그 연결된 사

슬의 양쪽 끝을 보게 된 것이다. 한쪽을 건드리자 다른 쪽이 진동했다.'

나룻배를 타고 강을 건너 언덕 위로 올라가자 고향 마을이 내려다보였다. 서쪽으로는 차가운 붉은빛 아침노을이 좁은 띠를 이루고 있었다. 학생은 다시 생각했다.

'그때 그곳, 동산과 대제사장의 집에서 인간의 삶을 좌우했던 진리와 아름다움은 오늘날까지 변함없이 전해졌고 인간의 삶, 아니 이 세상 전체에서 언제나 주된 역할을 해온 것이다.'

불현듯 스물두 살인 자신의 젊음과 건강, 힘이 느껴졌고 아직은 알지 못하는 행복이 언젠가 찾아오리라는 한없이 달콤한 기대감이 차올랐다. 조금씩 인생이 멋지고 신비로우며 심오한 의미로 가득 찬 것이라 느껴지기 시작했다.

상자 속의
사나이

미로노시츠코예 마을 제일 끝에 있는 프로코피 이장의 헛간에서 사냥꾼들이 하룻밤을 보내게 되었다. 일행은 두 사람으로 수의사인 이반 이바니치와 중학교 교사 불킨이었다. 이반 이바니치의 성은 침샤-기말라이스키라는 괴상한 것이어서 이반 이바니치라고만 불렀다. 도시 근교의 말 사육장에 사는 그는 맑은 공기나 쐴 겸 사냥에 나선 참이었다. 중학교 교사인 불킨은 여름철마다 P 백작 댁에 손님으로 머물렀기 때문에 이미 이 마을 사람이나 다름없을 정도였다.

두 사람은 잠을 이루지 못했다. 키가 크고 깡마른 체구에 콧수염을 길게 기른 이반 이바니치는 헛간 입구에 앉아 파이프 담배를 피웠다. 달빛이 그의 모습을 환하게 비추었다. 불킨은 헛간 안 건초더미 위에 누워 있었는데 어두운 탓에 잘 보이지 않았다.

이런저런 얘기가 이어졌다. 그러다가 이장 아내인 마브라가 화제에 올랐다. 건강하고 꽤 영리한 여자지만 평생 단 한 번도 고향 마을을 벗어난 적이 없고 도시도, 철도도 보지 못했을 뿐 아니라 10년 전부터는 늘 난로 옆에 앉아 지내며 밤에만 거리로 나간다는 것이었다. 불킨이 말했다.

"뭐, 그리 놀랄 만한 얘기도 아니군요. 세상에는 꿀벌이나 달팽이처럼 천성이 고독하고 그저 자기 껍질 속으로만 들어가려는 사람이 적지 않죠. 어쩌면 그건 인류의 선조가 아직 사회적인 동물이 되지 못해 각자의 굴속에 틀어박혀 지내던 시대로 되돌아가는 현상인지도 모릅니다. 아니면 단지 인간의 다양한 특성 중 하나인지도 모르고요. 저야 자연 과학자도 아니고 그런 문제를 잘 알지도 못합니다. 그저 그 마브라 같은 사람이 드물지 않다는 말씀을 드리고 싶은 겁니다.

멀리서 찾을 것도 없습니다. 두어 달 전에 우리 도시에서 벨리코프라는 사람이 죽었어요. 그리스어 선생으로 제 동료였지요. 아마 이 선생에 대해 벌써 들어보셨을 겁니다. 그는 언제나, 심지어 날씨가 아주 좋을 때도 솜을 넣은 두툼한 외투 차림에 방수 덧신을 신고 우산을 챙겨든 채 외출했기 때문에 사람들의 눈길을 끌었죠. 우산은 기다란 주머니 속에, 또 시계는 회색 가죽 주머니 속에 들어 있었어요. 연필을 깎으려고 칼을 꺼낼 때 보면 글쎄 그 칼까지도 작은 주머니 속에 들어 있는 겁니다. 늘 외투 깃을 세워 그 속에 얼굴을 파묻고 있었기 때문에 얼굴 역시 주머니 속에 들어 있는 듯 보였어요. 색안경을 끼고 스웨터를 입은 데다가 귀는 솜으로 틀어막았죠. 마차를 타게 되면 꼭 포장을 내리게 했어요.

한마디로 그 사람은 외부로부터 자신을 보호하는 방어막, 이를테면 상자를 만들려는 결연한 의지로 가득 차 있었습니다. 현실은 그를 화나고 불안하게, 두렵게 만들었어요. 언제나 과거, 그것도 결코 존재하지 않았던 시절을 찬미한 것도 아마 그런 나약함과 현실 도피 성향을 정당화하기 위해서였겠지요. 그가 가르쳤던 그리스어 역시 방수 덧신이나 우산이 그렇듯 현실을 회피하는 수단이 되었어요. '오, 그리스어는 얼마나 듣기 좋고 아름다운 말인가!' 그는 황홀한 표정으로 이렇게 말하곤 했습니다. 그러면서 자기 말을 증명이라도 하려는 듯 지그시 눈을 감고 손가락을 세운 채 '안트로포스(인간)'라는 발음을 해 보였지요.

벨리코프는 자기 생각마저도 상자 속에 감춰두려 했어요. 그에게 있어 명백한 것이란 무언가를 금지한다는 공고나 신문 기사뿐이었습니다. 저녁 9시 이후 학생들의 외출을 금지하는 공고나 육체적인 연애를 금지한다는 기사가 나오면 그에게는 모든 것이 분명해졌습니다. 금지되었다는 한마디면 그만이었던 겁니다. 허가라든가 허용이라는 말에는 늘 무언가 미심쩍고 불분명한 요소가 숨어 있다고 여겼어요. 연극 모임이나 독서실, 혹은 다방 같은 것이 허가됐다고 하면 고개를 갸웃거리며 나지막한 소리로 말하는 겁니다. '글쎄, 물론 좋은 일이긴 하지만, 아무 일 없어야 할 텐데 말입니다.'

어떤 종류가 되었든 규칙을 어기고 위반하는 행동은 그를 우울하게 만들었지요. 그와 별로 상관없는 일이라 해도 말입니다. 동료 중 누군가가 기도식에 늦었다든가, 학생이 못된 장난을 쳤다는 소문이 돈다든가, 여교사가 밤늦게까지 장교와 함께 어울리는 모습이 발각되었다든가 하면 그는 몹시 불안해하며 '나중에 아무 일 없어야 할 텐데 말입니다.'라고 중얼거렸어요. 교직원 회의에서도 그는 특유의 자잘한 걱정과 의심, 상상을 발휘해 우리를 괴롭혔어요. 남학교와 여학교 학생들이 제대로 처신하지 않고 교실에서 너무 떠들어댄다면서 '위쪽까지 소문이 퍼지지 말아야 할 텐데 말입니다.', '아무 일 없어야 할 텐데 말입니다.'라고 말하는 식이었어요. 그리고 2학년에서는 페트로프를, 4학년에서는 예고로프를 제적시키면 좋겠다고 주장했죠. 그러니 어쩌겠습니까? 족제비처럼 작고 파리한 얼굴에 색안경 너머로 우리를 바라보며 땅이 꺼지게 한숨을 내쉬고 투덜거리는 등쌀에 못 이겨 우리 동료 교사들은 결국 두 학생의 품행 점수를 깎고 정학 처분을 내렸다가 끝내는 퇴학시켜 버리고 말았습니다.

또 이 사람에게는 동료 교사들의 집을 차례로 방문하는 괴상한 습관이 있었어요. 방문해서도 무언가 관찰하듯 가만히 말없이 앉아 있을 뿐이었습니다. 그렇게 한 시간 정도 있다가 가버리는 거지요. 그의 말을 빌리자면 이건 동료와의 관계를 한층 친근하게 만드는 것이라나요. 사실 우리들 집에 찾아와 우두커니 앉아 있는 건 그에게도 괴로운 일이었을 겁니다. 그래도 그는 그것이 동료로서 의무라고 생각했기 때문에 그렇게 방문했던 것이죠.

교사들은 모두 그를 두려워했습니다. 교장까지도 그랬죠. 아시다시피 교사들은 문학의 거장 투르게네프나 셰드린 같은 작가들 작품을 탐독한, 교양 있고 생각 깊고 점잖은 사람들입니다. 그런데도 우산을 들고 방수 덧신을 신은 이 사람이 꼬박 15년 동안 학교 전체를 휘어잡았던 것입니다! 아니, 학교는 물론이고 아예 도시 전체가 그런 지경이었습니다!

부인들은 토요일이 되어도 자기 집에서 공연을 주최하려 하지 않았습니다. 벨리코프가 알까 봐 두려웠던 것이죠. 목사들도 벨리코프 앞에서는 고기를 먹거나 카드놀이를 하지 않았죠. 벨리코프와 같은 사람이 있음으로 인해 최근 10년, 15년 동안에 도시 전체가 모든 일에 겁을 먹게 되었습니다. 큰 소리로 얘기하는 것도, 편지를 보내는 것도, 서로 사귀는 것도, 책을 읽는 것도, 심지어는 가난한 사람을 돕거나 글 읽기를 가르치는 것조차도 말입니다."

이반 이바니치는 무슨 말인가 하려는 듯 기침을 했지만 먼저 파이프를 한 모금 빨고 나서 달을 올려다본 후 천천히 입을 열었다.

"그렇군요. 생각도 깊고 점잖은 사람들, 셰드린이나 투르게네프까지 읽은 사람들이 그렇게 쉽게 굴복하고 그저 참았다는 거군요. …… 바로 그 점이 문제군요."

불킨이 말을 이었다.

"벨리코프는 저와 같은 건물에 살았어요. 더구나 같은 층에 맞은편 집이었죠. 우리는 자주 마주쳤고 전 그의 사생활까지도 훤히 알게 되었습니다. 집에서도 다를 바 없더군요. 헐렁한 실내복, 실내모, 덧문, 빗장, 온갖 금지와 제한들……. '아무 일 없어야 할 텐데 말입니다.'라는 탄식까지도요.

그는 기름기 없는 재계齋戒 음식[1]만 먹자니 건강에 나쁠까 염려되었지만 그렇다고 육류를 먹지도 못했죠. 재계를 지키지 않는다는 비난을 받을까 두려웠던 거예요. 그래서 재계 음식은 아니지만 그렇다고 육식이라 할 수도 없는 버터 놓어 요리 같은 것을 먹었어요.

또 처신 얘기가 나올까 봐 겁을 먹은 나머지 식모도 두지 못하고 예순이 다 된 미련한 주정뱅이 영감을 요리사로 썼답니다. 그 영감은 군대 생활을 했던 덕분에 그럭저럭 요리를 할 줄 안다는 거였어요. 그런데 이 영감은 날마다 팔짱을 낀 채 문간에 서서 한숨을 내쉬며 늘 같은 소리를 중얼거리곤 했어요. '요즘엔 저런 사람이 아주 많단 말이야!'

벨리코프의 침실은 정말 무슨 상자처럼 아주 작았

---

[1] 사순절 육식 제한과 금욕_역자 주.

어요. 침대에는 휘장이 쳐져 있었고요. 잠자리에 들면 으레 이불을 머리끝까지 뒤집어쓰곤 했어요. 덥고 답답했겠죠. 바람이 불어 닫힌 문이 덜컹거리고 벽난로에서는 윙윙 소리가, 부엌에서는 아파나시 영감의 불길한 한숨 소리가 들려왔을 테고요…….

벨리코프는 이불 속에서도 두려움에 싸여 있었어요. 무슨 일이 생기지는 않을까, 아파나시 영감이 자기를 해치지는 않을까, 도둑이 들지는 않을까 걱정했던 것이죠. 그리고는 밤새 악몽을 꾸는 거예요. 아침에 함께 학교로 출근할 때 보면 늘 울적하고 창백한 얼굴이었어요. 사람들로 북적거리는 학교도 그에게는 두려운 대상이었을 거예요. 그의 성품과는 전혀 맞지 않는 곳이었으니까요. 저와 함께 걸어가는 것조차도 천성적으로 고독한 그에게는 힘든 일이었겠죠. '교실은 벌써 야단법석들이겠죠! 정말 그런 난리판은 없을 겁니다!' 그는 마치 자기 마음이 무거운 이유를 찾으려는 듯 말하곤 했어요.

그런데 한번 상상을 해보세요. 한번은 이 상자 속의 사나이 벨리코프가 장가를 갈 뻔했답니다."

이반 이바니치는 헛간을 흘깃 들여다보며 물었다.

"뭐요? 농담이겠지요!"

"정말이랍니다. 이상하게 들리겠지만 정말로 장가를 갈 뻔했다니까요. 지리와 역사 과목을 담당하는 미하일 사브비치 코발렌코 선생의 부임이 계기가 되었어요. 우크라이나 출신인 코발렌코 선생은 바렌카라는 누나와 함께 왔지요. 코발렌코 선생은 젊고 키가 크며 얼굴이 거무스름하고 손이 큼직한 데다가 목소리는 마치 나무 물통을 두드리는 것처럼 굵고 낮았어요. 하긴 그 얼굴만 봐도 목소리가 굵직할 것 같긴 했지만요. 누나인 바렌카는 서른 살 남짓으로 젊은 나이는 아니었지만 역시 키가 크고 날씬한 몸매에 눈썹이 짙고 뺨이 붉었어요. 얌전한 처자라기보다는 아주 활동적이고 시끄러운, 늘 우크라이나 노래를 흥얼거리며 큰 소리로 웃어대는 말괄량이에 가까웠죠. 별로 대수롭지 않은 일에도 큰 소리로 하하하 웃음보가 터지기 일쑤였어요.

우리가 처음 코발렌코 선생 남매를 만난 것은 교장 댁 영명 축일[2] 축하 모임에서였어요. 예의상 마지못해 얼굴을 내밀고 있는 무뚝뚝한 선생들 사이에서 바렌카는 갑자기 나타난 아름다운 여신과도 같았어요.

---

2 가톨릭교회에서는 세례 때 성인의 이름을 세례명으로 받게 되는데, 신자는 세례명 성인을 수호성인으로 축일을 자신의 영명 축일로 지킨다.

바렌카는 씩씩하게 방 안을 오가면서 큰 소리로 웃는 가 하면 노래를 부르고 춤도 추었어요. 감정을 풍부하게 담아 노래를 여러 곡 불렀는데 우리 모두, 심지어 벨리코프까지도 감탄을 금치 못할 정도였지요. 벨리코프는 바렌카 곁에 앉아 정답게 웃으며 말을 했어요. '우크라이나어는 그 부드러움과 기분 좋은 발음이 마치 고대 그리스어를 연상시키는군요!'

바렌카는 그 말이 무척 마음에 들었는지 열심히 자기 고향 이야기를 늘어놓기 시작했어요. 고향에 있는 농장의 배며 참외, 호박이 얼마나 탐스럽고 맛이 좋은지에 대해서 말이지요. 우크라이나에서는 호박을 '카바카'라 부르고, 우리가 말하는 카바카(선술집)는 '시노크'라 한다느니, 그곳의 붉고 푸른 수프가 정말로 별미라느니 하는 얘기였어요.

그 이야기를 듣고 있던 우리는 모두들 똑같은 생각을 해냈어요.

'두 사람을 결혼시키면 좋겠군요.' 교장 사모님이 나지막한 소리로 제게 말하더군요.

우리 모두 갑자기 벨리코프가 미혼이라는 사실을 깨달은 것이지요. 어째서 그렇게 중요한 점을 그때까지 전혀 생각하지 못하고 있었는지 이상했어요. 벨리코프가 여자에게 어떻게 대할지, 인생의 중대사를 어떻게 해결해 나갈지에 관해 그전까지는 아무도 전혀 관심이 없었던 거지요. 아니, 어쩌면 날씨가 어떻든 방수 덧신을 신어야 외출하고 잠도 휘장 쳐진 침대 속에서 자야 하는 사람이 누군가를 사랑할 수 있으리라는 생각 자체를 하지 못했을지도 몰라요.

'벨리코프 선생은 벌써 마흔이 넘었지요? 그리고 저 아가씨는 이제 서른이라니까……. 서로 잘 어울릴 것 같군요.' 교장 사모님이 자기 생각을 설명했어요.

워낙 지루한 곳이어서 그런지 우리 고장에서는 별 필요치도 않은 시시한 일들이 얼마나 많이 벌어지는지 몰라요. 정작 필요한 일은 전혀 하지 않으면서 말이에요. 그전까지 단 한 번도 벨리코프가 결혼해서 사는 모습을 상상조차 하지 않다가 갑자기 결혼시키려 나설 필요가 어디 있었겠어요? 하지만 교장 사모님, 사감 사모님 그리고 다른 부인들 모두 갑자기 생기가 돌았고 한결 아름다워지기까지 하더군요. 그야말로 인생의 목적을 찾아낸 듯했어요. 그다음부터는 교장 사모님이 극장 특별석에 앉아 있다고 하면 그 옆에는 부채를 든 바렌카의 환하고 행복한 모습이 보이고 다시 그 옆에는 방금 집에서 끌려 나온 것이 분명한 벨리코프가 몸을 웅크리고 앉아 있곤 했지요. 저녁 모임이라도 열리게 되면 반드시 벨리코프와 바렌카를 초대해야 한다고 부인들이 이구동성으로 주장하고 말이에요. 엔진이 가동을 시작한 셈이었죠.

바렌카도 결혼하고 싶은 마음이 없지 않더군요. 하긴 남동생한테 얹혀사는 처지가 뭐 그렇게 즐겁겠어요. 더군다나 매일같이 말다툼을 벌이는 형편이었거든요. 싸우는 모습이 어땠느냐고요? 키가 크고 체격이 좋은 코발렌코 선생이 수놓은 셔츠 차림에 모자 아래 이마까지 앞머리를 늘어뜨리고 걸어가지요. 한 손에는 책을 여러 권 들고 다른 한 손에는 옹이 진 지팡이를 들었어요. 바로 뒤로 바렌카가 역시 책을 안고 따라가지요.

'그런데 넌 이 책을 읽지 않았잖아! 내가 보기엔 안 읽은 게 분명해!' 바렌카가 큰소리로 따져 물어요. '아니, 정말 읽었다니까!' 코발렌코 선생은 지팡이로 보도를 마구 내리치면서 지지 않고 소리를 지르죠. '아, 깜짝이야. 아니, 왜 화를 내고 그러는 거야. 별 대수롭지 않은 일을 가지고.' '난 분명히 읽었단 말야!' 코발렌코 선생은 더욱 언성을 높이는 것이에요.

집에서도 마치 남남 사이처럼 걸핏하면 싸움이 벌

어졌어요. 그러니 그 생활에 진저리나지 않을 리가 없죠. 독립하고 싶었을 거예요. 하지만 나이를 생각하면 상대를 고른다는 건 턱도 없는 얘기고 그저 아무나 적당한 사람, 심지어 그리스어 선생이라도 좋을 상황이었어요. 사실 상대가 누구든 상관없이 그저 시집이나 가면 좋겠다는 아가씨들이 요즘 얼마나 많습니까. 어떻든 그렇게 해서 바렌카는 벨리코프에게 호감을 보이기 시작했어요.

벨리코프는 어땠느냐고요? 동료 교사 집을 방문하는 것처럼 코발렌코 선생네도 찾아갔지요. 집에 들어가 말없이 우두커니 앉아 있는 거예요. 그는 입을 다물고 있지만 바렌카는 노래를 불러주기도 하고 생각에 잠긴 검은 눈으로 그를 바라보기도 하고 그러다가는 갑자기 하하하 웃음을 터뜨리기도 했지요.

연애, 특히 결혼 문제에 있어서는 다른 사람들의 조언이 아주 큰 역할을 하는 법이에요. 동료 교사와 부인들은 모두 벨리코프에게 반드시 결혼은 해야 하며 그의 인생에서 이제 남은 일은 결혼뿐이라고 설득하고 나섰지요. 축하 인사를 건네기도 하고 엄숙한 얼굴로 결혼은 정말 중요한 결정이라는 식의 말을 늘어놓기도 했어요. 바렌카는 흠잡을 데 없는 신붓감이라는 말도 잊지 않았죠. 관리 집안 출신에 농장도 소유한 데다가 무엇보다도 벨리코프에게 호감을 느끼고 진실하게 대해준 첫 번째 여자가 아니냐는 등으로 말이죠. 벨리코프는 머리가 온통 혼란스러워졌고 결국 정말로 결혼해야겠다고 생각하게 되었어요."

"드디어 방수 덧신과 우산을 집어던질 때가 온 거군요."

이반 이바니치가 한마디 거들었다.

"하지만 그렇게 되지는 않았어요. 벨리코프는 책상 위에 바렌카의 초상화를 올려두었고 틈만 나면 제게 찾아와 바렌카에 대해, 가정생활에 대해, 결혼의 중요성에 대해 이야기를 늘어놓았죠. 코발렌코 선생 집에도 자주 드나들었지만 평소의 생활 방식은 조금도 달라지지 않았어요. 오히려 결혼 결심이 어떤 병적 영향을 미치는 듯 날이 갈수록 여위고 창백해지더군요. 그리고 자기 상자 속으로 더욱 깊숙이 틀어박히려 했어요. 그는 억지웃음을 지으며 말했어요. '저도 바렌카가 좋습니다. 또 누구나 결혼해야 한다는 것도 알고 있죠. 하지만 아시다시피 모든 일이 너무 갑자기 일어나서 말이지요. 좀 생각을 해봐야 해요.'

전 이렇게 말해 주었죠. '생각하고 말고 할 필요가

있나요? 결혼하세요. 그럼 그만이죠.'

'아니에요. 결혼은 정말 중요한 결정입니다. 먼저 앞으로 다가올 책임과 의무를 생각해봐야지요. 그래야 나중에 아무 일 없을 테니까요. 너무 걱정되어 요즘은 밤새도록 잠을 못 이룰 정도예요. 솔직히 정말 두려워요. 코발렌코 남매는 사고방식이 좀 이상하잖아요. 판단하는 것도 좀 독특하고 성격도 너무 활발하고요. 그러니 결혼 후에 무슨 괴상한 일이 벌어질지 모르지요.'

그리하여 벨리코프는 청혼을 하지 못한 채 시간만 끌었어요. 교장 사모님과 부인들은 크게 실망했지요. 그런 식으로 벨리코프는 앞날의 책임과 의무만 생각하면서 그 와중에도 매일같이 바렌카와 만났어요. 아마 그것 역시 자기가 해야 할 일이라 여겼을 거예요. 그리고 여전히 틈만 나면 제게 와서 가정생활 이야기를 했지요. 그런 상황으로 보자면 결국에는 그가 청혼하고 또 하나의 불필요하고 멍청한 결혼이 이루어졌을지도 몰라요. 지루해서, 혹은 달리 할 일이 없다는 이유로 수많은 사람이 올리고 있는 바로 그런 결혼식 말이에요. 그 엄청난 사건이 벌어지지 않았다면 정말로 그렇게 되었겠지요. 그런데 여기서 말씀드려야 할 점이 있어요. 바로 코발렌코 선생이 이곳에 온 첫날부터 벨리코프를 몹시 싫어하고 못 견뎌 했다는 것이죠. 코발렌코 선생은 어깨를 들썩이며 말하곤 했어요.

'도무지 이해가 안 갑니다. 흠잡을 일만 찾아다니는 저 밥맛없는 인간을 어떻게 참아내고 계십니까? 이런 곳에서 어떻게 사시는지 참 신기합니다. 여기 분위기는 숨이 막힐 정도로 답답하고 불쾌하네요. 정말로 여러분이 선생입니까? 모두 관료주의에 물들어 있어요. 여기는 지혜의 전당이라기보다는 경찰서에 가깝네요. 경찰서 특유의 음침한 느낌까지 드는군요. 저는 잠시만 여기 살다가 고향 농장으로 돌아가렵니다. 거기서 새우도 잡고 아이들도 가르치겠어요. 전 곧 사라져 드릴 테니 여러분은 예수를 팔아먹은 저 유다 같은 놈과 함께 잘 지내세요.'

때로는 눈물까지 찔끔거릴 정도로 웃다가 두 팔을 벌려 보이며 그 굵직한 목소리로, 혹은 가늘고 새된 소리로 묻기도 했어요. '도대체 왜 그 사람이 우리 집에 찾아와 우두커니 앉아 있는 거죠? 뭘 하자는 걸까요? 그저 앉아서 주위를 바라보고 싶은 건가요?'

그는 심지어 벨리코프에게 '거미처럼 기분 나쁜

놈'이라는 별명을 붙이기도 했어요. 그래서 우리는 그 누이 바렌카가 '기분 나쁜 거미'에게 시집을 가려 한다는 말을 차마 입 밖에 낼 수 없었어요.

그러던 어느 날 교장 사모님이 점잖고 모두에게 존경받는 벨리코프 같은 사람에게 누이가 시집가면 얼마나 좋겠느냐고 떠보는 말을 했어요. 그러자 코발렌코 선생은 얼굴을 찌푸리고는 이렇게 중얼거렸답니다. '제가 상관할 일이 아니죠. 자기만 좋다면 누구에게든 시집을 못 가겠어요. 전 남의 일에 끼어드는 걸 싫어합니다.'

그런데 말입니다. 누군가가 짓궂은 그림을 그려 사방에 뿌린 사건이 발생했답니다. 방수 덧신을 신고 바지를 걷어 올린 벨리코프가 우산을 받쳐 쓴 채 바렌카와 팔짱을 끼고 나란히 걸어가는 모습을 그려 놓고는 '사랑에 빠진 안트로포스'라는 제목까지 적어두었죠. 표정이 정말이지 놀라울 정도로 잘 묘사된 그림이었어요. 남녀 중학교 선생들은 물론이고 신학교 교수, 관리들에 이르기까지 모두들 그림을 한 장씩 받은 것으로 보아 여러 날 공들여 작업한 게 틀림없었죠. 벨리코프도 그 그림을 받았는데 그 어느 때보다 큰 충격을 받았어요.

그날 아침 저와 벨리코프는 함께 집을 나섰어요. 5월의 첫날로 일요일이었는데 교직원과 학생들이 모두 학교에 모였다가 숲으로 소풍을 떠나게 되어 있었죠. 벨리코프는 얼굴이 새파랗게 질려 있었고 먹구름보다도 더 어두운 표정이었어요.

'세상엔 정말 별별 못된 사람이 다 있군요.' 그는 입술을 파르르 떨며 말했어요.

전 그가 불쌍하다는 생각까지 들었죠. 좀 더 걸어가자 갑자기 코발렌코 남매가 나타났어요. 코발렌코 선생도, 바렌카도 자전거를 타고 있었죠. 바렌카는 얼굴이 상기되고 약간 피곤한 듯했지만 여전히 활기차고 즐거운 모습이었어요. 바렌카가 큰 소리로 외쳤어요. '날씨가 어쩌면 이렇게도 좋을까요? 정말 대단하네요. 먼저 지나갈게요!'

자전거를 탄 코발렌코 남매는 금방 사라져 버렸죠. 새파랗던 벨리코프의 얼굴은 완전히 백지장처럼 변했고 망연자실한 상태가 되더군요. 그는 걸음을 멈추더니 한참 저를 쳐다보았어요. 그가 물었어요. '도대체 저게 웬일입니까? 아니, 혹시 제가 잘못 본 것은 아닌가요? 중학교 선생이, 그리고 여자가 자전거를 타다니 이게 될 일인가요?'

'안 될 건 또 무엇입니까? 건강을 위해 운동할 뿐인데요!'

그는 제 태연한 반응에 놀랐는지 고함을 질렀어요. '저게 어떻게 가능한 일입니까? 대체 무슨 말씀을 하시는 겁니까?'

그는 얼마나 놀랐는지 즉시 발길을 돌려 집으로 돌아가고 말았어요.

이튿날 그는 종일 신경질적으로 두 손을 비벼대고 있었죠. 표정도 몹시 언짢아 보였어요. 생전 처음으로 결근했고 식사도 하지 않았답니다. 저녁이 되자 벨리코프는 무더운 여름철 날씨였음에도 불구하고 두꺼운 정장을 차려입고 코발렌코 남매 집으로 찾아갔어요. 마침 바렌카는 외출하고 집에 없었어요.

'편히 앉으세요.' 잠에서 덜 깬 코발렌코 선생이 눈살을 찌푸리며 쌀쌀하게 말했어요. 저녁 식사를 마치고 쉬다가 방금 일어났기 때문에 기분이 좋지 않았던 거예요.

벨리코프는 10분 남짓 우두커니 앉아 있다가 입을 열었어요. '마음을 좀 편안하게 해보려고 이렇게 들렀습니다. 전 너무도 견디기 어렵군요. 어느 못된 놈이 저와, 그리고 우리 두 사람 모두에게 가까운 누군가를 몹시 우스꽝스럽게 그렸지 뭡니까. 전 이런 놀림감이 될 만한 짓을 전혀 하지 않았고 늘 예의 바르게 처신해 왔다는 점을 당신에게 분명히 이야기해야 하겠기에…….'

코발렌코 선생은 불쾌한 표정으로 계속 입을 다물고 있었어요. 잠시 답변을 기다리던 벨리코프는 작고 서글픈 목소리로 말을 이었지요. '또 하나 말씀드릴 것이 있습니다. 저야 이미 오랫동안 학교에서 학생들을 가르쳐 왔지만 당신은 이제 막 교편을 잡았지요. 그러니 선배로서 당신에게 주의를 주는 것은 제 의무라고 생각해요. 당신은 자전거를 타더군요. 그건 어린 학생들을 가르치는 교사에게는 절대 바람직하지 못한 행동이에요.'

'아니, 왜 그렇죠?' 코발렌코 선생이 굵직한 목소리로 반문하였어요.

'설명을 더 해야 아시겠어요? 정말 몰라서 묻는 건가요? 교사가 자전거를 타고 다닌다면 학생들은 어떻게 해야겠어요? 물구나무를 서서 머리를 땅에 대고 다니는 일만 남을 게 아닙니까? 한 번 안 된다고 정해진 일은 절대 안 되는 겁니다. 저는 어제 얼마나 놀랐는지 모릅니다! 당신 누나를 보았을 때는 눈앞

이 캄캄했어요. 여자가 자전거를 타다니! 참으로 끔찍한 일입니다.'

'그럼 어떻게 해야 한다는 겁니까?'

'앞으로 조심하라는 겁니다. 제가 바라는 것은 이것뿐이죠. 당신은 아직 젊고 앞길이 창창한 사람이니 신중하게 처신해야 합니다. 당신은 여러 면에서 퍽 부주의하더군요. 수놓은 셔츠 바람으로 책을 끼고 나다니나 싶더니 이번에는 자전거까지 타고 다니니 말입니다. 당신 남매가 자전거를 탄다는 것을 교장 선생님께서 알게 되면 곧 장학관님의 귀에까지 들어갈 게 아닙니까. 어떻게 보든 좋을 것 없는 일이지요.'

그러자 코발렌코 선생은 버럭 화를 냈어요. '우리가 자전거를 타건 말건 남들이 무슨 상관이란 말입니까? 내 사생활이나 가정생활에 간섭하는 놈이 있다면 본때를 보여줘야겠군!'

벨리코프는 얼굴빛이 창백해지더니 자리에서 벌떡 일어났어요. '당신이 그런 식으로 나오면 더 이상 말을 계속할 수 없습니다. 부탁입니다만, 제 앞에서는 상사들에 대해 그렇게 험한 말을 하지 말아주십시오. 상부에 대해 존경하는 마음을 가져야만 합니다.'

코발렌코 선생은 증오의 눈초리로 벨리코프를 노

려보며 따지기 시작했어요. '제가 상부에 대해 무슨 말을 잘못했다는 겁니까? 제발 절 좀 건드리지 마십시오. 전 성실한 사람이고 당신 같은 사람하곤 말도 하고 싶지 않소. 밥맛없는 놈은 딱 질색이오.'

벨리코프는 신경이 있는 대로 곤두선 채 서둘러 외투를 입기 시작했어요. 경악을 금치 못하는 표정이었죠. 그렇게 험한 말을 듣기는 아마 난생처음이었을 테니까요. 그는 현관을 지나 계단으로 나가면서 말했어요. '좋을 대로 하십시오. 한 가지만 미리 알려두지요. 누가 우리 이야기를 우연히 들었을지 모릅니다. 괜한 오해를 사는 일이 없도록 오늘 우리가 어떤 얘기를 했는지 교장 선생님께 보고해야겠어요. 그건 제 의무니까요.'

'보고한다고? 어디 마음대로 해보시오!' 코발렌코 선생은 뒤쪽에서 벨리코프 목덜미를 잡더니 냅다 아래로 밀어버렸어요. 벨리코프는 요란한 방수 덧신 소리를 내면서 계단 아래로 굴러떨어졌지요. 높고 가파른 계단이었지만 다행히 다치지는 않았는지 몸을 일으켰고 안경이 무사한가 확인하려는 듯 코 근처를 만져보았어요. 그런데 공교롭게도 바로 그 순간 바렌카가 다른 두 부인과 막 건물 안으로 들어섰고 그 흉한 꼴을 다 보았지 뭡니까. 벨리코프에게는 그것이 가장 끔찍한 일이었죠. 웃음거리가 되기보다는 차라리 목과 두 다리가 다 부러지는 편이 낫다고 여겼을 거예요. 이제 온 도시가 다 알게 된 판이니 곧 교장 선생과 장학관의 귀에 들어갈 테고 또 다른 우스꽝스러운 그림이 그려졌다가는 결국 파면되는 사태까지 이를 것이라는 특유의 염려증도 발동했겠죠.

바렌카는 벨리코프가 일어섰을 때에야 그를 알아보았지요. 그 우스꽝스러운 얼굴과 구겨진 외투, 덧신을 본 순간 바렌카는 영문을 몰랐지만 아마도 발을 헛디뎌 굴러떨어진 것이라 생각하고 곧 집이 떠나갈 듯 큰 소리로 웃음을 터뜨렸어요. '하하하!'

커다랗고 요란한 그 웃음소리로 모든 것이 끝났죠. 혼담도, 벨리코프의 삶도 말이에요. 벨리코프에게는 더 이상 그 무엇 하나 들리지도, 보이지도 않았어요. 집에 돌아간 그는 당장 바렌카의 초상화부터 치워버린 후 자리에 누워 꼼짝도 하지 않았어요.

사흘 후 아파나시 영감이 저를 찾아와서는 주인의 상태가 심상치 않으니 의사를 불러야 하지 않겠느냐고 물어보더군요. 저는 벨리코프에게 가보았어요. 그는 휘장을 둘러친 침대 속에서 담요를 뒤집어쓴 채 가만히 누워 있었어요. 무얼 물어보아도 그저 '아니.' 또는 '응.' 하고 대답할 뿐 그 외엔 아무 말도 하지 않았어요. 벨리코프는 그렇게 누워 있고 그 주위를 아파나시 영감이 음울한 표정으로 돌아다니며 연신 커다란 한숨을 내쉬고 있었어요. 그리고 그럴 때마다 지독한 술 냄새가 풍기더군요.

한 달 후 벨리코프는 죽었어요. 남녀 중학교, 신학교의 교직원들이 모두 모여서 장례를 치렀지요. 관 속에 누운 그의 얼굴은 아주 편안했고 심지어 행복해 보이기까지 했어요. 마침내 상자 속에 들어가 다시는 밖에 나가지 않게 된 것이 기쁘기라도 한 듯이 말이에요. 그래요, 그는 최고의 이상에 도달한 것이었어요! 장례식 때는 마치 하늘이 그를 기념하는 듯 날씨가 잔뜩 흐렸기 때문에 모두들 고무 덧신을 신고 우산을 썼어요. 바렌카도 장례식에 있었는데 무덤 속에 관이 놓이자 울음을 터뜨렸지요. 그래서 전 우크라이나 여자들은 울지 않으면 웃을 뿐, 그 중간이 없다는 걸 알게 되었답니다.

솔직히 벨리코프 같은 사람의 장례를 치른다는 건 아주 기쁜 일이었죠. 묘지에서 돌아오는 우리 일행은 그 기쁨의 감정을 숨기려는 듯 저마다 엄숙한 표정을 하고 있었어요. 그 감정은 아주 오래 전의 어린 시절, 어른들이 집을 비우고 나가면 한두 시간 정도 마음껏 즐겁게 놀면서 느끼던 바로 그런 것이었어요. 아, 자유, 자유! 아주 자그마한 가능성이나 희망만 있다 해도 마음을 들뜨게 하는 것이 자유 아니겠어요?

그렇게 우리는 기분 좋은 상태로 묘지에서 돌아왔어요. 하지만 일주일도 채 흐르기 전에 우리 생활은 종전과 다름없이 단조롭고 무의미하게 이어지더군요. 공식적으로 금지된 것도 없었지만 그렇다고 모든 것이 완전히 허락되지도 않은 그런 생활 말이에요. 벨리코프는 땅에 묻혔지만 그렇게 상자 속에 사는 사람이 세상에는 얼마나 많겠어요! 앞으로도 무수히 많이 나오겠지요."

"바로 그렇습니다."

이반 이바니치는 다시 담배를 피우기 시작했다.

"앞으로도 무수히 많이 나올 겁니다."

불킨이 되뇌었다. 그는 헛간에서 밖으로 나왔다. 작달막한 키에 뚱뚱한 몸, 대머리에다가 거의 허리까지 내려오는 턱수염을 기른 사람이었다. 사냥개 두 마리도 뒤따라 나왔다.

"와, 달이 정말 밝군요!"

불킨이 위를 올려다보며 말했다.

벌써 자정이었다. 오른편으로는 5킬로미터는 족히 될 정도로 길게 뻗어 있는 마을이 한눈에 들어왔다. 세상 모든 것들이 깊은 잠에 빠진 듯 고요했다. 움직임 하나, 소리 하나 없어 어떻게 이토록 조용한지 의심스러울 정도였다. 달 밝은 밤에 넓은 마을 길과 농가들, 건초더미, 잠든 버드나무 등을 바라보면 마음도 고요해지는 법이다. 그 평화로운 어둠의 장막으로 고통이나 근심, 슬픔은 모두 가려지고 세상은 온통 편안하고 구슬프게 아름다운 곳으로 변모한다. 별빛도 감동한 듯 다정하게 빛나고 모든 악의와 미움이 사라진 땅은 그저 평화롭다. 왼쪽을 보면 마을 끝에서부터 평원이 이어졌다. 달빛을 가득 받으며 멀리 지평선까지 펼쳐진 평원에서도 움직임이나 소리를 찾을 수 없었다. 이반 이바니치가 말했다.

"말씀대로 앞으로도 많겠죠. 그렇지만 숨 막히게 답답한 도시에서 살면서 아무짝에도 필요 없는 서류를 작성하거나 카드놀이를 하는 것도 마찬가지 아닐까요? 상자 속 생활과 뭐가 다르다는 겁니까? 할 일 없는 사람들, 툭하면 시비나 거는 사람들, 멍청하고 게으른 부인네들 틈에서 평생을 살면서 시시한 소리나 주고받는 것은 어떤가요? 이게 상자 속 생활이 아니겠어요? 괜찮으시다면 이제부터는 제가 교훈적인 이야기를 하나 해드릴까 싶군요."

"아뇨, 이제 그만 자야겠어요."

불킨이 말했다.

"그럼 안녕히 주무십시오."

두 사람은 헛간으로 들어가 마른풀 위에 누웠다. 담요를 뒤집어쓰고 막 잠들려는 순간 가벼운 발걸음 소리가 들려왔다. 누군가 헛간 근처를 지나가고 있었다. 헛간을 지나친 후 잠시 멈췄던 그 소리는 1분 정도 지난 후 다시 들려왔다. 개들이 으르렁거렸다.

"마브라가 나가는 소리군요."

불킨이 말하였다.

발소리가 사라졌다. 이반 이바니치가 옆으로 돌아누우며 말했다.

"사람들이 거짓말하는 것을 듣고만 있다 보면 결국엔 그런 거짓을 참아내는 바보 멍청이라고 놀림을 당하게 됩니다. 모욕과 멸시를 받으면서도 자기는 성실하고 자유로운 인간이라고 주장하지 못하고 스스로를 기만하고 미소를 짓는 그런 행동은 결국 한 조각의 빵과 따뜻한 잠자리, 아무 가치도 없는 지위 때문이 아니겠습니까. 아닙니다. 그런 식으로는 살 수 없는 거예요!"

10분 정도 지나자 불킨은 깊이 잠들었다. 그러나 이반 이바니치는 계속 몸을 뒤척이면서 한숨을 내쉬더니 다시 밖으로 나가 헛간 문 앞에 앉아 담배를 피우기 시작했다.

기우

측량기사 글렌 가브릴로비치 스미르노프가 그닐루슈키 역에 도착했다. 구획선 정리를 부탁받은 영지까지는 아직도 마차로 30~40킬로미터를 더 가야 했다. (마부가 술 취하지 않은 상태에 말도 튼튼하다면 30킬로미터도 안 되겠지만 마부가 술을 한잔 했거나 말이 시원치 못하다면 50킬로미터까지도 늘어날 수 있었다.)

"저기, 어디 가면 우편 마차를 찾을 수 있을까요?"

측량기사가 역사의 헌병에게 물었다.

"우편 마차라고요? 여기선 100킬로미터를 가도 우편 마차는커녕 강아지 한 마리 못 볼 겁니다. 어디로 가시는데요?"

"데브키노까지 갑니다. 거기 호호토프 장군 영지가 있지요."

"그래요? 역 뒤쪽으로 가보십시오. 가끔씩 농부들이 승객을 태워주기도 합니다."

헌병이 하품을 하며 말했다.

측량기사는 한숨을 내쉬며 서둘러 역 뒤로 달려갔다. 오랫동안 묻고 찾아 헤맨 끝에 마침내 건장하고 무뚝뚝한 농부를 만날 수 있었다. 잔뜩 얽은 얼굴에 찢어진 웃옷과 나무껍질 신발 차림이었다.

"정말 형편없는 마차로군."

마차에 앉으면서 측량기사가 얼굴을 찌푸렸다.

"어디가 앞이고 뒤인지도 구별이 안 되니, 원."

"뭐가 구별이 안 된다고 그러슈? 말 꼬리 있는 쪽이 앞이고 나으리가 앉으신 곳이 뒤인걸요."

말은 늙어빠진 것은 아니었지만 볼품없이 비쩍 마른 데다가 안짱다리였다. 마부가 일어나 자작나무 채찍으로 한 번 내리치자 말은 그저 머리를 한 번 흔들었다. 욕설과 함께 두 번째 내리치자 겨우 마차가 부르르 떨렸다. 다시 한번 채찍질을 하니 마차가 출렁거렸고 네 번째에야 간신히 바퀴가 움직이기 시작했다.

"이런 식으로 대체 어딜 갈 수 있겠소?"

화가 난 측량기사가 물었다. 굼벵이 걸음으로 가는 마차가 흔들리기는 또 얼마나 흔들리는지 놀랄 지경이었다. 마부는 태평하게 대답했다.

"갈 수 있고 말고요! 말이 이렇게 젊잖아요. 또 얼마나 발이 빠른데요. 일단 달리기 시작했다 하면 어떻게 해도 멈출 수가 없답니다. 어이, 이랴, 이랴!"

 마차가 역을 떠날 즈음 벌써 주위가 어둑어둑했다. 달리는 마차의 오른쪽으로는 끝없이 어두운 평원이 얼어붙은 채 펼쳐져 있었다. 그런 곳을 달리는 마차 안에 앉아 있자니 정말로 세상 끝으로 가는 것만 같았다. 저 멀리 하늘과 땅이 아스라이 섞여 드는 지평선에는 차가운 가을 노을이 느릿느릿 저물고 있었다. 길 왼편 어둠 속에서 눈에 들어오는 작은 언덕들은 지난해 쌓아둔 낟가리이기도 하고 마을이기도 했다. 앞에는 무엇이 있는지 전혀 보이지 않았다. 마부의 넓고 펑퍼짐한 등이 시야를 완전히 가로막아버렸기 때문이다. 사방이 고요했지만 춥고 축축했다.

 외투 깃으로 귀를 감싸며 측량기사는 생각했다.

 '정말 벽촌이군! 집 한 채 보이질 않으니 말이야. 누가 갑자기 강도로 돌변해 덤벼든다 해도 이래 가지고서야 쥐도 새도 모르게 당하고 말겠는걸. 이 마부도 믿을 수가 없어. 저 등판 좀 봐! 이런 놈이 덤비면 꼼짝없이 당할 수밖에. 얼굴도 험상궂게 생겼으니 마음을 놓으면 안 되겠는걸.'

 "이보게. 자네 이름이 어떻게 되나?"
 "저 말입니까? 클림이라고 합니다."

"음, 클림. 이 동네는 살기가 어떤가? 위험하지는 않은가? 강도는 없고?"

"고맙게도 그런 일은 없답니다."

"그거 다행이군. 난 만일의 경우를 대비해서 언제나 권총 세 자루를 가지고 다닌다네. 권총만 있으면 걱정 없어. 열 명이라도 상대할 수 있거든."

측량기사가 거짓말을 했다.

완전히 어두워졌다. 마차가 삐걱삐걱 소리를 내며 흔들리는가 싶더니 갑자기 왼쪽으로 방향을 틀었다.

'아니, 이거 어디로 가는 거야? 계속 똑바로 가다가 갑자기 왼쪽으로 꺾다니. 이놈이 엉뚱한 생각을 품은 거 아니야? 정말 무슨 일이라도 일어나면 어쩌나?'

측량기사가 다시 마부에게 말을 걸었다.

"이보게. 여기가 위험하지 않다고 했지? 그거 참 유감이군. 난 강도들과 몸싸움하는 것을 좋아하거든. 내가 겉보기에는 자그마하고 약해 보일지 몰라도 힘은 황소처럼 세단 말씀이야. 언젠가는 세 놈이나 한꺼번에 나한테 덤벼들었지. 어떻게 되었을 것 같은가? 한 놈은 그 자리에서 깨끗이 처리해 버렸어. 나머지 두 놈은 그 덕분에 시베리아로 유형을 가게 되었고 말이야. 내가 어떻게 그렇게 힘이 센지는 알 수 없는 일이지만 자네같이 건장한 남자도 한 손으로 들어 던져버릴 수 있을 정도지."

클림이 뒤쪽을 흘끗 돌아보며 얼굴을 찌푸리더니 말에게 채찍질을 했다. 측량기사가 말을 이었다.

"누구든 나하곤 맞붙는 일이 없게 해달라고 빌어야 할 거야. 도둑놈이라도 덤비는 날엔 손발이 성히 남아나지 않는 건 물론이고 법정에까지 가야 할걸. 난 판사들하고 아주 친하다네. 관청에서 일을 하거든. 지금 내가 가는 곳에서도 높은 책임자들이 몹시 염려하고 있을 거야. 그래서 내가 무사히 올 수 있도록 길가 덤불마다 경찰이랑 군인들을 숨겨놓겠다고 했지. 아니, 잠깐만!"

갑자기 측량기사가 말을 끊었다.

"대체 어디로 가는 겐가? 어디로 들어가냔 말야?"

"보면 모르슈? 숲으로 들어가고 있잖아요!"

'정말 숲으로 가는군. 깜짝 놀랐잖아. 헌데 내가 무서워하고 있다는 걸 혹시라도 이놈이 눈치채면 안 되는데. 겁내고 있다는 걸 벌써 알아챈 건 아닐까? 아니면 왜 이렇게 자주 뒤를 흘끗거리겠어? 틀림없이 딴마음을 품고 있는 거야. 조금 전까지는 느릿느릿

간신히 움직이더니만 지금은 마치 날개라도 달린 것처럼 내달리잖아.'

"이봐, 클림. 말을 왜 이렇게 모는 거지?"

"제가 모는 것이 아니에요. 이놈이 알아서 가는 거죠. 일단 달리기 시작하면 정말 어떻게 해도 멈추게 할 수가 없다니까요. 아마 이놈도 그런 자기 다리가 좋기만 한 건 아닐걸요."

"무슨 소리! 허튼 말 하지 말게. 이렇게 빨리 달리지 않는 편이 좋을 걸세. 말을 진정시켜. 알았나? 고삐를 당기라고!"

"아니, 왜요?"

"왜냐하면…… 왜냐하면 역에서 친구 네 명이 뒤따라오게 되어 있거든. 그 친구들이 우리를 따라잡을 수 있게 해줘야 할 게 아닌가. 이 숲 어귀에서 만나기로 약속했다네. 함께 가면 더 재미있을 거야. 건장하고 아주 다부진 친구들이지. 다들 권총을 가지고 있고. 왜 그렇게 주위를 살피고 불안해하나? 난 자네 편이야. 날 그렇게 쳐다보지 말게. 자네가 관심을 가질 만한 것은 나한테 하나도 없다네. 권총 한 자루만 있을 뿐이지. 원한다면 꺼내서 보여줄 수도 있어. 원한다면 말야."

측량기사는 짐짓 주머니를 뒤지는 척했다. 그런데 바로 그때 전혀 예상치 못했던 일이 일어났다. 클림이 갑자기 마차에서 뛰어내리더니 헐레벌떡 숲으로 숨어 들어간 것이다.

"살려주세요! 살려주세요! 말이고 마차고 다 가져가셔도 좋습니다! 제발 목숨만은 살려주세요!"

클림이 외쳤다. 다급한 발소리가 멀어지고 나뭇가지가 부러지는 소리가 들려오더니 이윽고 잠잠해졌다. 뜻밖의 상황에 측량기사가 제일 먼저 한 일은 마차를 멈추는 것이었다. 그는 마차에 앉아 생각에 잠겼다.

'이 바보 같은 겁쟁이가 도망쳐버렸군. 이제 어떻게 한다? 길도 모르는데 내가 혼자 마차를 몰고 갈 수도 없고. 더군다나 모두들 내가 저 마부의 말과 마차를 훔쳤다고 생각할 거야. 어떻게 하면 좋지?'

밤새도록 여기 깜깜한 숲속에 혼자 앉아 추위에 떨면서 늑대 울음, 아니면 여윈 말이 힝힝거리는 소리나 들어야 한다고 생각하니 토지 측량기사는 소름이 오싹 끼치며 절로 몸이 움츠러들었다.

"이보게, 클림! 제발 돌아오게. 어디 있나? 클림!"

측량기사는 두 시간 동안이나 고래고래 소리를 질

렸다. 완전히 목이 쉬고 이젠 꼼짝없이 숲에서 밤을 새우게 되었다고 체념했을 즈음, 바람에 실려 무슨 소리가 들려왔다.

"클림, 자넨가? 어서 가세!"

"절 해치지 않으실 거죠?"

"이보게, 내가 농담 좀 한 걸 가지고! 이거 내가 천벌을 받겠네. 나한테 무슨 권총이 있다고 그러나! 내가 너무 무서워서 거짓말을 한 거라네. 자, 어서 가세. 얼어 죽겠구먼."

도둑놈이 벌써 자기 말과 마차를 끌고 사라졌겠거니 생각하고 있던 클림은 멈칫멈칫 숲에서 나와 마차 쪽으로 다가왔다.

"아니, 자네 아직도 겁나나? 내가 농담을 한 거라니까. 아무 걱정할 것 없네. 어서 올라타게."

마차에 오르며 클림이 중얼거렸다.

"아이구, 정말이지 이런 일이 있을 줄 알았다면 아무리 돈을 많이 준다 해도 태워드리지 않았을 겁니다요. 놀라서 거의 죽을 뻔했잖아요."

클림이 말 등에 채찍을 내리쳤다. 마차가 부르르 떨었다. 다시 클림이 채찍질을 하자 마차가 출렁거렸다. 네 번째 내리쳤을 때에야 마차는 움직이기 시작했다.

측량기사는 외투 깃 속에 귀를 파묻고 생각에 잠겼다. 더 이상 캄캄한 밤길도, 클림도 무섭지 않았다.

검은 수사

1

 안드레이 바실리치 코브린 박사는 몹시 지치고 신경이 날카로운 상태였다. 어느 날 친하게 지내는 의사와 포도주를 마시며 이야기를 나누던 중 봄부터 여름까지 시골에서 지내다 오면 좋겠다는 조언을 들었다. 때마침 보리소프카로 다니러 오라는 타냐 페소츠카야의 편지도 날아왔다. 그리하여 코브린은 시골로 갈 결심을 했다.
 4월이었다. 코브린은 우선 고향인 코브린카로 가서 홀로 3주를 보냈다. 그리고 길이 좋아질 때까지 기다렸다가 마차를 타고 보리소프카의 페소츠키 집으로 향했다. 페소츠키는 러시아 전역에서 이름을 날리는 정원사로, 어려서 고아가 된 코브린을 맡아서 키워준 사람이기도 했다. 코브린카에서 보리소프카까지는 75킬로미터가 채 되지 않는 가까운 거리였고, 스프링이 좋은 편안한 마차를 타고 부드러운 흙길 위를 달리는 여행은 퍽 즐거웠다.

페소츠키의 집은 군데군데 회반죽이 떨어지기는 했어도 기둥이 늘어서고 사자 조각상이 있으며 제복 차림 하인이 입구를 지키는 대저택이었다. 저택과 강 사이에는 1킬로미터에 달하는 오래된 공원이 자리 잡았다. 영국식으로 구획이 나누어진 공원은 음울하고 딱딱한 분위기였다. 공원 끝에 나오는 점토질의 강둑은 험하고 가팔랐다. 강둑에 선 소나무는 털이 수북한 짐승의 발 같은 뿌리를 드러내 보였다. 그 아래로 강물이 고요히 흘렀다. 도요새가 처량한 울음을 우는 그 강변은 자리 잡고 앉아 시라도 한 수 읊고 싶은 마음을 절로 불러일으켰다.

마당과 과수원에 둘러싸인 저택은 묘목을 기르는 양묘장까지 포함해 4만 평이 넘는 규모였는데 날씨가 나쁠 때라도 늘 즐겁고 생기 있는 분위기였다. 장미, 백합, 동백, 튤립 등 온갖 꽃이 각양각색으로 화려한 자태를 뽐내고 있었다. 페소츠키의 정원에서처럼 풍성하고 아름다운 꽃을 코브린은 다른 어디서고 본 적이 없었다. 아직 이른 봄이었으므로 만개한 꽃들은 모두 온실 속에 있었다. 하지만 오솔길을 따라 이어지는 이곳저곳의 화단은 벌써 조금씩 부드러운 색깔을 입기 시작했다. 특히 아침 이슬이 영롱하게 빛나는 이른 아침에 과수원을 산책하면 천국에라도 와 있는 듯한 아름다움이 느껴졌다.

어린 코브린에게 지워지지 않는 강력한 인상으로 남은 것은, 정작 페소츠키 자신은 하찮다고 말하곤 하는 장식적인 부분이었다. 나무들은 정말이지 온갖 기묘한 형상으로 바뀌어 있었다. 과일나무로 만든 격자무늬 담장, 피라미드형 배나무, 구처럼 동그란 참나무와 보리수, 사과나무 우산이 있는가 하면 살구나무가 아치를 이루고 글자, 샹들리에, 심지어 1862라는 숫자까지 만들어냈다. 1862년은 페소츠키가 처음으로 정원사 일을 시작한 해였다. 곧고 단단한 줄기를 가진 예쁜 나무들도 있었는데 유심히 살펴보면 여러 그루가 함께 구즈베리 열매 모양을 이루었다. 하지만 어린 코브린에게 가장 즐겁고 재미있는 구경거리는 끊임없이 이어지는 바쁜 움직임이었다. 이른 아침부터 저녁까지 나무와 관목 사이, 오솔길과 화단에서는 외바퀴 손수레를 끌고 곡괭이나 물통을 든 사람들이 개미처럼 바삐 오가곤 했다……

코브린은 저녁 9시가 넘은 늦은 시간에 페소츠키 저택에 도착했다. 페소츠키와 딸 타냐는 안절부절못하는 모습이었다. 서리 걱정 때문이었다. 별이 초롱

초롱한 하늘과 쌀쌀한 밤기운으로 보아 다음 날 아침은 몹시 추울 듯했다. 하지만 그날따라 정원사 이반이 외출해버리는 바람에 마땅히 과수원을 지킬 사람이 없는 형편이었다. 저녁 식탁에서도 온통 서리 얘기뿐이었다. 결국 타냐가 잠을 자지 않고 있다가 1시에 과수원을 돌아보고 페소츠키가 3시 이전에 일어나 교대하기로 했다.

코브린은 저녁 내내 타냐와 함께 앉아 있다가 자정이 지난 후 함께 과수원으로 나갔다. 과수원에서는 벌써 탄내가 심하게 났다. 나무가 얼지 않도록 연기를 피웠기 때문이었다. 페소츠키에게 매년 수천 루블의 수입을 안겨주는 커다란 과수원은 검고 짙은 연기에 싸여 있었다. 연기가 위로 올라가 나무를 감싸줌으로써 수천 루블의 수입을 추위로부터 지켜내는 것이다. 과일나무들은 바둑판 모양으로 질서 정연하게 서 있었다. 어찌나 줄이 곧은지 병사들의 행렬처럼 보일 지경이었다. 융통성이라고는 전혀 없는 그 질서와 한결같은 키에 똑같이 가지를 벌린 나무들의 모습은 단조롭다 못해 지루한 풍경을 만들어냈다.

코브린과 타냐는 나무들 사이를 걸었다. 모닥불이 거름, 지푸라기, 여러 가지 쓰레기를 태우고 있었고 가끔 연기 속에서 일꾼의 모습이 나타나기도 했다. 아직은 벚나무, 살구나무, 일부 사과나무 정도에 꽃이 피었을 뿐이었지만 연기는 과수원 전체를 뒤덮었다. 코브린은 양묘장 근처에 이르러서야 심호흡을 할 수 있었다.

"어렸을 때도 연기 때문에 재채기를 하곤 했지요. 하지만 아직도 모르겠습니다. 서리를 막기 위해 연기를 피우는 이유를 말입니다."

코브린이 고개를 갸웃거리며 말했다.

"연기는 구름이나 다름없어요. 연기가 없다면……."

타냐가 대답했다.

"어째서 구름이 필요한 거지요?"

"구름이 많이 낀 흐린 날에는 아침 서리가 내리지 않거든요."

"아, 그렇군요!"

코브린은 미소를 지으며 타냐의 손을 잡았다. 추위에 빨개진 타냐의 둥근 얼굴, 가느다란 검은 눈썹, 얼굴을 옆으로 돌리지 못할 정도로 잔뜩 올려 세운 외투 깃, 이슬 때문에 살짝 걷어 올린 외투 속의 야위었지만 곧은 체구 등이 너무도 귀여웠다.

"벌써 어른이 되어버렸군요! 5년 전에 이곳을 떠

날 때만 해도 당신은 어린애였는데 말입니다. 말라빠진 체구에 다리만 길고 머리카락이 곧았지요. 짧은 치마를 입은 모습이 황새 같다고 놀려댔었는데……. 세월은 정말 빠릅니다!"

"그래요. 벌써 5년이 흘렀지요. 많은 게 변했어요."

타냐가 한숨을 내쉬는 듯하더니 정색하고 코브린을 바라보았다.

"솔직히 말씀해주세요. 저희를 잊고 계시지는 않았나요? 제가 이상한 질문을 하는군요……. 당신은 멋진 남자이고 훌륭한 사람으로 성공해 재미있는 삶을 살고 계시지요. 어찌 보면 저희와 멀어지는 것도 당연하지요. 하지만 그렇다 해도 당신이 저와 아버지를 가족처럼 여겨주면 좋겠어요. 우리는 충분히 그럴 자격이 있잖아요."

"물론 그렇게 생각하고 있답니다, 타냐."

"정말이신가요?"

"그렇고 말고요."

"아버지와 제가 당신 사진을 얼마나 많이 간직하고 있는지 오늘 보고 놀라셨을 거예요. 아버지는 늘 당신 얘기만 하시죠. 가끔은 저보다 당신을 더 사랑하는 것처럼 느껴질 정도예요. 그렇게 자랑스러워하실 수가 없다니까요. 당신은 학자이고 뛰어난 인물이죠. 훌륭한 경력을 쌓고 계시고요. 아버지는 자신의 보살핌 덕분에 당신이 그렇게 성공했다고 생각하시죠. 전 굳이 반박을 하지 않아요. 그렇게 생각하면서 만족하시도록 하는 거죠."

어느 틈에 동이 트기 시작했는지 주변 풍경이 점차 분명해졌다. 이제 연기 사이로 나무들이 뚜렷한 모습을 드러냈다. 꾀꼬리가 지저귀고 멀리 벌판에서 메추라기 소리도 들려왔다.

"이제 잘 시간이에요. 아, 춥네요."

타냐가 코브린의 팔을 잡았다.

"당신이 와줘서 정말 기뻐요. 여기서 만나는 사람들은 모두 따분하거든요. 그나마 몇 명 되지도 않고요. 언제나 과수원, 과수원, 과수원뿐이죠. 나무줄기, 나뭇가지, 개량 사과, 프랑스 사과, 방향芳香 사과, 아접목芽接木, 접지接枝……. 우리 삶은 온통 과수원에서 가벼렸어요. 꿈에서도 사과나 배만 보인다니까요. 물론 이건 좋고 고마운 일이에요. 하지만 때로는 좀 다른 일이 있으면 한답니다. 예전에 당신이 방학 때 오실 때면 늘 갑자기 집안이 밝고 생기가 돌곤 했어요. 마치 샹들리에나 가구에 씌워두었던 덮개 천을 걸어버린 것과도 같았죠. 전 그때 어린아이였지만 아주 정확히 기억하고 있답니다."

타냐는 아주 다정하게 말했다. 불현듯 코브린의 머릿속에 이 작고 약한, 쉴 새 없이 떠드는 존재와 함께 서로를 배려하면서 여름 내내 애정어린 시간을 보낼 수 있다는 생각이 떠올랐다. 그건 두 사람 모두에게 지극히 자연스럽게 느껴졌다! 코브린은 그 생각만으로도 기분이 좋아지고 웃음이 나왔다. 코브린은 타냐의 걱정 많은, 하지만 사랑스러운 얼굴을 향해 몸을 구부리고 작은 소리로 다정하게 노래하기 시작했다.

오네긴, 나는 더 이상 감추지 않겠어요.
가슴 깊이 타티야나를 사랑합니다.

집으로 돌아왔을 때 페소츠키는 이미 깨어 있었다. 코브린은 잘 생각이 별로 없었기 때문에 다시 페소츠키와 이야기를 시작했고 함께 과수원으로 나갔다. 페소츠키는 키가 크고 어깨가 떡 벌어졌으며 배가 많이 나온 체구였다. 숨차 하면서도 얼마나 빠른 속도로 걷는지 따라다니기가 쉽지 않았다. 페소츠키는 몹시 걱정스러운 표정으로 1분이라도 늦으면 세상이 무너지기라도 하는 듯 바삐 걸었다. 숨을 고르려고 잠깐 멈춘 틈에 페소츠키가 입을 열었다.

"참, 이상한 일이지. 땅에는 서리가 내리지 않았나. 하지만 4미터 정도만 올라가도 그 위쪽은 온도가 아주 따뜻한 것으로 나오지. 대체 그 이유가 뭔가?"

"글쎄요, 잘 모르겠습니다."

코브린이 웃었다.

"흠, 물론 자네라고 모든 걸 다 알 수야 없겠지. 지혜가 제아무리 커진다 해도 가닿지 못하는 부분이 있는 법이거든. 자네는 철학에 대해 많이 아는 거지?"

"예. 심리학을 공부하지만 크게 보면 철학이지요."

"지루하지는 않나?"

"전혀요. 제 삶의 이유가 공부인 걸요."

"고마운 일이야……."

페소츠키는 회색빛 구레나룻을 어루만지며 잠시 생각에 잠겼다.

"난 자네를 보고 있으면 정말 흐뭇하네……."

하지만 그 순간 무슨 소리엔가 귀를 기울이던 페소츠키는 갑자기 험악한 표정으로 돌변해 옆으로 달려갔고 곧 나무와 연기 사이로 사라졌다.

"대체 누가 사과나무에 말을 매둔 거야?"

비명에 가까운 외침 소리가 들려왔다.

"도대체 어떤 놈이 사과나무에 말을 잡아맬 생각을 했단 말이야? 맙소사, 나무가 온통 긁히고 벗겨져 상처투성이잖아! 이건 과수원을 다 죽이는 짓이야! 세상에 이럴 수가!"

다시 코브린 곁으로 돌아온 페소츠키는 지친 표정이었지만 여전히 분노를 감추지 못했다. 그리고 금방이라도 울음을 터뜨릴 듯한 목소리로 손을 비벼가며 상황을 설명했다.

"밤에 거름을 가져온 놈이 글쎄, 말을 사과나무에 묶었지 뭔가! 고삐를 어찌나 단단히 묶어놓았는지 껍질이 세 군데나 벗겨졌어. 이런 어이없는 일이 있나. 게다가 녀석을 붙잡고 얘기를 했는데도 눈만 이리저리 굴리지 뭐야! 목을 달아매도 시원찮을 놈 같으니라고!"

잠시 후 제풀에 진정이 된 페소츠키는 코브린을 껴안고 목에 입을 맞추었다.

"고마운 일이야……. 자네가 와주어서 정말 기쁘네. 얼마나 기쁜지……. 고맙네."

페소츠키는 사방을 돌아다니며 코브린에게 온실, 배양토 보관 창고, 그리고 시대의 기적이라는 양봉장

두 곳을 보여주었다.

그렇게 다니는 동안 해가 떠올라 과수원을 환하게 비추었다. 화창하고 즐거운 날이 될 것 같았다. 아직 5월 초순인 만큼 밝고 화창한, 즐거운 여름날은 앞으로 오래 이어질 것이었다. 그러자 코브린은 가슴 깊은 곳에서부터 기쁨이 샘솟는 느낌이었다. 어린 시절 이 과수원을 뛰어다니며 느꼈던 바로 그 감정이었다. 코브린은 페소츠키를 다정하게 껴안고 입을 맞추었다. 두 사람은 모두 깊이 감동한 채로 집 안으로 들어가 오래된 찻잔에 차를 따라 마셨다. 크림과 맛있는 빵도 곁들였다. 이런 작은 일들도 코브린에게 어린 시절을 떠올리게 했다. 만족스러운 현재와 거기서 일깨워진 과거의 기억이 함께 뒤섞였다. 마음이 다소 혼란스러웠지만 나쁘지 않은 기분이었다.

코브린은 타냐가 일어날 때까지 기다렸다가 함께 커피를 마셨다. 그리고 잠시 산책을 한 후 자기 방으로 돌아가 책상 앞에 앉아 집중해서 책을 읽었다. 가끔씩 메모를 하기도 하고 눈을 들어 창밖을 내다보거나 책상 위 화병에 꽂힌 싱싱한 꽃을 보기도 했다. 하지만 곧 다시 시선을 책으로 돌렸다. 몸속의 혈관 하나하나가 즐거움에 몸을 떨며 뛰노는 듯했다.

2

시골에서도 코브린의 생활은 도시의 긴장되고 바쁜 일상과 다를 것 없이 이어졌다. 엄청난 양의 원고를 읽고 썼으며 이탈리아어를 공부했다. 산책이라도 할 때면 어서 빨리 돌아가 책상에 앉을 생각뿐이었다. 어찌나 잠을 적게 자는지 모두 놀랄 지경이었다. 낮에 30분이라도 살짝 잠이 들었다면 밤새도록 자지 않았다. 그래도 다음날 아침이면 아무 일 없었다는 듯 활기찬 모습이었다. 그는 말을 많이 했고 포도주를 즐겨 마셨으며 값비싼 담배를 피웠다.

페소츠키 집에는 거의 매일같이 이웃 아가씨들이 찾아와 타냐와 함께 피아노를 치며 노래를 부르곤 했다. 바이올린을 잘 켜는 젊은 이웃 청년이 합세하기도 했다. 코브린은 열중해서 음악과 노래를 듣다가 결국 녹초가 되어 눈을 감고 고개를 옆으로 떨구는 일이 많았다.

하루는 늦은 오후에 코브린이 발코니에서 책을 읽

고 있었다. 거실에서는 소프라노인 타냐와 알토인 한 아가씨, 그리고 바이올린을 연주하는 이웃 청년이 함께 어울려 유명한 세레나데를 연습하는 중이었다.

코브린은 노랫말에 귀를 기울였다. 분명 러시아어였지만 도대체 뜻을 이해할 수 없었다. 결국 책을 집어던지고 온 정신을 집중한 후에야 공상에 빠진 소녀에 대한 노래라는 것을 알 수 있었다. 그 소녀는 한밤의 정원에서 신비로운 소리를 듣게 된다. 성스러우면서도 아름답고 낯선 소리다. 유한한 존재인 인간은 이해할 수 없는 그 소리는 곧 천상으로 사라져 버린다…….

코브린의 두 눈이 감기기 시작했다. 간신히 몸을 일으킨 그는 휘청거리며 거실과 복도를 오가다가 노래가 잠깐 멈춘 틈을 타서 타냐의 손을 잡고 발코니로 나갔다. 코브린이 말했다.

"아침에 문득 어떤 전설 같은 이야기가 떠올랐는데 종일 그 생각이 나는군요. 어디서 읽은 것인지, 누구한테 들은 것인지 기억나지 않지만 정말로 이상하고 알 수 없는 이야기랍니다.

지금으로부터 1천 년 전에 검은 옷을 입은 어떤 수사가 평원을 가로질러 걸어갔다고 합니다. 시베리아인지 아라비아인지 뭐, 그런 곳을요. 그런데 그가 걷고 있던 곳에서 몇 마일이나 떨어진 곳에서 어부들이 천천히 호수 수면 위를 걸어가는 검은 옷차림의 수사를 목격했다는 겁니다. 이 두 번째 수사는 환영이었지요. 광학의 법칙이니 하는 생각은 일단 접어두고 계속 들어보십시오. 이 환영으로부터 또 다른 환영이 만들어지고 다시 세 번째 환영이 만들어졌습니다. 그렇게 해서 검은 옷을 입은 수사의 모습은 무수히 많이 나타나게 되었던 것입니다. 아프리카, 스페인, 인도 등 헤아릴 수 없을 정도로 많은 곳에서 수사를 보았다는 말이 나왔지요. 결국에 그는 지상의 공간을 초월하였고 이제는 전 우주를 자유로이 다닌답니다. 절대 사라지지 않는 거지요. 어쩌면 지금은 화성이나 남십자성 어느 별에서 모습을 드러내고 있을지도 모릅니다.

그런데 타냐, 이야기의 핵심은 과거에 평원에서 수사가 처음 목격된 때로부터 정확히 1천 년이 지나고 나면 환영이 다시 이 세상으로 내려와 사람들 눈에 보이게 된다는 데 있습니다. 그리고 어쩌면 지금이 바로 그 1천 년째인지도 모릅니다. 오늘이나 내일 중에 우리가 검은 수사를 보게 될 수도 있는 겁니다."

"이상한 환영 이야기예요."

타냐는 그 전설이 썩 마음에 들지 않는 듯했다.

"정말로 이상한 건 내가 어떻게 그 이야기를 알게 되었는지 도무지 모르겠다는 점이에요."

코브린이 말을 이었다.

"어디서 읽었던 걸까요? 누구한테 들은 걸까요? 아니면 꿈속에서라도 검은 수사를 보았던 걸까요? 맹세코 전혀 아무런 기억이 없거든요. 하지만 지금은 온통 그 이야기 생각뿐이에요. 온종일 그 생각을 했다니까요."

타냐를 다시 거실로 돌려보낸 후 집을 나선 코브린은 생각에 잠긴 채 화단을 지나 계속 걸었다. 벌써 해가 지고 있었다. 일꾼이 방금 물을 준 듯 꽃들은 축축하고 자극적인 향기를 풍겼다. 집에서는 다시 노랫소리가 나기 시작했다. 멀리서 들려오는 바이올린 소리가 사람 목소리처럼 느껴졌다. 코브린은 대체 어디서 그 이야기를 알게 된 것인지 기억해 내기 위해 애쓰면서 천천히 공원을 지나 어느새 강에까지 이르렀다.

겉으로 드러나 있는 나무뿌리 옆으로 오솔길이 구불구불 이어졌다. 그는 물가로 내려갔다. 도요새와 거위 두 마리가 깜짝 놀라 달아났다. 음울한 모습으로 서 있는 소나무 가지 사이로 저물어가는 태양의 마지막 햇살이 반짝였다. 하지만 강물은 벌써 저녁 풍경이었다. 코브린은 나무 다리를 건너 반대편 강가로 갔다. 그러자 아직 꽃도 피우지 않은 어린 호밀이 가득한 평원이 눈에 들어왔다. 주위에는 집도, 사람도 없었다. 오솔길을 따라 계속 걸어가면 알지 못할 수수께끼 같은 곳으로 갈 것만 같았다. 태양이 지는 곳, 저녁노을이 웅장하게 빛나는 곳 말이다. 코브린은 오솔길을 거닐며 생각했다.

'이곳은 얼마나 넓고 자유로운지, 얼마나 고요한지! 마치 세상 모두가 나를 바라보는 듯해. 내가 세상의 수수께끼를 풀어줄 때까지 기다리는 거지······.'

바로 그때 호밀밭이 파도치듯 일렁였다. 저녁 미풍이 코브린의 얼굴을 간질였다. 잠시 주춤하던 바람은 몇 분이 지나자 한층 기세가 강해져 호밀밭을 뒤흔들었다. 뒤쪽에서는 소나무가 웅성거리는 소리를 냈다. 코브린은 놀라 멈춰 섰다. 멀리 지평선에서 회오리바람 같은 것이 이는 듯하더니 갑자기 땅에서 커다란 검은 기둥이 높이 솟아올랐다. 형체는 잘 분간되지 않았지만 첫눈에 보기에도 그것이 제자리에 멈춰 선 것이 아니라 엄청나게 빠른 속도로 코브린을 향해 다가오고 있다는 점이 분명해졌다. 코브린은 비켜서기 위해 순간적으로 호밀밭 쪽으로 물러섰다.

회색 머리에 검은 눈썹을 하고 온통 검은 옷을 입은 수사였다. 가슴에 성호를 그어 보인 후 곁을 스쳐 지나가는 수사의 맨발은 땅에 닿지 않았다. 3미터쯤 멀어졌을까. 그는 코브린을 되돌아보며 고개를 끄덕이더니 다정하면서도 교활한 미소를 지었다. 너무도 새하얀, 소름이 끼칠 정도로 새하얗고 여윈 얼굴이었다! 뒷모습이 다시 점점 커지기 시작했다. 수사는 강을 뛰어 건넜고 소리도 없이 건너편에 닿으며 소나무에 부딪히는가 싶더니 연기처럼 사라졌다.

"아, 이럴 수가……. 그 이야기는 사실이었군."

코브린이 중얼거렸다.

그렇게 가까운 거리에서, 수사의 검은 옷뿐 아니라 얼굴과 눈까지 분명히 보았다는 데 만족한 코브린은 그 이상한 현상을 설명해보려 하지도 않은 채 흥분되어 집에 돌아왔다.

늘 그렇듯 일꾼들이 바삐 오갔고 집에서는 음악 소리가 들렸다. 결국 코브린 혼자만 수사를 본 셈이었다. 타냐와 페소츠키에게 모든 것을 털어놓고 싶었지만 십중팔구 헛소리로 여겨지고 걱정이나 끼칠 것이 뻔했기 때문에 입을 다물기로 했다. 그리고 큰 소리로 웃고 노래 부르며 마주르카 춤을 추었다. 너무도 즐거운 모습이었다. 손님들과 타냐는 그날따라 코브린의 얼굴이 특히 밝고 즐겁게 빛난다고 생각했다.

3

 저녁 식사 후 손님들이 가고 난 뒤 코브린은 방으로 돌아와 소파 위에 길게 누웠다. 아까 만났던 수사에 대해 생각하고 싶었다. 하지만 곧바로 타냐가 들어왔다.
 "아버지가 쓰신 글이에요. 좀 읽어보세요."
 타냐가 책 한 권을 건네주었다.
 "정말 얼마나 멋진지 몰라요. 아버지는 글을 아주 잘 쓰신답니다."
 "또 시작이구나!"
 페소츠키가 무안해하는 표정을 지으며 뒤따라 들어왔다.
 "애 말을 들을 것 없네. 쓸데없는 것 읽느라 시간 낭비하지 말게. 혹시 잠이 안 온다면 읽어도 좋지. 수면제 역할은 톡톡히 할 테니까."
 "제가 보기에는 정말로 훌륭한걸요. 당신도 읽어봐 주세요. 그리고 좀 더 자주 글을 쓰시라고 아버지께 말씀드려주세요. 아버지는 원예에 대해서는 어떤 주제든 얼마든지 쓰실 수 있을 거예요."

타냐가 단호한 어조로 말했다. 페소츠키는 얼굴이 벌겋게 달아올라 헛기침을 했고 겸손한 저자들이 늘 하기 마련인 말들을 늘어놓았다. 그리고 마침내는 딸아이 등쌀에 졌다는 듯 떨리는 손으로 책자를 뒤적여가며 말을 시작했다.

"꼭 읽어보겠다면 여기 이 고셰의 논문부터 시작해야 하네. 그렇지 않으면 이해가 안 갈 거야. 도대체 어떤 주장에 반박하려는 것인지 먼저 알아야 하지 않겠나. 어떻든…… 자네한테는 지루한 일일 걸세. 별 도움 될 것도 없고 말이야. 자, 이제 잘 시간이군."

타냐가 방을 나갔다. 페소츠키는 코브린 곁에 앉아 깊은 한숨을 쉬었다. 그리고 잠시 침묵을 지키다가 입을 열었다.

"그래, 자네는 우리 식구나 다름없는 사람이네. 내가 가장 사랑하는 사람이지. 난 이렇게 논문을 쓰고 과수果樹 박람회에도 참가하고 메달도 받으면서 산다네……. 사람들은 내 머리에서 사과가 열린다고들 하지. 대단한 자수성가를 이루었다고도 하고. 그래, 이제 돈도 벌고 명예도 얻었지. 하지만 자꾸 의문이

들어. 이 모두가 대체 뭘 위한 것이었을까? 과수원은 정말 아름답고 멋지지……. 이건 일개 과수원에 그치는 것이 아니야. 국가적으로 엄청난 중요성을 지닌 하나의 체제야. 이 덕분에 러시아 경제와 산업은 새로운 단계에 진입할 수 있거든……. 하지만, 하지만 그래서 어쨌다는 거지? 목적이 대체 뭐란 말인가?"

"지금까지 해놓으신 일들이 모든 것을 보여주고 있지 않습니까?"

"그 얘기를 하자는 게 아닐세. 내가 죽고 나면 대체 과수원이 어떻게 될 것 같은가? 지금과 같은 모습은 내가 없다면 한 달도 채 못 갈 걸세. 성공의 비결은 과수원의 규모나 일꾼의 수에 있는 것이 아니야. 내가 이 일을 사랑한다는 것이 가장 중요하지. 알겠나? 난 나 자신보다 일을 더 사랑하는지도 몰라. 날 보게. 모든 일을 직접 하고 있지 않나. 새벽부터 밤까지 일하지. 접붙이기도, 가지치기도, 묘목 심기도 몽땅 내 손으로 해야 한다니까. 남들의 손을 빌리게 될 때면 안절부절못하며 험한 소리를 내뱉게 된다네. 그러니 성공의 비결은 사랑이지. 주인의 날카로운 눈길, 정성스러운 손놀림, 혹시 어딘가 가게 되면 채 한 시간도 안 돼서 과수원에 무슨 일은 없는지 걱정이 된다네. 그러니 내가 죽으면 누가 이 과수원을 돌보겠나? 누가 나처럼 과수원을 사랑하는 마음으로 일하겠느냐는 말일세. 정원사가? 일꾼들이? 그렇게 생각하나? 솔직히 말해 난 과수원을 돌보는 일에서 제일 큰 위험은 토끼도, 진딧물도, 서리도 아닌 낯선 사람의 거친 손길이라고 생각하네."

"타냐가 있지 않습니까? 과수원을 사랑하고 이 일을 잘 아는 사람이지요."

코브린이 미소를 지으며 말했다.

"그래, 맞는 말이야. 내가 죽고 나면 딸아이가 과수원을 물려받아 주인 노릇을 하겠지. 그 이상 적당한 사람은 없을 거야. 하지만 말일세, 그 아이가 시집을 가버린다면, 그래서 아이가 태어난다면 어떻게 되겠나? 과수원 따위는 생각할 시간도 없게 될 걸세."

페소츠키의 말소리는 어느새 속삭임으로 바뀌었고 얼굴에는 공포가 떠올랐다.

"내가 두려워하는 건 바로 그걸세. 타냐가 시집을 가면 그 남편 되는 사람은 그저 몇 푼 수입이나 챙길 요량으로 과수원을 상인들에게 빌려줄 거야. 그다음에는 아마 1년도 못 되어 모든 것이 엉망이 되겠지. 이 일은 그렇다네. 잠시만 한눈을 팔아도 몽땅 망쳐버린다니까."

페소츠키는 한숨을 내쉬었다. 잠시 침묵이 흘렀다.

"이건 지나치게 이기적인 생각일지 모르지만 솔직히 말해 난 타냐가 시집을 가지 않으면 좋겠네. 너무 두려워! 왜, 우리 집에 자주 놀러 와 바이올린을 연주하는 청년이 있지 않나. 타냐가 그 청년을 신랑감으로 여기지 않는다는 걸 잘 알면서도 그래도 그 사람을 보면 마음이 언짢을 정도야. 그래, 난 정말 괴팍한 사람인가 봐. 인정함세……."

페소츠키는 자리에서 일어나더니 안절부절못하며 방 안을 오갔다. 무언가 중요한 말을 하고 싶지만 선뜻 입이 열리지 않는 듯했다. 그러다가 마침내 두 손을 주머니에 찔러 넣은 채 말을 시작했다.

"난 자네를 정말 사랑하네. 그래서 솔직히 내 맘을 털어놓고 싶어. 난 본래 골치 아픈 문제가 있어도 단순하게 생각하고 직설적으로 이야기하는 편이네. 꽁하고 속으로만 생각하는 걸 못 참지. 그러니 지금도 솔직히 말하겠네. 자네는 내가 딸을 주어도 두렵지 않은 유일한 사람이야. 현명하고 마음도 따뜻하고 내가 사랑하는 일을 함부로 여기지 않을 사람이지. 물론 제일 큰 이유는 내가 자네를 아들처럼 사랑하고 자랑스럽게 여긴다는 거야. 자네하고 타냐가 맺어진다면, 난 정말 더할 나위 없이 기쁘고 행복할 걸세. 이건 한 치의 거짓도 없는 내 진심이야."

코브린이 살짝 웃었다. 페소츠키는 방문을 열고 나가기 전에 잠시 멈춰 섰다.

"자네하고 타냐 사이에 아들이 태어난다면 난 그 녀석을 정원사로 키울 거야……. 이런, 헛된 공상이 끝이 없군. 잘 자게."

혼자 남은 코브린은 편안한 자세로 누워 타냐가 준 책을 읽기 시작했다. 첫 번째 글의 제목은 '중간 종 작물에 대해'였고 두 번째는 '새로운 정원 조성에서 삽 깊이로 흙을 파야 한다는 Z 씨의 주장에 대한 의견', 세 번째는 '싹의 아접목에 대해'가 이어졌다. 어조가 들쭉날쭉하고 지나치다 싶을 정도로 감정적인 글들이었다.

예를 들어 러시아 안토노프스키 사과나무에 대한 글은 극히 평범한 제목과 일반적인 내용을 담고 있었지만 페소츠키는 굳이 'audiatur altera pars('다른 측면에 대해 생각해주기 바란다'는 뜻의 라틴어)'라는 표현으로 시작해 'sapienti sat('지혜로운 사람에게는 이것으로 충분하다'는 뜻의 라틴어)'로 끝을 맺고 있었다. 그리고 그 중간에는 '자만심에 가득 차 자연을 바라보며 스스로 유식하다고 생각하는 무지한 정원사'를 향한, 혹은 '문외한이나 비전문가들에게 인정받는' 자칭 전문가를 향한 독설이 끝없이 이어졌고 사이사이에는 멋도 모르고 과일나무를 키우겠다고 나섰다가 나무를 망쳐버리고 마는 사람들에 대한 장문의 탄식이 어울리지 않는 자리에 불쑥 나타나곤 했다.

'이 아름답고 평화로우며 건전한 노동에도 역시 다툼이 존재하는군. 어디서건 이상을 좇는 인간은 예민하고 날카로울 수밖에 없는 모양이야.'

코브린은 아버지의 글을 그토록 마음에 들어했던 타냐에 대해 생각했다. 타냐는 크지 않은 키에 쇄골이 분명히 드러날 정도로 여위었고 창백했다. 지혜로워 보이는 크고 검은 두 눈은 늘 어딘가 바라보거나 무언가 찾는 듯했다. 발걸음은 아버지를 닮아 종종거리며 항상 바빴다. 말이 많고 논쟁을 좋아하며 별 의미 없는 말에도 온갖 표정과 몸짓을 담곤 했다. 신경도 아주 날카로울 것이 분명했다.

코브린은 책을 좀 더 읽으려 했지만 그 내용을 이해할 수 없어 결국은 집어던져 버렸다. 조금 전 마주르카를 추고 음악을 듣던 기분 좋은 흥분 상태가 지나자 피로감이 밀려왔다. 그는 이런저런 생각에 잠겼다. 몸을 일으켜 방 안을 서성이면서 검은 수사에 대해 떠올렸다. 그 이상하고 비현실적인 수사의 모습을 오로지 혼자만 보았다는 것은 결국 환각 상태를 의미하지 않을까 하는 의문이 머리를 스쳐갔다.

'하지만 난 건강한 상태인걸. 누구에게 잘못한 일도 없어. 그러니 환각 상태라 해도 나쁜 종류는 아닐 거야.'

이렇게 생각하니 다시금 기분이 좋아졌다.

그는 소파에 앉아 온몸을 가득 채운 알 수 없는 기쁨을 억누르려는 듯 머리를 두 손으로 감싸 안았다. 그리고 다시 책상 앞에 앉았다. 하지만 책 내용은 그를 만족시키지 못했다. 무언가 거대하고 영원한 것, 커다란 감동을 주는 것을 바라는 마음이었다. 아침이 다 되었을 때에야 옷을 벗고 마지못해 침대에 누웠다. 조금이라도 잠을 자야만 했다.

페소츠키가 과수원으로 나가는 소리가 들려왔을 때 코브린은 벨을 눌러 하인에게 포도주를 가져오게 했다. 그리고 붉은 포도주를 몇 잔 마시고 이불을 뒤집어썼다. 의식이 희미해지기 시작했고 그는 결국 잠이 들었다.

4

페소츠키와 타냐는 자주 말다툼을 하며 서로에게 상처를 주었다.

그날 아침에도 언쟁이 벌어졌다. 타냐는 울음을 터뜨리며 자기 방으로 뛰어 들어갔다. 그리고는 점심 먹을 때도, 차 마실 때도 나오지 않았다. 페소츠키는 처음에는 기세등등하게 집 안을 돌아다니며 자신은 다른 누구보다도 공정하고 올바른 사람이라는 듯한 태도를 취했지만 곧 기가 죽었다. 그리고 서글픈 모습으로 공원을 오가며 계속 한숨을 쉬었다. 식사 시간에도 음식에 손을 대지 않고 그저 한숨만 푹푹 내쉬었다. 마침내 죄책감을 이기지 못한 그는 주저주저하며 타냐의 방문으로 다가가 조심스레 딸을 불렀다.

"타냐! 얘, 타냐야!"

안에서는 울다 지쳐 가늘어진, 하지만 단호한 목소리가 새어 나왔다.

"제발 절 좀 내버려두세요."

주인들의 불편한 심기가 온 집 안에 드리워졌다. 과수원의 일꾼들까지도 우울한 듯했다. 공부에 몰두해 있던 코브린조차 결국에는 지루하고 답답한 마음이 들었다. 어떻게든 분위기를 바꾸어보기 위해 직접 나서기로 결심했다. 그는 저녁 시간이 되기 전에 타냐의 방문을 두드렸다. 타냐는 문을 열어주었다.

"아아, 정말 부끄러운 일이 아닙니까."

장난스럽게 말을 시작하던 그는 금방이라도 울음이 터질 듯 상기된 타냐의 얼굴을 보고 흠칫 놀랐다.

"정말로 그렇게 심각한 일입니까?"

"아버지가 저를 얼마나 괴롭히는지 당신은 모르실 거예요."

타냐의 커다란 눈동자에서 뜨거운 눈물이 뚝뚝 떨어졌다. 두 손을 힘주어 모은 채 타냐는 말을 이었다.

"전 아버지에게 아무 말도 하지 않았어요. 정말, 아무 말도요……. 그저 남는 일꾼들을 꼭 데리고 있어야 하냐고 했을 뿐이죠. 날품팔이를 쓰면 되니까요. 일꾼들은 벌써 일주일 동안이나 별일 없이 놀고 있거든요. 저는, 저는 그저 그 말을 했을 뿐인데 아버지는 버럭 고함을 지르고 싫은 소리를 하시는 거예요. 모욕적인 말까지도요. 도대체 왜 그러시는 걸까요?"

"자, 자, 그만 해요."

코브린이 타냐의 머리를 쓰다듬으며 달랬다.

"이만큼 울었으면 됐어요. 오랫동안 화를 내고 있으면 안 돼요. 아버지가 얼마나 당신을 사랑하시는지 잘 알고 있잖아요."

"아버지는 제 인생을 완전히 망쳐버리신 거예요."

타냐는 여전히 흐느끼는 소리로 말을 이었다.

"전 그저 꾸중이나 듣고 모욕당할 뿐이에요. 아버지한테는 제가 필요 없는 모양이에요. 그 생각이 맞을지도 모르죠. 그래요, 전 내일 당장 이곳을 떠나겠어요. 전신수로 취직하면 그만이죠, 뭐. 그렇게 되면……."

"그만하라니까요. 울지 말아요, 타냐. 이럴 필요 없는 일이에요. 당신과 아버지는 둘 다 화를 내고 서로에게 상처를 주었으니 모두 책임이 있어요. 자, 나 갑시다. 내가 화해시켜 줄게요."

코브린은 부드러운 말투로 타냐를 설득했다. 하지만 타냐는 계속 두 손을 모으고 어깨를 들썩이며 울기만 했다. 마치 세상에서 가장 끔찍한 불행이라도 닥친 듯 보였다. 그리 큰일이 아니었는데도 그토록 괴로워하는 모습을 보자 코브린은 점점 타냐가 애틋하게 느껴졌다. 이 가냘픈 존재는 하찮은 사건에도 하루 종일, 아니 평생 불행할 수 있는 것이다! 타냐를 달래면서 코브린은 이 부녀父女를 빼놓고는 자신을 그렇게 가족처럼 사랑해주는 사람이 아무도 없다는 것을 생각했다. 이 두 사람이 없었다면 일찍이 부모를 모두 잃은 코브린으로서는 피를 나눈 가까운 이들 사이의 따뜻한 배려와 조건 없는 사랑을 죽는 날까지 알지 못했으리라. 자신의 병들고 지친 신경은 몸을 떨며 울고 있는 이 처녀의 예민한 신경과 마치 철과 자석인 양 잘 맞는다는 생각도 들었다. 그는 건강하고 강인한 붉은 볼의 여성은 사랑하지 못할 것 같았지만 이 창백하고 약한, 불행한 타냐는 마음에 꼭 들었다.

코브린은 부드럽게 타냐의 머리칼과 어깨를 쓰다듬어주었다. 손을 잡고 눈물도 닦아주었다. 마침내 타냐가 울음을 그쳤다. 하지만 한참 동안 아버지에 대한 불만과 자신의 고달픈 생활에 대한 넋두리를 쏟아냈다. 한숨을 내쉬며 자신의 못된 성격을 원망하기도 했다. 그러다가 천천히 미소를 되찾더니 결국 자신을 바보라 부르며 웃는 얼굴로 방을 뛰쳐나갔다.

잠시 뜸을 들이다가 코브린이 정원으로 나갔을 때 페소츠키와 타냐는 이미 아무 일 없었다는 듯 다정히 거닐고 있었다. 그리고 몹시 배가 고팠다는 듯 소금 곁들인 호밀빵을 마구 먹어 치웠다.

5

두 사람을 성공적으로 화해시켰다는 뿌듯함을 안고 코브린은 밖으로 나갔다. 벤치에 앉아 생각에 잠겨 있자니 덜컹거리는 마차 소리와 여자 웃음소리가 들렸다. 손님이 온 모양이었다. 과수원에는 어둠이 깔리기 시작했고 바이올린과 노랫소리가 어렴풋이 흘러왔다. 불현듯 전에 만났던 검은 수사 생각이 떠올랐다. 그 이상한 형상은 지금 어느 나라, 어느 행성을 떠돌고 있을까?

다시금 검은 수사의 이야기를 떠올리면서 호밀밭에서 보았던 모습을 그려보았다. 순간 소나무 사이에서 솟아나듯 아니, 어쩌면 반대편에서 다가오듯 사람 하나가 나타났다. 중간 키에 회색 머리칼을 하고 온몸에 검은 옷을 걸친 사내가 소리도 없이 다가왔다. 맨발인 그는 걸인처럼 보이기도 했다. 죽은 사람처럼 창백한 얼굴에 검은 눈썹이 도드라졌다. 고개를 끄덕여 인사를 건넨 뒤 그 기이한 인물은 소리 없이 옆자리에 앉았다. 그때에야 코브린은 그가 검은 수사라는 것을 알아보았다. 두 사람은 잠시 서로를 바라보았다. 코브린은 경악을 감추지 못했으나 수사는 전과 다름없이 다정하고 지혜로운 얼굴이었다.

"당신은 환영幻影이지요? 어째서 여기 나타나 저와 나란히 앉아 계신 겁니까? 이건 제가 들은 전설 이야기와는 다른 걸요."

코브린이 말했다

"그건 중요하지 않아."

수사는 코브린 쪽으로 얼굴을 돌리더니 작은 소리로 천천히 대답했다.

"전설이나 환영이나 지금 내 모습이나 모두 당신의 상상이 만들어낸 것이니. 난 환영이 맞다네."

"그럼 실제로는 존재하지 않으신다는 거죠?"

코브린이 물었다.

"좋을 대로 생각하게."

수사가 살짝 미소를 지었다.

"난 자네의 상상 속에서 존재하네. 그 상상은 자연의 일부이니 결국 나도 자연 속에 존재한다고 할 수 있겠군."

"당신은 아주 현명하고 다정다감한 노인의 얼굴을

가지고 있어요. 마치 1천 년은 살아온 것 같아요. 제 상상력이 당신을 만들어냈다니 정말로 알 수 없는 일이에요. 그런데 당신은 왜 그렇게 기쁜 표정인가요? 제가 마음에 든다는 뜻인가요?"

"그렇다네. 자네는 신이 선택한 몇 안 되는 사람 중 하나지. 영원한 진실을 탐구하는 사람 말이야. 자네의 모든 생각, 계획, 학문, 인생 전체에 하늘의 낙인이 찍혀 있는 것이나 다름없어. 그 모두가 지혜나 아름다움, 다시 말해 영원을 위해 존재하지."

"영원한 진실이라고 말씀하셨나요? 하지만 대체 유한한 존재인 인간이 영원한 진실에 접근하는 것이 가능한 일인가요? 영원히 살지 못하는 인간에게 영원한 진실이 왜 필요한가요?"

"영원한 진실은 존재하네."

"그럼 당신은 인간의 불멸을 믿으시나요?"

"물론이지. 위대하고 찬란한 미래가 인간을 기다리고 있네. 자네 같은 사람이 많으면 많을수록 그 미래는 더 빨리 다가올 거야. 더 높은 곳을 바라보며 자유롭게 사고하는 사람이 없다면 인류는 아무것도 아니네. 그저 자연법칙에 따라 발전해 나가다가 머지않아 그 역사를 마감할 뿐이지. 자네 같은 사람들은 몇

천 년이라는 세월을 앞당겨 인류를 영원한 진실로 인도하게 되지. 자네의 위대한 과업은 바로 거기 있네. 자네는 인류에게 전해진 신의 말씀 그 자체와 다름없어."

"영원한 진실의 목적은 무엇이죠?"

코브린이 다시 물었다.

"삶의 목적과 같네. 쾌락이지. 진실한 쾌락은 앎에 있어. 그리고 영원한 삶은 앎을 위한 무수하고 무한한 원천을 제공한다네. '내 아버지의 집에는 거할 곳이 많다'는 성경 말씀의 의미도 바로 이것이지."

"당신의 말을 듣게 되어 정말로 얼마나 기쁜지 모릅니다."

"그렇다니 나도 기쁘네."

"하지만 당신이 떠나고 나면 곧 전 당신의 존재에 대한 의문이 끝없이 떠오르곤 합니다. 당신은 환영이고 헛것이지요. 그러면 결국 그건 제가 정신적인 병을 앓고 있다는 뜻이 아닙니까?"

"설령 그렇다 해도 뭐 어떤가? 당황할 일이 무엇인가? 지쳐버릴 정도로 열심히 공부했으니 병이 난 것도 당연해. 자네는 이상理想을 위해 건강을 희생한 걸세. 머지않아 목숨마저 바치게 될 거야. 이보다 더 좋은 일이 있겠나? 고결한 성품을 넘어 뛰어난 재능을 부여받은 모든 이들이 한결같이 바라는 것이 아닌가."

"제가 정신적으로 병자라는 점을 인정한다면 어떻게 자신을 믿을 수 있겠습니까?"

"그렇다면 온 세상이 믿고 의지하는 천재들이 자네처럼 환영을 보지 않았으리라 생각하는 이유는 무엇인가? 오늘날 학자들은 천재성과 광기가 종이 한 장 차이라고 말하고 있네. 건강하고 정상적이려면 평범한 사람, 군중 속의 사람이 되어야 하네. 신경 쇠약, 피로, 남과 다른 모습 등에 불안을 느끼는 것은 인생의 목적을 현재에 두는 일반인들뿐이야."

"로마인들은 건강한 몸에 건강한 정신이 깃든다고 말했지요."

"로마인이든 그리스인이든 진실만을 말한 것은 아니네. 고양된 정신, 지적 자극, 희열 같은 것이야말로 예언가, 시인, 이상가를 보통 사람들로부터 구분해주지. 신체적 건강, 즉 인간의 동물적 측면과 대비되는 측면이야. 다시 말하지만 건강하고 정상적이기를 원한다면 일반인 무리 속으로 들어가게."

"이상한 일이군요. 당신은 제가 자주 머릿속에 떠

올렸던 생각을 그대로 말씀하고 있습니다. 마치 제 생각을 엿보고 엿들으신 것만 같습니다……. 자, 이제 제 이야기는 그만둡시다. 당신은 영원한 진실이 무엇이라 생각하십니까?"

아무런 대답이 없었다. 코브린은 옆을 돌아보았지만 검은 수사의 얼굴이 보이지 않았다. 수사의 형상이 희미해지면서 사라졌다. 머리가, 손이 사라지더니 몸통이 벤치와 저녁 어스름에 섞여 들었고 결국은 자취를 감추고 말았다.

"환상이 끝났군. 유감인걸."

코브린은 미소를 지었다.

그는 즐겁고 행복한 기분이 되어 집 쪽으로 걷기 시작했다. 검은 수사가 말해준 것들은 그의 자존심뿐 아니라 영혼과 존재 자체를 한없이 부풀게 했다. 그는 선택된 것이다. 영원한 진실을 찾기 위해 봉사하고 신의 왕국에 들어가기에 합당하게끔 인류를 준비시키는 것이다. 전쟁과 죄악, 고통으로부터 인간을 해방시키고 자신의 모든 것, 젊음과 건강, 힘 등을 다 바쳐 인류의 미래를 위해 죽을 준비를 하는 것이다. 얼마나 고결한 인생인가, 얼마나 행복한 운명인가! 노력으로 가득 찬 티 한 점 없는 과거가 떠올랐다. 자신이 배웠던 것, 그리고 남에게 가르쳤던 것을 기억했다. 그리고 그는 수사의 말에 전혀 과장이 없음을 확신했다.

반대편에서 타냐가 걸어왔다. 다른 옷으로 갈아입은 상태였다.

"여기 계셨어요? 얼마나 찾았는지 몰라요. 아니, 무슨 일이죠?"

코브린의 희열로 빛나는 얼굴과 눈물이 가득 고인 눈을 보자 타냐는 깜짝 놀랐다.

"당신 좀 이상해 보여요."

"아무 일 없소."

코브린은 타냐의 어깨에 손을 올렸다.

"아니, 너무도 행복해서 미칠 지경이오. 타냐, 당신은 정말로 좋은 사람이오. 난 얼마나 기쁜지 모르오."

코브린은 타냐의 두 손에 뜨거운 입맞춤을 하고 말을 이었다.

"방금 신성하고 아름다운, 이 세상의 것이 아닌 듯한 순간을 경험한 참이오. 하지만 당신에게 다 털어놓을 수는 없군요. 내 말을 믿지 않고 내가 돌았다고 생각할 테니 말이오. 그러니 당신 이야기만 합시다.

사랑스러운 타냐! 난 벌써 오래전부터 당신을 사랑해왔소. 나는 늘 당신 곁에 있고 싶소. 하루에 열 번이라도 당신을 만나고 싶은 것이 내 마음이오. 도시로 돌아가게 되면 당신 없이 어떻게 살 수 있을지 정말 모르겠소."

"무슨 말씀을!"

타냐는 웃었다.

"이틀만 지나면 여기는 까맣게 잊으실 거예요. 우리는 당신처럼 위대한 인물에 비하면 한없이 초라한걸요."

"아니오! 절대 그럴 리 없어요. 당신과 함께 돌아가고 싶소, 타냐. 그렇게 해주겠소? 내 사람이 되어주겠소?"

"글쎄요."

타냐는 미소를 지으려 했지만 마음대로 되지 않았다. 얼굴은 붉게 달아올랐다. 타냐는 두근거리는 마음을 진정시키려는 듯 서둘러 걸음을 옮겼다. 하지만 발길은 집이 아니라 강 쪽을 향하고 있었다.

"그 생각은 미처 해보지 못했어요. 미처……."

타냐는 당황한 듯 두 손을 마주잡았다. 코브린은 여전히 희열에 찬 얼굴로 타냐를 뒤따르면서 말을 이었다.

"날 온통 사로잡을 사랑이 필요하오. 당신만이 그런 사랑을 줄 수 있소. 난 행복하오. 너무도 행복하오."

타냐는 몹시 놀란 듯 어깨를 움츠렸다. 갑자기 십 년은 늙어버린 듯했다. 하지만 코브린은 그런 그녀가 너무도 아름답게 느껴져 큰 소리로 자신의 감격스러운 마음을 표현하지 않을 수 없었다.

"아, 이 얼마나 어여쁜가!"

6

코브린으로부터 타냐를 좋아할 뿐 아니라 곧 결혼하고 싶다는 이야기까지 듣고 난 페소츠키는 흥분을 가라앉히려 애쓰면서 오랫동안 방 안을 거닐었다. 손이 떨렸고 시뻘겋게 변한 목은 뻣뻣했다. 그는 마차를 준비시켜 어디론가 갔다. 귀를 덮을 정도로 모자를 깊이 눌러쓴 아버지가 채찍을 마구 내리치는 모습을 보고 난 타냐는 그 심정을 이해한 듯 방에 틀어박혀 하루 종일 울고 있었다.

온실에서는 복숭아나무와 살구나무가 벌써 열매를 매달고 있었다. 이 다치기 쉬운 섬세한 과일을 포장해서 모스크바로 보내려면 여간 신경 쓰이는 것이 아니었다. 많은 노력이 필요했다. 여름 내내 무덥고 건조한 탓에 나무 한 그루 한 그루마다 일일이 물을 주어야 했는데 이 또한 많은 시간과 노동력이 드는 일이었다. 해충이 나타나면 일꾼들은 물론이고 페소츠키와 타냐마저도 손가락으로 바로 눌러 죽이곤 했다.

그 광경을 본 코브린은 경악을 금치 못했다. 그 바쁜 와중에 가을철까지 과일과 묘목을 보내 달라는 주문도 밀려왔다. 계약이 이루어지기까지 여러 번 편지를 주고받아야 했다. 게다가 어느 한 사람 손 쉴 틈이 없어 보이는 가장 분주한 시기에 밭일을 처리하느라 과수원 일꾼의 절반 이상이 빠져나가고 말았다. 잔뜩 화가 나고 걱정에 사로잡힌 페소츠키는 과수원과 밭을 오가며 사람들이 자기를 갈가리 찢어놓고 있다느니, 이마에 권총을 쏴 자살해버리겠다느니 하는 독설을 늘어놓았다.

그렇다고 결혼 준비를 소홀히 할 수도 없었다. 페소츠키는 여기에도 적지 않은 정성을 기울였다. 혼수용 그릇들이 달그락 소리를 내고 재봉틀이 돌아갔으며 다리미가 발갛게 달아올랐다. 신경이 날카로운 재단사는 이런저런 변덕을 부렸다. 집안 사람들 모두가 머리가 어질어질할 정도였다. 매일같이 찾아오는 손님을 접대하고 때로는 잠까지 재워야 했다. 하지만 이 모든 골치 아픈 일들은 마치 안개에 싸인 듯 어리둥절하는 사이에 흘러갔다.

타냐는 열네 살 때부터 결국 코브린이 자기와 결혼하게 되리라 믿어왔지만 그럼에도 불구하고 갑자기 찾아온 사랑과 행복에 어쩔 줄 몰랐다. 놀랍고 당황스러우면서도 자기 자신을 믿을 수 없었다. 하늘에라도 날아올라 신께 감사하고 싶을 정도로 기쁨에 넘치다가도 이제 8월이면 아버지 곁과 정든 집을 떠나야 한다는 생각에 금방 슬퍼졌다. 자신은 코브린처럼 위대한 사람과는 절대 어울리지 않는 초라한 존재라는 생각도 들었다. 그럴 때면 방에 틀어박혀 문을 잠그고 몇 시간이고 서럽게 울어댔다.

코브린이 어떤 여자든 한눈에 반할 만큼 멋진 남자로 보였고 모두 자기를 부러워할 것이라는 생각에 마음이 한없이 부풀어올랐다. 온 세상을 얻은 듯 자랑스럽기도 했다. 하지만 그러다가도 누군가 다른 젊은 아가씨가 코브린에게 미소를 짓기만 해도 질투심에 몸을 떨며 다시 혼자 눈물을 흘리곤 했다. 이런 새로운 감정에 온통 사로잡힌 타냐는 아버지 일을 돕는 것도 소홀하게 되었다. 복숭아나무에도, 해충에도, 일꾼들에게도 제대로 신경을 기울이지 못했던 것이다. 그러면서 시간은 빠르게 흘러갔다.

하긴 페소츠키도 비슷한 상황이었다. 아침부터 밤까지 동동거리며 일하고 무언가 잘못되면 벌컥 화를 냈지만 이 모두가 마법에 빠진 듯, 반쯤 잠든 상태에서 일어나는 것만 같았다. 마치 두 사람의 페소츠키가 존재하는 듯했다. 한쪽은 정원사의 말을 들은 후 문제를 지적하고 노여워하며 머리를 움켜쥐는 현실적인 사람이었고, 다른 한쪽은 술에 취한 것처럼 갑자기 무슨 말인가를 하다가 입을 다물어버리고 정원사의 어깨를 쓰다듬으며 혼잣말을 하는 비현실적인 사람이었다. 혼잣말은 대충 이러했다.

"뭐니뭐니해도 피가 중요하다니까. 그 애 어머니는 정말로 심성 좋고 지혜롭고 대단한 분이셨지. 그 선하고 순수한 얼굴은 바라만 보아도 기분이 좋아질 정도였다니까. 그야말로 천사가 따로 없었어. 그림도 잘 그리고 시도 잘 쓰고 외국어는 다섯 개나 했지. 노래도 물론 잘 부르고 말야……. 아깝게도 폐병으로 일찍 세상을 뜨고 말았다네. 분명 천국에 갔을 거야……."

그러고는 한숨을 쉬고 잠시 말을 멈추었다가는 계속하는 것이었다.

"우리 집에서 자라던 어린 시절의 그 아이도 천사처럼 선하고 또렷한 얼굴을 하고 있었어. 시선이나 몸 움직임이나 말소리가 모두 어머니를 꼭 닮아 부드럽고 우아했지. 머리는 좋았느냐고? 늘 주변 사람들을 놀라게 할 정도였어. 박사가 된 것도 당연한 일이지! 아무나 그렇게 되는 게 아니라니까! 한번 생각을 해보게. 10년쯤 후면 그가 어떤 사람이 되어 있을 것 같나? 아마 감히 똑바로 쳐다보지도 못할걸!"

그러다가는 현실적인 페소츠키로 되돌아와 갑자기 정신을 차린 듯 무서운 얼굴을 하고 고함을 질렀다.

"이런, 빌어먹을! 이게 도대체 뭐란 말이야! 과수원을 다 망쳐버렸잖아! 이제 끝장이야!"

반면 코브린은 전과 다름없이 열심히 공부했다. 어수선한 주변 상황은 눈치조차 채지 못하는 듯했다. 사랑은 불에 기름을 부은 격이었다. 타냐를 보고 나면 행복과 희열에 가득 찼고 타냐에게 입 맞추고 사랑을 고백하던 바로 그 열정으로 책과 연구에 매달렸다. 신에 의해 선택된 사람, 영원한 진실, 인류의 빛나는 미래 등 검은 수사가 말해준 것들은 그의 공부에 더욱 특별한 의미를 부여했고, 자기 자신이 고귀한 존재라는 확신을 갖게 했다. 한 주에 한두 번씩 그는 공원이나 집에서 검은 수사와 만났고 오랫동안 대화를 나누었다. 이제 그런 만남은 공포스럽기는커녕 한없이 기쁜 일이었다. 이상을 실현하기 위해 선택된 뛰어난 사람만이 그런 만남의 기회를 가질 수 있다고 굳게 믿었기 때문이다.

어느 날 수사는 식사 시간에 나타났다. 코브린은 기쁨에 넘쳐 페소츠키와 타냐를 상대로 수사가 흥미 있어 할 만한 내용을 떠들어댔다. 식탁의 빈 의자에 앉은 검은 옷의 손님은 들으면서 고개를 끄덕였다. 페소츠키와 타냐도 즐거운 듯 미소 지으며 이야기를 들었지만 코브린이 자기들이 아닌 자신의 환영과 대화하는 것 같다는 생각을 했다.

어느새 8월의 성모 승천제가 다가왔고 곧 결혼식 날이 되었다. 페소츠키가 간절히 바라던 대로 어느 모로 보나 손색이 없는 잔치가 이틀 동안 계속되었다. 수많은 손님이 모여 떠들썩하게 먹고 마셨다. 하지만 악단의 연주 소리와 고함에 가까운 건배 소리, 하인들의 분주한 발걸음 소리 등 온갖 소음과 북적거림 때문에 값비싼 포도주의 맛도, 특별히 모스크바에서 주문해 온 먹음직스러운 음식의 풍미도 제대로 느끼기는 어려웠다.

7

 기나긴 겨울밤 코브린은 침대에 누워 프랑스 소설을 읽고 있었다. 익숙하지 못한 도시 생활로 저녁마다 두통에 시달리는 타냐는 벌써 잠이 들었고 가끔씩 중얼중얼 잠꼬대를 했다.

 시계를 보니 3시였다. 코브린은 촛불을 끄고 누웠지만 눈을 감고 한참 기다려도 잠이 들지 않았다. 침실이 너무 덥기도 했고 타냐의 잠꼬대도 방해가 되었다. 다시 불을 밝히고 시계를 보니 4시 30분이었다. 그러자 침대 옆 안락의자에 앉아 있는 검은 수사의 모습이 보였다.

 "안녕하신가."

 수사가 인사를 건넸다. 그러고는 한참 후에 물었다.

 "지금은 무슨 생각을 하고 있나?"

 "명예에 대해서요."

 코브린이 대답했다.

"지금 읽고 있는 프랑스 소설에 젊은 학자가 나옵니다. 바보스러운 짓을 저지르고는 실추된 명예 때문에 괴로워하지요. 하지만 그 괴로움이 잘 이해되지 않습니다."

"그건 자네가 현명하기 때문이네. 자네에게 명예란 중요하지 않은 문제거든."

"그건 그렇습니다."

"자네는 공명심에 불타지 않아. 제아무리 멋진 금박으로 묘비에 이름을 새긴다 해도 세월이 지나면 희미해지는 법이지. 그래도 다행히 자네 같은 사람이 많은 덕분에 기억력이 형편없는 인류가 일부라도 이름을 기억하는 걸세."

"알겠습니다. 도대체 왜 기억을 해야 하는 건지……. 아니, 이제 다른 이야기를 합시다. 행복은 어떨까요? 과연 행복이란 무엇입니까?"

시계가 5시를 알렸을 때 코브린은 여전히 침대에 걸터앉은 채 수사와 이야기를 나누고 있었다.

"오래전 어느 행복한 사람이 결국에는 자기 행복을 두려워하게 되었다죠. 그토록 행복이 컸던 겁니다! 그래서 그는 신들의 동정을 사기 위해 가장 아끼는 보석 반지를 바쳤다고 합니다. 그런데 저 역시 슬슬 제 행복이 두려워지고 있습니다. 아침부터 밤까지 오로지 기쁨만 느끼고 그로 인해 다른 감정을 잃어버리는 것이 참으로 이상하군요. 이제 저는 불안, 슬픔, 외로움 같은 것을 모르게 되었습니다. 불면증으로 잠을 못 자기는 하지만 그래도 울적하지는 않죠. 솔직히 말씀드려 이런 상황을 이해하기 어렵습니다."

"무엇이 두렵단 말인가? 기쁨은 최고의 감정이고 극히 정상적인 상태가 아닌가? 지적 도덕적 성장이 높아지고 더 자유로워질수록 그 삶에는 더 큰 만족감이 주어지는 셈이네. 소크라테스, 디오게네스, 마르쿠스 아우렐리우스 또한 슬픔이 아닌 기쁨을 경험했네. 성경에도 늘 기뻐하라고 나와 있지. 기뻐하며 행복해하라고 말일세."

"그러다가 갑자기 신들이 화를 내면 어떻게 되지요?"

코브린이 웃으며 말했다.

"그래서 안락함을 빼앗고 추위와 배고픔을 내린다면요. 그런 상태는 절대로 마음에 들지 않는데요."

어느새 깨어난 타냐가 새파랗게 질린 표정으로 남편을 바라보았다. 그는 텅 빈 의자를 향해 손짓을 하고 미소 지으며 무언가 열심히 말하고 있었다. 코브린의 두 눈은 빛났고 얼굴에는 낯선 미소가 가득했다.

"여보, 대체 누구랑 이야기하는 거지요?"

타냐가 남편의 팔을 잡으며 물었다. 수사를 향해 내밀었던 팔이었다.

"누구랑 얘기하느냐고?"

코브린은 당황했다.

"그야 여기 앉아 있는 분이지."

코브린이 검은 수사를 가리켰다.

"여긴 아무도 없다니까요! 여보, 당신 병이 난 모양이에요!"

타냐는 남편을 꼭 껴안았다. 환각에서 남편을 보호하려는 듯한 자세였다. 그리고 손으로 남편의 눈을 가렸다.

"당신은 병이 난 거예요!"

타냐가 온몸을 떨며 흐느꼈다.

"벌써 오래전부터 이상하다고 생각해 왔어요. 당신 영혼이 무슨 이유 때문인지 파괴되는 것 같았어요. 정신병에 걸린 거예요……. 맙소사."

주체할 수 없이 온몸을 떠는 타냐의 경련이 코브린에게도 전해졌다. 다시 의자를 보았지만 이미 텅 비어 있었다. 갑자기 손발에 힘이 빠지는 느낌이었다. 그는 서둘러 옷을 입었다.

"타냐, 아무 일도 아니야. 아무 일도 아니라고."

코브린도 몸을 떨며 중얼거렸다.

"정말로 내가 좀 이상해진 모양이오. 이제 그걸 인정해야 할 때가 온 것 같아."

"전 벌써 오래전부터 알고 있었어요. 아버지도 그랬고요."

타냐가 흐느낌을 참으며 말했다.

"당신은 혼자서 열심히 이야기하고 이상한 미소를 짓곤 했거든요……. 잠도 자지 않고요. 오, 하느님, 우리를 돌보아주소서!"

타냐는 공포 속에서 계속 말했다.

"하지만 걱정 말아요. 하느님이 지켜주실 거예요. 무서워할 필요는 없어요……."

타냐도 옷을 입기 시작했다. 그런 타냐를 보고서야 코브린은 검은 수사와 만나 이야기를 나누었던 행동이 얼마나 위험한 것이었는지 깨달을 수 있었다. 자기는 미친 것이 틀림없다는 생각이 들었다.

부부는 그렇게 이유도 모르면서 옷을 챙겨 입고 거실로 나갔다. 타냐가 앞장서고 코브린이 뒤를 따랐다. 거실에는 타냐의 울음소리에 잠을 깬 페소츠키가 잠옷 바람에 촛불을 들고 서 있었다. 시집간 딸이 보고 싶어 마침 와 있던 참이었다.

"당신은 걱정 말아요."

타냐가 계속 몸을 떨며 말했다.

"걱정 마세요……. 아버지, 다 잘될 거예요. 잘될 거라니까요……."

코브린은 마음이 혼란스러워 입을 열 수 없었다. 장인에게 '축하해주십시오. 제가 돌았나 봅니다.'라고 농담을 던지고 싶었지만 입술을 달싹거리며 쓴웃음을 지을 뿐이었다.

아침 10시에 타냐와 페소츠키는 코브린에게 외투를 입힌 후 마차에 태워 의사에게 데리고 갔다. 그리고 치료가 시작되었다.

8

 다시 여름이 돌아왔다. 의사는 코브린에게 시골로 가서 지내다 오라고 했다. 코브린은 이미 건강해졌고 검은 수사를 보는 일도 없어졌다. 몸에 힘만 좀 더 기르면 되는 정도였다. 시골 장인댁에서 지내면서 그는 우유를 많이 마시고 하루에 두 시간만 공부했다. 포도주를 마시거나 담배를 피우는 일도 없었다.

 7월의 성 일리야제를 앞두고 집에서 저녁 기도가 있었다. 사제가 향로를 흔들자 넓은 거실 전체가 마치 묘지 같은 냄새를 풍겼다. 코브린은 지루한 느낌이 들어 과수원으로 나갔다. 화려하게 피어 있는 꽃들은 쳐다보지도 않고 걸어갔고 벤치에 잠시 앉았다가 다시 걸어 강에 다다랐다. 그는 아래쪽으로 내려가 강물을 바라보며 생각에 잠겼다. 1년 전, 젊고 활기차며 행복했던 그를 바라보았던 소나무는 이제 마치 그를 전혀 모른다는 듯이 가만히 서 있었다. 하긴 코브린 자신도 변했다. 길었던 붉은 머리털이 짧아졌고 걸음걸이는 힘이 없었다. 얼굴도 작년 여름과 비교하면 더 살이 쪘지만 창백했다.

그는 나무다리를 건너 건너편으로 갔다. 작년에 호밀밭이 펼쳐졌던 벌판에는 베어낸 귀리가 줄지어 누워 있었다. 해는 이미 기울었고 지평선에 붉은 노을이 깔렸다. 내일은 바람이 많이 불 것 같았다. 사방이 고요했다. 작년에 처음으로 검은 수사가 나타났던 쪽을 바라보면서 노을빛이 다 사라질 때까지 한참을 서 있었다.

불만스러운 얼굴로 휘청거리며 집에 돌아왔을 때 저녁 기도는 이미 끝난 후였다. 페소츠키와 타냐는 발코니 계단에 앉아 차를 마시고 있었다. 두런두런 나누던 이야기는 코브린이 나타나자 갑자기 끊어져 버렸다. 표정들로 보아 그의 이야기를 하고 있었던 것이 분명했다.

"당신, 우유 마실 시간이네요."

타냐가 말했다.

"아직 아냐."

코브린은 제일 아래쪽 계단에 걸터앉았다.

"어서 마셔요."

타냐는 아버지와 근심스러운 눈짓을 주고받은 뒤

주눅 든 목소리로 말했다.

"당신도 알잖아요. 당신한테 우유가 얼마나 좋은데요."

"물론 아주 좋지!"

코브린이 냉소적인 미소를 지었다.

"당신에게 고마울 뿐이오. 지난 금요일 이후로 몸무게가 벌써 한 근은 늘었으니."

그는 두 손으로 머리를 감싸고 고통스러운 듯 말을 이었다.

"어째서 나를 이렇게 만든 거요? 무위도식하며 약이나 먹고 뜨거운 물에 목욕이나 하며 지내도록 말이오. 뭘 잘못 먹지 않는지, 어디 엉뚱한 곳에 가지 않는지 끊임없이 감시받는 식이라면 결국 난 바보가 될 수밖에 없어. 예전의 나는 정신이 이상했는지는 몰라도 위대한 과업을 꿈꾸었고 밝고 건강했소. 행복하기까지 했지. 총명했고 개성이 강했소. 하지만 이제 나는 다른 사람과 똑같이 되고 말았소……. 사는 게 지겨워진 거요. 정말이지 당신은 얼마나 철저하게 나를 돌보았는지 모르오. 내가 전에 환영을 보았다 칩시다. 하지만 그게 다른 사람에게 무슨 문제란 말이오? 대답을 해봐요. 그게 무슨 문제요?"

"자네는 정말 알 수 없는 소리를 하는군! 그런 소리는 제발 그만하게."

페소츠키가 한숨을 내쉬며 말했다.

"그렇다면 듣지 마십시오!"

이제 페소츠키 같은 사람이 곁에 있다는 것만으로도 코브린은 화가 났다. 그는 장인에게 냉랭하고 무례하게 대했다. 아니, 경멸과 증오에 가득 차 페소츠키를 쳐다보려 하지도 않았다. 그럴 때면 페소츠키는 어쩔 줄 몰라 무슨 죄라도 지은 듯 헛기침을 해대는 것이었다. 도대체 자기가 무슨 죄를 지은 것인지 알 수 없었지만 말이다. 한때 그토록 다정하고 좋았던 관계가 어떻게 이런 식으로 망가졌는지 이해가 되지 않는 타냐는 아버지 입장이 가슴 아파 불안한 눈빛으로 아버지 쪽을 흘끗 바라보았다. 이유는 알 수 없지만 코브린과 페소츠키의 관계가 점점 더 나빠진다는 점은 분명했다. 페소츠키는 갑자기 늙어버렸고 코브린은 걸핏하면 화를 내고 변덕을 부리는가 하면 사소한 일에도 트집을 잡으며 냉랭하게 굴었다.

타냐는 더 이상 웃거나 노래하지 않았다. 식탁에서 아무것도 먹지 않았고 밤새도록 잠을 이루지 못했다. 무언가 끔찍한 일이 벌어질 것만 같았다. 너무도 쇠약해진 나머지 한번은 점심때 기절해 쓰러졌다가 저녁때까지 깨어나지 못하기도 했다. 저녁 기도 때 타냐는 아버지가 눈물을 흘리는 것 같다고 생각했었다. 그리고 이제 남편이 돌아와 세 사람이 나란히 앉은 지금은 아까 일을 생각지 않으려고 온 힘을 다해 노력하고 있었다.

"부처나 마호메트, 셰익스피어는 얼마나 행복했을까요? 가족이나 의사가 그 기쁨과 희열 상태를 치료하려 들지 않았으니까요!"

코브린이 말했다.

"마호메트가 신경 안정제를 먹고 하루에 두 시간만 일을 하며 우유를 마셨다면, 그 위대한 인물이 후세에 남길 수 있는 것이란 아마 거의 없었겠지요. 결국 의사나 가족이란 인류를 멍청하게 만들어버릴 뿐이에요. 평범한 사람이 영웅으로 여겨지고 문명은 시드는 겁니다. 정말이지 내가 얼마나 당신들에게 감사한지 모를 겁니다!"

코브린은 탄식조로 말을 맺었다. 갑자기 분노가 치밀어올랐다. 더 이상 험한 말이 나오지 않게끔 코브린은 급히 몸을 일으켜 집 안으로 들어갔다. 조용했다. 열린 창을 통해 과수원으로부터 담배 냄새와 덩굴풀 향기가 풍겨왔다. 어두운 거실 바닥과 피아노 위로 달빛이 초록빛 반점을 찍어놓고 있었다. 코브린은 지난여름 덩굴풀 향기가 나고 달빛이 창을 비추던 때의 희열을 떠올렸다. 작년 그때의 기분을 되돌아가기 위해 그는 서둘러 서재로 갔다. 담배를 피워 물고 포도주를 가져오게 했다. 하지만 담배는 쓰고 싫을 뿐이었다. 포도주도 작년의 그 맛이 아니었다. 과거의 습관에서 이토록 멀어지다니! 담배 한 대, 포도주 두 모금에 그는 머리가 어질어질했고 심장이 두근거렸다. 급히 약을 찾아 먹어야 했다.

잠자리에 들기 전 타냐가 남편에게 말을 걸었다.

"아버지는 당신을 정말 사랑하세요. 당신이 화를 내면 얼마나 상심하시는지 몰라요. 좀 보세요, 아버지는 매일, 아니 매시간 늙어가고 있어요. 제발 부탁해요. 돌아가신 당신 아버지를 생각해서라도, 저를 봐서라도 제발 아버지와 사이좋게 지내줘요."

"그럴 수도 없고 그러고 싶지도 않소."

"아니, 왜요?"

타냐는 온몸을 떨며 물었다.

"설명해주세요. 왜 그렇죠?"

"그건 당신 아버지가 내 마음에 들지 않기 때문이

야. 그것뿐이오."

코브린은 내뱉듯 말하고 어깨를 으쓱해 보였다.

"하지만 그런 이야기는 그만둡시다. 어떻든 당신 아버지니까 말이오."

"도대체, 도대체 이해할 수가 없어요!"

타냐는 이마를 짚은 채 한 곳을 응시하며 말을 이었다.

"우리에게 무언가 무서운 일이 일어나고 있어요. 당신은 변했어요. 전혀 다른 사람이 되었다니까요……. 현명하고 뛰어났던 당신이 이제는 사소한 일로 화를 내고 말다툼을 벌이죠. 전 같으면 그저 좀 놀라고 지나가 버릴 일에도 흥분하고 말이에요. 당신도 그렇다고 생각하죠? 아니, 화내지 말아요."

자기 말이 어떤 반응을 불러일으킬지 두려운 듯 타냐가 남편 손에 입을 맞추고 말을 이었다.

"당신은 현명하고 선량한 사람이에요. 아버지를 공정하게 대해줘요. 정말 좋은 분이잖아요!"

"당신 아버지는 좋은 분이 아니오. 그저 친절한 사람일 뿐이지. 희극에 등장하는 배부른 멍청이 같다고나 할까. 유달리 남 대접을 좋아하는 괴짜 말이오. 난 한때 연극 무대나 소설에서 그런 사람을 보면 마음이 편해졌지만 이제는 딱 질색이야. 뼛속까지 철저한 이기주의자들이거든. 무엇보다도 그 배부른, 고집스러운 낙관론이 싫소. 소나 멧돼지와 다름없는 인생이야."

타냐는 침대에 걸터앉아 머리를 베개에 기댔다.

"이건 고문이에요."

극도로 지쳐버려 말을 잇는 것조차 힘겨운 듯한 목소리였다.

"지난겨울부터 단 한 순간도 마음 편한 때가 없었어요……. 정말 끔찍해요. 이토록 고통스러울 수가……."

"그래, 난 폭군이야! 당신과 당신 아버지는 가련한 피해자에 불과하지! 그렇고말고!"

타냐는 코브린의 얼굴이 더 이상 아름답거나 다정하게 보이지 않았다. 미움과 멸시라는 말로는 충분치 않았다. 벌써 눈치채왔던 것이지만 코브린의 얼굴에는 무언가가 결핍되어 있었다. 머리를 짧게 자른 이후 얼굴 자체가 바뀌어버린 것 같았다. 타냐는 남편에게 모욕적인 말을 던지고 싶었지만 그래서는 안 된다는 생각에 욕실로 들어가 버렸다.

9

 코브린은 대학에서 단독 강좌를 맡게 되었다. 첫 수업이 12월 2일에 시작될 것이라는 공고문이 나붙었다. 하지만 바로 그날 코브린은 병 때문에 강의를 진행할 수 없다고 알렸다.

 그는 피를 토하고 있었다. 침을 뱉듯 피를 뱉어냈다. 한 달에 두 번 정도는 아주 많이 토했고 그럴 때면 기진맥진해서 혼미한 상태로 쓰러지곤 했다. 코브린에게 이 같은 증상은 낯선 병이 아니었다. 돌아가신 어머니가 10년 넘게 이런 증세를 보였던 것이다. 의사도 특별히 위험할 것은 없으며 그저 너무 흥분하지 말고 규칙적으로 생활하며 말을 좀 적게 하라고 권할 뿐이었다.

 1월에도 같은 이유로 강좌가 시작되지 못했다. 2월이 되자 이미 너무 늦어버려 다음 해로 미룰 수밖에 없었다.

 코브린은 이제 타냐가 아닌 다른 여인과 함께 살고

있었다. 그보다 나이가 두 살 많고 어린아이를 돌보듯 그를 챙겨주는 바르바라 니콜라예브나라는 여인이었다. 그는 아주 고분고분하게 시키는 대로 잘 따랐다. 마음 상태도 편안했다. 바르바라 니콜라예브나가 크림 지역으로 요양을 가자고 하자 아무 소용없으리라 생각하면서도 별말 없이 그렇게 하기로 했다.

두 사람은 저녁 무렵에 세바스토폴에 도착해 여관에 묵었다. 하룻밤 쉬었다가 다음날 얄타로 갈 예정이었다. 여행길에 지쳐버린 바르바라 니콜라예브나는 차를 마신 후 금방 잠이 들었다. 하지만 코브린은 잠자리에 들지 않았다. 그날 기차역으로 출발하기 한 시간 전에 받은 타냐의 편지가 주머니에 들어 있었다. 아직 뜯지 못한 그 편지 생각에 코브린은 마음이 어지러웠다.

마음속 깊은 곳에서는 타냐와의 결혼이 실수였다고 확신했고 결국 헤어진 것이 다행이라 여겼다. 하지만 상대를 응시하는 크고 지혜로운 눈을 제외하고는 산송장 같이 되어버린 타냐의 모습을 떠올리면 스스로 비참한 생각이 들었다. 봉투에 적힌 타냐의 필체는 2년 전 그가 자신의 공허함, 지루함, 외로움, 인생에 대한 불만 등을 죄 없는 사람들 탓으로 돌리며 얼마나 부당하고 못되게 굴었는지를 떠올리게 했다.

어느 날인가 학위 논문과 아픈 와중에 썼던 모든 글을 갈가리 찢어 창밖으로 던져버렸던 일도 기억났다. 종이 조각들은 바람을 타고 날아가 나무와 꽃을 하얗게 뒤덮었다. 종이 조각에 쓰인 글 한 줄 한 줄이 이유 없이 낯설고 싫었다. 설익은 열정, 뻔뻔스러움, 위대한 업적에 대한 집착 등 자신의 결함을 보여주는 듯했다. 마지막 한 장까지 찢어 창밖으로 버렸을 때 갑자기 너무도 큰 분노와 슬픔이 밀려와 그는 아내에게 온갖 험한 소리를 퍼부었다. 아아, 얼마나 타냐를 힘들게 했던 것일까!

그저 타냐를 괴롭힐 작정으로, 예전에 페소츠키가 사위가 되어달라고 애걸했고 자기는 그 말을 들어준 것뿐이라 말하기도 했다. 그 말소리를 듣게 된 페소츠키는 놀라 방으로 뛰어들어왔지만 너무도 큰 절망감에 단 한마디도 하지 못하고 한자리에 못 박힌 듯 선 채 마치 혀가 잘려버리기라도 한 듯 신음할 뿐이었다. 그런 아버지를 본 타냐는 찢어질 듯 비명을 지르고 기절해 쓰러졌다. 정말이지 끔찍한 일이었다.

그 모든 일이 머리를 스쳐갔다. 코브린은 발코니로 나갔다. 조용하고 따뜻한 밤이었다. 바다 내음이 풍겨왔다. 아름다운 바다 위로 달빛과 불빛이 반사되어 무어라 형언하기 어려운 색깔을 띠었다. 푸른색이 초록색과 아주 부드럽게 합쳐졌다고나 할까. 수면 일부는 푸른빛이었고 다른 일부는 달빛이 모여 바다를 채운 듯 환했다. 전체적으로 이 색깔들은 너무도 조화로웠다. 절로 마음이 평화로워지고 정신이 고양되는 풍경이었다.

발코니 아래층 창문이 열려 있는지 여자 목소리와 웃음소리가 들려왔다. 아마 무슨 모임이 벌어지는 모양이었다.

코브린은 용기를 내어 편지를 뜯었다. 그리고 방으로 들어와 읽기 시작했다.

아버지가 돌아가셨어요. 당신 탓이에요. 당신이 아버지를 죽인 겁니다. 우리 과수원도 죽어가고 있죠. 낯선 사람들이 과수원을 맡았어요. 불쌍한 아버지가 가장 두려워하시던 일이 벌어진 셈이죠. 전 이 역시 당신 탓이라 생각해요.

온 마음을 다 바쳐 당신을 증오합니다. 어서 빨리 당신이 죽어버렸으면 해요. 제가 얼마나 큰 괴로움을 겪고 있는지! 견디기 어려운 고통으로 제 영혼이 까맣게 타버렸어요. 당신은 저주받아야 해요.

한때 전 당신을 비범한 사람으로, 천재로 여겼지요. 그리고 당신을 사랑했어요. 하지만 결국 당신은 정신병자일 뿐이었어요.

더 이상 읽을 수가 없었다. 코브린은 편지를 찢어 던져버렸다. 공포에 가까운 불안감이 몰려왔다. 칸막이 뒤의 침대에서 잠자고 있는 바르바라 니콜라예브나의 숨소리가 들려왔다. 아래층에서도 여자들 웃음소리가 울렸다. 하지만 코브린에게는 여관 전체에 자기 혼자뿐 달리 살아 있는 사람은 아무도 없는 듯 느껴졌다. 괴로움에 사로잡힌 불행한 타냐가 그를 저주하고 어서 죽어버리기를 기원한다는 편지 내용 때문에 무서운 생각이 들었다. 그는 문 쪽을 곁눈질했다. 지난 2년 동안 그의 인생, 그리고 그와 가까웠던 사람들의 인생을 철저히 파괴해버린 그 알 수 없는 힘이 방으로 들어와 다시 그를 사로잡을까 봐 겁이 난다는 듯이.

신경이 날카로울 때면 일만큼 좋은 해결책이 없다는 것을 코브린은 이미 경험으로 알고 있었다. 책상에 앉아 뭐든 한 가지 생각에 집중하면 될 것이었다. 그는 붉은 가방에서 공책 한 권을 꺼냈다. 연구 논문들의 개요를 간략하게 정리해 둔 공책으로 크림 지역에서 너무 지루할 때를 대비해 가져온 것이었다. 그 공책을 읽고 있자니 다시금 평온하고 침착한 마음 상태로 돌아가는 듯했다. 세상사란 모두 무의미한 거라는 생각까지 들었다.

그는 하찮고 평범하기 짝이 없는 행복을 위해 인생이 얼마나 많은 것을 요구하는지, 또 인생이 인간에게 대체 무엇을 주는지에 대해 생각했다. 그 자신만 해도 40세 무렵에 강의를 맡기 위해, 평범한 교수가 되어 다른 사람의 별것도 아닌 사상을 공허하고 어려운 말로 지루하게 떠들기 위해, 결국 한마디로 말해 중간 정도의 학자가 되기 위해 15년 동안 밤낮으로 공부에 매달리고 극심한 정신 질환을 앓는가 하면 결혼에 실패하고 두 번 다시 생각하기도 싫을 만큼 어리석고 불공정한 행동을 해야 했던 것이다. 이제 코브린은 자신이 지극히 평범하다는 사실을 분명히 인식했다. 그리고 자기 정도면 누구든 당연히 만족할 거라는 생각을 기꺼이 받아들였다.

공책은 그를 편안하게 만들었지만 찢어진 편지 조각이 바닥에 널려 있는 모습이 신경에 거슬렸다. 그는 책상에서 일어나 종이 조각을 모아 창밖으로 던졌다. 하지만 바다에서 미풍이 불어오면서 종이 조각들은 창턱에 떨어졌다. 다시금 공포에 가까운 불안이 그를 사로잡았다. 여관 전체에 그를 제외하고는 살아 있는 사람이 아무도 없는 듯했다……. 그는 발코니로 나갔다. 바다는 마치 생명체인 양 하늘색, 푸른색, 옥색, 붉은색 눈빛으로 그를 유인했다. 무덥고 답답했기 때문에 수영을 해도 좋을 것 같았다.

갑자기 아래층에서 바이올린 소리가 울리더니 여자 두 명이 노래를 부르기 시작했다. 어쩐지 낯익은 곡이었다. 한밤중에 정원에서 아름답고 신비로운 소리를 듣고 이는 인간처럼 유한한 존재가 이해할 수 없는 성스러운 소리라고 생각하게 된 소녀에 대한 노래였다……. 코브린은 숨이 막혔다. 심장이 슬픔으로 죄어들었다. 벌써 오래전에 잊어버린, 놀랍고 달콤한 기쁨이 가슴속에 용솟음쳤다.

바다 건너편에서 회오리바람같이 보이는 커다란 검은 기둥이 나타났다. 그리고는 놀라운 속도로 바다를 건너 여관 쪽으로 다가왔다. 가까워질수록 형상은 점점 작아지고 분명해졌다. 코브린은 순간적으로 비켜섰다. 회색 머리에 검은 눈썹을 가진 맨발의 수사가 가슴에 성호를 그으며 곁을 스쳐 가더니 방 한가운데 멈춰 섰다.

"대체 왜 나를 믿지 않았던 건가?"

수사가 질책하듯 물었다.

"자네가 천재라는 내 말을 믿었다면 지난 2년 동안 그렇게 슬프고 외롭지는 않았을 걸세."

코브린은 자신이 선택된 천재라 믿었던 시절을, 이전에 검은 수사와 나누었던 모든 이야기를 생생하게 기억해냈다. 무슨 말인가 하려 했지만 갑자기 목에서 피가 솟구쳐 가슴으로 흘러내렸다. 어찌할 바 모른 채 그는 가슴을 움켜잡았다. 곧 옷소매도 피투성이가 되었다. 안쪽에서 자고 있는 바르바라 니콜라예브나를 불러야 했다. 그는 온몸의 힘을 쥐어짜 외쳤다.

"타냐!"

그는 바닥에 쓰러졌다. 잠시 후 손을 짚고 간신히 상체를 일으키고는 다시 외쳤다.

"타냐!"

그는 타냐를, 이슬 머금은 화려한 꽃들로 가득한 커다란 과수원을, 공원을, 소나무와 털 많은 동물의 발처럼 보이는 소나무 뿌리를, 호밀밭을, 자기 학문을, 젊음과 용기를, 기쁨을, 너무도 아름다웠던 인생을 불렀다.

바닥에는 이미 피가 가득 고여 있었다. 한마디 더 내뱉을 기력도 없었지만 형언할 수 없는 무한한 행복이 그의 몸을 가득 채웠다. 발코니 아래쪽에서는 세레나데가 울렸고 검은 수사는 그가 천재이고 이 죽음은 허약한 인간의 신체가 균형을 잃어 더 이상 천재를 위해 일할 수 없기 때문이라고 속삭였다.

바르바라 니콜라예브나가 잠에서 깨어나 침대 밖으로 나왔을 때 코브린은 이미 죽은 후였고 그 얼굴에는 더없이 행복한 미소가 어려 있었다.

작품 해설

현실의 모순과 부조화 속에
더 나은 세상을 꿈꾸다

이상원(번역가)

안톤 체호프Anton Pavlovich Chekhov는 1860년 러시아 제국의 해안도시 타간로그에서 태어나 1904년, 불과 44세의 나이로 일찍 세상을 떠났다. 그는 작가인 동시에 모스크바 의과대학을 졸업한 의사였다. 전업 의사로 활동한 기간은 길지 않으나 학생일 때나 이후에나 무료 진료 활동을 종종 했다고 한다. 가족의 생계를 위해 잡지에 단편 소설을 기고하며 작가 생활을 시작했다.

체호프는 대대로 농노였다가 할아버지가 장사로 돈을 벌어 자유를 얻게 된 가족 출신이다. 당시 러시아를 포함해 유럽 전체에서 작가는 귀족의 직업이었으므로 작가로 유명해진 그가 하층민 의사 신분이라는 것이 알려졌을 때 적지 않은 충격이 있었다고 한다. 체호프 작품에는 귀족 뿐 아니라 러시아 농민들, 관리, 학자, 상인, 심지어 강도까지 다양한 인물이 등장하는데, 이는 작가의 다채로운 이력과 경험이 반영된 것으로 보인다.

 이 책에 실린 단편들만 봐도 제화공 견습생인 아홉 살 꼬마, 신학생 청년, 학교 선생님, 시골로 출장 간 측량기사, 학자 등 연령이나 성격, 삶의 모습이 서로 다른 이들이 각자의 이야기를 펼치고 있다.

 제화공 견습생으로 살면서 배고픔과 폭력에 시달리는 아홉 살 꼬마 반카가 떠나온 시골의 삶을 그리워하며 유일한 혈육인 할아버지에게 편지를 쓰는 장면을 담은 「반카」.
 성탄절이지만 반카는 슬프기만 하다. 모두 미사를 보러 가 집이 텅 빈 덕분에 간신히 편지 쓸 여유를 얻지만 여전히 사방을 힐끔거리며 눈치를 본다. 할아버지께 다시 시골로 데려가 달라고 쓰다가 행복했던 성탄의 추억을 떠올린다. 반카의 처지에 가슴 아파진 독자는 어서 할아버지가 와서 손자를 구출해주기를 바라게 되지만 그 바람은 무참히 깨지고 서글픔이 절정에 달한다.

 반카는 편지를 반으로 접어 전날 사놓은 봉투에 넣었다. 잠시 궁리하다가 펜에 잉크를 적셔 주소를 썼다. '시골에 계신 할아버지께.' 머리를 긁적이며 다시 생각을 하더니 '콘스탄틴 마카르이치'라고 덧붙였다.

시골의 할아버지에게 돌아갈 방법이 없는 반카는 그 가혹한 환경에서도 무사히 성장해 제화공이 되었을까?

그러나 체호프는 독자를 차디찬 현실에만 던져두지 않는다. 이어지는 「학생」이라는 작품은 신학교 학생인 22세 청년 이반이 부활절을 맞아 집으로 돌아가는 여정의 몇 시간을 그리고 있다.

특별한 사건은 일어나지 않는다. 추위를 피하기 위해 채소밭의 과부 모녀가 피워놓은 모닥불에 학생이 다가가 몸을 녹이면서 대화를 나누는 것이 전부다. 학생은 예수가 체포당한 날 베드로가 모닥불을 쬐면서 새벽닭이 울기 전에 세 차례나 예수를 알지 못한다고 말했던 그 유명한 장면에 대해 말한다. 두 과부는 학생의 이야기를 듣고 눈물을 흘리고 당황한 표정을 짓는다. 학생은 자리에서 일어나 인사를 하고 다시 집으로 향한다. 여기서 소설은 끝이 나버리니 극적인 전환을 기대했던 독자라면 실망할 수도 있겠다.

하지만 과부 모녀와 이야기를 나누기 전과 후에 학생은 달라져 있다. 대화 전에는 여러 세기가 흐르는 동안 변하지 않는 세상(매서운 바람, 지독한 가난, 인간의 무지)에 의기소침했다면, 대화 후에는 예수가 활동했던 때부터 '인간의 삶을 좌우했던 진리와 아름다움은 오늘날까지 변함없이 전해졌고 인간의 삶, 아니 이 세상 전체에서 언제나 주된 역할을 해온 것'이라는 깨달음을 얻고 인생의 행복과 가치를 느낀다.

갑자기 온몸에 기쁨이 넘쳐 올랐다. 잠시 호흡을 가다듬기 위해 걸음을 멈춰야 할 정도였다. 학생은 생각했다.
'끊이지 않고 앞뒤로 연결되는 사건의 사슬을 통해 과거는 현재로 이어진다. 그런데 방금 그 연결된 사슬의 양쪽 끝을 보게 된 것이다. 한쪽을 건드리자 다른 쪽이 진동했다.'

이처럼 체호프의 단편들은 다양하고 평범한 인간 군상의 일상적인 삶에 주목한다. 하지만 그와 동시에 삶의 일상성에 갇히거나 지나치게 벗어난 인간 유형을 다루며 경고의 메시지를 던지기도 한다. 「상자 속의 사나이」를 보자. 두 사냥꾼이 하룻밤을 보내면서 대화를 나누는데, 벨리코프라는 독특한 인물의 특성과 일화가 주된 소재다.

벨리코프는 '날씨가 아주 좋을 때도 솜을 넣은 두툼한 외투 차림에 방수 덧신을 신고 우산을 챙겨든 채 외출'하는 사람, '생각마저도 상자 속에 감춰두려' 하면서 무언가를 금지하는 규칙에 철저히 매달리는 사람, 이로 인해 주변 모든 이까지도 그의 눈치를 보면서 자유롭게 행동하지 못하게 만드는 사람이다.

독신이었던 벨리코프가 새로 부임한 선생의 누이와 만나게 되고 온 주민의 독려를 받으면서 결혼 직전까지 가는 상황이 전개된다. 하지만 벨리코프가 받아들일 수 없는 온갖 사건, 우리 눈에는 신경 쓰이거나 창피할 수는 있어도 결정적인 영향을 미칠 정도는 아닌 일들이 연이어 발생하고 결국 이를 견디지 못한 벨리코프가 시름시름 앓다가 끝내 죽는 것으로 이야기는 마무리된다.

"솔직히 벨리코프 같은 사람의 장례를 치른다는 건 아주 기쁜 일이었죠. 묘지에서 돌아오는 우리 일행은 그 기쁨의 감정을 숨기려는 듯 저마다 엄숙한 표정을 하고 있었어요. 그 감정은 아주 오래 전의 어린 시절, 어른들이 집을 비우고 나가면 한두 시간 정도 마음껏 즐겁게 놀면서 느끼던 바로 그런 것이었어요. 아,

자유, 자유! 아주 자그마한 가능성이나 희망만 있다 해도 마음을 들뜨게 하는 것이 자유 아니겠어요?

그렇게 우리는 기분 좋은 상태로 묘지에서 돌아왔어요. 하지만 일주일도 채 흐르기 전에 우리 생활은 종전과 다름없이 단조롭고 무의미하게 이어지더군요. 공식적으로 금지된 것도 없었지만 그렇다고 모든 것이 완전히 허락되지도 않은 그런 생활 말이에요. 벨리코프는 땅에 묻혔지만 그렇게 상자 속에 사는 사람이 세상에는 얼마나 많겠어요! 앞으로도 무수히 많이 나오겠지요."

벨리코프의 장례식 이후 벌어진 상황은 어떤가. 드디어 자유를 얻었다고 안도했지만 불과 일주일 만에 모두가 예전 생활로 돌아오고 만다. 이것은 결국 정도의 차이가 있을 뿐 우리 모두 스스로 자유를 제한한 채 상자 속에 들어가 있는 존재임을 암시한다. 벨리코프는 우리가 미처 깨닫지 못하고 있는 자기 모습을 보여주는 우화적 존재다. '뭐, 이런 사람이 다 있어!'라고 어이없는 미소를 짓다가 불현듯 찬물을 뒤집어쓰게 하는 결말이라고나 할까.

이 책에 실린 가장 긴 작품인 「검은 수사」는 벨리코프와 반대로, 삶의 일상성에서 멀리 벗어나고자 하는 인간 유형을 보여준다.

　신경 쇠약에 시달리던 주인공 코브린 박사는 요양차 고아인 자신을 맡아 길러 주었던 페소츠키의 집으로 향한다. 페소츠키와 그의 딸 타냐는 코브린을 '비범한 인간'으로 추앙한다. 코브린 또한 자신이 비범한 인간임을 믿어 의심치 않는데, 오직 그에게만 보이는 검은 수사가 등장하며 이 믿음은 더욱 강해진다.

"자네는 신이 선택한 몇 안 되는 사람 중 하나지. 영원한 진실을 탐구하는 사람 말이야. 자네의 모든 생각, 계획, 학문, 인생 전체에 하늘의 낙인이 찍혀 있는 것이나 다름없어. 그 모두가 지혜나 아름다움, 다시 말해 영원을 위해 존재하지."

　코브린 박사는 전설 속의 검은 수사와 만나 대화를 나누면서 자신의 비범함을 확신하고 내면의 기쁨과 환희를 느낀다. 하지만 그러면 그럴수록 평범한 일상은 무너져 간다. 신혼의 아내와 장인이 기대하는 평범한 삶을 하찮게 여기고 외면하면서 점점 관계가 악화된다.

　검은 수사는 코브린이 만들어 낸, 코브린의 상상 속 존재다. '인류를 영원한 진실로 인도하는 과업',

'신에 의해 선택된 사람' 등 검은 수사가 말하는 그의 비범함 역시 자신의 바람이요, 믿음이라 볼 수 있다. 코브린은 그 믿음을 위해 아내와 장인의 삶을 파괴하고 만다. 그럼에도 끝까지 믿음을 지켜내지는 못한다.

그는 하찮고 평범하기 짝이 없는 행복을 위해 인생이 얼마나 많은 것을 요구하는지, 또 인생이 인간에게 대체 무엇을 주는지에 대해 생각했다. 그 자신만 해도 40세 무렵에 강의를 맡기 위해, 평범한 교수가 되어 다른 사람의 별 것도 아닌 사상을 공허하고 어려운 말로 지루하게 떠들기 위해, 결국 한마디로 말해 중간 정도의 학자가 되기 위해 15년 동안 밤낮으로 공부에 매달리고 극심한 정신 질환을 앓는가 하면 결혼에 실패하고 두 번 다시 생각하기도 싫을 만큼 어리석고 불공정한 행동을 해야 했던 것이다. 이제 코브린은 자신이 지극히 평범하다는 사실을 분명히 인식했다.

결국 코브린은 '지극히 평범한' 자신을 발견한다. 그리고 검은 수사가 지켜보는 가운데 피를 토하며 숨을 거둔다.

체호프는 「상자 속의 사나이」를 통해 일상의 세계

에 함몰되는 것을 경계하면서도, 「검은 수사」를 통해 평범한 일상의 가치를 되새기게 한다. 인간의 위대함에 대해 묻는 한편, 삶의 진정한 가치란 평범한 인간의 일상에 존재하는 작지만 소중한 가치들에 있다고 말하는 것이다.

체호프는 자신이 글을 쓰는 이유에 대해 이렇게 말했다.

"나는 사람들이 스스로를 돌아보고 인생이 얼마나 추악한지 깨닫게 하고 싶다. 그렇게 깨달은 후에야 더 좋은 삶을 만들어갈 수 있기 때문이다. 모든 사람이 더 좋은 삶을 살게 되려면 오래 기다려야 할 것이고 아마 난 그날을 보지 못할 것이다. 하지만 그런 세상은 분명 지금과는 전혀 다를 것이다."

그는 44년의 짧은 생을 살았지만 600편이 넘는 단편 소설을 남겼다. 귀족 사회가 몰락하고 새로운 사회가 등장하는 변혁의 시대를 살았던 그는 현실 생활의 비극성에서 오는 모순과 부조화를 작품 속에서 그리며 19세기 러시아 문학 황금시대의 마지막을 장식한 대문호로 꼽힌다.

이 책의 이야기 다섯 편으로 체호프의 작품을 처음 접했다면, 그의 다른 작품들을 만나보길 권한다. 짧지만 깊은 그의 단편을 통해 더 풍성한 통찰을 얻기를. 또한 희곡 작가로서의 명성이 더욱 드높았던 체호프의 희곡 작품을 만날 기회도 가진다면 좋겠다. 「갈매기」, 「바냐 아저씨」, 「세 자매」, 「벚꽃 동산」 등 그의 희곡 작품은 한국 연극 무대에도 끊임없이 오르고 있으니 말이다.

더 알아보기

1. 체호프의 총

안톤 체호프가 제시한 문학 장치론을 '체호프의 총'이라 부른다. 이야기에 무의미한 부분이 없어야 한다는 의미로, 그는 "이야기와 직접적인 관계가 없는 것들은 무자비하게 버려야 한다. 예를 들어 1장에서 총을 소개했다면 2장이나 3장에서는 반드시 총을 쏴야 하며, 만약 쏘지 않을 것이라면 과감하게 없애 버려야 한다."라고 말했다.

2. 체호프 문학 기념관 단지

모스크바에서 60여 킬로미터 떨어진 작은 시골 마을 멜리호보에 가면 체호프의 흔적을 만나볼 수 있다. 1892년부터 1899년까지 7년 동안 체호프가 이곳에서 살았던 곳으로, 현재는 자택, 진료소, 소극장 등 여러 채의 건물로 이루어진 체호프 문학 기념관 단지가 조성되어 있다.

3. 체호프의 외투

체호프는 훌륭한 의사이기도 했다. 겨울에는 움직임이 자유롭지 못한 농노들을 위해 이웃한 세 곳의 마을을 순회하며 왕진을 다녔다. 진료비는 무료였으며, 왕진도 힘든 한겨울에는 집필에 집중하여 생계를 이어갔다. 콜레라가 발병한 2년 동안은 '콜레라 의사'라고 불릴 정도로 의사로서의 역할을 충실히 했으며, 하녀들의 위생과 문맹을 개선하기 위해 지도했다.

4. 다정한 체호프

체호프는 밭에 약초를 키우기도 하고 정원 가꾸는 일을 좋아하여 18그루의 사과나무, 60그루의 벚나무 등을 손수 심었다고 한다. 부활절이나 크리스마스에는 빵을 만들어 이웃과 나누는 정 많은 사람이었다고 한다.

5. 체호프의 수첩

체호프에게 글은 고상한 사상이나 거대한 담론의 도구가 아니었다. 그가 쓰는 글의 주제는 자신이 본 것과 경험한 모든 것이었다. 그가 세상을 떠나기 얼마 전 가린-미하일롭스키라는 작가를 만난 체호프는 그의 수첩을 보여주며 이렇게 말했다.

"아직 사용하지 않은 자료가 500장 정도 됩니다. 5년 정도 글을 쓸 수 있는 분량이죠. 이걸로 작품을 내면 가족이 별걱정 없이 살 수 있을 겁니다."

6. 쓸개 빠진 남자

체호프는 모스크바대학 재학 중에 가족을 부양하기 위해 단편 소설을 쓰기 시작했다. 처음에는 필명으로 유머 잡지에 글을 썼는데, '안토샤 체혼테', '내 형의 아우', '쓸개 빠진 남자'가 그 필명이었다고 한다. 이후 의사 생활을 병행하며 글을 썼는데 1884년 당대 최고의 작가 그리고로비치가 천재적인 재능을 낭비하지 말고 문학에 집중하라는 편지를 보내왔고, 1887년부터 체호프는 전업 작가로서의 길을 걷는다.

검은 수사

초판 1쇄 인쇄 2025년 9월 1일
초판 1쇄 발행 2025년 9월 10일

지은이	안톤 체호프
옮긴이	이상원
펴낸이	정용철
편집	이민애, 박혜빈, 강시현
디자인	김현주, 구세영, 이예은
콘텐츠 총괄	정다정
영업·마케팅	김상길, 이성수, 권지은, 정황규, 어은진, 최서연
경영지원	송윤경, 김나현
펴낸곳	㈜좋은생각사람들
주소	서울시 마포구 월드컵북로22 영준빌딩 2층
이메일	book@positive.co.kr
출판등록	2004년 8월 4일 제2004-000184호
ISBN	979-11-93300-50-3 04800
	979-11-93300-60-2 04800 (set)

- 책값은 뒤표지에 표시되어 있습니다.
- 이 책의 내용을 재사용하려면 반드시 저작권자와 (주)좋은생각사람들 양측의 서면 동의를 받아야 합니다.
- 잘못 만들어진 책은 구입하신 곳에서 바꿔 드립니다.

좋은생각은 긍정, 희망, 사랑, 위로, 즐거움을 불어넣는 책을 만듭니다.
ⓘ positivebook_insta   ⓗ www.positive.co.kr

독일인의 사랑

독일인의 사랑

막스 뮐러 지음
강명순 옮김

차례

머리말	8
첫 번째 회상	10
두 번째 회상	18
세 번째 회상	28
네 번째 회상	39
다섯 번째 회상	54
여섯 번째 회상	82
일곱 번째 회상	92
마지막 회상	129
작품 해설	157
더 알아보기	167

독일인의 사랑

머리말

한평생을 살아가면서 누구나 한 번쯤은, 지금은 무덤에 누워있는 그가 방금까지 자리하던 책상에 앉게 되는 일이 있다. 또 누구나 한 번쯤은, 지금은 묘지에서 안식을 취하는 이의 소중한 비밀을 긴 시간 간직해온 서랍을 열어본 경험이 있을 것이다. 서랍 안에는 고인의 소중한 편지와 갖가지 그림, 리본, 페이지마다 표시가 가득한 책들이 들어있다.

이제 누가 이 물건의 의미를 제대로 이해하고 해석할 수 있을까. 이제 그 누가 빛이 바랜 채 떨어진 장미 꽃잎을 다시 붙여 싱그러운 향기를 지닌 꽃으로 되살릴 수 있을까. 어쩌면 이 성스러운 유품의 가장 안전한 피난처는 불길 속일지도 모른다. 그 옛날 그리스인이 시신을 화장하기 위해 피웠던 그 불길, 우리 선조가 고인이 너무도 아끼던 물건을 모조리 던져 넣어버린 그 불길 말이다.

남은 자는 이제, 영원히 눈 감은 고인 외에는 누구도 들여다본 적 없던 글을 망설임과 두려움 속에서 읽어간다. 그는 종이쪽지나 편지를 그저 눈으로 훑다가 별로 중요한 내용이 남지 않았다 싶으면 서둘러 타오르는 불길 속으로 던져버린다. 그러면 종이쪽지들은 불길 속에서 마지막 불꽃을 피우고는 그만 재가 되어 영원히 사라지고 만다!

이 책에 실린 글들은 그러한 불길 속에서 건져낸 것이다. 처음에는 고인의 친구들끼리만 나누어 볼 생각이었으나, 고인을 모르는 사람 중에도 애독자가 생겨났고, 미지의 독자를 위해 차라리 책으로 펴내는 것이 좋겠다고 생각했다. 편집인의 입장에서 더 많은 내용을 책에 담고 싶었음을 고백한다. 그러나 찢어지고 파손되어 자료가 심하게 망가진 탓에 원상태 그대로 복원해 묶을 수 없었다. 실로 안타까울 따름이다.

1866년 1월 옥스포드에서
프리드리히 막스 뮐러

첫 번째 회상

　어린 시절에는 누구나 자기만의 비밀과 신비를 간직하고 있다. 하지만 그걸 누가 고백할 수 있겠는가. 또 누가 그 의미를 다 헤아릴 수 있겠는가. 우리는 모두 어린 시절이라는 고요한 경이의 숲을 통과했다. 그때의 우리는 행복에 도취되어 눈을 떴으며, 삶은 우리 영혼에 아름다움으로 다가왔다. 그때 우리는 자신이 어디에 있는지, 과연 누구인지 구별하려 들지 않았다. 온 세상이 우리의 것이었고, 우리 또한 세상의 것이었으니. 그것은 마치 영원한 삶처럼, 시작도 끝도 없었으며 정지도 고통도 없었다. 우리 내면은 봄날의 하늘처럼 화창했고 제비꽃 향기처럼 싱그러웠으며, 일요일 아침처럼 고요하고 성스러웠다.
　그런데 대체 무엇이 어린아이의 성스러운 평화를 깨뜨린 걸까? 도대체 왜 순진무구한 어린 시절은 종말을 맞이하게 되는가. 모두가 하나이며 내 것과 네 것을 가르지 않는 천국에서 우리를 내쫓는 것은 무엇인가. 그리하여 우리로 하여금 복잡한 삶 속에서 고독하고 쓸쓸하게 살아가게 만드는 것은 도대체 무엇이란 말인가.

엄숙한 얼굴로, 그건 바로 죄악 때문이라 말하지 마라! 어린아이가 어떻게 죄인이 될 수 있단 말인가. 차라리 우린 그 까닭을 다 알 수 없으니 그저 인정하라고 말하라.

꽃봉오리가 꽃을 피우고, 꽃이 열매를 맺고, 열매가 티끌로 되돌아가는 것이 죄악인가?

애벌레를 번데기로 만들고, 번데기를 나비로, 또 나비를 티끌로 돌아가게 만드는 것이 죄악인가?

어린아이를 어른으로, 어른을 노인으로, 또 노인을 티끌로 돌아가게 만드는 것이 죄악이란 말인가?

차라리 우린 그 까닭을 알 수 없다고, 그러니 그저 인정하라고 말하라.

하지만 인생의 봄날을 회상하는 것, 봄날의 내면을 들여다보고 추억하는 일은 실로 아름답다. 그래, 무더운 여름날에도, 쓸쓸한 초가을에도, 추운 겨울날에도 가끔 봄날이 찾아오지 않던가. 그럴 때면 우리 마음이 일찍이 이를 눈치채고 '오늘은 기분이 봄날과 같구나.' 하며 속삭이지 않던가. 내겐 오늘이 그렇다. 나는 향기로운 숲속의 부드러운 이끼 위에 드러누워, 무거운 손발을 한껏 내뻗은 채 끝없이 펼쳐진 푸른 하늘을 본다. 그리고 생각한다.

'어릴 땐 어떤 색이었더라?'

그러나 어린 시절의 기억은 가족이 돌려 읽는 성경책처럼 흐릿하다. 온 가족이 함께 보는 성경책의 앞부분을 보라. 글씨의 색은 바랬고 종이 곳곳에 손때까지 묻어 너덜너덜하게 헤지지 않았나. 책장을 좀 더 넘겨 아담과 이브가 낙원에서 추방되는 대목쯤 이르러서야, 비로소 분명하고 깨끗한 글씨를 읽을 수 있다. 발행 장소와 연도가 적힌 겉표지라도 있으면 좋으련만 그런 것은 눈에 띄지도 않는다. 대신 깨끗한 증서 한 장을 발견한다. 나의 세례 증서이다. 증서에는 생년월일과 부모님, 대부모님의 이름이 적혀 있다. 이것으로 우리는 자신이 발행 장소나 연도조차 알 수 없는 책자와는 다르다는 사실을 알게 된다.

그렇지만 이 시작이라는 게 문제다. 시작은 처음부터 없는 편이 나았을지 모른다. 바로 그 시작에서 모든 생각과 기억이 멈춰버리기 때문이다. 우리가 아무리 어린 시절을 향해 거슬러 올라가도, 그래서 과거의 시작이라고 생각되는 곳에 도달하려 애를 써도, 시작이라는 심술궂은 녀석은 점점 더 멀리 도망쳐버린다. 그러니 생각이 아무리 뒤를 쫓아도, 시작이라는 놈을 결코 따라잡을 수 없는 것이다. 이는 어린아이가 푸른 하늘과 땅이 맞닿은 지평선을 향해 달리고, 또 달리는 것과 마찬가지 이치이다. 하늘은 자꾸만 달아나고, 지친 아이는 결코 지평선에 닿지 못한다.

언젠가 그곳에, 시작 지점이라고 생각되는 바로 그곳에 도달했다 하더라도 무엇을 알 수 있겠는가? 기억이란 우스꽝스러운 것이다. 물에 빠져 죽기 직전에 겨우 뭍으로 나온 강아지가 눈으로 흘러드는 물을 털어내기 위해 어쩔 줄을 몰라 몸을 흔들어대는 모습처럼 말이다.

그렇기는 해도, 나는 처음 별을 보았던 순간을 기억한다. 별들은 이미 오래전부터 나를 내려다보았겠으나, 내가 별의 존재를 인식한 것은 그날 저녁이 처음이었다. 그날 밤은 이상하게도 자꾸만 추위가 느껴졌다. 어머니 품에 안겨 있는데도, 나는 몸을 덜덜 떨며 오한에 시달렸다. 어쩌면 그건 두려움이었는지도 모른다. 아무튼 보통 때와 달리 뭉클한 기분이 들었고, 나는 내 안의 작은 자아가 스스로에게 더 깊은 관심을 기울이게 했다. 그 순간 어머니가 하늘에 빛나는 별을 가리켰다. 별들은 무척이나 아름다웠다. 나는 그 아름다운 별을 만든 사람은 어머니가 틀림없다고 생각했다. 그러고는 곧 온기를 되찾고 다시 잠에 들었던 것 같다.

또 하나, 언젠가 풀밭에 누워 있을 때의 일이다. 내 주변의 모든 것이 흔들리며 고개를 까딱였고, 윙윙 소리를 내며 주위를 빙빙 돌기도 했다. 그때 발이 여럿 달린 작은 곤충 한 무리가 내 이마와 눈 위로 날아들었다. 그러고는 안녕, 인사를 건넸다. 순간 나는 눈이 무척 아파와 큰 소리로 어머니를 불렀다. 어머니가 말했다.

"아이구, 우리 아기. 불쌍하기도 하지. 모기에 물렸구나."

나는 눈을 뜰 수도, 더 이상 푸른 하늘을 쳐다볼 수도 없었다. 그때 어머니의 손에는 싱싱한 제비꽃 한 다발이 들려 있었는데, 나의 머릿속으로 제비꽃의 싱그러운 향기가 스미는 듯했다. 지금도 해마다 갓 피어난 제비꽃을 보면, 난 두 눈을 지그시 감고 추억에 잠긴다. 혹시 내 영혼 속 푸르렀던 그날의 하늘을 다시 볼 수 있을까 해서.

그다음 기억은 내게 또 하나의 새로운 세계가 다가왔던 일이다. 그 세계는 별이나 제비꽃 향기의 세계보다 훨씬 아름다운 것이었다. 어느 부활절 아침, 어머니는 새벽부터 나를 깨웠다.

창밖으로 집 근처 오래된 교회가 보였다. 그다지 아름다운 교회는 아니었지만 높은 지붕과 탑이 있었고, 탑 꼭대기에는 금빛 십자가가 달려 있었다. 교회는 다른 건물들보다 훨씬 낡고 우중충해 보였다.

한번은 그 안에 누가 살고 있는지 궁금해져 쇠창살로 된 문틈 사이를 들여다본 적 있다. 안은 텅 비어 있는 데다가 춥고 썰렁해서 도무지 사람이 사는 곳이라고는 생각할 수 없었다. 이후로는 교회 앞을 지날 때마다 소름이 오싹 끼치고는 했다.

그런데 그 부활절 아침, 새벽부터 내리던 비가 그치더니 태양이 찬란하게 떠올랐다. 그러자 잿빛 슬레이트 지붕과 높다란 창문, 낡은 십자가가 달린 탑에 태양 빛이 반사되어 신비롭게 반짝이기 시작했다. 순간 햇빛이 높다란 창문을 통해 교회로 한꺼번에 쏟아졌고, 마치 살아 움직이는 것처럼 출렁거렸다. 그 빛이 얼마나 강렬한지 나는 도저히 눈을 뜨고 있을 수 없어 그만 눈을 감아버렸다.

그러자 이번에는 햇빛이 내 영혼으로 스며 들었다. 내 안에 숨은 모든 것이 빛과 향기를 뿜으며 노래하기 시작했다. 나의 내면에서 또 하나의 생명이 탄생한 것만 같았다. 마치 다른 사람이 된 기분이었다. 나는 어머니께 도대체 이것이 무엇이냐고 물었다. 어머니는 교회에서 부르는 부활절 송가라고 말씀하셨다.

당시 내 영혼에 울려 퍼진 그 맑고 성스러운 노래의 제목이 무엇인지는 아직도 알지 못한다. 아마 루터의 얼음장 같은 마음도 종종 풀리게 했던 옛 송가 중 하나였으리라. 그 후 두 번 다시 그 노래를 듣지 못했다. 하지만 베토벤의 아다지오나 마르첼로[1]의 송가, 헨델의 합창곡을 들을 때 혹은 스코틀랜드의 고원이나 티롤 지방에서 부르는 소박한 민요를 듣게 되면 여전히, 반짝이는 교회의 창문과 오르간 소리가 또다시 영혼 속에 떠오른다. 그러면 별이 빛나는 하늘이나 제비꽃 향기보다도 아름다운

1　Benedetto Marcello. 17-18세기 이탈리아 베네치아 출신의 교회 송가 작곡가.

세계가 눈앞에 펼쳐진다.

이것들이 내가 기억할 수 있는 꼬맹이 시절 추억의 전부이다. 그 사이로 자애로운 어머니의 얼굴과 인자하나 엄격했던 아버지의 모습이 언뜻 보인다. 정원의 포도 덩굴과 부드러운 잔디, 낡고 소중한 그림책들도 스친다. 이 정도가 빛바랜 추억의 책장 앞부분에서 그나마 내가 읽어낼 수 있는 전부이다.

이후부터는 갈수록 뚜렷하고 분명한 장면이다. 많은 이름과 얼굴, 형제와 자매, 친구와 선생님들의 모습이 보인다. 또한 수많은 낯선 이의 모습도 떠오른다.

그렇다. 내 추억의 책장에는 그 낯선 사람들에 대한 수많은 일이 기록되어 있다.

두 번째 회상

 집에서 멀지 않은 곳, 황금빛 십자가가 반짝이는 오래된 교회 맞은편에는 교회보다 훨씬 큰 건물이 한 채 있었다. 건물에는 탑이 여럿 세워져 있었는데, 그 탑들 역시 우중충한 잿빛으로 아주 오래된 듯 보였다. 탑 꼭대기에는 황금빛 십자가 대신 독수리 석상들이 앉아 있었으며, 높다란 성문 위로 솟은 가장 높은 탑에는 흰색과 푸른색으로 물든 큼직한 깃발 하나가 펄럭였다. 성문은 계단을 통해 올라가게 되어 있었고, 문 양쪽으로 말을 탄 파수병 두 명이 보초를 서고 있었다.

 성에 난 창문 안쪽으로 황금빛 술이 달린 붉은 실크 커튼이 드리워진 것이 보였다. 성의 안뜰에는 늙은 보리수나무가 둘러서 있었다. 여름이면 보리수나무는 무성한 잎들로 잿빛 성벽에 그늘을 만들어주었으며, 향기로운 흰 꽃을 잔디 위에 뿌려놓기도 했다.

당시 나는 가끔 성안을 들여다보고는 했다. 보리수꽃 향기가 퍼지고 등불이 창가를 밝히는 저녁이 되면, 창문 너머 수많은 사람이 오가는 모습이 그림자처럼 어른거렸다. 건물 위층에서 음악 소리가 흘러나왔고, 마차를 타고 온 수많은 사람이 종종걸음으로 계단을 올랐다. 사람들은 한결같이 아름답고 훌륭했다. 남자들의 가슴에는 별 모양의 훈장이, 여자들의 머리에는 생화가 꽂혀 있었다. 그럴 때면 난 묻곤 했다. '나는 왜 저 안에 들어갈 수 없지?'

그러던 어느 날, 아버지가 나의 손을 잡으며 말씀하셨다.

"오늘 우리도 저 성에 들어간단다. 그런데, 후작 부인을 뵈었을 때 예의 바르게 행동해야 한다. 그분의 손에 키스를 해드리는 걸 잊지 말고."

그때 내 나이가 여섯 살쯤 되었을 것이다. 아버지의 말을 듣는 순간, 나는 여섯 살짜리 꼬마가 느낄 수 있는 인생 최고의 기쁨을 느꼈다. 등불 켜진 창가를 오가는 그림자로 얼마나 많은 상상의 나래를 펼쳤던가. 게다가 집에서도 후작과 후작 부인을 향한 칭송의 이야기를 수없이 들어왔다. 그분들이 얼마나 자비로운 분이신지, 가난하고 병든 이에게 어떤 도움과 위로를 주었는지. 사람들은 신께서 착한 이를 보호하고 악한 이를 벌주기 위해 두 분을 우리에게 보내주셨다고 말했다.

오랫동안 성의 내부를 상상해 와서인지 후작과 후작 부인은 내게 있어, 언제나 친구가 되어주는 호두까기 인형이나 납 병정만큼 친숙한 존재였다.

아버지를 따라 성으로 향하는 계단을 오를 때, 내 심장이 쿵쿵하고 뛰는 소리가 들려왔다. 아버지는 다시 한번 내게 후작 부인께는 '비전하', 후작님께는 '전하'라고 불러야 한다고 주의를 주었다. 그 순간 성문이 열렸고, 마음을 꿰뚫는 듯한 눈빛과 큰 키를 가진 부인이 서 있었다. 부인은 내 쪽으로 다가와 손을 내밀려는 듯 보였다. 부인의 얼굴에는 내가 오래전부터 익숙하게 봐온 어떤 표정이 떠올랐고, 뺨 위로는 부드러운 웃음이 살짝 흘렀다.

나는 더 이상 참을 수 없었다. 아버지가 아직도 문가에 서서 머리를 숙이고 있는 동안, 나는 가슴이 터질 듯한 감동에 사로잡혀, 부인에게 무작정 달려가 목을 껴안고 어머니에게 하듯 키스를 했다. 아름다운 부인은 기꺼이 내 키스를 받아주었으며, 미소 띤 얼굴로 머리를 쓰다듬어주었다.

그런데 아버지가 내 손목을 잡아끌며 나를 부인에게서 떼어놓았다. 그러고는 도대체 이런 무례한 행동이 어디 있느냐며, 다시는 이곳에 데려오지 않겠다고 호통쳤다. 난 머릿속이 혼란해지며 얼굴이 붉어졌다. 아버지의 반응이 부당하다고 생각했기 때문이다.

나는 무언가 변명을 해주리란 기대로 후작 부인을 바라보았다. 하지만 후작 부인은 부드러우면서도 근엄한 표정만을 짓고 있었다. 혹시 내 편을 들어줄 누군가가 없을까 주위의 다른 사람들을 둘러보았다. 하지만 그들은 미소를 지으며 나를 가만 쳐다보기만 했다.

눈에서 눈물이 왈칵 솟구쳤다. 나는 곧장 밖으로 나와 계단을 내려갔다. 그러고는 정원의 보리수나무를 지나 집으로 돌아왔다. 집에 들어서기가 무섭게 나는 어머니 품에 쓰러지며 흐느꼈다.

"무슨 일이 있었니?" 어머니가 물었다.

"네, 어머니!" 내가 외쳤다.

"후작 부인을 뵈었는데, 그분은 무척 인자하고 아름다운 분이셨어요. 엄마처럼 말이에요. 그래서 나도 모르게 부인에 목을 끌어안고 키스를 했어요."

"저런! 해서는 안 될 행동을 했구나. 그분은 타인인 데다가 아주 고귀한 분이시잖니."

"타인이라는 게 도대체 뭐예요? 다정하고 친절한 눈길로 나를 바라보는 사람을 사랑해선 안 된다는 건가요?"

"사랑하는 건 괜찮아. 하지만 그걸 표현해서는 안 된단다."

"내가 사람들을 사랑하는 게 옳지 않은 일인가요? 왜 그걸 표현해서는 안 되죠?"

"물론, 네 말도 맞아. 그렇지만 아버지 말씀대로 하도록 해라. 네가 좀 더 나이가 들면 알게 될 거야. 아름다운 여인이 상냥하고 친절한 눈길을 보낸다고 무작정 달려가 매달려서는 안 된다는 걸 말이야."

그날은 말할 수 없이 우울했다. 집으로 돌아온 아버지는 끊임없이 내가 얼마나 무례한 행동을 저질렀는지 이야기했다. 밤이 되자 어머니는 나를 침대로 데려갔다. 취침 기도를 마쳤지만 도무지 잠이 오지 않았다. 나는 사랑해서는 안 되는 타인들이란 도대체 무엇인지 골똘히 생각했다.

오, 가엾은 인간의 마음이여! 봄날에 벌써 꽃잎을 뜯기고 날개의 깃털이 뽑혀버리는구나. 인생의 새벽이 어슴푸레 동터오면 비밀의 꽃받침이 열리고, 우리 마음에는 사랑의 향기가 퍼지기 시작한다. 우리는 서는 법과 걷는 법을, 말하는 법과 읽는 법을 배운다. 하지만 사랑에 대해서는 아무도 가르쳐주지 않는다. 사랑은 생명과 같이 이미 우리 자신의 일부이기 때문이다.

사람들은 인간 존재의 바탕을 이루는 토양은 바로 사랑이라고 말한다. 영원한 중력의 법칙으로 별들이 서로 끌어당기고, 또 끌려가며 하나의 천체를 이루듯, 세상에 존재하는 영혼들이 서로 이끌고 이끌리면서 하나로 묶여 있는 것은 이 영원한 사랑의 법칙 때문이다. 햇빛이 없으면 꽃이 필 수 없듯, 인간은 사랑 없이 살아갈 수가 없다.

어린아이에게 처음 낯선 세계의 찬 바람이 밀려왔을 때, 어머니와 아버지의 눈길에서 비롯한 따뜻한 빛이 없다면, 신의 빛, 신의 사랑과 같은 그 사랑의 눈길이 없다면, 어린아이가 어떻게 그 두려움을 감당할 수 있겠는가. 그 순간 아이의 마음에 싹트는 동경이야말로 이 지상에서 가장 순수하고 깊은 사랑이다. 온 세상을 다 포용하는 사랑이다.

그 사랑은 두 개의 맑은 눈동자가 자신을 향해

빛날 때 타오르기 시작하며, 목소리가 들려오면 환호하며 반응한다. 예로부터 그것은 측정 불가능한 사랑이다. 어떤 추를 이용해도 깊이를 잴 수 없는 우물이며, 퍼내고 퍼내도 마르지 않는 옹달샘이다. 사랑을 해본 이들은 사랑을 측정할 수 없음을 안다. 사랑에는 크기와 깊이가 없다는 것을 안다. 오직 온몸과 마음을 바쳐 힘과 정성을 기울일 때에만 사랑에 도달할 수 있다는 것을 안다.

하지만 안타깝게도, 우리가 인생의 절반을 채 살기도 전에 이런 사랑은 사라지고 만다! 타인이라는 존재를 인식하는 순간 벌써 어린아이는 어린아이가 아닌 것이다. 사랑의 샘물은 마르고, 세월에 따라 샘에는 흙모래가 켜켜이 쌓인다. 우리의 눈은 빛을 잃고, 우리는 시끌벅적한 거리에서도 심각하고 지친 표정으로 서로를 지난다. 좀처럼 인사를 나누는 일도 없다. 인사를 건네었는데 답이 돌아오지 않으면, 마음에 얼마나 큰 상처가 남는지를 알고 있기 때문이다. 인사를 건네고 악수를 나눴던 사람들과 헤어지는 일이 얼마나 가슴 아픈 일인지 알고 있기 때문이다. 그건 영혼의 날개가 깃털을 잃은 것과 같으며, 꽃잎이 그만 떨어져 나가는 것과 마찬가지 일이다.

 퍼내고 퍼내도 마르지 않던 사랑의 옹달샘에는 이제 겨우 몇 방울의 물밖에 남지 않았다. 갈증으로 죽지 않으려면 우리는 남은 몇 방울의 물로 우리의 혀를 적셔주어야만 한다. 이 몇 방울의 물을 우리는 아직 사랑이라 부른다. 하지만 이는 이미 순수하고 완전하여 기쁨이 충만한 어린아이의 사랑이 아니다.

 이는 두려움과 빈곤의 사랑이며, 정열과 번뇌가 타오르는 사랑이다. 뜨거운 모래 위로 떨어지는 빗방울처럼 자신을 소모하는 사랑, 즉 갈망하는 사랑일 뿐 헌신하는 사랑이 아니다. 나의 것이 되어달라 요구하는 사랑일 뿐, 당신의 일부가 되고 싶다 말하는 사랑이 아니다! 이는 자신만을 생각하는 절망적 사랑에 불과하다. 시인이 노래하고 청춘이 믿고 있는 사랑은 이런 것이다. 그것은 타올랐다 꺼지는 한순간의 불꽃으로, 따스함은커녕 연기와 재만 남길 뿐이다. 우리는 한순간의 불꽃놀이를 영원한 사랑이라 믿어버린다. 그러나 불꽃이 환할수록 밤의 어둠은 더욱 짙은 법이다.

 불꽃놀이가 끝나고 사방이 어두워질 때, 우리 자신이 정말 고독하다고 느낄 때, 또 주변에 스치는 모든 이가 나를 알아보지 못할 때. 그럴 때면 잊었던 감정 한 줄기가 가슴 밑바닥에서 솟구쳐 오른다. 하지만 우린 그것이 무엇인지 모른다. 그것은 사랑도 우정도 아니기 때문이다. "저를 모르시겠어요?" 냉랭하고 무심하게 나를 스쳐 지나는 사람들을 향해 이렇게 외치고 싶어지는 것이다. 그때 우리는 인간과 인간의 관계가 형제나 부자지간, 혹은 친구보다도 가깝다고 느낀다. 그리고 '낯선 타인이 가장 가까운 이웃'이라던 옛 성현의 말씀이 절실하게 와닿는다. 그런데도 왜 우리는 아무 말 없이 서로를 지나가는 것일까. 까닭을 알 수 없으니 그저 받아들이는 수밖에 없다.

기차 두 대가 서로 반대 방향으로 엇갈려 철길을 달리는 순간을 떠올려보라. 당신을 향한 어떤 이의 눈인사를 보았다 치자. 이제 손을 뻗어 당신을 스치는 친구의 손을 잡으려 해보라. 그러면 당신은 알게 될 것이다. 사람들이 왜 다른 이의 곁을 말없이 스쳐 지나가는지를.

어떤 현자는 이렇게 말했다.

"난파당한 나룻배의 파편들이 바다 위에 떠다니는 것을 본 적 있다. 그 파편 중 같은 곳에 모여 잠시라도 함께 있을 수 있는 것은 극히 일부이다. 그나마도 금방 폭풍이 몰려와 동으로 서로 멀리 흩어버린다. 그러면 그들은 이 지상에서 다시는 만나지 못한다. 인간의 운명도 이와 같다. 단지 그 거대한 난파를 본 자가 아무도 없을 뿐이다."

세 번째 회상

 어린 시절의 하늘에는 먹구름이 그다지 오래 머물지 않는다. 잠시 따듯한 눈물의 비가 내리고 나면 구름은 이내 걷히는 법이다. 나 역시 그랬다. 오래지 않아 나는 다시 성으로 향했고, 후작 부인은 내게 손을 내밀어 키스를 허락해 주셨다. 그러고 나서 부인은 어린 공자와 공녀들을 데려왔다. 우리는 마치 오랜 친구처럼 어울려 놀았다. 학교에서 돌아와—당시 나는 벌써 학교에 다니고 있었다—성으로 놀러 가던 그 시절에 나는 참으로 행복했다.

 그곳에는 사람들이 원하고 바라는 모든 것이 있었다. 어머니가 상점 진열장을 가리키며, 저걸 살 돈이면 가난한 이들이 일주일 정도는 넉넉히 살 수 있다고 일러주었던 장난감들이 성에는 얼마든지 있었다. 게다가 후작 부인께 부탁만 하면 그걸 집으로 가지고 가 어머니께 보여줄 수도 있었다. 심지어 가끔은 그냥 가질 수도 있었다. 아버지와 책방에 가서 보았던 그림책, 진실로 착한 아이만 가질 수 있다던 아름다운 그림책들이 성에는 가득했고, 나는 몇 시간씩 그것을 읽을 수도 있었다. 공자가 가진 것은 내 것이기도 했다. 적어도 나는 그렇게 생각했다. 원하는 것은 집에 가져갈 수도, 때로는 누군가에게 줄 수도 있었으니 말이다. 요컨대 당시의 나는 완전한 의미의 꼬마 공산주의자였던 셈이다.

언젠가 이런 일이 있었다. 후작 부인이 팔에 두르고 있던 금팔찌를 우리에게 장난감으로 빌려준 적이 있다. 그 모양이 어찌나 뱀과 같던지, 팔에 두르면 마치 살아있는 뱀이 팔을 휘감고 있는 것처럼 보였다. 난 어머니를 놀라게 해줄 작정으로 그걸 팔에 두른 채 집으로 향했다. 그런데 도중에 어떤 여자를 만났다. 그녀는 내 팔에 감긴 뱀 모양의 팔찌를 보더니 구경을 좀 하자고 청했다. 그녀는 이런 팔찌라면 자신의 남편을 감옥에서 풀려나게 할 수 있으리라고 말했다. 나는 조금도 더 생각하지 않고 금팔찌를 여자에게 던져주고 집으로 달려왔다.

다음 날 한바탕 소동이 벌어졌다. 그 가엾은 여자가 성으로 끌려와 울고 있었고, 사람들은 그녀가 나에게서 팔찌를 훔쳐 갔다고 수군거렸다. 그 순간 나는 너무도 화가 나서 그 여자에게 왜 팔찌를 주게 되었는지 흥분 섞인 목소리로 설명했다. 그리고 그 팔찌를 돌려받고 싶지 않다고 덧붙였다. 나중에 일이 어떻게 되었는지는 모르겠다. 하지만 그 일이 있은 후부터 내가 무언가 집으로 가져갈 때면 후작 부인께 미리 말씀을 드려야 했다는 것은 분명하다.

그렇지만 내가 '내 것'과 '남의 것'이라는 개념을 완전히 이해하기까지는 무척 오랜 시일이 걸렸다. 빨간색과 파란색을 구별하는 데에도 비슷한 어려움을 겪었던 나는, 두 개념을 구별하기까지 한동안 혼란을 겪어야만 했다. 비슷한 일로 친구들의 웃음거리가 되었던 일이 아직도 기억난다.

어머니가 사과를 사 오라며 심부름을 시켰을 때의 일이다. 어머니는 내게 사과값으로 1그로셴짜리 은화를 주셨다. 그런데 사과값은 5페니히밖에 하지 않았다. 내가 1그로셴짜리 은화를 건네자 주인 여자는 우울한 표정으로 가진 거스름돈이 없다고 했다. 그러면서 오늘은 종일 아무것도 팔지 못했으니, 1그로셴어치 사과를 사달라고 애원했다. 그때 문득 나는 주머니에 5페니히짜리 동전이 있다는 사실을 떠올렸다. 그거면 지금의 곤란한 상황을 해결할 수 있겠다 싶어, 기쁜 마음으로 주인에게 동전을 내밀었다.

"자, 이 동전으로 거슬러 주면 돼요."

하지만 주인은 내 말뜻을 제대로 이해하지 못했는지, 5페니히짜리 동전을 받고 은화를 되돌려주었다.

어린 공자들과 놀기 위해, 그리고 얼마 후에는 함께 프랑스어를 배우기 위해 매일 성으로 향했던 시절의 추억에는 또 한 사람의 모습이 남아있다. 후작의 딸이자 백작의 지위를 가진 마리아의 모습이다. 마리아의 어머니는 그녀를 낳은 직후 세상을 떠났고, 후작은 나중에 재혼을 한 것이다.

처음 그녀를 본 게 언제였는지는 잘 기억나지 않는다. 그녀는 칠흑 같은 기억의 어둠 속에서 천천히, 아주 조금씩 모습을 드러냈다. 처음에는 그림자처럼 희미하게, 그러다 점점 더 뚜렷한 윤곽으로 나를 향해 다가왔다. 마침내 폭풍우 치는 밤, 구름 위로 얼굴을 불쑥 내비치는 달처럼 내 영혼 앞에 우뚝 섰던 것이다.

그녀는 항상 병에 시달리고 있었고 말이 없었다. 그리고 언제나 침대에 누워 있었다. 두 명의 남자가 침대에 누운 그녀를 우리들 방으로 옮겨왔다가, 그녀가 피곤한 기색을 보이면 다시 방으로 데려갔다. 그녀는 대개 하얀 드레스 차림으로 누워 두 손을 앞으로 맞잡고 있었다. 얼굴은 몹시 창백했지만 부드럽고 아름다웠으며, 특히 두 눈은 끝을 알 수 없을 정도로 깊고 신비로웠다. 그녀를 바라볼 때면 나는 '이 사람도 타인에 속하는 걸까?' 하는 질문을 스스로에게 던지곤 했다.

그녀는 이따금 내 머리에 손을 얹어주었다. 그럴 때면 마치 감전이라도 된 듯 온몸에 전율이 느껴져, 나는 달아날 수도 말을 할 수도 없었다. 그저 자리에 꼼짝하지 않고 서서 그녀의 깊고 신비한 눈을 들여다볼 뿐이었다.

그녀는 우리와 별로 많은 얘기를 나누지는 않았다. 하지만 그녀의 눈길은 항상 우리가 노는 모습을 쫓았다. 우리가 큰 소리로 뛰고 떠들어도 그녀는 불평 한마디 하지 않았다. 다만 손을 하얀 이마에 얹은 채 잠에 빠진 듯 지그시 눈을 감고 있었다. 가끔은 기분이 한결 좋아졌다며 침대 위에 바로 앉는 날도 있었다. 그럴 때면 그녀는 새벽노을과 같이 상기된 얼굴로 우리에게 여러 가지 흥미로운 이야기를 들려주었다. 그 무렵 그녀가 몇 살이었는지는 잘 모르겠다. 허약한 모습 때문인지 어린아이처럼 보이기도 했고, 조용하고 진지한 어투로 보아 이미 어린아이가 아닌 듯도 했다.

사람들은 그녀에 대해 말할 때 저도 모르게 목소리를 낮췄고, 그녀를 천사라고 불렀다. 착하다거나 사랑스럽다는 등의 칭찬 외에는 그녀를 표현하는 다른 말을 들어본 적 없다. 나는 힘없이 고요히 누워있는 그녀를 보면서 가끔 생각했다. 그녀는 평생 걷지 못할지 모른다. 아무것도 해보지 못하고, 행복을 누려보지도 못한 채, 사람들 손에 이끌려 이쪽저쪽으로 옮겨 다니다 영원한 안식처로 떠나고 말겠지. 그럴 때면 천사의 품에 안겨 쉬어도 좋을 그녀가 왜 이 세상에 보내진 걸까, 성화聖畵에서 본 것처럼 천사의 부드러운 날개에 기대 하늘을 날 수도 있었을 텐데, 나 자신에게 묻곤 했다.

갖은 물음이 떠오를 때면, 난 그녀가 홀로 고통을 겪지 않도록 그녀와 고통을 나누어야 할 것 같은, 그녀의 고통 일부를 떠안아야 할 것 같은 느낌에 빠졌다. 하지만 이를 그녀에게 전부 털어놓을 수는 없었다. 왜 그런 기분에 사로잡히는지 나 자신도 이유를 분명히 알지 못했으니까. 다만 그런 느낌이

들었다는 말이다. 그녀의 목을 끌어안고 싶다는, 그런 감정은 아니었다. 그녀에게 그런 행동을 해선 안 됐다. 그건 그녀에게 고통을 주는 일이다. 다만 그녀가 고통에서 벗어나기를 온 마음과 정성을 다해 기도드릴 수 있을 것 같았다.

어느 따듯한 봄날. 그날도 그녀는 우리가 있는 방으로 옮겨졌다. 그날따라 그녀는 더욱 창백해 보였는데, 그녀의 눈만큼은 어느 때보다 깊이 반짝였다. 그녀는 몸을 일으켜 침대에 앉더니 우리를 불렀다.

"오늘은 내 생일이야. 오늘 새벽에 난 견진성사[1]를 받았어. 그러니 이젠 언제라도 기꺼이 하느님 곁으로 갈 수 있게 되었지."

그녀는 아버지를 향해 미소를 지으며 말을 이었다.

"물론 언제까지 너희와 함께하고 싶지만. 언젠가 내가 너희 곁을 떠나더라도 나를 기억해 주기를 바라고는 한단다. 그래서 너희에게 반지를 하나씩 선물하려고 해. 지금은 이 반지는 아마 너희 둘째 손가락에 맞을 거야. 너희가 좀 더 자라면 반지를 다음 손가락으로 옮겨 끼우면 돼. 그러다 보면 언젠가

---

[1] 堅振聖事. 가톨릭의 성사 중 하나로서, 성산의 은총을 위해 주교가 세례받은 신자의 이마에 성유(聖油)를 바르는 성사.

새끼손가락밖에 맞지 않게 되겠지. 그렇지만……
평생 이 반지를 끼고 있어 주었으면 해."

 말을 마친 그녀는 손에 끼고 있던 다섯 개의 반지를 차례로 손가락에서 빼냈다. 그녀의 모습이 너무도 애절하고 다정다감하여 나는 눈물을 흘리지 않으려 애써야만 했다. 처음 그녀는 바로 밑 남동생에게 첫 번째 반지를 건네고 이마에 입을 맞추었다. 두 번째와 세 번째 반지는 두 공녀에게, 네 번째 반지는 막내 공자에게 주었다. 반지를 줄 때마다 그녀는 동생들의 이마에 입을 맞추었다.

 나는 꼼짝도 하지 않고 서서 그녀의 흰 손을 바라보고 있었다. 그녀의 손에는 아직 반지 하나가 더 남아있었다. 그러나 그녀는 이제 지쳤다는 듯 침상에 몸을 기대었다. 그때 그녀와 나의 눈이 마주쳤다. 어린아이의 눈은 말보다 많은 것을 전하는 법이다. 그녀가 내 눈빛의 의미를 읽어낸 것이 틀림없었다.

 난 마지막 반지를 받고 싶은 건 아니었다. 단지 내가 타인이라는 것, 그녀에게 가까운 존재가 아니라는 것, 그렇기에 그녀가 나를 자신의 동생들만큼 사랑하지 않는다는 걸 느꼈고, 왜인지 그게 나를 아프게 했던 것이다. 마치 혈관이 터지는 듯한, 혹은 신경 하나가 끊어지는 듯한 괴로움이 몰려왔다. 마음을 들키고 싶지 않았던 나는 어쩔 줄을 몰라 시선을 돌리려 했다.

그런데 그녀가 다시 몸을 일으켜 내 이마에 손을 올리더니, 나의 눈을 들여다보았다. 나는 그녀에게 마음을 모두 들켜버렸다는 것을 알았다. 그녀는 천천히 마지막 반지를 손가락에서 빼내며 나에게 말했다.

"이 반지는 내가 너희를 떠날 때 가지고 갈 생각이었어. 하지만 이 반지는 네가 갖고 있는 게 더 좋을 것 같다. 내가 너희 곁에 없더라도 그걸 보며 나를 생각할 수 있을 테니까. 반지에 새겨진 글귀를 읽어봐. '주님의 뜻대로'라고 쓰여 있어. 넌 거친 마음과 부드러운 마음을 모두 갖고 있구나. 살아가는 동안 그 마음을 잘 다스리도록 해. 그렇다고 너무 마음을 닫지는 말고."

그녀는 동생들에게 한 것처럼 내 이마에 입을 맞춘 뒤 반지를 건넸다.

그때 내 마음속에서 무슨 일이 벌어졌는지 지금의 나로서는 알지 못한다. 당시 나는 벌써 소년이 되어 있었다. 고통받는 천사의 온화한 아름다움은 내 어린 마음을 온통 사로잡아버렸다. 나는 또래의 소년이 할 수 있는 최대한으로 그녀를 사랑했다. 소년은 청년이나 장년에게서는 볼 수 없는 친밀함과 진실함, 그리고 순수함으로 사랑하는 법이다. 그러나 그때의 나는 이미 믿고 있었다. 그녀는 내가 사랑의 고백을 전해서는 안 되는 사람, 즉 타인에 속한다는 사실을 말이다.

나는 그녀가 내게 했던 엄숙한 말들을 제대로 이해하지 못했다. 하지만 나는 그녀의 영혼과 나의 영혼이 더 이상 가까워질 수 없을 만큼 가까워졌음을 느꼈다. 마음속 고통은 순식간에 사라져버렸다. 나는 더 이상 혼자가 아니었고, 타인도, 방관자도 아니었다. 나는 그녀 옆에 있었고, 그녀와 함께 있었으며, 그녀의 마음속에 들어가 있음을 느꼈다.

그때 나는, 내게 반지를 주는 것이 그녀에게 일종의 희생이라는 것, 또 그녀가 반지를 무덤까지 가지고 싶어 했다는 것을 떠올렸다. 갑자기 무어라 이름 붙일 수 없는 감정들이 마음속에 들어찼고, 다른 모든 감정을 압도했다. 나는 조심스럽게 입을 열었다.

"이 반지를 나에게 선물하고 싶다면, 그냥 당신이 갖고 있도록 하세요. 당신의 것이 곧 제 것이니까요."

그녀는 나의 반응을 예상하지 못한 듯 한동안 생각에 잠겨 나를 물끄러미 바라보았다. 그러고는 다시금 내 이마에 입을 맞추고 나직한 목소리로 말했다.

"넌 지금 네가 무슨 말을 했는지 잘 모를 거야. 너 자신을 이해하는 법을 깨우치도록 해. 그러면 언젠가 너도 행복해지고, 다른 많은 사람도 행복하게 만들 수 있을 거야."

네 번째 회상

  살아가는 동안 누구나 한 번쯤은, 목적지도 알지 못한 채 먼지투성이 포플러 가로수 길을 끝없이 걷는 듯한 시기를 경험한다. 시간이 흘러 그 시절을 돌이켜보면, 자신이 참으로 먼 길을 걸어왔다는 감상과 그간 늙어버렸다는 서글픔만이 남는다.

  인생이라는 강물이 고요히 흘러가는 동안에는 언제나 같은 강물이 흐르는 것이고, 변하는 것은 단지 양쪽 강변의 경치뿐이다. 다만 인생의 고비에서 만난 폭포를 한번 떠올려보라. 폭포는 언제까지나 우리 기억 속에 남아있다. 폭포에서 완전히 멀어져 이제 잔잔한 안식의 바다에 거의 다다랐는데도 불구하고, 우리 귓가에 폭포의 힘찬 물소리가 여전히 들려오는 경우도 있다. 그제야 우리는 우리에게 남은 생명, 우리를 앞으로 이끌어가는 힘의 원천이 바로 그 폭포였음을 깨닫는다.

  나의 고교 시절은 끝이 났다. 대학 신입생의 화

려한 시절도 지나갔다. 그와 함께 그간 간직해온 아름다운 꿈들도 사라졌다. 하지만 단 한 가지, 신과 인간을 향한 믿음만은 아직 남아있었다. 인생은 어린 날 작은 머리로 상상했던 것과는 사뭇 달랐다. 깊은 고난만큼이나 모든 것이 한 단계 더 높은 축복을 받고 있었다. 인생 곳곳에 숨은 불가사의와 고통이야말로 신이 이 세상 어디에나 있음을 알리는 증거이리라. '아무리 사소할지라도 내게 일어나는 일 중 신의 뜻이 닿지 않은 것이 없다.' 이것이 이제껏 살아오며 깨달은 교훈이었다.

여름 방학이 되자 나는 작은 고향 마을로 돌아왔다. 다시 만난다는 것은 얼마나 큰 기쁨인가. 누구도 그 이유를 명확히 설명할 수는 없지만 재회, 재발견, 회상, 이런 것은 대부분 은밀한 기쁨과 즐거움으로 이어진다.

뭔가를 처음 보고 듣거나 맛보는 것은 어쩌면 아름답고 위대하며 유쾌한 일인지도 모른다. 그러나 완전한 새로움은 우리를 놀라게 할 뿐 좀처럼 편안하게 만들지 못한다. 즐기려는 노력이 즐거움 자체보다 큰 탓이다.

반면 멜로디를 거의 잊은 오랜 음악을 세월이 흐

른 후 우연히 들을 때면, 옛 친구를 만난 듯 정겹게 느껴진다. 또 드레스덴의 시스티나 성모 앞에 서면, 오래전 성화 속 아기 예수의 눈을 보았을 때 느꼈던 뜨거운 감동이 고스란히 살아난다. 익숙한 꽃향기를 다시 맡거나, 졸업 이후 한 번도 떠올리지 못한 음식을 다시 맛보게 되었을 때도 마찬가지다. 그때 우리는 마음에 은밀한 기쁨을 채운다. 하지만 자신이 느끼는 기쁨이 눈앞에 펼쳐진 현실로부터 온 것인지, 아니면 과거의 추억에서 비롯한 것인지 구별하기는 어렵다.

오랜만에 고향에 돌아오면 우리 영혼은 자기도 모르는 사이에 추억의 바다를 헤맨다. 파도들이 넘실넘실 춤을 추면서 추억을 찾아 헤매는 우리 영혼을 아득하게 먼 과거의 바닷가로 실어다 주는 것이다.

탑 꼭대기에서 종이 울리면 우리는 문득 학교에 지각하는 게 아닐까 초조해진다. 하지만 다음 순간, 그럴 필요가 없다는 사실을 깨닫고는 안도의 한숨을 내쉰다. 길을 가로질러 달려가는 개를 보면, 그 옛날 나를 두려움에 떨게 만들었던 개의 모습과 겹친다. 길가의 그 자리에는 달콤한 향기로 유혹하는 사과 노점상이 여전히 자리를 잡고 있다. 비록 사과 위로 먼지가 뽀얗게 쌓여 있어도, 아주머니의 사과는 이 세상 그 어떤 것보다 맛있어 보인다.

그러나 저편에는 낡은 집이 헐리고 새집이 들어섰다. 옛날 우리에게 음악을 가르치시던 선생님이 살던 곳이다. 선생님은 벌써 세상을 떠나셨다. 여름날 저녁 창문 아래에 서서 선생님의 연주를 듣는 일은 얼마나 아름답던가. 다정하신 그분은 일과가 끝나면 즉흥 연주를 하시곤 했는데, 그 소리는 마치 증기기관차에 종일 갇혀 있던 증기가 폭발적으로 뿜어져 나오는 것처럼 굉장했다.

걸음을 옮기면 나무가 우거진 자그마한 오솔길이 나온다. 예전에는 훨씬 더 넓어 보였던 그 길. 그 길에서 저녁 늦게 집으로 돌아오다 우연히 예쁜 이웃집 소녀를 만난 적 있다. 눈길을 주거나 말을 걸 엄두조차 내지 못했지만, 학교에서는 그 소녀를 '예쁜 아이'라 부르며 끝없이 화제에 올렸다. 저 멀리 소녀가 걸어오고 있는 것으로도 행복에 겨웠기에 감히 가까이 다가갈 생각은 하지 못했다. 그런데 어느 날 저녁, 교회 묘지로 이어지는 이 작은 오솔길에서 소녀를 만난 것이다. 이야기 한 번 나눈 적 없었음에도 그 아이는 내 팔을 붙잡고 같이 집으로 돌아가자고 말했다. 나란히 걷는 동안 난 한마디도 하지 못했던 것 같다. 그건 그 아이도 마찬가지였다. 그런데도 그땐 얼마나 행복했던가. 오랜 세월이 지난 지금도 그때가 떠오를 때면 그 시절로 되돌아가고 싶어진다. 꼭 한 번만이라도 더 그 아이와 함께 행복한 마음으로 말없이 집으로 돌아가고 싶어진다.

추억 여행은 이렇게 끝없이 이어지다 머리 위 파도가 파도와 부딪치고 가슴에서 긴 한숨이 터져 나온 후에야 끝이 난다. 그때 우리는 추억 여행에 몰두하느라 그동안 숨 쉬는 것조차 잊고 있었음을 깨닫는다. 밤새 살아 움직이던 유령들이 새벽닭이 울면 사라져버리듯이, 몽상의 세계는 순식간에 사라진다.

오래된 성과 보리수나무 옆을 지나갈 때, 말 탄 파수병과 높은 계단을 올려보았을 때, 내 마음을 스쳐 간 추억들을 어찌 다 말로 표현할 수 있으랴. 그곳은 모든 것이 변해 있었다. 여러 해 전부터 이미 나는 성에 발길을 끊었다. 후작 부인은 세상을 떠났고, 후작은 영주의 자리에서 물러나 이탈리아에서 살고 있었다. 영주의 자리는 어린 시절 나와 함께 뛰놀던 후작의 맏아들이 물려받았다.

영주는 젊은 귀족과 장교 들에 둘러싸여 있었고, 그들과 어울리는 것을 좋아했다. 그러다 보니 어릴 적 소꿉친구인 나와는 자연히 멀어졌다. 이외에도 그와 나의 우정을 방해하는 다른 사정들이 있었다. 독일 국민의 궁핍한 삶과 정부의 악정을 처음 알게 된 젊은이가 대부분 그렇듯이, 나 역시 진보 정당의 구호를 몇 개 입에 달고 살았다. 성에서의 그런 언행은 존경받아 마땅한 목사의 집에서 무례히 행동하는 것만큼이나 비천한 태도였다. 아무튼 나는 꽤 오래도록 성의 계단을 오르지 않았다.

하지만 성에는 하루도 이름을 잊은 적이, 단 한순간도 떠올리지 않은 적 없는 그 사람이 살고 있다. 난 오래전부터 이 세상에서는 그녀를 다시 볼 수 없을 거라고 생각하고 있었다. 그랬다. 그녀는 내게 현실에는 존재하지도, 존재할 수도 없는 사람이었다. 이제 그녀는 나의 수호천사가 되어 있었다. 뭔가를 혼자 생각해야 할 때도 나는 그녀와 이야기를 나누었다. 그녀는 나의 또 다른 자아였다.

어떻게 그녀가 내게 이런 존재가 되었는지는 잘 모르겠다. 그럴 수밖에 없는 것이, 사실 난 그녀에 대해 아는 것이 없었다. 사람들이 구름을 보고 어떤 형상을 떠올리는 것처럼, 그녀의 형상은 순전히 나의 상상으로, 나의 어린 시절 추억을 토대로 만들어졌다. 나는 현실에서의 모호하고 흐릿한 암시로 환상 속에서 완벽한 그녀를 빚어낸 것이다.

무언가 생각해야 할 때마다 나는 부지불식간에 내 머릿속 그녀와 대화를 나누기 시작했다. 마음속 모든 선한 생각, 내가 추구하고 믿는 것, 좀 더 나은 나의 자아에 이르기까지 내가 가진 모든 것이 그녀의 것이었다. 이는 내가 그녀에게 부여한 것이면서 나의 수호천사, 그녀의 입으로부터 전해진 것이었다.

고향으로 향한 지 며칠이 되지 않은 어느 아침, 난 한 통의 편지를 받았다. 그 편지는 후작의 딸인 마리아한테서 온 것이었다. 편지는 영어로 쓰여 있었다.

친애하는 친구여,
당신이 당분간 이곳에 머물게 되었다는 소식을 들었어요.
우리가 만난 지 벌써 몇 년이 지났네요.
당신만 괜찮다면 옛 친구를 한번 만나보고 싶어요.
오늘 오후에 스위스 별채로 와 주세요.

기다리고 있을게요.

          당신의 친구, 마리아가.

 나는 곧장 오후에 방문하겠다는 편지를 영문으로 써 보냈다.
 스위스 별채는 성의 한쪽 끝에 딸린 부속 건물로, 정원으로 통하는 길이 있기 때문에 안채를 통과하지 않고도 갈 수 있었다. 다섯 시쯤 나는 정원을 지나 별채로 향했다. 그녀를 향해 걷는 동안 내 마음속에는 온갖 감정이 휘몰아쳤다. 나는 마음을 진정시키며 그녀에게 예의를 갖추어야 한다고 다짐했다. 그러기 위해 먼저, 나는 내 가슴 속 수호천사를 달랬다. '이 여인은 수호천사 너와는 아무런 상관이 없는 사람이야.' 그러나 마음속 소용돌이를 잠재우기엔 역부족이었다. 수호천사 역시 이번에는 내게 용기를 불어넣어 줄 생각이 없는 듯했다. 난 겨우 마음을 진정시켰다. 어차피 인생은 가장무도회가 아니냐고 중얼거리며 반쯤 열려 있는 방문을 노크했다.
 방에는 웬 낯선 부인이 있었다. 부인은 "후작 따

님께서 곧 나오실 겁니다."라고 말한 뒤 방을 떠났다. 혼자 남겨진 나는 방 안을 둘러보았다. 벽은 모두 떡갈나무로 되어 있었고, 격자 문양의 창이 사방을 두르고 있었다. 창문을 통해 넘어 든 담쟁이덩굴은 무성한 잎을 방 안까지 뻗은 채였다. 의자와 탁자 역시 떡갈나무로 만든 것으로, 아름다운 조각으로 장식되어 있었다. 바닥에는 나무 마루가 깔렸다. 그런데 방 안에 낯익은 물건들이 보였다. 이 방에서 익숙한 물건을 보자 묘한 기분이 들었다. 대부분 어린 시절 우리가 가지고 놀던 물건들이었다.

개중에 진정으로 나를 놀라게 한 것은 방에 놓인 초상화였다. 그랜드 피아노 위에는 베토벤과 헨델, 그리고 멘델스존의 초상화가 걸려 있었는데, 대학 기숙사의 내 방에 있던 것과 같았다. 심지어 방 한쪽 구석에는 밀로의 비너스상이 있었는데, 그건 내가 고대 조각 중 가장 아름답다고 생각하는 것이었다.

그뿐이 아니었다. 책상 위에는 단테와 셰익스피어의 책, 타울러[1]의 설교집 『독일신학』, 뤼케르트[2]

---

1 Johannes Tauler. 14세기 독일 도미니코회 수도사이자 설교가.
2 Friedrich Rückert. 18-19세기 독일 낭만파 시인이자 동양학자. 페르시아 시인 하피즈의 영향을 받은 『동방의 장미』 등을 펴냄.

의 시집, 테니슨[3]과 번스[4]의 시집, 그리고 칼라일[5]의 저서 『과거와 현재』가 놓여 있었는데, 그 책들 또한 내 방에 있는 것들이었다. 얼마 전까지 난 그 책을 읽지 않았던가. 자꾸 옛 추억에 빠져들어서는 안 될 것 같아, 난 세상을 떠난 후작 부인의 초상화 앞으로 다가갔다.

바로 그 순간 문이 열리더니 어릴 적 자주 보았던 두 남자가 마리아가 누운 긴 침대를 방 안으로 밀고 들어왔다. 아, 그녀의 모습을 보라! 그녀는 말 없이 고요한 호수 같은 얼굴을 내비치고 있었다. 두 남자가 방에서 나간 후에야 비로소 그녀는 시선을 내 쪽으로 돌렸다. 예전과 다름없이 신비롭고 끝을 알 수 없이 깊은 눈이었다. 조금씩 생기가 돌아오더니, 마침내 얼굴 전체에 환한 미소를 머금은 그녀가 입을 열었다.

"우리는 오랜 친구 맞지요? 우리는 하나도 변한 게 없는 것 같아요. 난 당신을 '지[6]'라고 부르지 않

---

3 Alfred Tennyson. 19세기 영국의 시인으로, 빅토리아 시대의 계관시인.
4 Robert Burns. 18세기에 활동한 시인으로, 스코틀랜드의 국민 시인.
5 Thomas Carlyle. 19세기 영국의 비평가이자 역사가. 이상주의적 사회 개혁을 주장함.
6 Sie. 독일어에서 친밀하지 않은 관계에 있는 상대방을 지칭하는 말.

겠어요. 그렇다고 '두[7]'라고 부를 수도 없으니 영어로 이야기하는 편이 좋겠어요. Do you understand me?"

나는 그녀가 이토록 나를 반기리라고는 상상도 하지 못했다. 하지만 분명히 그녀의 행동은 거짓되지 않았다. 여기 한 영혼을 그리워하는 또 다른 영혼이 있다는 것은 참된 진실이었다. 그건 옷으로 몸을 감싼들, 검은 가면으로 얼굴을 가린들 눈빛만으로 단번에 서로를 알아보는 친구가 나누는 인사였다. 나는 나를 향해 내민 그녀의 손을 잡고 말했다.

"수호천사에게 말을 건네며 '지'라고 부를 수는 없는 법이죠."

그렇지만 세상의 형식이나 관습의 힘은 참으로 강력하여, 아무리 영혼의 색채가 비슷한 두 사람이라도 자연스럽게 이야기를 나누기는 몹시 어려웠다! 잠시 대화가 멎었고 우리는 당혹감을 느꼈다. 그때 문득 머리에 떠오른 생각으로 나는 침묵을 깨었다.

"어릴 때부터 새장 속에 사는 데에 길들여진 사

---

[7] Du. 독일어에서 친밀한 관계에서 상대방을 가리키는 말로, 특히 연인 사이에 사용하는 호칭.

람은 자유로운 몸이 되어도 날개를 퍼덕일 엄두를 내지 못해요. 날아오르다 혹시 어딘가에 부딪힐지도 모른다는 두려움 때문이죠."

그녀가 말했다.

"맞아요. 하지만 그건 또 그것대로 좋다고 생각해요. 달리 어쩔 도리가 없으니까요. 사람들은 가끔 숲속의 새처럼 살고 싶어 하지요. 나뭇가지 위에서 만나 인사나 소개 없이 함께 노래 부를 수 있으니까요. 하지만 새들 가운데에는 부엉이나 참새도 있는 법이고, 그런 때는 모른 척 지나치는 것이 더 나을 수도 있어요. 어쩌면 인생은 시 같은 게 아닐까요? 진정한 시인은 정해진 율격 속에서도 최고의 아름다움, 최고의 진실을 표현하듯이, 인간도 사회의 여러 가지 규범이나 속박에도 불구하고 생각과 감정의 자유를 지킬 줄 알아야 하니까요."

그 순간 플라텐[8]의 시 한 구절이 떠올랐다.

그 어느 곳에서든
영원히 존재하는 것은

---

[8] August von Platen. 19세기 영국의 시인이자 극작가로, 유럽의 정형시 소네트 연작을 남김.

정해진 율격 속에서 표현된

자유로운 정신이어라.

"맞는 말이에요."

그녀는 다정하면서도 장난스러운 미소로 대답했다.
"나에게는 특권이 하나 있어요. 바로 병과 외로움이지요. 나는 종종 젊은 청춘들이 가엾다는 생각을 하곤 해요. 청춘 남녀와 주변 이들은 사랑이나 연애 관계 외에는 어떤 우정이나 친밀함도 상상하지 못하니까요. 그로 인해 오히려 많은 걸 잃게 되는데도 말이에요.

젊은 여자들은 훌륭한 이성 친구가 자신의 영혼 속에 숨어 있는 뭔가를 일깨워줄 수도 있다는 사실을 모르고 있어요. 젊은 남자들 역시 마찬가지예요. 누군가가 그들의 내면적 갈등을 멀리서 지켜봐 주기만 해도 옛날의 기사도 정신을 되찾을 수 있을 텐데, 그러지를 못하거든요. 아마 사람들이 사랑이라고 부르는 감정이 자꾸 끼어드니까 그런 것 같아요. 가슴의 두근거림이라든지 폭풍처럼 밀려오는 희망의 물결, 혹은 연인의 얼굴을 보며 느끼는 기쁨 같은 달콤한 감정은 물론, 약삭빠르게 이해를 따지는 것까지. 순수한 인간애의 참모습이라 할 수 있는 평온함을 깨뜨려버리니까요."

그때 그녀가 말을 멈추었다. 그녀의 얼굴에 고통스런 표정이 언뜻 떠올랐다.

"오늘은 더 이상 이야기를 나눌 수 없겠군요. 주치의께서 주의를 주셨거든요. 멘델스존의 음악이 듣고 싶네요. 그 이중주, 예전에 당신이 잘 치던 그 곡 말이에요. 맞지요?"

나는 아무 대답도 할 수가 없었다. 그녀가 말을 마치고 예전처럼 두 손을 마주 쥐었을 때, 손가락에 걸린 반지가 눈에 들어왔기 때문이다. 오래전 그녀가 내게 주었고, 또 내가 그녀에게 주었던 그 반지가 지금은 그녀의 새끼손가락에 끼워져 있었다. 수많은 생각에 벅차, 난 아무 말도 할 수가 없었다. 나는 조용히 피아노 앞에 앉아 곡을 연주했다.

연주가 끝난 후 난 그녀 쪽으로 몸을 돌려 이야기했다.

"이렇게 말없이 음악으로만 이야기할 수 있다면 얼마나 좋을까요."

"그럴 수 있고말고요."

그녀가 대답했다.

"난 모든 걸 알아들을 수 있으니까요. 하지만, 오늘은 이만하기로 해요. 난 점점 쇠약해지고 있어요. 우린 이제 서로에게 익숙해져야만 해요. 세상을 등진 이 가엾은 병자가 당신에게 너그러운 용서를 구하는 거예요. 내일 저녁에도 이 시간에 만났으면 해요. 괜찮죠?"

난 그녀의 손을 잡고 입을 맞추려고 했다. 하지만 그녀는 내 손을 꼭 쥐면서 말했다.

"이것으로 됐어요. 안녕!"

다섯 번째 회상

 내가 무슨 생각으로 어떤 감정에 휩싸여 집으로 돌아왔는지, 그때의 심정을 담아낼 말이 도저히 떠오르지 않는다. 기쁨이나 고통이 극에 달한 사람은 홀로 저마다의 '무언의 상념'이라는 곡을 연주하지 않는가. 당시 내가 느낀 것은 기쁨이나 슬픔이 아니었다. 그것은 말로는 표현이 불가능한 경이로움이었다.

 온갖 상념이 땅에 도달하기 전 공중에서 그만 빛을 잃어버린 유성처럼 한순간 떠올랐다 사라졌다. 때론 꿈을 꾸면서 스스로에게 '너는 지금 꿈을 꾸고 있는 거야.'라고 전하듯이, 나는 나를 향해 '너는 살아 있어. 그리고 그녀 역시 실재하고 있어.'라고 되뇌었다. 또한 신중함과 침착함을 잃지 않으려 애쓰면서 말했다. '도대체 어떻게 그토록 사랑스러울 수가 있지. 그녀처럼 감성이 뛰어난 사람은 이제껏 본 적이 없어.'

마음속에 그녀를 향한 연민이 싹트기 시작했다. 머릿속으로는 방학 동안 그녀와 함께 보낼 즐거운 저녁 시간을 그렸다. 아니, 그게 아니다. 그런 정도가 아니었다. 그녀는 내가 찾아 헤매고 꿈꿔온 모든 것, 내가 바라고 믿는 모든 것이었다. 내가 추구하던 모든 것이 마침내 여기 한 인간의 모습으로 나타났다. 봄날 아침처럼 맑고 신선한 모습으로. 난 첫눈에 그녀가 어떤 사람인지, 그녀 마음속에 무엇이 숨었는지를 알아보았다.

그녀와 인사를 나누던 순간에 벌써 난 그녀가 내 마음속 수호천사였다는 사실을 깨달았다. 내가 그려왔던 수호천사는 이제 더 이상 물음에 답해오지 않는다. 그 수호천사는 사라져버렸다. 이제 이 세상에서 수호천사를 만날 수 있는 곳은 단 한 곳뿐이라는 사실을 난 깨달았다.

행복한 나날이 계속되었다. 저녁마다 난 그녀를 방문했고, 우리는 곧 서로가 진정한 옛 친구라는 것을, 서로를 '두'라고 부를 수밖에 없는 사이라는 것을 깨달았다. 헤어져 있는 동안에도 우리는 늘 곁에 있었고, 항상 서로가 함께한다고 느꼈다. 그녀가 느끼는 감정치고 내 영혼의 심금을 울리지 않는 것이 없었으며, 나의 모든 생각에 그녀는 언제나 다정한 고갯짓으로 동감을 표했다.

언젠가 이 시대 유명 음악가가 누이와 함께 피아노를 즉흥으로 연주하는 모습을 본 적 있다. 그때 나는 두 사람이 저마다 떠오르는 악상을 자유롭게 연주하면서도 화음을 깨지 않을 수 있음에 몹시 놀랐다. 그것이 어떻게 가능한지 좀처럼 이해할 수 없었다. 그러나 이제는 안다. 그래, 나는 비로소 나의 내면이 그간 짐작해온 것만큼 가난하고 공허한 형색은 아니라는 것을 깨달았다. 단지 내겐 내면의 씨앗을 발아시켜 꽃봉오리 피우게 할 햇볕이 존재하지 않았을 뿐이다.

하지만 나와 그녀의 영혼을 사로잡았던 그 봄날에는 우수가 가득했다! 장미가 만발한 5월, 사람들은 꽃이 곧 시들어버리리라는 사실을 잊고 살아가는 법이다. 반면에 우리의 초여름에는 꽃잎이 하나둘 떨어지고 있음을 알리는 경고음이 날마다 들려왔다. 그녀는 나보다 먼저 그것을 느꼈으나, 고통스러워하지는 않았다. 우리의 대화는 날이 갈수록 더 진지하고 엄숙해졌다.

어느 날 저녁, 막 집에 돌아가려는데 그녀가 말

했다.

"난 내가 이렇게 오래 살게 될 줄 정말 몰랐어요. 견진성사를 받던 그날, 이 반지를 당신에게 주었을 때, 난 내가 금방 세상을 떠나게 될 거라고 생각했으니까요. 그런데 이렇게 오래 행복한 시간을 누렸으니 더 이상 바랄 게 없어요. 물론 괴로운 일도 많았지만 그런 건 금방 잊히니까요. 이젠 정말 작별의 시간이 얼마 남지 않은 것 같아요. 그러니 내겐 한 시간, 아니 일분일초도 무척이나 소중합니다. 안녕히 가세요. 그리고 내일도 늦지 않게 와주세요."

어느 날인가는 그녀의 방에 한 이탈리아 화가가 와 있었다. 그녀는 화가와 이탈리아어로 이야기를 나누는 중이었다. 그 남자는 예술가라기보다 한낱 기술자처럼 보였다. 그런데도 그녀는 상냥하고 겸손한 태도로, 존경의 마음을 담아 말을 건넸다. 그녀의 태도는 그녀가 고귀한 품성과 영혼을 타고난 사람임을 여실히 드러내었다. 화가가 돌아간 후 그녀가 말했다.

"보여주고 싶은 그림이 하나 있는데, 아마 당신 마음에도 들 거예요. 원화는 파리 미술관에 있는데, 언젠가 그 그림에 대한 글을 읽은 적이 있거든요.

그래서 아까 그 이탈리아 화가한테 똑같이 그려다 달라고 부탁했었어요."

그녀는 내게 그림을 보여주고 내 입에서 흘러나올 말을 기다리고 있었다. 그것은 독일 고전 의상을 입은 중년 남자의 초상화였다. 그 남자는 몽환적이면서도 경건한 표정을 짓고 있었는데, 그 표정이 너무 사실적이어서 실존 인물의 초상화가 틀림없어 보였다. 바탕 색조는 전체적으로 어두운 갈색이었고, 지평선 위로 이제 막 떠오르는 해를 배경으로 하고 있었다. 이렇다 하게 두드러진 특징은 없었지만 안정적인 구도로, 몇 시간을 보고 있어도 싫증이 날 것 같지는 않았다.

"정말 살아 있는 사람 같군요. 라파엘로라도 이런 그림을 그리지는 못했을 겁니다."

"정말 그렇죠? 내가 왜 이 초상화를 갖고 싶었는지 말할게요. 이 그림을 그린 화가가 누구인지, 또 모델은 누구인지 알려지지 않았다는 내용을 책에서 읽었어요. 그렇지만 이 초상화의 모델은 중세 시대의 철학자임이 틀림없어요.

그런데 난 바로 이런 초상화가 필요했어요. 당신도 알다시피, 『독일신학』의 저자에 대해서는 알려진 게 별로 없잖아요. 물론 그 사람의 초상화도 전해지는 게 없고요. 그래서 미지의 화가가 그린, 미지의 초상화가 혹시 『독일신학』의 저자로 어울리지 않을까 확인해보고 싶었던 거예요.

당신이 반대하지만 않는다면, 이 그림을 여기 알비파[1] 그림과 보름스 의회[2]의 그림 사이에다 걸어놓고, '독일신학의 저자'라는 제목을 붙일까 하는데, 당신 생각은 어때요?"

"좋은 생각이네요. 하지만 이 사람은 프랑크푸르트 사람치고는 좀 강인하고 남성적으로 보이는군요."

"그럴지도 몰라요. 하지만 어쨌든 죽음을 눈앞에 두고 있는 나와 같은 병자에게는 『독일신학』만큼 힘과 위로가 되는 책이 없답니다. 정말 얼마나 고마운지 모르겠어요. 이 책을 통해서 비로소 아주 쉽게 기독교 교리의 참뜻을 이해하게 되었어요. 이 책을 쓴 사람이 누구든 간에, 그의 가르침을 믿고 안 믿고는 저의 자유예요. 저에게 자신의 말을 믿어달라

---

[1] Albigenses. 12세기 중엽 프랑스 알비를 중심으로 크게 세력을 키웠던 그리스도의 교파로, 인간은 물질적인 것으로부터 해방되어야 구원을 받을 수 있다는 극단적 금욕주의가 특징.

[2] Diet of Worms. 독일의 보름스에서 열린 신성로마제국의 의회로, 1521년 1월 27일 마르틴 루터의 종교개혁을 심의할 목적으로 개최됨. 독일 황제 카를 5세 즉위 후 열린 최초의 의회.

고 강요하고 있지 않으니까요. 그런데도 그분의 말씀은 마치 신의 계시를 처음으로 경험하는 것처럼 엄청난 힘으로 나를 사로잡았답니다.

많은 사람이 참된 기독교 정신을 깨닫지 못하는 것은, 우리들 마음에 계시가 미처 스미기도 전에 기독교 교리가 계시로서 제시되기 때문이에요. 바로 그 점 때문에 나도 종종 불안을 느꼈답니다. 그렇다고 우리 종교의 진실과 신성함을 의심했다는 뜻은 아니에요. 단지 타인들로부터 주어진 신앙은 나의 권리가 아닌 것 같았고, 또한 이해하지도 못하면서 어릴 때부터 습관적으로 배우고 받아들인 믿음은 진정한 내 것이 아니라는 느낌이 들었다는 말이에요. 누구도 우리를 대신하여 살아주거나 죽어줄 수 없는 것처럼, 다른 사람이 우리를 대신해서 믿어줄 수는 없는 일이잖아요."

내가 대답했다.

"물론입니다. 바로 그 점 때문에 그 치열하고 격렬한 투쟁들이 많이 일어났으니까요. 기독교 교리가 예수님의 제자와 초장기 기독교 신도들의 마음을 사로잡았던 것처럼 천천히 그리고 거역할 수 없는 힘으로 우리 마음을 얻어야 할 텐데. 오늘날은 우리가 아주 어릴 적부터 거대한 힘을 지닌 교회가 거역할 수 없는 율법의 힘으로 신앙이라는 절대복종을 강요하고 있거든요.

바로 그 점 때문에 사고력이 있는 사람이라면, 또 진리에 대한 탐구심이 있는 사람이라면 빠르건 늦건 언젠가는 여러 가지 의혹에 고개를 들게 되지요. 우리가 믿음의 정도正道를 걷는 동안에도 의혹과 불신이라는 끔찍한 괴물이 마음속에 자리하여 평온한 삶을 살 수 없게 하는 것입니다."

"얼마 전에 어떤 영어 책에서 이런 구절을 읽었어요."

그녀가 말을 이었다.

"진리가 계시로 나타나는 것이지, 계시가 곧 진리가 되는 것은 아니라는 말을요. 내가 『독일신학』을 읽었을 때의 느낌이 바로 그랬어요. 그 책이 담고 있는 진리의 힘이 얼마나 큰지 책을 읽는 동안 나는 거기에 굴복하지 않을 수 없었어요. 진리가 무엇인지 분명히 깨달은 것이지요. 아니, 나 자신이 누구인지를 확실하게 안 거예요. 난 처음으로 믿는다는 것이 무엇인지를 느꼈어요. 진리는 이미 내 안에 있었던 거예요. 오랫동안 나의 내면에서 잠자고 있었지요. 누구인지도 모르는 그분의 말씀은 마치 한 줄기 빛처럼 마음의 눈을 뜨게 했고, 막연히 느끼고 있었던 예감을 내 영혼 앞에 분명하게 보여주었어요.

인간이 믿음을 가질 수 있다는 것을 체험하고 나니 복음서를 읽어보아야겠다는 생각이 들었어요. 복음서들 역시 누가 썼는지 모른다고 가정하고 말입니다. 그래서 우선 머릿속에 있는 선입견들을 몰아냈어요. 복음서는 성령에 의해 신비로운 방법으로 사도들의 마음속에 불어넣어진 영감靈感이다, 복음서는 종교회의에서 비준을 받은 것이다, 복음서는 가톨릭 신앙에서 최고의 권위를 인정받고 있는 것이다 하는 생각들 말이에요. 그러고 나니 비로소 기독교 신앙이 무엇인지, 기독교 계시가 무엇인지 이해할 수 있게 되었답니다."

"사실 신학자들이 우리에게서 종교에 대한 모든 믿음을 아직 앗아가지 않은 게 이상할 정도지요. 만약 독실한 신자들이 '그 정도면 됐소. 이제 그만하시오.' 하고 진지하게 말하지 않는다면 그들은 그렇게 했을지도 모릅니다. 교회에는 물론 하느님의 일꾼이 필요합니다. 하지만 이 세상의 종교치고 목사나 바라문, 샤먼, 불교의 승려나 라마승, 바리새인이나 율법학자 같은 무리에 의해 부패하거나 해를 입지 않은 경우는 없지요.

그들은 대부분의 신도가 이해할 수 없는 말로 논쟁을 벌이느라 항상 정신이 없습니다. 또한 복음서를 통해 성령을 얻고 그 성령을 다른 이에게 나누어 주기보다는, 복음서는 성령을 얻은 자들에 의해 쓰인 것이니 진리와 같다는 장황한 증거만을 늘어놓지요.

하지만 그것은 자신의 부족한 신앙심을 은폐하려는 궁여지책에 불과합니다. 경이로운 성령의 힘을 경험하지 못한 자가 도대체 어떻게, 복음서를 기록한 사람들이 불가사의한 힘에 의해 성령을 얻었다는 사실을 알 수 있겠습니까? 그러니까 그들은 초대 교회의 목회자들도 성령을 지닌 사람들이었으며, 종교회의에서 다수 의견을 낸 사람들 역시 성령의 은총을 받았다고 주장하는 것입니다.

만약 그렇다면 다음과 같은 문제가 생기는데도 말입니다. 쉰 명의 주교 가운데 스물여섯 명은 성령을 얻었고, 스물네 명은 성령을 얻지 못했다고 말할 만한 근거는 과연 어디에 있습니까. 궁지에 몰린 그들은 심지어 '성령과 무류성[3]이 축복의 안수를 통해 오늘까지도 교회의 지도자들에게 이어지고 있다. 그 까닭으로 무류성이나 다수결의 원칙, 성령 등은 그 어떤 내면적 확신이나 헌신, 또는 경건한 신앙적 직관 같은 걸 필요로 하지 않는다.'라고 주장하기도 합니다.

그러나 이러한 주장의 연쇄에도 애초에 가졌던 소박한 의문이 다시 떠오르게 되지요. B라는 사람이 A라는 사람만큼, 또는 A 이상의 성령을 받지 않은 경우, A가 성령을 받았는지 그렇지 않은지 B가 어떻게 알 수 있느냐는 의문 말입니다. 자신에게 깃든 성령을 인식하는 것보다 타인의 성령을 헤아리는 것이 더욱 어려운 법이니까요."

내 말에 이어 그녀가 말했다.

"그 정도로 명확한 것은 아니지만, 나 역시 누군가 사랑하고 있는지를 깨닫기란 무척 어렵다고 생각하곤 했어요. 사랑에 결코 위조할 수 없는 어떤 표식이 있는 것은 아니니까요. 그래서 나는 사랑을

---

[3] 無謬性. 가톨릭교회의 신조 가운데 하나. 교황이 전 세계 로마 가톨릭교회의 수장으로서 신앙 및 도덕에 관하여 내린 정식 결정은 하나님의 특별한 은총으로 말미암아 오류가 있을 수 없다는 주장.

아는 이가 아니면 그 누구도 타인의 사랑을 알 수 없다고 생각했어요. 또한 자신의 사랑을 믿는 만큼만 타인의 사랑을 믿을 수 있다고도요. 성령도 사랑과 같은 게 아닐까요. 성령의 은총을 받은 이의 귀에는 하늘에서 불어오는 세찬 바람 소리가 들리고, 눈에는 벌겋게 불타는 혓바닥이 갈라지는 모습이 보여요. 그러나 그렇지 못한 이들은 깜짝 놀라 헤매거나, 성령을 받은 사람들을 향해 '이 사람들, 달콤한 포도주에 취했군.' 하며 비웃을 뿐이지요."

그녀가 연이어 말했다.

"하지만 방금 전에도 말했듯이 내가 나의 신앙을 믿게 된 것은 『독일신학』 덕분이에요. 사람들의 눈에는 결함으로 보이는 부분이 나에게는 오히려 확신을 주었답니다. 그분은 자신이 쓴 내용을 논증하려 애쓰지 않고, 자신의 생각을 던져놓았을 뿐이지요. 씨를 뿌리는 농부처럼, 비옥한 땅에 떨어진 씨앗 가운데 단 몇 톨만이라도 훌륭하게 자라, 수천 배의 열매가 되기를 기원하면서 말이에요. 그분은 자신의 주장을 입증하는 데에 굳이 힘쓰지 않았어요. 자신의 주장이 진실하다는 확실한 믿음이 있었기에 굳이 증명이라는 형식을 필요로 하지 않았지요."

"그렇고 말고요."

그녀의 말을 가로막으면서 내가 말했다. 스피노자의 『윤리학』에 나오는 놀라운 연쇄 논증이 떠올랐기 때문이었다.

"스피노자의 경우가 바로 그렇지요. 스피노자가 계속해서 논증을 해나가는 것을 보면 오히려 그가 자신의 학설을 진심으로 믿지 못하는 것은 아닌가, 믿지 못하기 때문에 계속해서 논리의 그물을 엮어갈 필요가 있었던 것은 아닌가 하는 인상을 받게 되거든요."

내가 계속 말을 이어나갔다.

"그렇지만 솔직히 말해, 나는 『독일신학』에 당신만큼 경탄했던 건 아닙니다. 자극을 받은 정도에 그쳤지요. 내가 보기에 그 책은 인간적인 측면이나 문학적인 측면에서도 좀 부족함이 있고, 무엇보다 현실에 대한 따뜻한 마음과 경외심이 좀 결여된 것 같아서요. 14세기의 모든 신비주의는 준비 단계에서는 어느 정도 도움이 되지요. 하지만 참된 해결책은 신에 귀의해서, 신의 축복을 받으면서 다시 현실 생활을 해나갈 때 비로소 발견된다고 봅니다. 루터가 바로 그런 경우라고 할 수 있습니다.

우리는 살아가는 동안 한 번쯤은 인간이란 존재의 덧없음을 깨달아야 합니다. 우리 자신이 아무것도 아니라는 것, 우리의 존재와 기원과 영생은 바로 초자연적이고 불가사의한 것에서 유래했다는 사실을 느껴야 한다는 말입니다. 이것이 바로 신으로의 귀환이지요. 비록 이 지상에서는 결코 귀환의 목적지에 도달하지 못하겠지만, 우리 마음속에 다시는 꺼지지 않을 신을 향한 그리움을 남길 것입니다.

하지만 신비주의자들이 주장하는 것처럼 인간의 탄생 자체를 무효화할 수는 없습니다. 인간 자신이 무에서 태어나긴 했지만, 오로지 신을 통해 신에 의해 만들어지긴 했지만, 혼자 힘만으로는 무로 되돌아갈 수 없다는 말입니다. 타울러가 자주 언급하고 있는 자기소멸이란 것도 불교의 열반이나 인간 영혼의 소멸 이상의 것은 아닙니다.

타울러는 이렇게 말했습니다. '만약 신에 대한 커다란 외경심과 사랑 때문에 무로 되돌아가려는 사람이라면, 그 높으신 신 앞에서 가장 깊은 나락으로도 기꺼이 떨어질 것이다.'라고 말이죠. 하지만 피조물의 이러한 소멸은 결코 신의 뜻이 아닙니다. 신이 바로 인간을 만든 창조주이시니까요. '신이 모습을 바꾸어 인간 안으로 들어가는 것이지, 인간이 신으로 변할 수는 없다.'라고 아우구스티누스도 말했잖아요.

그러니까 신비주의는 인간의 영혼을 단련시키는 시련의 불꽃은 될 수 있지만, 가마솥에서 끓고 있는 물처럼 인간의 영혼을 영영 증발시키지는 못합니다. 자아의 소멸을 인식한 자는 그 자아가 바로 진정한 성령의 반영임을 인식해야 합니다.

『독일신학』에는 다음과 같은 구절이 있습니다.[4]

흘러나온 것은 참된 실재가 아니다. 완전한 존재만이 실재하는 것이니, 흘러나온 것은 한낱 우연이며 광채이며 반사이다. 우연이나 광채, 반사 같은 것은 실재하지 아니하여, 오로지 이를 유출한 태양, 빛, 불꽃 안에만 자리할 따름이다.

하지만 성령으로부터 흘러나온 것은, 그것이 비록 불꽃의 그림자에 지나지 않는다고 하더라도 성령의 일부를 자신 속에 품고 있습니다. 반사되지 않는 불꽃, 빛이 없는 태양, 혹은 피조물 없는 창조주

---

[4] 이하 『독일신학』에서의 인용문은 모두 중세 독일어로 쓰임.

가 도대체 무슨 의미가 있겠습니까? 이런 의문을 풀어주는 구절이 있습니다.

어떤 사람, 어떤 피조물이든 신의 오묘한 뜻과 의지를 알고자 열망하는 것은 아담과 악마의 행적을 알고자 열망하는 것과 다를 바가 없다.

그러니까 우리는 우리 자신이 신의 반영이며, 또 신의 형상으로 보인다는 것에 만족해야 합니다. 우리를 비춰주는 신의 빛을 감추거나 꺼버리지 말고, 그 빛이 밖으로 퍼져나가 주변을 두루 비추어 만물에 온기를 줄 수 있도록 해야 하지요. 그렇게 할 때 우리는 우리 혈관 속에 살아 있는 불꽃을 느끼게 되고, 삶의 투쟁을 위한 보다 단계 높은 축복을 느끼게 됩니다.

그러면 아무리 하찮은 의무라도 우리에게 신을 상기시키고, 세속적인 것은 성스러운 것이, 무상은 영원이 될 것입니다. 결국 우리 온 삶이 신의 품 안에서의 삶으로 화化하는 것이지요. 신은 영원한 휴식이 아니라 영원한 생명입니다.

우리는 기도하네. '오, 주여, 당신의 뜻대로 하소서.'라고. 그러나 보라. 신에게는 의지가 없다네. 신은 영원히 침묵뿐이라네.

안겔루스 질레지우스[5]가 신에게는 의지가 없다고 말했을 때 그는 이러한 진리를 잊고 있었던 것입니다."

그녀는 차분히 내 말에 귀를 기울이고 있었다. 그러고는 잠시 생각에 잠겨 있다가 말했다.

"당신은 신앙은 건강하고 힘을 갖고 있군요. 하지만 세상에는 삶에 지친 나머지 안식과 수면을 갈망하는 영혼들도 있답니다. 삶이 너무 외로워 지금 당장 신의 품으로 돌아간다 해도 세상에 대해 아무 미련을 갖지 않을 그런 사람들 말이에요. 그들은 지금 당장이라도 신의 품에 귀의하면 거룩한 휴식이 찾아오리라 생각하고 있어요. 그들은 세상에 그 어떤 유대나 관계도 가지고 있지 않으니 그럴 수밖에요. 영원한 안식에 대한 소망 이외에는 그들을 위로할 수 있는 것이 하나도 없기 때문이기도 하고요.

안식은 최고의 선善, 그러나 만약 신이 안식이 아니라면, 나는

---

5 Angelus Silesius. 17세기 영국의 시인. 신비주의적 경향을 띠며 루터주의에 반대함.

그분 앞에서 스스로 두 눈을 감아버리리라.

아무튼 당신은 『독일신학』의 저자를 오해하고 있는 것 같군요. 그분은 현실의 삶이 덧없다고 말하고 있지만, 삶의 소멸을 원하는 것은 아니거든요. 28장을 좀 읽어주시겠어요?"

내가 그 책을 들고 읽어 내려가는 동안 그녀는 두 눈을 감고 귀를 기울였다.

만약 진정한 합일이 이루어지게 되면, 그 합일의 순간에 내면의 인간은 활동하지 않는다. 외형적 인간은 신으로 하여금 이쪽에서 저쪽으로, 또 이승에서 저승으로 움직인다. 필연적으로 그렇게 될 수밖에 없고, 또 마땅히 그렇게 되어야 할 일이다. 그러면 아마 외형적 인간은 틀림없이 이렇게 말할 것이다.

'저는 존재하고 싶은 것도, 존재하고 싶지 않은 것도 아닙니다. 저는 살고 싶은 것도, 또 죽고 싶은 것도 아닙니다. 저는 알고 싶은 것도, 모르고 싶은 것도 아니며, 또 행동하고 싶은 것도, 그냥 내버려두고 싶은 것도 아닙니다. 그 어느 쪽도 제 뜻이 아닙니다. 오로지 저는 그렇게 될 수밖에 없고, 그렇게 행할 준비가 되어 있으며, 그것에 순종할 따름입니다.'라고 말이다.

이렇듯 외형적 인간은 그 이유를 따져 묻거나 해명을 요구하지 않으며, 묵묵히 영원하신 분의 뜻에 만족한다. 내적 인간은 움직이지 않도록, 외형적 인간은 필히 움직이도록 결정되어 있다는 사실은 만인이 수용하는 진리이리라. 혹시 내적 인간이 움직이며 '왜'라고 따지는 경우가 생긴다면, 이 역시 영원하신 분의 뜻에 의해 정해진 필연일 따름이다. 신이 직접 인간이 되려 할 때나 벌써 인간이 된 경우가 그에 해당한다. 예수 그리스도에게서 확인할 수 있다.

신의 빛 속에서 그러한 합일이 발생하고 실로 이루어지는 때에는 정신적 교만, 경솔에서 비롯한 뻔뻔함, 자유분방한 기질 같은 것은 찾아볼 수 없다. 그곳엔 다만 끝없는 겸손, 무한히 자신을 낮추는 조심스러움, 단정함과 성실함, 평등과 진리, 평화와 넉넉함, 일체의 덕이 있을 뿐이다. 그렇지 않다면 앞서 말한 바와 같이 그것은 합일이라 명명할 수 없는 것이다.

세상 그 어느 것도 합일을 이루도록 도울 수 없는 것과 마찬가지로, 이 세상에는 합일을 교란하고 방해할 수 있는 것이 없다. 그 같은 합일에 커다란 해를 끼치는 것은 오로지 자신의 의지를 내세우는 인간뿐이기 때문이다. 이 점을 유념해야 한다.

"거기까지만요."
그녀가 말했다.
"이제 우리는 서로를 좀 더 이해하게 된 것 같네

요. 이 미지의 저자는 다른 대목에서 더 명확하게 말하고 있어요. 죽음을 앞두고 동요하지 않는 사람은 없다고. 아무리 성령이 충만한 사람이라도 신의 뜻이 없으면 아무것도 할 수 없는 한낱 신의 손, 혹은 신이 거주하는 집이나 마찬가지라고 말이죠. 신에 사로잡힌 인간은 자신의 그런 상태를 잘 알면서도 그것을 말하는 대신, 마치 사랑의 비밀을 간직하듯 신의 품속에서 삶을 지키는 것이지요.

나는 종종 나 자신이 창밖에 선 저 백양나무와 같다고 느낍니다. 지금 같은 저녁, 저 나무는 이파리 하나 흔들리지 않고 고요히 서 있어요. 하지만 아침 바람이 불어오면 나뭇잎들이 마구 흔들립니다. 그런 순간에도 나무둥치와 가지는 여전히 고요하고 의연하게 버티고 서 있습니다. 머지않아 가을이 오면 바람에 흔들렸던 잎들은 모두 낙엽이 되어 떨어지겠지요. 그때도 나무둥치는 아마 새봄이 오기를 기다릴 거예요."

그녀가 사유의 세계에 이토록 깊숙이 빠져 있었으므로, 나는 굳이 그녀의 세계를 깨뜨리고 싶지 않았다. 나 역시 그러한 신비로운 상념의 세계에서 가까스로 빠져나온 직후였으니까. 하지만 우리에게 이리도 많은 고뇌와 노고를 안겨주는 현실 속에서, 그녀가 그토록 확실하게 고수하고 있는 신념이 과연 올바른 것인지는 나 역시 알 수 없었다.

이렇게 매일 저녁 우리는 새로운 대화를 나누었고, 깊이를 알 수 없던 그녀의 영혼을 들여다보는 내 눈도 날이 거듭될수록 차츰 밝아졌다. 그녀는 내 앞에서 아무것도 감추지 않았다. 그녀는 생각하고 느낀 것을 그대로 내게 말했다. 그녀가 하는 말은 그녀의 삶과 함께 오랫동안 성숙된 것이었다. 그녀는 마치 한 아름 꺾어 모은 꽃을 미련 없이 잔디밭에 뿌려버리는 어린아이처럼, 마음속에 쌓여 있던 생각들을 남김없이 털어놓았다.

하지만 나는, 그녀가 내게 하는 것처럼 마음을 온전히 열어 보일 수는 없었다. 그것이 나를 힘들게 했다. 사회가 관습이니 예의니, 분별이니 현명함이니, 삶의 지혜니 하는 등의 이름으로 우리에게 끊임없이 강요하는 그 거짓 놀음, 우리 삶 전체를 일종의 가장무도회로 만들어버리는 그 거짓 놀음 가운데 자기 본연의 진실을 유지할 수 있는 이가 과연 몇이나 되겠는가! 심지어 사랑할 때조차도 말하고 싶은 것을 그대로 전하지 못하고, 침묵하고 싶은 것을 그대로 침묵하지 못한 채, 시인의 상투적인 말을 빌려 거짓 열정과 탄식으로 시시덕거린다. 있는 그대로 상대를 맞아들이고 바라보고 헌신하지 못하는 것이다.

난 정말 그녀에게 '당신은 나를 모릅니다.'라고 고백하고 싶은 심정이었다. 하지만 내 마음의 진실을 그대로 표현해줄 말이 도무지 떠오르지 않았다. 그래서 그녀의 방에서 떠나기 전, 최근에 얻은 아놀드[6]의 시집을 그녀에게 주며 「파묻힌 생명」이라는 시를 읽어보라고 했다. 그것은 나의 고백이었다.

그런 다음 나는 그녀의 침대 곁에 꿇어앉아 "안녕히 주무십시오." 인사를 건넸다. 그녀도 "안녕히 가세요"라고 답하며 내 머리에 손을 얹었다. 그 순간 내 온몸에 전류가 흐르는 듯 전율이 느껴지면서, 어린 시절의 꿈들이 마음속에서 날개를 퍼덕이기 시작했다. 나는 그 자리에서 꼼짝도 할 수가 없었다. 난 그녀의 영혼의 평화가 내 마음에도 완전히 깃들 때까지 그녀의 깊고도 신비로운 눈을 들여다보았다. 그러고 나서야 자리에서 일어나 말없이 집

---

6 Matthew Arnold. 19세기 영국 시인이자 비평가. 고대 정형을 따른 시 형식에 새로운 삶의 내용과 이상을 추구하는 태도를 보임.

으로 돌아왔다.

그날 밤, 나는 세찬 바람 속에 서 있는 백양나무 꿈을 꾸었다. 하지만 가지에 달린 잎들은 조금도 흔들리지 않았다.

파묻힌 생명

우리 사이를 오가는 가벼운 농담들.
그러나 보이지 않는가. 내 눈에 가득 고인 눈물이.
까닭 모를 슬픔이 내게 밀려오네.

그래, 우린 알고 있지.
우리 서로 농담을 주고받을 수 있음을.
우리 서로 즐거운 미소를 건넬 수 있음을.
하지만 내 가슴속에 흐르는 은밀한 전율은
그대의 가벼운 농담으로도 결코 몰아낼 수가 없네.
그대의 미소로도 결코 위로가 안 된다네.

그대의 손을 이리 주오. 그리고 잠시 침묵해 주오.
다만 그대의 맑은 눈은 나를 향해 주오.
내 사랑 그대의 가장 깊은 영혼을 읽을 수 있도록.

아, 사랑조차 이토록 약하단 말인가.

마음의 문을 열어 고백하도록 하기에는.

사랑하는 이들조차 진정으로 자신이 느끼는 것을

서로에게 표현할 힘이 없단 말인가.

그래, 난 알고 있었지.

사람들이 자신의 생각을 감추는 것은

마음을 고백했을 때

매정하게 거절당하거나 비난받지 않을까 하는

두려움 때문이라는 것을.

나는 또한 알고 있었지.

사람들이 거짓 탈을 쓰고 행동하고 있음을.

타인에게도 자신에게도 이방인으로 머물러 있다는 것을.

허나 모든 사람의 가슴속에서는

똑같은 심장이 고동치고 있지 않은가.

하지만 사랑하는 이여, 우리는?

그런 저주가 우리의 가슴,

우리의 목소리까지 마비시켰단 말인가?

우리도 그렇게 벙어리가 되어야 하는 것일까?

아, 단 한 순간만이라도 우리의 심장이 자유로워진다면,

우리 입에 물린 재갈을 풀어줄 수만 있다면,

허나 어쩌랴.

그것을 묶고 있는 것은 깊디깊은 운명의 손길인 것을.

운명은 예견하고 있었네.

인간이 얼마나 보잘것없는 아이가 되는지.

얼마나 하찮은 일들에 사로잡히는지.

또 어떻게 온갖 싸움에 빠져들고

어디까지 자신 본래의 모습을 잃어버릴 수 있는지를.

허나 운명은 인간이

경박한 놀음 중에도 순수한 자아를 지키고,

방종한 가운데서도 존재의 법칙에 따르도록 명하였으니,

숨어 흐르는 생명의 강물이

우리 가슴 깊은 곳을 관통하여

보이지 않는 물길을 따라가도록 하였네.

허나 우리는 숨어 흐르는 강물을 보지 못하네.

그 자신 영원히 물길을 따라 흘러가고 있음에도

눈먼 이처럼 불확실한 어둠 속에서 표류하고 있다네.

그러나 이 세상의 가장 붐비는 거리에서도,

시끄럽게 투쟁하는 가운데서도

우리의 묻힌 생명을 알고 싶은

무한한 욕구가 솟구친다네.

그것은 우리 생명의 참된 본연의 길을 찾으려는

끊임없이 솟구치는 힘과 불꽃을 불사르려는 갈망이다.

우리 마음 깊은 곳에서 세차게 뛰고 있는

심장의 신비를 캐내려는 갈망,

우리의 생각들이 어디에서 와서

어디로 가고 있는지를 알려는 갈망이다.

그 갈망 때문에 얼마나 많은 사람이

자신의 가슴속을 파헤쳐보았던가.

아, 안타까워라.

그곳은 너무나 깊어 아무것도 캐낼 수가 없구나.

수천 갈래의 길 위에도 서 있어 보았고,

각각의 길 위에서 재능과 힘도 보여주었건만,

단 한 순간도 우리 자신의 길에 들어서지도,

참된 우리 자신의 모습을 발견하지도 못했네.

가슴 깊숙한 곳을 흐르는 그 숱한 이름 모를 감정 중에

단 한 가닥도 표현해낼 능력이 없구나.

그리하여 감정들은 영원히 표현되지 못한 채 그냥 흘러가버리네.

아, 기나긴 세월 동안

숨겨진 자아에 따라 말하고 행동하려 했으나 헛일이었구나.

우리가 말하고 행동한 것은 웅변처럼 그럴 듯하나

진실이 아니었네.

하여 이제 내면의 갈등과 고통에
지쳐버린 우리는
수천 번 반복되는 허무의 순간에
그것들을 망각하고 마비시킬 힘을 요구하네.
아, 그러면 그 순간 즉각 응답이 와 우리를 마비시키네.
허나 아직도 가끔은 몽롱하고 쓸쓸하게
우리 영혼 밑바닥으로부터
아득히 먼 어느 왕국에서 온 듯한 미풍과 부유하는
메아리가 찾아와
우리의 나날에 슬픔을 전해주네.

다만 - 아주 가끔은 -
사랑하는 이의 손길이 우리 손에 놓일 때
무한한 시간의 돌진과 섬광을 쫓는 것을 포기했을 때
우리는 상대의 눈이 말하는 것을 분명하게 읽을 수가 있네.
또 세상사에 귀 막은 우리 귀에
사랑하는 이의 목소리가 애무하듯 울려올 때
그때, 우리 가슴속 어디선가 빗장이 열리고
오랫동안 잊었던 감정의 맥박이 다시 뛴다네.

그러면 눈빛은 내면 속으로 가라앉고, 가슴은 평온해지며

이제 우리가 뜻한 바를 말하게 되고

우리가 원하는 것이 무엇인지 알게 된다네.

그 순간, 우리의 생명이 어디로 흘러가는지를 알게 되고

굽이치는 물결의 속삭임을 듣는다네.

그리고 생의 강물이 흘러가는 초원과 태양과 미풍이 보이네.

훨훨 날아 도망치는 그림자 같은 휴식을 잡기 위한

치열한 경주 끝에서야

비로소 평온한 휴식에 도달하는 것이다.

이제 시원한 바람이 그의 얼굴을 스치고

생전 처음 느끼는 고요함이 그의 가슴을 덮는다.

그제야 그는 생각하리.

이제는 자신의 생명이 시작된 언덕과

그 생명이 흘러갈 대양을 알고 있노라고…….

여섯 번째 회상

 다음 날 아침 일찍 누군가가 우리 집 문을 두드렸다. 집에 들어선 사람은 성의 주치의인 늙은 의사였다. 그는 이 작은 도시 주민 모두의 친구로서, 주민들의 몸과 마음을 돌봐주는 사람이었다. 그는 두 세대에 걸쳐 주민들의 성장을 지켜봐왔다. 그의 손에 의해 태어난 아이들은 어느새 부모가 되었지만, 그는 여전히 그들을 자신의 자식으로 여겼다. 그런데 정작 본인은 결혼을 하지 않았는데, 고령에도 불구하고 아직 정정한 데다가 미남이라고 부를 만한 풍모였다.

 어린 시절에 보았던 그의 모습이 아직도 뚜렷이 남아있다. 짙은 눈썹 아래 밝게 빛나는 푸른 눈, 완전한 백발이나 젊은이처럼 기운 넘치던 곱슬머리, 은장식이 달린 구두와 흰 양말, 언제 봐도 새 옷 같았으나 그를 스쳐 지나간 모두가 알고 있는 오래된 갈색 양복저고리를 나는 잊을 수가 없다. 오늘 그가 짚고 온 지팡이 역시 어린 나를 진맥하거나 내게 처방전을 써줄 때 침대 곁에 세워두었던 바로 그 지팡이였다.

나는 어릴 적 잔병을 자주 앓았다. 언제나 금방 건강을 되찾을 수 있었던 것은 의사를 향한 믿음 덕분이었다. 나는 그가 나를 낫게 해주리라는 사실을 털끝만큼도 의심하지 않았다. 나를 위해 의사 선생님께 왕진을 부탁드려야겠다는 어머니의 말씀은 마치 찢어진 바지를 수선하기 위해 재봉사를 불러야겠다는 말과 다름없었다. 약을 먹기만 해도 금방 병이 다 나은 것 같은 기분이 드는 것이다.

"요즘 어떻게 지내나?"

방에 들어서면서 그분이 물었다.

"안색이 별로 안 좋아 보이는군그래. 너무 공부만 하는 건 좋지 않아. 그런데 오늘은 길게 이야기를 나눌 시간이 없네. 용건만 간단히 말하겠네. 내가 온 것은 다시는 후작 따님인 마리아를 만나지 말라는 부탁을 하기 위해서라네.

나는 어제 밤새도록 그녀의 침대 곁을 지켜야만 했네. 바로 자네 때문이야. 그녀의 목숨을 소중하게 여긴다면 다시는 그녀를 찾아가서는 안 되네. 최대한 빨리 마리아를 시골로 요양 보낼 생각이네. 당분간 자네도 어딘가 여행을 떠나는 것이 좋겠어. 그럼 잘 있게. 그리고 내 말을 꼭 지켜주기 바라네."

말을 마친 그는 내게 악수를 청했다. 그러고는 마치 약속을 받아내려는 듯 다정한 눈길로 내 눈을 들여다보았다.

그는 다른 환자를 방문해야 한다며 곧 떠났다.

타인이 내 마음속 비밀을 이토록 깊이 알고 있다는 사실, 더구나 나도 잘 알지 못하는 일까지 훤히 살피고 있다는 사실에 나는 머리를 얻어맞은 듯한 충격을 받았다. 나는 그가 집을 떠난 지 한참이 지난 후에서야 비로소 생각을 가다듬을 수 있었다. 내 가슴은 마치 오랜 시간 불 위에 올려둔 주전자 속 물처럼, 천천히 달아오른 끝에 부글부글 터질 듯 끓어올랐다.

그녀를 다시는 보지 말라고? 그녀 옆에 있을 때에만 살아있음을 느끼는데, 그녀를 다시는 보지 말라고? 그녀 옆에 있을 수만 있다면 아무 말 하지 않아도 좋다. 그녀가 잠에 들어 꿈을 꿀 때 그저 창가에 서 있기만 해도 좋다. 그런데 그녀를 보지 말라고? 작별의 인사도 하지 못했는데? 그녀는 내가 자신을 사랑한다는 사실조차 알지 못하는데, 결코 알리가 없는데…….

어쩌면 사랑이 아닐지도 모른다. 난 원하는 것도, 바라는 것도 없으니까. 하지만 그녀 옆에 있을 때보다도 내 가슴이 평온한 적은 없다. 그러니 그녀를 옆에서 느끼지 않으면 난 살아갈 수 없다. 그녀의 영혼을 호흡하지 않으면 안 된다. 그녀에게 가야만 한다. 그녀도 나를 기다리고 있을 것이다. 운명이 아무 이유도 없이 우리 두 사람을 만나게 하지는 않았을 것이다. 나는 그녀의 위안이고 그녀는 나의 안식이 아니던가. 인생은 결코 유희가 아니다. 우리 두 영혼의 만남은 회오리바람 속 사막의 모래알 두 개가 우연히 만났다가 흩어지는, 그런 일일 수는 없다. 다정한 운명의 손길이 인도해 준 서로의 영혼을 우리는 꽉 붙잡아야만 한다. 왜냐하면 그렇게 하도록 벌써 예정되었기 때문이다. 우리가 그것을 위해 살겠다는 각오, 그것을 위해 싸우다가 죽을 각오만 되어 있다면, 그 어떤 힘도 우리를 갈라놓을 수는 없다. 만일 내가 나무 그늘 아래서 그토록 행복한 시간을 꿈꾸다가 천둥 한 번 쳤다고 도망치듯 그녀의 사랑을 떠난다면 그녀는 틀림없이 나를 경멸

할 것이다.

그러자 갑자기 마음이 차분하게 진정되었고, '그녀의 사랑'이라는 구절만이 귓가에 맴돌았다. 스스로도 놀랄 만큼 이는 내 영혼의 구석구석까지 메아리 되어 울려 퍼졌다.

그녀의 사랑, 도대체 그것을 어떻게 얻는단 말인가. 그녀는 내 마음을 제대로 모르지 않는가. 또 설사 그녀가 나를 사랑한다고 해도, 나 같은 사람은 천사의 사랑을 받을 자격이 없다고 털어놓아야 하는 것 아닌가? 창공을 향해 솟아오르다가 보이지 않던 창살에 부딪혀 속절없이 떨어지는 새처럼, 내 마음속에는 온갖 상념과 희망이 떠올랐다 가라앉았다.

행복은 왜, 이리도 잡힐 듯 가까이 있으면서 손닿지 않는단 말인가. 신은 정녕 기적을 베풀 수가 없는 것일까. 신이 매일 아침 행하는 기적은 모두 어디로 갔는가. 내가 온 정성과 믿음으로 기도드리고 간절한 마음으로 간구했을 때, 신은 가끔 내 기도를 들어주시지 않았던가. 게다가 우리가 간구하고 있는 것은 세상의 부귀영화도 아니지 않은가. 단지 서로를 발견하고 서로를 알아본 두 영혼이 손에 손을 잡고 눈과 눈을 마주 보며, 이 짧은 지상의 여행을 함께 끝낼 수 있도록 해달라는 것. 그래서 목적지에 이를 때까지 병약한 그녀에게 나는 지팡이가 되어주고, 그녀는 나에게 위안이자 달콤한 걱정거리로 머무르게 해달라는 것뿐인데 말이다. 그리하여 그녀의 삶에 또 한 번 봄이 주어진다면, 그녀의 고통을 좀 덜어줄 수 있었으면 하는 것뿐인데. 아, 그 순간 내 눈앞으로 아름다운 풍경들이 떠올랐다!

돌아가신 그녀의 어머니는 그녀에게 티롤에 성을 한 채 남겨주었다. 티롤의 옛 성, 그곳이라면 푸른 산속에서 신선한 공기를 마시며 건강하고 소박한 주민들과 함께 번잡한 세상사에서 벗어나 살 수 있지 않을까. 세속의 근심과 싸움을 잊고, 질시와 비판의 눈길에서 벗어나, 함께 행복하고 평온하게 인생의 황혼을 맞고 저녁노을처럼 말없이 사라질 수 있지 않을까! 그러자 은빛 물결이 반짝이는 검은 호수와 호수 면에 비친 눈 쌓인 산봉우리의 그림자가 뚜렷해지고, 양 떼의 방울 소리와 목동의 노랫소리가 들려왔다. 어깨에 총을 멘 포수들이 산을 넘어가는 광경과 저녁이면 마을로 모여드는 노인, 젊은이들의 모습도 보였다. 그리고 그 어디를 가든 평화의 천사처럼 축복을 뿌리며 지나가는 그녀와 그녀의 안내자이자 친구인 내 모습이 보였다. 이런 멍청이! 나는 외쳤다.

네 마음은 어떻게 그토록 미개하고 유약할 수 있는가. 정신을 차리고 네가 누구인지, 그리고 네가 그녀와 얼마나 동떨어진 존재인지를 생각해보라. 그녀는 상냥하고 타인의 마음속에 자신을 비춰보기를 좋아한다. 그녀의 어린아이 같은 붙임성과 개방적인 태도야말로 너에게 특별히 남다른 감정을 지니지 않았음을 여실히 보여주는 것 아닌가. 달 밝은 여름밤 홀로 너도밤나무 숲을 거닐다가, 달이 모든 나뭇가지와 잎새에 골고루 은빛을 부어주는 것을 무수히 보지 않았느냐. 달빛이 내려 비치면, 어둡고 탁한 연못 물에도 아주 작은 물방울 하나하나까지 영롱하게 반영되지 않던가. 그녀의 눈빛 역시 이와 마찬가지로 나의 어두운 삶을 향하고 있을 뿐이다. 너 역시 그녀의 부드러운 빛을 네 가슴에 투영시켜 담고 있을 수는 있겠지만, 그 이상의 따뜻한 눈빛을 기대해서는 안 될 것이다.

그때 불현듯 그녀의 모습이 생생하게 내 눈앞에 나타났다. 기억 속의 모습이 아니라 마치 환영처럼 그녀가 내 앞에 서 있었다. 그제야 나는 처음으로 그녀가 얼마나 아름다운지를 깨달았다. 그 옛날 예쁜 아이처럼 첫눈에 우리를 눈멀게 하나, 얼마 지나지 않아 봄날의 꽃잎처럼 허무하게 져버리는, 그런 형태나 색채의 아름다움이 아니다. 그것은 완전한 존재만이 갖고 있는 조화의 아름다움이었다. 그 움직임 하나하나가 진실이자 정신의 표현이며 육체와 정신의 완전한 융합으로서, 그것을 보는 이에게 행복을 주는 아름다움이었다.

자연이 아낌없이 나누어주는 아름다움은 그것을 받을 자격이 없는 자에게는, 자신의 것으로 만들려는 노력을 하지 않는 자에게는 결코 만족을 주지 않는다. 마치 여왕의 의상을 걸친 배우가 무대를 향해 걸음을 떼어놓을 때마다 의상이 어울리지 않음을, 그것이 자신의 몫이 아님을 여실히 드러내듯 불쾌감을 줄 뿐이다. 참된 아름다움은 우아함이며, 우아함은 모든 압박과 육체와 세속을 승화시킨다. 심지어 그것은 추함까지도 아름답게 변화시키는 영혼의 현존이다.

그렇게 내 앞에 선 환영을 바라볼수록, 나는 그 환영이 온몸으로 풍겨오는 고귀한 아름다움과 온 존재에 비치는 영적인 깊이를 느꼈다. 오, 그토록 엄청난 축복이 내 가까이에 있었던 것이다.

그러나 그 모든 것은 내게 이 지상에서 최고의 행복을 맛보게 한 후, 그다음 순간 인생의 드넓은 사막으로 영원히 내팽개치는 과정에 불과했다. 오, 차라리 이 지상에 이토록 엄청난 보물이 감추어져 있음을 몰랐더라면! 단 한 번 사랑하고는 영원한 고독 속에 파묻혀야 한단 말인가! 단 한 번 믿고 나서는 영영 의혹에 빠져야 한단 말인가! 이런 고문이 있는가. 인간이 행하는 그 어떤 고문도 이보다 더 가혹할 수는 없다.

나의 상념은 미친 듯 이어졌다. 잡다한 상념들의 폭풍우는 한동안 이어지다 차츰 잦아들며 평온을 되찾았다. 사람들은 이런 평온을 아마 반성이라고 부르는 것 같다. 하지만 이것은 오히려 관찰에 가깝다. 온갖 상념이 뒤섞이도록 내버려두면, 마침내 그것들은 불멸의 법칙에 따라 저절로 하나의 결정체를 이룬다. 화학자의 시선으로 이 과정을 관찰하면, 여러 요소가 융합해 하나의 형태를 획득하는 것을 볼 수 있다. 우리는 그것이 애초에 우리가 기대했던 것과는 완전히 다른 존재임을 보고 종종 놀라는 것이다.

내가 이러한 망연한 관찰의 상태에서 깨어나 입 밖에 낸 첫마디는 '떠나야겠다.'라는 것이었다. 나는 곧장 책상 앞에 앉아 의사에게 편지를 썼다. 두 주일 동안 여행을 떠날 테니 모든 뒷일을 부탁한다는 내용이었다. 부모님께 둘러댈 핑계도 곧 찾아냈다. 그리고 그날 저녁으로 나는 티롤로 가는 여로에 올랐다.

일곱 번째 회상

  친구와 손을 맞잡고 티롤 지방의 계곡과 산들을 돌아다닌다면 우리 삶에 신선한 활력을 얻을 것이다. 그러나 같은 곳이라도 홀로 쓸쓸히 온갖 상념에 젖어 헤매고 다닌다면 부질없는 시간 낭비가 될 뿐이다. 푸른 산과 어두운 계곡, 검푸른 호수와 힘차게 쏟아지는 폭포가 도대체 내게 무슨 위안이 되겠는가. 내가 풍경을 감상하는 것이 아니라 풍경이 나를 관찰하며 고독한 인간의 모습에 의아해하지 않겠나. 이 세상에 다른 누구의 곁도 아닌, 오로지 내 곁에 머물러 있기를 원하는 이가 하나 없다는 생각이 가슴을 답답하게 했다. 나는 매일 아침 그런 생각에 시달리며 잠에서 깨어났다. 생각이 온종일 나를 쫓아와 귓가에 맴돌았다.

  저녁, 숙소에 돌아와 지친 몸을 털썩 주저앉히면 거실에 있던 사람들이 외로운 방랑자 행색을 한 나를 이상한 눈초리로 바라보았다. 그러면 나는 다시 혼자 있을 곳을 찾아 깜깜한 밖으로 나갔다가, 밤이 깊어서야 돌아와 후덥지근한 침대에 살짝 몸을 눕혔다. 그러고는 슈베르트의 가곡 〈그대가 없는 곳에 행복이 있네〉를 홀로 되뇌다 잠에 들곤 했다.

이 마을은 어디에나 아름다운 경치에 환호하고 기쁨에 겨워 웃어대는 사람들이 있었다. 결국 나는 낮에는 잠을 자고 밤이 되면 일어나 달빛 비치는 숲속을 이리저리 배회하기 시작했다. 그렇게 하면 적어도 갖은 상념을 머릿속에서 몰아낼 수는 있었다. 공포감 덕분이었다.

길도 모르는 산속을 밤새도록 헤매어보라. 그때 우리 눈은 극도로 민감해져 평소 같으면 도저히 볼 수 없을 먼 곳의 형체를 본다. 또 귀는 얼마나 예민해졌는지 어디서 나는지도 모를 작은 소리까지 들을 수가 있다. 그러다가 바위틈 사이로 뻗어 나온 나무뿌리에 발이 걸리기도 하고, 폭포에서 튄 물보라로 흥건하게 젖은 산길에서 미끄러지기도 한다. 그럴 때면 가슴속에는 결코 위로받을 수 없는 황량함이 스쳐 간다. 그 순간에는 마음을 따뜻하게 해줄 어떤 추억도, 매달리고 싶은 어떤 희망도 떠오르지 않는다. 당신도 그런 여행을 한번 해보라. 그러면 차디찬 밤, 한 줄기 전율을 몸과 마음으로 느낄 수 있을 테니까.

인간이 느끼는 가장 원초적인 공포는 신에게서 버림받는 것이다. 보통은 매일의 생활이 공포를 잊도록 해주고, 신의 형상에 따라 창조된 인간들이 외로움에 빠진 우리를 위로하기도 한다. 만약 인간의 위로와 사랑마저 우리를 떠나버리면, 우리는 신과 인간 모두에게서 버림받는 것이 어떤 일인지 알게 된다. 그때 자연은 우리를 위로하기는커녕 침묵의 시선으로 우리를 공포로 몰아넣는다. 그 순간 우리는 단단한 바위 위에 서 있는데도 불구하고 바위가 곧 무너져 태초의 모습으로, 바닷속 부유물로 되돌아갈 것만 같은 불안을 느낀다.

우리 눈이 빛을 찾아 두리번거릴 때, 숲 위로 떠오른 달빛을 받아 암벽에 드리워진 뾰족한 전나무 그림자는 태엽을 감은 지 오래되어 그만 멈춰버린 시곗바늘을 떠오르게 한다. 별에도 광활한 하늘에도 버림받아 외로움에 떨고 있는 영혼이 쉴 수 있는 안식처는 그 어디에도 없다. 다만 한 가지 우리에게 위안을 주는 것이 있으니, 자연의 평온과 질서, 무한함과 필연성을 생각하는 것이다.

폭포 양편, 검푸른 이끼로 뒤덮인 회색빛 바위의 서늘한 그늘 속에 피어 있는 물망초를 한번 바라보라. 그것은 이 세상 어느 개울가, 혹은 어느 초원에나 피어 있는 수백만 송이 물망초 중의 하나일 뿐이다. 또한 그것은 천지창조의 날 이래 지금껏 이 지상에 피었다 진 수많은 물망초 중의 한 송이일 뿐이다. 그럼에도 꽃잎의 모든 특징, 꽃받침에 들어 있는 꽃술 하나하나, 뿌리에서 뻗어 나온 잔뿌리까지도 정해진 숫자가 있어, 지상의 그 어떤 힘도 그 수를 늘리거나 줄이지 못한다.

 자, 이제 우리의 흐릿한 눈을 좀 더 예리하게 뜨고 초인적인 힘을 모아 자연의 비밀을 깊숙이 들여다보라. 현미경 같은 시선으로 씨앗과 꽃봉오리와 꽃의 고요한 내부를 열어보면, 섬세하기 이를 데 없는 조직과 무한히 반복되는 동일한 형태의 세포를 발견하게 될 것이다. 또한 그 섬세한 섬유질의 형태가 영원불멸의 모습이라는 사실도 깨달을 것이다. 아무리 깊이 들여다보아도, 똑같은 형태가 끊임없이 질서정연하게 반복되고 있다. 마치 사방이 거울로 되어 있는 방에 들어온 것 같은 그 무한함에 정신이 아득해짐을 느낄 것이다. 작은 꽃송이 안에 그토록 무한한 세계가 들어 있으니!

이제 눈을 들어 하늘을 보자. 그곳에도 영원한 질서가 있다. 위성은 행성의 주위를 맴돌고, 또 행성은 항성의 주위를 맴돌며, 항성은 또 다른 항성의 주위를 질서 있게 선회하고 있다. 한층 더 예리한 눈길이라면 저 멀리 아득한 성운까지도 아름다운 신세계로 다가올 것이다. 상상해보라. 저 장엄한 성좌들이 떴다 지며 사계절을 만들고, 해마다 물망초 씨앗을 싹트게 하며, 세포를 열어 꽃잎이 돋아나게 하고, 마침내는 초원을 꽃의 융단으로 장식하는 그 모습을.

푸른 꽃받침 속에 움직이는 딱정벌레를 보라. 그것이 하나의 생명체로 태어나 삶을 누리고 생명을 호흡하는 것은, 꽃의 조직이나 생명 없는 천체의 기계적인 움직임보다 수천 배는 더 경이로운 일이다. 느껴보라. 당신 자신 역시 이와 같은 영원한 천체의 일원임을. 그러면 이 지상에서 당신과 함께 살다가 언젠가 당신과 함께 죽어갈 저 무한한 피조물들에 대한 연민이 당신 자신을 위로할 것이다.

그러나 가장 하찮은 것과 가장 위대한 것, 지혜와 힘, 존재의 기적을 일으키고 또 그 기적을 존재하게 하며 그 모든 일을 가능하게 하는 것은 결국 어떤 한 존재가 아니던가. 당신의 영혼을 두려움에 뒷걸음치게 만드는 존재가 아니라, 당신이 자신의 나약함과 무상함에 절망하여 무릎 꿇을 때 사랑과 자비의 손길로 다시 일어서게 만드는 그런 존재 말이다.

그리하여 당신 안에 꽃의 세포나 별의 세계, 딱정벌레보다도 무한하고 영원한 뭔가가 살아있다는 것을 느낄 때, 당신의 칠흑 같은 내면에 영원한 빛이 두루 비치는 것을 느낄 때, 당신의 내부, 당신의 발밑, 그리고 당신의 머리 위에서 허상에 불과한 당신을 실재하게 만들고, 불안한 당신을 평온하게 만들며, 고독한 당신과 항상 함께하는 어떤 존재가 있다는 것을 느낄 때, 그때 알게 될 것이다. 당신이 삶의 어둠 속에서 "하늘에 계신 우리 아버지, 당신의 뜻이 하늘에서 이루어진 것 같이 땅에서도 이루어지소서. 땅에서 이루어진 것 같이 내게도 이루어주옵소서." 하고 외칠 때, 당신이 간절히 찾는 분이 누구인지를 말이다. 그러면 당신의 내면과 당신의 주위가 환해지고 새벽의 어둠이 차가운 안개와 함께 사라지며 새로운 온기가 자연에 가득 퍼질 것이다.

당신은 이제 놓쳐서는 안 될 유일한 손길을 만났다. 그 손은 산이 흔들리고 달과 별이 사라져도 당신을 붙잡아줄 것이다. 이 세상 어디에 있든, 당신은 그분 곁에 있으며 그분 또한 당신 곁에 있다. 영원히 당신 가까이 계시는 그분은 꽃과 가시를 포함한 이 세상의 주인이며, 인간의 기쁨과 슬픔까지도 모두 그분의 것이다. '신의 뜻이 아니라면 아무리 사소한 일이라도 당신에게 일어나지 않는다.'

이런 상념에 잠겨 나는 길을 걷고 또 걸었다. 마음은 시시각각 변해 잠시 밝아졌다가도 금방 어두워졌다. 마음속 가장 깊은 곳에서 안식과 평화를 발견했다 하더라도, 이 성스러운 은둔 생활을 평온한 마음으로 잇기는 어려운 일이었다. 그렇다. 우리는 안식과 평안을 발견한 뒤에도 곧잘 망각에 빠져 평온의 상태로 되돌아가는 길을 잃어버리곤 한다.

그렇게 몇 주일이 흘렀다. 그녀로부터는 아무런 소식도 없었다. '어쩌면 그녀는 벌써 영원한 안식처로 떠났을지 모른다.' 그 생각은 아무리 떨쳐버리려 해도 계속 떠올라선 내 입가에 맴돌았다. 충분히 가능한 일이었다. 의사는 그녀가 심장병을 앓고 있으며, 자신 역시 매일 아침 왕진 때마다 그녀가 간밤에 세상을 떠났을지도 모른다는 마음의 준비를 한다고 말하지 않았던가.

그녀와 작별 인사조차 하지 못했고, 내가 그녀를 얼마나 사랑하는지도 끝내 전하지 못했다. 정말 그녀가 떠나버렸다면, 나는 나를 용서할 수 있을까. 저세상까지 그녀를 쫓아가 나를 향한 사랑의 말을, 용서를 베푸는 그녀의 목소리를 들어야 하는 것 아닌가. 사람들은 어찌 삶을 이리도 유희처럼 여기는 것일까. 오늘이 생의 마지막 날일지도 모른다는 것, 한 번 잃어버린 시간은 다시는 되찾을 수 없음을 생각지 않고, 왜 자신이 해야 할 최선의 것과 누릴 수 있는 최고의 아름다움을 다음으로 미루는 것일까.

그 순간 의사를 마지막으로 만났을 때 그분이 한 말이 생생하게 떠올랐다. 내가 갑자기 떠날 결심을 한 것은 사실 의사에게 내 결심이 얼마나 강한지 과시해보려던 것에 지나지 않음을 깨달았다. 나 자신의 나약함을 들키고 싶지 않았던 것이다. 모든 것이 분명해졌다. 내가 할 일은 지체 없이 그녀에게 돌아가 하늘이 우리에게 주신 모두를 감내하는 것이었다. 돌아가야겠다는 결심을 하자, 되도록 빨리 마리아를 시골로 내려보내리라던 의사의 말이 떠올랐다. 그녀 또한 여름이면 대부분 시간을 티롤의 성에서 보낸다고 말한 적이 있다. 그렇다면 어쩌면 그녀는 지금 그 성에, 이곳에서 아주 가까운 그 성에 머물고 있을지도 모른다. 하루면 충분히 갈 수 있는 거리다. 나는 즉각 행동에 돌입했다. 동이 트자마자 길을 떠났고, 저녁때에는 벌써 성문 앞에 도착해 있었다.

고요하고 환한 저녁, 산봉우리는 저녁노을을 받아 금빛으로 반짝였고 산 아래는 보랏빛으로 물들어 있었다. 골짜기에서는 회색 안개가 피어오르다가 높은 지대로 오르며 환해지더니, 구름바다를 이루어 하늘로 솟아올랐다. 이 다채로운 색채는 잔잔히 일렁이는 어두운 호수 수면 위로 남김없이 반사되고 있었다. 호수 가장자리에 비치는 산줄기는 물결을 따라 오르내렸다. 현실 세계와 호수에 반사된 세계를 구별해주는 것은 나뭇가지와 교회 첨탑, 그리고 집집마다 피어나는 연기뿐이었다.

그러나 내 눈길은 오로지 한 곳을 향하고 있었다. 그녀를 만날 것이라는 예감이 드는 바로 그 고성이었다. 하지만 불 켜진 창문 하나 보이지 않고, 저녁의 정적을 깨뜨리는 발소리도 들려오지 않았다. 내 예감이 빗나간 것일까. 나는 천천히 첫 번째 성문을 지나고 계단을 올라 성의 안뜰로 들어섰다. 보초 한 명이 오가는 것이 보였다. 나는 그에게 달려가 누가 와 있는지 물었다. 후작의 따님과 그 하인들이 와 있다는 짧은 대답을 듣기 무섭게 나는 현관 앞으로 달려가 초인종을 눌렀다.

그제야 나는 내가 무슨 행동을 했는지 깨달았다! 이곳에는 나를 아는 이가 아무도 없으며, 내가 누구라는 것을 밝힐 수도 없지 않은가. 수 주일이나 산속을 헤매고 다녔으니 몰골은 거지나 다름없었다. 뭐라고 말해야 하지? 또 누구한테 물어보아야 하지? 미처 생각을 끝맺기도 전에 문이 열리고 근사한 제복을 입은 문지기가 나를 의심스러운 눈으로 쳐다보았다.

나는 우선 떠오르는 대로 후작 따님을 돌보던 영국 부인이 혹시 성에 머물고 있는지를 물었다. 문지기는 그렇다고 답했다. 나는 종이와 펜을 빌려 그녀에게 '아가씨께서 어떻게 지내시는지 궁금해서 왔습니다.'라는 쪽지를 써서 건네주었다.

문지기는 하인을 부른 다음 쪽지를 안으로 들여보냈다. 하인이 긴 복도를 걸어가는 소리가 들렸다.

기다리는 동안 내 처지가 견딜 수 없이 처량하게 느껴졌다. 벽에는 후작 집안의 초상화들이 걸려 있었다. 완전 무장을 한 기사들, 고전 의상을 입은 여인들. 그리고 벽 가운데에는 붉은 십자가를 가슴에 늘어뜨린 흰 수녀복 차림의 여인 초상화가 있었다. 이런 초상화들을 자주 보아왔건만 그림 속의 주인공들도 한때 가슴속에서 인간의 심장이 뛰던 사람들이리라는 생각은 한 번도 해본 적 없다. 그런데 지금 그들의 모습을 보고 있자니 그들이 품고 있던 이야기를 속속들이 읽을 수 있을 것만 같았다.

그들 한 사람 한 사람이 모두 나를 향해 호소하는 듯했다. 우리도 한때는 살아있는 사람이었으며, 우리도 한때 괴로움을 느꼈노라고. 철제 액자 속에는 내가 안은 것과 같은 비밀들이 감추어져 있을 것 같았다. 흰 수녀복과 붉은 십자가는 지금 내 가슴속에 몰아치는 치열한 갈등이 그림 속 여인의 것이기도 하다는 생생한 증거로 보였다. 순간 그들 모두가 나에게 측은한 눈빛을 보내는 듯했으나, 곧 오만한 표정을 되찾고는 '너는 우리와 같은 사람이 아니야.'라고 말해왔다.

시간이 갈수록 두려움이 짙어지는데, 갑자기 나

직한 발소리가 들려와 나를 꿈에서 깨워주었다. 계단을 내려온 영국 부인이 나를 어느 방으로 안내했다. 혹시 부인이 내 마음의 일을 눈치챈 것은 아닐까 안색을 살펴보았지만, 그녀의 표정은 평온하기만 했다. 그녀는 전혀 다른 관심이나 의심의 기색 없이 담담한 목소리로, 아가씨께서 오늘 한결 상태가 좋아져 삼십 분 뒤에 나를 만나고자 하신다고 전했다.

수영을 잘하는 이는 먼바다로 헤엄쳐나가는 것을 두려워하지 않는다. 그는 팔의 힘이 빠지기 시작해야 비로소 되돌아갈 생각을 한다. 그때부터는 허둥지둥 파도를 가르는 통에 먼 곳의 해안은 감히 쳐다볼 엄두도 내지 못한다. 팔을 저을 때마다 힘이 빠지는 것을 느끼면서도 그런 사실을 인정하려 들지 않는다. 자신의 상태를 의식하지도 못할 정도로 허우적거린 끝에 발이 땅에 닿는 것을 느끼면, 해변에 있는 아무 바위나 움켜잡게 되는 것이다. 부인의 말을 들었을 때 내 기분이 바로 그랬다.

새로운 현실이 나를 향해 다가오고 있었다. 지금까지 나를 괴롭혔던 것은 한낱 기우에 불과했다. 이런 순간은 인생에서 흔히 찾아오지 않는다. 많은 사람이 이런 기쁨을 누리지 못하고 죽어간다. 첫 아이를 품에 안는 어머니, 전쟁에서 공을 세우고 돌아온 외아들을 맞이하는 아버지, 온 국민의 갈채를 받는 시인, 내민 손을 뜨겁게 맞잡아주는 연인을 가진 청년. 이들만이 꿈이 현실이 된다는 것이 무엇인지를 안다.

삼십여 분이 지나자, 하인이 와서 나를 어떤 방으로 안내했다. 여러 개의 방을 지나 마침내 문이 열렸고, 어스름한 석양빛 속에 하얀 실루엣의 그녀가 있었다. 그녀의 머리 위로 난 높은 창으로는 호수와 노을에 물든 산이 보였다.

"참 이상한 만남이네요."

그녀가 밝은 목소리로 나를 맞이했다. 그녀의 말 한마디는 무더운 여름날 내리는 시원한 소나기 같았다.

"이상한 만남도 있고, 이상한 헤어짐도 있지요."
라고 말하면서 나는 그녀의 손을 잡았다. 우리가 다시 함께 있다는 사실이 온몸으로 느껴졌다.

"하지만 헤어지는 것은 인간 자신의 탓이랍니다."

그녀가 말을 이었다. 그녀의 목소리는 마치 음악처럼 한결 부드러운 음색으로 바뀌었다.

"그래요. 그건 사실입니다. 그런데 먼저 한 가지 묻고 싶은 게 있습니다. 건강은 어떤가요? 나와 이렇게 이야기를 나누어도 괜찮은 건가요?"

내가 묻자, 그녀가 미소 띤 얼굴로 대답했다.

"친구여, 당신도 알다시피 난 늘 아프답니다. 내가 상태가 좀 나아졌다고 말하는 건 단지 연로하신 의사 선생님을 기쁘게 해드리고 싶어서예요. 그분은 내가 태어나 아직 살아 있는 것이 전부 자신의 의술 덕분이라고 확신하고 계시거든요. 이번에 이곳으로 떠나오기 전에 나는 그 분을 몹시 놀라게 해드렸어요. 어느 날 저녁 갑자기 내 심장의 고동이 멎어 버렸거든요. 저 역시 이제 다시는 심장이 뛰지 않을 거라는 생각이 들 정도로 두려웠어요. 하지만 그건 이미 지난 일이니, 더 이상 이야기하지 말아요.

한 가지 마음에 걸리는 일이 있기는 해요. 난 언젠가 평온하게 눈감게 되리라 믿고 있었어요. 하지만 지금은 병 때문에 세상을 떠나는 일이 힘들고 고통스러울까 봐 걱정이 돼요."

그녀가 가슴에 손을 얹으며 말을 이었다.

"그런데 도대체 당신은 어디에 갔었어요? 말 좀 해봐요. 어째서 그동안 소식 한번 보내지 않았던 거죠? 의사 선생님께서는 당신이 떠난 까닭으로 이런저런 말들을 늘어놓으셨지만, 난 결국 그분의 말씀을 믿지 못하겠다고 말해버렸답니다. 그러자 그분은 더욱더 믿기 어려운 이유를 털어놓았어요. 그게 뭐였는지 아시겠어요?"

"그분 말씀이 믿기지 않을 수도 있었을 겁니다."

나는 그녀가 이유를 말하지 못하도록 말을 가로채었다.

"그렇지만 아마도 그분 말씀이 진실이었을 겁니다. 하지만 그건 이미 지난 일입니다. 이제 와서 그 이야기를 할 필요가 있을까요?"

"그게 아니죠. 그게 왜 지난 일인가요?"

그녀가 말했다.

"그분이 당신이 떠난 이유를 말해주었을 때 난 두 사람 모두를 이해할 수 없다고 답했지요. 나는 의지할 데 없는 불쌍한 병자예요. 이 세상에서의 삶이란 서서히 죽어가는 과정에 불과하죠. 그런 내게 하늘이 나를 이해할 수 있는 사람, 의사 선생님의 표현대로 사랑하는 사람을 몇 명 보내주셨다면, 그게 어째서 나와 그들의 평화를 깨뜨리는 일이 되는 거죠? 선생님이 그런 고백을 하셨을 때 나는 마침 내가 좋아하는 노老 시인 워즈워스[1]의 시집을 읽는 중이었어요. 나는 선생님에게 다음과 같이 말씀드렸어요.

'선생님, 우리는 수없이 많은 생각을 하지만 그걸 표현할 언어가 부족하지요. 그러니까 한마디 한마디에 깊은 심상을 담지 않을 수 없어요. 혹시 우리를 전혀 모르는 이웃들이 그 젊은 남자가 나를 사랑하고, 또 제가 그를 사랑한다는 소문을 들었다고 상상해 보세요. 그들은 분명히 로미오와 줄리엣의 사랑 같은 것을 떠올릴 거예요. 만약 우리의 사랑이 그런 것이라면 그래선 안 된다는 선생님 말씀이 전적으로 옳겠지요. 하지만 그건 사실이 아니에요. 선생님, 선생님도 저를 사랑하시고, 저도 선생님을 사랑하고 있어요. 그것도 아주 오래전부터요. 하지만 저는 그런 고백을 한 적도, 그렇다고 절망하거나 불행했던 적도 없어요.

이왕 말이 나온 김에 좀 더 말씀을 드려야겠어요. 선생님은 제게 불행한 사랑을 느끼고 계신 거예요. 그래서 그 젊은 친구를 질투하고 계신 것 같아요.

---

[1] William Wordsworth. 18-19세기에 활동한 영국의 계관시인으로, 유럽에 범신론적 자연관을 펼침.

선생님은 제 상태가 나아진 것을 알면서도 매일 아침 꼬박꼬박 저에게 몸이 어떠냐고 물으셨지요? 선생님 댁 정원에 핀 가장 예쁜 꽃도 가져오셨지요? 저한테 사진도 달라고 하셨고요.

어쩌면 이 말씀은 드리지 않는 편이 좋을지도 모르겠지만, 지난 일요일에 제 방에 들어오셨을 때 제가 잠이 든 줄 아셨지요? 사실 잠이 들었을지도 몰라요. 적어도 몸을 움직일 수 없었던 것은 사실이에요. 하지만 전 선생님께서 제 침대 곁에 앉아 오랫동안 저를 바라보고 계시는 것을 알고 있었어요. 선생님의 눈길이 제 얼굴에 햇살처럼 어른거리는 것을 느끼고 있었어요.

그런데 선생님 눈에 눈물이 고이더니 마침내 눈물방울이 뚝뚝 떨어졌지요. 선생님은 얼굴에 두 손을 묻고 큰 소리로 흐느껴 울면서 '마리아, 마리아!'라고 외치셨지요. 선생님, 우리의 그 젊은 친구는 제게 그런 적이 없어요. 그런데도 선생님은 그 사람을 멀리 떠나게 하셨어요.'

나는 늘 하던 대로 농담 반 진담 반으로 말한 것이었지만, 내 말이 선생님의 마음을 아프게 했다는 것을 깨달았어요. 그분은 아무 말 없이 어린아이처럼 부끄러워하셨어요. 나는 마침 읽고 있던 워즈워스 시집을 가리키며 말했어요.

'여기 제가 진심으로 사랑하는 또 다른 노인 한 분이 계세요. 이분은 제 마음을 잘 이해하고 저 또한 그분을 이해하고 있어요. 그렇지만 우리는 지금까지 만난 적 없고, 또 앞으로도 만날 기회는 없을 거예요. 적어도 이 세상에서는 그래요. 이분의 시를 한 편 읽어드리고 싶어요. 이 시를 들으시면 선생님도 사람들이 어떤 사랑을 해야 하는지, 사랑이 왜 축복이 되는지 아실 테니까요. 사랑이란 사랑하는 남자가 연인의 머리맡에 소리 없이 뿌려주는 축복의 꽃다발 같은 것이에요. 그 사랑이 있어 여인은 행복한 슬픔을 안고 자신의 길을 떠나갈 수 있는 거예요.'

그러고 나서 나는 그분께 워즈워스의「고원의 소녀」를 읽어드렸어요. 자, 저 램프를 가까이 당겨 당신이 이 시를 다시 한번 읽어주세요. 이 시를 들을 때면 기운이 나거든요. 이 시에서는 저녁노을이 눈 덮인 산의 순결한 가슴을 향해 사랑과 축복의 손길을 내미는 듯한, 고요하고도 무한한 기운이 느껴져요."

그녀의 말이 천천히, 그리고 조용하게 내 영혼에

울려오는 동안, 내 가슴 역시 고요하고 엄숙해졌다. 폭풍은 지나갔고, 그녀의 모습이 내 사랑의 잔잔한 물결 위에서 은빛 달그림자처럼 출렁거렸다. 사랑의 바다는 모든 사람의 가슴을 관통해 흐른다. 사람들은 각자 그것을 자신의 바다라 부르나, 그것은 온 인류에게 생명을 주는 맥박과도 같은 것이다. 할 수만 있다면 나는 우리 눈앞에 펼쳐진 대자연처럼, 서서히 어두워져 가는 그 자연처럼 침묵을 지키고 싶었다. 하지만 그녀가 책을 건네주었기에 시를 읽어 내려갔다.

고원의 소녀

사랑스러운 고원의 소녀야,
봇물처럼 터져 나오는 너의 아름다움은 너에게 주어진 이 지상의 하사품이구나!
일곱의 갑절인 세월이 너의 머리 위에
베풀 수 있는 최대의 풍요를 베풀었구나.
여기 이 회색 바위들과 저기 저 포근한 잔디,
방금 베일을 반쯤 벗은 듯한 저 나무들,
잔잔한 호수 옆에서

종알대며 흘러내리는 이 폭포, 이 조그만 평원,

네 보금자리를 감싸주는 고요한 산길,

진실로 너희들은

아름다운 꿈이 어울려 엮어낸 듯하구나.

세속의 번뇌가 잠이 들어야

비로소 은신처에서 얼굴을 내미는 형상들이여!

그러나, 오, 아름다운 소녀야,

하루하루의 평범한 햇살 속에서도

이렇듯 성스럽게 빛나는 너,

비록 환영에 지나지 않을지라도

내 너를 축복하리.

인간의 가슴으로 너를 축복하리.

이 세상 마지막 날까지 신이 너를 보호해 주기를!

내 너를 모르고, 너의 동료조차 너를 모르지만

내 눈에는 눈물이 가득 고이네.

내 너를 멀리 떠날 때,

뜨거운 마음으로 너를 위해 기도하리라.

이보다 더 순박한 표정과 얼굴을

내 일찍이 본 적이 있었던가.

인정과 친근함,

완전한 순진무구함 속에 성숙한 얼굴을.

여기, 세상과 동떨어진 곳에 무심히 뿌려진 씨앗처럼 던져진 너,

그런 네게 새침데기의 부끄러운 표정이나

소녀의 수줍음이 무슨 필요가 있으랴.

네 이마에는 산山 사람의 자유로움이

투명하게 드리워져 있네.

즐거움이 가득한 얼굴!

인간의 온정에서 우러나는 포근한 미소,

너의 눈빛과 손짓에서 흐르는 완전한 품위는

언제나 네 주위를 맴도네.

너에게는 거칠 것이 없구나.

다만 네 안에서 격렬하게 떠오르는 상념을

빈약한 어휘가 따라잡지 못할 뿐.

달콤하게 견디어온 속박,

네 태도에 우아함과 생기를 불어넣는 매혹적인 투쟁,

너는 태풍을 마다치 않고

힘차게 솟아오르는 새처럼

내게 벅찬 감동을 안겨주네.

그 어떤 손이

이토록 아름다운 너를 위해 꽃다발 엮는 일을 마다하랴!

오, 이 얼마나 크나큰 기쁨인가!

이곳, 히스 관목 무성한 골짜기에서

맑은 공기 마시며 너와 함께 지내는 일은!

너처럼 살고, 너처럼 느끼는 일은!

그럼 나는 양치기, 너는 양치기 소녀!

그러나 이 엄숙한 현실보다 더한 한 가지 소망을

너를 위해 꼭 이루고 싶구나.

지금 내겐 넌 거친 바다의 한 줄기 파도,

할 수만 있다면 네게 원하는 게 하나 있다.

이건 기껏해야

평범한 이웃의 소원에 지나지 않는 것이니,

네 목소리를 듣고, 너를 바라볼 수만 있다면 그 얼마나 큰 기쁨일까.

너의 오빠라도 좋고,

너의 아버지라도 좋네. 아니, 너를 위해 이 세상의 그 무엇이 되어도 좋네!

이제 나는 신에게 감사드리네! 이 외딴 계곡으로

나를 이끌어준 그 은총을.

큰 기쁨을 맛보고 나 이제 이곳을 떠나네.

풍요로운 보상을 안고서.

이런 곳에서 우리는

추억의 소중함을, 추억은 영원히 볼 수 있는 눈을 갖고 있음을 알게 된다.

그러니 내가 이별을 아쉬워할 필요가 있겠는가.

나는 이곳이 그녀를 위해 마련된 곳임을 느낀다.

삶이 지속되는 한 이 장소는 그녀에게

지난날과 똑같이 새로운 기쁨을 주리라는 것을.

아름다운 고원의 소녀야.

그리하여 나 기꺼이 흐뭇한 마음으로 너를 떠나리.

지금 눈앞의 전경이 내 백발에 이르도록

변함없이 아름다우리라는 것을 알고 있기에.

저 호수와 계곡과 폭포, 작은 오두막,

그리고 그 모든 것의 정신인 네 모습까지도!

시 읽기를 끝냈다. 그 시는 얼마 전까지만 해도 커다란 나뭇잎에서 똑똑 떨어지는 물을 받아 마실 때처럼 상쾌했다.

그때 그녀가 부드러운 목소리로 말했다. 꿈을 꾸듯 기도하고 있을 때 우리를 깨워주는 오르간의 첫 음정으로.

"나는 당신도 의사 선생님도 이 시에서 그려진 것처럼 나를 사랑했으면 좋겠어요. 우리 이런 식으로 서로를 사랑하고 서로를 믿어야 해요. 그런데 세상은, 물론 나는 세상을 잘 모르지만, 이런 사랑과 믿음을 이해하지 못하는 것 같아요. 우린 이 시에서처럼 행복하게 살 수도 있었을 텐데, 사람들은 이 세상을 온통 우울하게 만들어버렸죠."

그녀는 바로 말을 이었다.

"옛날에는 분명 달랐을 거예요. 그렇지 않다면 호메로스가 나우시카[2]같이 아름답고 건강하며 부드러운 여인을 어떻게 만들어낼 수 있었겠어요. 나우시카는 첫눈에 오디세우스를 사랑하게 되지요. 그러고는 금방 친구들에게 이렇게 말하지요. '저런 남자가 내 남편이 되어 이곳에 머물겠다고 하면 얼마나 좋을까.'라고요. 그러면서도 오디세우스와 함께 시내에 나타나는 것만은 부끄러워했어요. 그에게 '당신처럼 잘생기고 훌륭한 이방인을 집에 데려가면 사람들이 남편을 데려왔다고 수군거릴 것'이라고 솔직하게 털어놓았지요. 모든 행동이 얼마나 소

---

[2] Nausicaa. 호메로스의 『오디세이아』 제6권에 등장하는 여성. 오디세우스가 벌거숭이로 스케리아 섬에 도착했을 때 그를 정성을 다해 보살핌.

박하고 자연스러운지 모르겠어요. 얼마 후, 오디세우스가 아내와 아이들이 있는 고향으로 돌아가야겠다고 말했을 때에도 나우시카는 불평 한마디 없이 그의 눈앞에서 사라졌어요. 저는 그녀가 늠름하고 훌륭한 이방인의 모습을 오랫동안 추억하며, 평온하고 행복한 마음으로 살았으리라는 걸 느낄 수 있어요.

그런데 요즘 시인들은 왜 이런 사랑을 모르는 것일까요? 그처럼 행복한 고백과 그처럼 조용한 이별 말이에요! 최근에 어떤 시인은 나우시카를 여자 베르테르로 만들어버렸어요. 아마도 그건 우리에게 사랑은 이제 결혼이라는 희비극의 전주곡에 불과하기 때문일 거예요. 정말 다른 종류의 사랑은 없는 걸까요? 그와 같이 순수한 행복의 샘물은 완전히 말라버린 것일까요? 사람들은 사랑이 오로지 도취를 위한 묘약일 뿐, 삶에 생기를 불어넣는 샘물이라고는 생각하지 않는 것 같아요."

그녀의 말을 들으니 그 영국 시인이 다음과 같이 탄식하던 시구가 떠올랐다.

만약 이 믿음이 하늘로부터 온 것이라면,

만약 이것이 자연의 성스러운 계획이라면,

사람이 사람을 어떻게 만들든,

한탄할 이유가 어디 있는가.

그녀가 말했다.

"시인들은 정말 얼마나 행복할까요? 시인의 언어는 침묵하는 수많은 영혼 속 가장 깊숙이 숨은 감정을 끄집어내 생명을 부여하니까요. 그들이 만든 노래는 가장 감미로운 비밀의 고백이 되기도 하지요. 시인의 심장은 가난한 사람의 가슴에서도 부자의 가슴에서도 똑같이 고동쳐요. 행복한 사람들은 시인과 함께 노래하고, 슬픈 사람들은 시인과 더불어 눈물짓지요.

하지만 내가 느낀 것을 워즈워스보다 더 잘 표현한 시인은 없어요. 물론 그분의 시를 좋아하지 않는 사람들도 적지 않다는 걸 알고 있어요. 심지어 워즈워스를 시인이 아니라고까지 말하는 사람들도 있어요. 그건 워즈워스가 옛날부터 전해오는 시인들의 상투적 문구나 과장법, 그러니까 시적 감흥이라고 말하는 수사법들을 전혀 사용하지 않기 때문이에요. 그런데 저는 바로 그 점 때문에 이 시인이 좋아요. 진실하기 때문에요. 진실이라는 이 한마디에 모든 것이 들어 있어요! 그분은 풀밭에 돋아 있는 민들레처럼 우리 발밑에 놓여 있는 하찮은 존재들이 얼마나 아름다운지를 깨닫게 만드니까요.

그분은 모든 것을 있는 그대로의 모습으로 솔직히 노래할 뿐, 독자들을 놀라게 하지도 현혹하지도 눈멀게 하지도 않거든요. 그분은 사람들로부터 찬탄을 받으려 애쓰지도 않아요. 단지 사람에 의해 휘거나 꺾이지 않은 존재의 본모습이 얼마나 아름다운지를 보여주고자 할 뿐이에요. 풀잎에 맺힌 이슬방울이 금반지 속에 박힌 진주보다 더 아름답지 않나요? 어딘지도 모를 곳에서 졸졸 흘러나오는 샘물이 베르사유 궁전의 인공 분수보다 더 경이롭지 않나요? 이 시인이 쓴 「고원의 소녀」가 괴테의 헬레나[3]나 바이런의 하이디보다 더 참된 아름다움을 그리지 않나요? 더 사랑스럽고 더 분명하게 말이에요. 그가 사용하는 순박한 언어와 순수한 생각들을 좀 보세요.

우리나라에 그 같은 시인이 없다는 게 정말 안타

---

3 Helena. 괴테의 『파우스트』에서 고전적인 아름다움의 상징으로 내세운 여인.

까워요. 만약 실러[4]가 고대 그리스인이나 로마인들에게 의존하기보다 자기 자신을 더 신뢰했더라면 우리 독일의 워즈워스가 되었을지도 모르지요. 어쩌면 뤼케르트가 궁핍한 조국에서 눈을 돌려 『동방의 장미』에서 고향과 위안을 구하지 않았더라면, 아마 워즈워스에 가장 근접한 시인이 되었겠지요. 있는 그대로의 자기 자신을 완전히 믿는 용기를 가진 시인은 별로 없어요. 하지만 워즈워스는 그런 용기를 갖고 있었어요.

우리가 위대한 사람들의 이야기에 귀를 기울이는 것은 그들이 위대하기 때문이 아니라, 그들 역시 다른 평범한 존재들처럼 천천히 생각을 키워나가면서, 무한을 향한 새로운 전망이 열릴 때까지 인내심을 갖고 기다렸기 때문이니까요. 누구라도 말할 수 있는 것들을 노래하는 워즈워스의 시를 좋아하는 것도 바로 그런 이유랍니다. 위대한 시인들은 평정심을 잃지 않는 것 같아요. 호메로스만 해도 전혀 아름답지 않은 시구들이 얼마나 많아요. 단테도

---

[4] Friedrich von Schiller. 18세기 『빌헬름 텔』을 썼으며 괴테와 더불어 독일 문학의 황금시대를 구축한 위대한 극작가.

마찬가지고요. 핀다로스[5]같은 시인은 많은 사람으로부터 찬사를 받지만, 저는 그 황홀한 시구를 읽을 때 오히려 절망을 느낀답니다.

정말 어떤 희생을 치러도 좋으니 한 해의 여름만이라도 워즈워스가 머물렀던 호숫가에서 시간을 보낼 수 있었으면 좋겠어요. 그가 이름 붙인 모든 장소를 둘러보고, 그가 얕은 도끼 자국 하나 새기지 못하게 보호해 온 모든 나무에게 인사할 수 있다면 얼마나 좋을까요. 그가 묘사했던, 그림이라면 아마 터너[6]같은 화가밖에는 표현하지 못했을, 그런 아득한 석양을 그와 함께 바라볼 수만 있다면 얼마나 좋을까요."

그녀의 말투는 매우 독특했다. 대부분 말의 끝음을 내리는데, 그녀는 질문하듯 문장 끝을 올려 소리내었다. 마치 어린아이가 '아빠, 그렇지 않아요?'라고 물을 때와 같았다. 그녀의 이런 말투에는 간청하는 듯한 뭔가가 들어 있어서, 이견을 나타내기가 쉽지 않았다.

---

5 Pindar. 기원전 6세기경 그리스 출신의 서정 시인.
6 J. M. William Turner. 18-19세기 영국의 화가. 풍경과 바다를 주로 그렸으며, 파리와 이탈리아 등을 여행한 뒤에 그린 후기 작품은 빛과 공기의 작용을 포착하는 데 주력함.

내가 말했다.

"워즈워스는 나도 좋아하는 시인입니다. 시인으로보다 인간으로서의 그를 더 좋아합니다. 가볍게 올라간 작은 언덕이 천신만고 끝에 오른 몽블랑 정상보다 더 아름답고 풍요로우며 생생한 전망을 보여줄 때가 있습니다. 워즈워스의 시도 내게 그런 느낌을 줍니다. 처음에는 그의 시가 진부하게 느껴져 그만 밀쳐둔 적도 있었고, 오늘의 영국 지성인들이 왜 이리도 그를 칭송하는지 이해하기 어려웠습니다. 하지만 어떤 언어로 글을 쓰든 자기 나라 민중이나 정신적 상류층으로부터 인정받는 사람이라면, 우리로서도 충분히 감상할 만한 가치가 있다는 확신이 들었어요. 우리도 남을 칭송하는 법을 좀 배워야 합니다.

많은 독일인은 라신[7]이 마음에 들지 않는다고 하고, 영국인은 괴테를 이해하지 못하겠다고 말하며, 프랑스인은 셰익스피어를 농사꾼이라 부르지요. 이런 일들은 무엇을 의미할까요? 그건 마치 어린아이가 자기는 베토벤의 교향곡보다 왈츠가 더 좋다고

---

7 Jean Racine. 17세기 코르네유와 몰리에르에 이어 프랑스 고전 비극의 완성을 이룬 극작가.

말하는 것이나 마찬가지입니다. 각 민족이 자기 나라의 위대한 인물들에 대해 어떤 점을 칭송하는지를 알아내고 이해하는 것은 일종의 예술입니다.

아름다움을 추구하는 사람이라면 페르시아인들이 자신들의 하피즈[8]를, 또 인도인들이 그들의 칼리다사[9]를 칭송하는 것이 엉터리가 아니라는 사실을 발견하고 또 이해하게 될 것입니다. 위대한 인물을 단번에 이해할 수는 없습니다. 그러려면 힘과 용기와 끈기가 필요하니까요. 첫눈에 마음을 사로잡는 것이 오랫동안 유지되는 경우는 참 드물지요."

"그렇기는 하지만."

그녀가 끼어들었다.

"이 세상의 모든 위대한 시인, 참된 예술가, 모든 영웅에게는 공통점이 있어요. 페르시아인이든 인도인이든, 이교도든 기독교도든, 로마인이든 게르만인이든 상관없이 말이에요. 뭐라고 표현해야 좋을지 잘 모르겠는데, 아무튼 그들에게는 내면에 감추어진 무한함, 영원을 추구하는 시선, 가장 하찮고 덧없는 존재도 성스러운 존재로 승화시키는 무언가

---

8 Hafez. 14세기 페르시아 시인. 자연의 아름다움, 특히 고향을 찬양하는 시를 씀.
9 Kalidasa. 4-5세기 활약한 고대 인도의 대표적 시인이자 극작가.

가 있어요. 위대한 이교도인 괴테도 '하늘에서 내려오는 감미로운 평화'를 알고 있었잖아요. 그래서 그는 그렇게 읊었던 게 아니겠어요?

> 산봉우리마다 깃든 안식,
> 바람 한 점 없는 나뭇가지들,
> 숲속의 새들조차 노래를 멈추었구나.
> 잠시만 기다리라.
> 그대 또한 곧 안식을 얻으리라.[10]

괴테는 이 시를 지으며 높다란 전나무 위로 펼쳐진 무한한 하늘, 지상의 삶이 줄 수 없는 안식의 세계에 머물렀는지 몰라요. 워즈워스의 시에는 이러한 배경이 늘 자리 잡고 있어요. 그를 비난하는 사람들이 뭐라 하건, 인간의 마음을 사로잡고 울리는 것은 우리 눈에 보이지 않는 초월적인 무엇이에요.

미켈란젤로보다 지상의 아름다움을 더 잘 이해했던 사람이 있을까요? 그가 그럴 수 있었던 것은 지상의 아름다움이 초월적인 아름다움의 반영일 뿐이

---

10 괴테 「나그네의 밤 노래」.

라는 것을 잘 알고 있었기 때문이에요. 그가 쓴 소네트를 당신도 아시지요?"

소네트

아름다움이 나를 몰아 하늘로 향하게 한다.
(세상에 내 마음에 드는 것이 아름다움 말고 무엇이 있으리.)
그러면 나는 현존의 몸으로 영의 전당으로 들어선다.
죽어야만 하는 인간에게 이 얼마나 드문 축복이랴!
작품 안에는 이렇듯 창조주가 자리하고 있나니,
나는 작품의 영감을 받아 창조주를 향한 순례의 길을 떠난다.
아름다움에 취한 내 마음을 움직이는,
그 숱한 생각들을 형태로 만들기 위하여.
이렇듯 나는 알고 있다. 내 저 아름다운 눈에서 내가 시선을 떼지 못함은,
신의 낙원으로 가는 길을 비추는 광채가
그 눈에 깃들어 있기 때문임을,
그 눈의 광채를 받아 나의 가슴이 타오르면,
내 고귀한 불꽃 속에는
하늘을 다스리는 온화한 기쁨이 찬연히 반영된다.

그녀는 지쳤는지 이제 말을 멈추었다. 내 어찌 이 침묵을 깰 수 있겠는가. 서로의 마음을 열고 허심탄회하게 생각을 주고받은 후, 흡족한 마음으로 침묵하는 상태를 '천사가 방 안을 날아다닌다[11].'라고 표현하던가. 실제로 평화와 사랑의 천사가 우리 머리 위를 조용히 날아다니는 소리가 들리는 듯했다. 또한 그녀를 가만 바라보고 있으니, 그녀의 사랑스러운 자태가 여름밤의 어슴푸레한 달빛 속에서 성스럽게 변해가고 있었다. 다만 내 손에 쥐어져 있는 그녀의 손만이 현실의 감각을 일깨워주었다.

그때 그녀의 얼굴 위로 한 줄기 밝은 빛이 비쳤다. 그녀도 빛을 느꼈는지 눈을 반짝 뜨더니 의아하다는 얼굴로 나를 바라보았다. 반쯤 감긴 눈꺼풀 아래에서 베일에 쓰인 듯 신비로운 그녀의 눈이 섬광처럼 반짝거렸다. 나는 주변을 둘러보았다. 성을 마주 보고 서 있는 두 언덕 사이에서 보름달이 떠올라 호수와 온 마을을 따뜻하게 비춰주고 있었다. 일찍이 이토록 아름다운 광경, 이토록 아름다운 그녀의 얼굴을 본 적이 없었다. 내 영혼이 이토록 복된 평

---

11 갑자기 이야기가 중단된다는 의미의 독일어 관용구.

안을 느껴본 적도 없었다.

"마리아, 이 성스러운 순간에, 있는 그대로의 내 사랑을 고백하게 해주십시오. 초월적인 어떤 힘이 우리 가까이에 있음을 실감하는 지금, 우리 두 사람이 두 번 다시는 헤어지지 않도록 영혼의 약속을 맺게 해주십시오. 마리아, 사랑이 그 어떤 것이건 간에, 나는 당신을 사랑합니다. 그리고 난 느끼고 있습니다. 마리아 당신이 나의 것이라는 것을요. 왜냐하면 나 또한 당신의 것이기 때문입니다."

나는 그녀 앞에 무릎을 꿇었다. 그러나 감히 그녀의 눈을 쳐다보지는 못하고 그녀의 손에 내 입술을 대고 살짝 키스했다. 그러자 그녀는 주저하듯 잠시 가만히 있더니 갑자기 단호한 태도로 손을 빼냈다. 눈을 들어 그녀의 얼굴을 보니 고통스러운 표정이 역력했다. 그녀는 한동안 침묵을 지키다가 마침내 깊은 한숨을 내쉬면서 몸을 일으켰다. 그리고 말했다.

"오늘은 이만 됐어요. 당신은 내 마음을 아프게 했어요. 그건 물론 내 탓이지만요. 창문을 좀 닫아주세요. 낯선 사람의 손길이 닿은 것처럼 소름이 끼치네요. 내 옆에 있어 주세요. 아니, 아니에요. 당신은 가셔야만 해요. 안녕! 안녕히 가세요. 신의 가호가 우리와 함께하기를 기도하세요. 내일 저녁에 만나요. 기다릴게요."

아, 천국과 같은 평온이 일시에 사라져 버렸단 말인가? 나는 괴로워하는 그녀의 모습을 보았다. 내가 할 수 있는 일이라고는 서둘러 떠나는 것뿐이었다. 영국 부인을 불러 그녀의 곁을 지키게 한 후, 어두운 거리를 혼자 걸어가는 것뿐이었다. 나는 천천히 호숫가를 거닐며, 직전까지도 그녀와 함께 있던 방, 새어나오는 불빛을 바라보았다. 마침내 성의 마지막 창에서 불이 꺼졌다. 달은 점점 더 높이 솟아오르고, 첨탑과 지붕 밑 다락의 창문, 오래된 성벽의 장식들이 환한 달빛 속에 그 모습을 드러냈다.

나는 이곳, 밤의 정적 속에 홀로 서 있다. 머리는 모든 기능이 완전히 멈춘 것처럼 머리가 멍했다. 아무 생각도 할 수가 없었다. 이 세상에 홀로 남겨진 듯한 기분이 들었다. 이제 나를 상대해 줄 사람은 아무도 없음을 느꼈다. 대지는 관이요, 어두운 하늘은 관을 덮는 천과 같았다. 내가 살아있는 것인지, 벌써 죽은 것인지조차 알 수 없었다.

문득 하늘을 올려다보았다. 변함없이 반짝이는 별

들은 궤도를 따라 조용히 움직이고 있었다. 별들은 오직 인간을 비추고 위로하기 위해 존재하는 듯 보였다. 나는 어두운 하늘로 느닷없이 오르게 된 두 별을 떠올렸다. 그러자 감사의 기도가 내 가슴에서 새어 나왔다. 내 천사의 사랑에 대한 감사의 기도였다.

마지막 회상

잠에서 깨었을 때는 태양이 벌써 산마루 위로 올라 창문을 통해 비춰오고 있었다. 이것은 어제의 것과 같은 그 태양인가? 지난밤, 먼 길을 떠날 친구처럼 아쉬운 눈빛으로 우리 영혼의 결합을 축복해주고, 희망이 사라지듯 산 뒤로 저물어간 그 태양이란 말인가. 오늘의 빛나는 태양은 즐거운 축제의 인사를 전하는 어린아이처럼 환한 미소와 함께 방으로 뛰어들고 있지 않은가.

나 역시 어제의 그와 같은 사람인가? 몇 시간 전만 해도 심신이 지칠 대로 지쳐 침대 위로 쓰러졌던 사람이 지금은 삶에 대한 용기, 그리고 신을 향한 믿음으로 차올라, 마치 상쾌한 아침과 같은 생기와 활력을 영혼에서 뿜어내고 있으니 말이다. 만약 수면이 없었다면 인간은 어떻게 되었을까? 우리는 밤마다 찾아오는 수면의 사자使者가 우리를 어디로 데려가는지 모른다. 밤이 되어 수면의 사자가 우리 눈을 감길 때, 그가 다시 우리의 눈을 뜨게 해줄 거라고 과연 누가 보장한단 말인가. 우리를 다시 우리 자신에게 돌려주리라고 그 누가 장담할 수 있겠는가. 최초의 인간이 이 낯선 친구의 품에 안길 때는 필히 용기와 믿음이 필요했을 것이다.

인간 본성에는 뭔가 의지할 만한 것이 없기에, 인간은 믿어야 한다고 생각되는 모든 것을 무작정 믿으며 자신을 거기에 맡겨버린다. 그렇지 않다면 아무리 피곤하다고 해도 자발적으로 눈을 감고 이 낯선 꿈의 세계로 발을 들여놓지는 않았을 것이다. 우리의 나약함과 피로감은 우리로 하여금, 보다 높은 힘에 의지하게 하고 만물의 아름다운 질서에 기꺼이 순종하도록 만든다. 그리고 깨어있을 때건 잠을 잘 때건, 아주 짧은 순간이나마 우리의 영원한 자아를 지상의 자아와 묶어놓고 있는 사슬을 푸는 바로 그 순간, 우리는 생기와 활기를 경험한다.

어제, 흘러가는 저녁 안개처럼 어렴풋하게 내 머리를 스쳐 지나갔던 일들이 갑자기 생생하게 떠올랐다. 나는 어제 우리가 서로에게 속해 있다는 걸 느꼈다. 그것이 오누이 관계든 부자 관계든 약혼자 관계든, 어쨌든 우리 두 사람은 영원히 함께 있어야만 했다. 이제 우리는 우리가 더듬거리는 말로 '사랑'이라고 불렀던 것에 대한 적절한 이름을 찾아야 했다.

> 너의 오빠라도 좋고, 너의 아버지라도 좋네. 아니,
> 너를 위해 이 세상의 그 무엇이 되어도 좋네.

문제는 바로 그 '무엇'의 이름을 찾는 일이다. 세상은 이름 없는 것을 인정하지 않는 법이다. 그녀는 모든 사랑의 원천인 순수하고 인도적인 사랑으로 나를 사랑하고 있다고 고백했다. 그런데 나 역시 온 마음으로 그녀를 사랑하고 있다고 고백했을 때, 왜 그녀는 놀라며 언짢아했을까? 난 아직도 그 점을 좀처럼 알 수 없었다.

하지만 그것은 우리 두 사람이 서로 사랑하고 있다는 내 믿음을 뒤흔들 정도는 아니었다. 자신의 마음에서 일어나는 일조차 미지로 남아 있는데, 어찌 다른 사람의 영혼에서 일어나는 일까지 모조리 알고자 하는가? 자연이든 누군가의 속마음이든 자신의 마음속에서 일어나는 일이든, 우리 마음을 가장 사로잡는 것은 설명할 수 없는 그 '무엇'이 아니던가.

쉽게 이해할 수 있는 인간, 해부용 표본처럼 그 구조가 눈에 분명하게 드러나는 사람들은 우리 마음을 사로잡을 힘이 없다. 흔히 수많은 소설 속 평범한 인물이 그렇듯 말이다. 우리에게서 삶을 향한 관심, 인간에 대한 흥미를 빼앗아버리는 것은 모조리 해명하려는, 그래서 인간 내면에 남은 한 치의 불가사의마저 부인하는 윤리적 합리주의다. 어떤 존재나 이해하기 어려운 점이 있는 법이다. 우리는 그것을 운명이라고도, 영감이나 성격이라고도 부른다.

끝없이 되풀이되는 이와 같은 요소들은 외면한 채, 인간의 모든 행동이나 활동을 분석할 수 있다고 믿는 이는 자기 자신은 물론이고 다른 사람도 이해할 수 없다. 이렇게 생각하고 나니, 나는 간밤에 나를 절망에 빠뜨렸던 일들에 위로를 건넬 수 있었다. 이제 내 미래의 하늘은 구름 한 점 없이 맑을 것만 같았다.

행복한 기분에 도취해 답답한 집에서 벗어나 바람을 쐬려고 나서던 때, 심부름꾼이 내게 편지 한 통을 전해주었다. 아름답고 차분한 글씨체를 보니 마리아로부터 온 편지임을 금방 알 수 있었다.

나는 숨 돌릴 틈도 없이 서둘러 편지를 뜯었다.

이 세상에서 기대할 수 있는 가장 아름다운 사연이 담겨 있으리라 기대하면서. 그러나 내 기대는 금방 무너져버렸다. 편지에는 오늘은 영지에서 손님이 오니 방문하지 말아달라는 부탁뿐이었다. 한마디 다정한 인사도, 건강 상태에 대한 소식도 없었다. 다만 편지 끝에, '내일은 의사 선생님께서 오시니 모레 만나요.'라는 추신이 붙어 있을 뿐이었다.

이렇게 내 인생의 책장에서 이틀이 사라지고야 말았다. 자리를 말끔히 뜯어내어 존재한 적도 없던 시간인 체할 수 있다면 좋으련만. 그럴 수 없지 않은가. 이틀이라는 시간은 감옥의 양철 지붕처럼 내 위에 버티고 서 있었다. 이 시간 역시 살아내지 않으면 안 되었다. 왕이나 거지에게 적선할 수도 없는 노릇이다. 이틀이라면 왕에게는 옥좌를 누릴 수 있는 시간을, 거지에게는 교회 입구에 놓인 돌 위에 앉아 구걸할 수 있는 시간을 벌어줄 텐데.

한동안 난 넋이 나간 듯 있었다. 그런데 문득 아침에 했던 기도가 떠올랐다. '절망보다 더 큰 불신은 없네. 이 세상의 가장 작은 일도, 또 가장 큰 일도 모두 신의 위대한 계획의 일부이니, 아무리 힘들고 괴로운 일이 생겨도 우리는 그 뜻에 순종해야 한다.' 스스로 다짐하지 않았던가. 눈앞의 낭떠러지를 발견한 기사처럼 난 고삐를 힘껏 뒤로 잡아당겼다. '그래야만 한다면, 그렇게 하리라!' 속으로 외쳤다. 하느님이 창조하신 이 땅은 불평과 비탄에 젖어 있을 장소가 아니다. 그녀가 직접 쓴 단 몇 줄의 편지를 받은 것만으로도 얼마나 행복한가. 조만간 그녀를 만나게 된다는 희망이야말로 지금껏 누렸던 그 어떤 행복보다도 큰 것이 아닌가.

머리를 항상 물 밖으로 내놓을 것! 인생의 바다를 능숙하게 헤쳐 나가는 사람들은 모두 그렇게 말한다. 만약 그렇게 할 수 없다면 눈과 목구멍으로 계속 물이 흘러들도록 하느니 차라리 단숨에 물속으로 가라앉는 편이 낫다! 생활에서 마주하는 모든 불행을 신의 섭리라고 생각하기는 어렵다. 불행과 씨름하면서 고단한 일상에서 벗어나 신의 세계로 들어서기란 망설여지는 것이 당연하다. 삶을 신이 부여한 의무로 이해할 수 없다면 적어도, 일종의 예술로 여길 수는 없을까.

삶이 예술이라면, 작은 무언가를 잃고 고통스럽다며 땅을 뒹굴고 원망을 토하는 아이의 모습은 얼마나 추한가. 눈에 눈물이 고였을지라도 금세 기쁨과 천진함이 서린 눈을 반짝이는 아이의 모습보다 아름다운 것은 없다. 마치 봄비에 몸을 떨다가도, 볕이 내려 뺨에 맺힌 눈물을 말려주면 다시금 향기를 퍼트리는 꽃송이와 같다.

이내 나는, 내게 닥친 불행한 운명에도 불구하고 주어진 이틀을 그녀와 함께 보낼 좋은 생각을 떠올렸다. 그건 바로 오래전부터 생각해온 대로, 그녀가 내게 했던 다정한 말과 나를 믿고 털어놓은 갖가지 생각을 기록으로 남기는 일이다. 그렇게 우리가 함께했던 아름다운 시간을 회상하고 더 아름다운 미래를 꿈꾸며 이틀을 보냈다. 그동안 난 그녀와 함께 있었고, 그녀 안에 살았다. 그때 난 그녀의 손을 잡았을 때보다 더 가까이 그녀의 사랑과 영혼을 느꼈다.

그간의 기록은 지금 내게 얼마나 소중한가. 난 이를 읽고 또 읽었다. 그녀가 내게 전한 말들을 잊을까 두려운 것이 아니다. 이 기록은 내 행복의 증인이다. 침묵으로도 천 마디 이상을 나눌 수 있는 친구의 그윽한 눈길이, 이 글 속에서 나를 지켜보고 있다. 행복했던 날의 추억, 괴로웠던 날의 추억, 소리 없이 스쳐 지나간 날에 대한 추억 앞에서는 우리를 에워싸고 속박하던 모든 것이 사라진다. 그렇기에 우리는 이미 오래전 떠난 자식의 잡초 무성한 무덤 위로 쓰러지는 어머니처럼 추억 속에 몸을 던진다. 그 어떤 소망이나 희망도 방해하지 못하는 아득한 과거의 추억에 빠지는 것이다. 어쩌면 이것을 사람들은 슬픔이라고 부를는지 모른다.

그러나 이 같은 슬픔 속에는 행복이 깃들어 있다. 사랑을 해보고, 사랑 때문에 고통을 받아본 자만이 알 수 있는 행복 말이다. 자신의 결혼식에서 썼던 면사포를 딸의 머리에 씌워주며, 먼저 세상을 떠난 남편을 떠올리는 어머니에게 심정을 물어보라. 불행히도 죽음의 곁으로 떠난 사랑하는 여인으로부터 그 옛날 안겨주었던 장미의 마른 꽃잎을 돌려받은 남자에게 기분이 어떠냐고 물어보라. 두 사람은 눈물을 흘릴 것이다. 하지만 그 눈물은 고통의 눈물이 아니다. 물론 기쁨의 눈물도 아니다. 그것은 자신을 신에게 바친 거룩한 희생의 눈물이다. 그들은 신의 사랑과 지혜를 믿으며 소중했던 사람이 조용히 사라지는 것을 지켜본다.

자, 이제 내 회상 속 생생한 과거의 그날로 다시 돌아가 보자. 이틀은 순식간에 지나가 버렸다. 행복한 재회의 순간이 다가올수록 설렘으로 온몸이 떨렸다. 첫날에 나는 도시에서 출발한 마차와 기병들이 성으로 도착하는 모습을 보았다. 성은 많은 손님으로 활기가 넘쳤다. 지붕에는 깃발이 펄럭였고, 정원에서는 음악이 울려 퍼졌다. 저녁이 되자 호수에는 수많은 곤돌라가 떠 있었고 남자들의 노랫소리가 물결 너머로 들려왔다. 나는 노랫소리에 귀를 기울였다. 어쩌면 그녀도 창가에서 노랫소리에 귀를 기울이고 있을지 모르지.

둘째 날도 여전히 성은 떠들썩했다. 그러나 오후가 다가오자 손님들은 하나둘 떠날 채비를 했다. 늦은 저녁, 마지막으로 의사의 마차가 성을 떠나 도시로 향하는 것이 보였다. 나는 더 이상 참을 수 없었다. 그녀가 지금 혼자임을, 그녀 역시 나를 떠올리며 내가 오기를 기다리고 있음을 알면서도, 그녀와 손을 마주 잡지 못한 채 하룻밤을 더 보내야 한단 말인가. 이별을 극복했음에 경탄하며, 내일 아침 새로운 행복 속에 눈 뜰 것이라는 한마디조차 전할 수 없단 말인가.

그녀의 방에 불이 켜진 것이 보인다. 그녀가 왜 혼자 있어야 하는가. 한순간만이라도 그녀의 달콤한 존재를 느낄 수 없는 걸까. 나도 모르는 사이 난 성문 앞에 서 있었고, 막 성문을 두드리려다가 손을 멈추었다. 안 돼! 이렇게 마음이 약해져선 안 된다. 그녀 앞에 한밤중 도둑고양이처럼 나타나는 게 부끄럽지조차 않단 말인가? 내일 아침, 전쟁터에서 돌아오는 개선장군처럼 당당하게 그녀 앞에 나타나도록 하자. 그녀는 지금 개선장군의 머리에 씌워줄 사랑의 월계관을 엮고 있을 테니.

드디어 아침이 밝았다. 난 그녀를 만나러 갔다. 정말로 그녀 옆으로 간 것이다. 육체는 무용하고, 오직 정신만이 존재를 설명한다고 말하지 마라. 완전한 존재, 완전한 의식, 완전한 기쁨은 오직 정신과 육체가 하나일 때에만 가능하니. 정신이 육체가, 육체가 정신이 되어야 하는 것이다. 육체 없는 정신은 존재하지 않는다. 만약 그것이 존재한다면 유령에 불과하리라. 또한 정신 없는 육체도 존재하지 않는다. 만약 존재한다면 그것은 시체에 불과할 것이다. 들판에 핀 꽃이라고 정신이 없을까. 그 꽃 역시 자신에게 생명을 부여하고 유지하는 신의 뜻, 즉 창조주의 마음으로 사물을 보고 있다. 그것이 곧 꽃의 정신이다. 인간의 정신은 말로 표현되지만, 꽃의 정신은 침묵할 뿐. 진정한 삶은 육체적인 동시에 정신적이며, 진정한 기쁨 역시 육체적인 동시에 정신적이다. 따라서 진정한 만남은 육체와 정신이 함께하는 것이다.

지난 이틀간 나를 행복하게 했던 회상의 세계는 그녀를 만나 그녀 곁에 머물 수 있게 되자 한낱 그림자처럼 사라지고 말았다. 난 그녀의 이마와 눈, 그리고 뺨을 어루만지며, 내가 정말 그녀 곁에 있는지 확인하고 싶었다. 밤낮으로 내 마음에 떠오르는 이미지가 아니라 살아있는 존재인 그녀를. 나의 것은 아니지만 나의 것이어야 하고, 나의 것이고자 하는 존재. 나 자신을 믿듯이 신뢰하며, 나와 동떨어져 있을지라도 나 자신보다 더 가까운 존재. 잃게 되면 나의 생명을 생명이 아니게, 나의 죽음마저 죽음이 아니게 만들 그 존재, 잃음과 동시에 하찮은 나의 존재를 한순간 허공으로 사라지게 할 그 존재를 직접 확인하고 싶었다.

나의 그러한 생각과 눈길이 그녀에게 쏟아지는 이 순간, 나는 내 삶이 행복으로 가득 채워짐을 느꼈다. 온몸에 한 줄기 전율이 흘렀고 문득 죽음이 떠올랐다. 그러나 나는 죽음도 두렵지 않았다. 죽음은 사랑을 파괴할 수 없으며, 사랑은 죽음으로 정화되고 순화되어 영원으로 존재하기 때문이다.

포근한 침묵 속에 그녀와 함께하는 시간은 실로 아름다웠다. 영혼의 온갖 깊이가 그녀의 표정에 그대로 나타났다. 그녀의 얼굴을 바라보기만 해도 나는 그녀의 내면 깊은 곳에서 일어나는 모든 일을 보고 들을 수 있었다. 그녀는 '당신은 날 힘들게 해요.'라고 말하고 싶으면서도 그걸 입 밖으로 표현하지 않는 듯했다. '드디어 다시 만났네요. 흥분하지 마세요. 슬퍼하지도 말고, 이유도 묻지 마세요. 두려워하지도 말고요. 잘 오셨어요. 저에게 화내지 말아요.' 그녀의 눈길은 끊임없이 말을 하고 있었다. 하지만 우리는 감히 입을 열어 이 평화를 깨뜨릴 엄두를 내지 못했다.

"의사 선생님에게서 편지를 받았나요?"

그녀가 꺼낸 첫마디였다. 그녀의 목소리가 몹시 떨렸다.

"아니요." 내가 답했다.

그녀는 잠시 입을 다물고 있다가 말을 이었다.

"어쩌면 그게 더 잘된 일인지도 모르겠네요. 내 입으로 직접 말하는 편이 말이에요. 오늘은 우리가 만나는 마지막 날이에요. 우리, 슬퍼하지도 분노하지도 말고 편안한 마음으로 작별하도록 해요. 당신에게 너무 많은 죄를 지었어요. 살랑거리는 바람에도 꽃잎이 떨어질 수 있다는 걸 미처 생각지 못하고, 당신 인생에 너무 깊이 들어섰어요. 내가 세상을 너무 몰랐던 거예요. 나처럼 불쌍한 병자가 당신에게 동정 이상의 감정을 불러일으키리라고는 생각하지 못했어요. 난 당신에게 허물없이 다정하게 대했지요. 어렸을 때부터 우린 친구였고, 또 당신과 함께 있으면 마음이 편했으니까요.

그리고 이 말까지는 하지 않으려고 했는데, 당신을 사랑하고 있으니까요. 하지만 세상은 우리의 이런 사랑을 이해하지도, 용납하지도 않아요. 의사 선생님이 내 눈을 뜨게 해주었어요. 온 성안에 소문이 퍼졌다고 해요. 영주인 동생이 아버지께 이 소문을 알렸고, 아버지는 다시는 당신을 만나지 말라고 내게 명령하셨어요. 당신에게 이런 고통을 안겨주게 된 것은 정말 미안해요. 날 용서해줘요. 그리고 우리 친구로서 헤어지기로 해요."

그녀의 눈에 눈물이 가득 고였다. 그녀는 내게 눈물을 보이지 않으려고 눈을 감았다. 내가 대답했다.

"마리아, 나의 삶은 오직 한 가지로만 이루어져 있습니다. 당신과 함께하는 삶이지요. 내겐 하나의 의지만이 존재합니다. 바로 당신의 의지지요. 그래요. 정직하게 말하겠습니다. 나는 당신을 진정으로 사랑합니다. 물론 내가 부족한 상대라는 걸 느끼고 있습니다. 당신은 고귀함으로나, 신분으로나, 순결함으로나 나와는 비할 수 없을 만큼 높은 곳에 있으니까요. 당신을 아내로 맞이하는 일 같은 것은 감히 상상조차 할 수 없습니다. 그렇지만 우리가 세상을 함께 살아갈 수 있는 다른 길은 없습니다.

마리아 님, 당신은 자유입니다. 나는 희생을 요구할 생각은 추호도 없어요. 세상의 힘은 너무 크지요. 당신의 뜻이 그렇다면 우리는 두 번 다시 만나지 않을 겁니다. 하지만 만일 당신이 나를 진정으로 사랑하고 있다면, 당신이 내게 속해 있다고 느낀다면, 만일 그렇다면 세상 사람들에 대해선 잊어버려요. 그들의 냉정한 판결 따위는 잊어버리도록 합시다. 나는 죽을 때까지 당신을 이 팔에 품고 가겠습니다. 살아서나 죽어서나 항상 당신의 것이 되겠다고 무릎 꿇고 맹세하겠습니다."

그녀가 말했다.

"친구여, 우린 불가능한 것을 바라서는 안 돼요. 만약 우리가 이 세상에서 그렇게 맺어지는 것이 신의 뜻이었다면, 주님께서는 왜 나를 아무것도 할 수 없는 무력한 존재로 만들어 고통받게 하셨을까요? 우리가 일생에서 운명이니 형편이니 사정이라고 부르는 것들이 사실은 신이 예정해놓은 것임을 잊어선 안 돼요. 그걸 거역하는 것은 곧 신의 뜻을 거역하는 일이에요. 그건 비록 어리석은 짓은 아닐지 몰라도 신을 모독하는 일이죠.

신은 별들에게 궤도를 그려주었고, 별들은 신이 정해준 그 궤도 위에서 서로를 만나지요. 인간의 삶도 같습니다. 헤어져야 할 운명을 가진 별이라면 헤어질 수밖에 없어요. 거역해 본들 소용이 없어요. 그것은 세상 질서를 파괴하는 일이니까요. 비록 이해할 수는 없어도 믿을 수는 있어요. 나 역시 당신에게 이끌리는 내 마음이 왜 옳지 않은 것인지는 모르겠어요. 아니, 옳지 않은 일이라고는 말할 수 없고, 또 그렇게 말하고 싶지도 않아요. 하지만 그렇게 해서는 안 돼요. 이제 내 이야기는 끝났어요. 우리 겸손과 믿음으로 순종하도록 해요."

차분하게 말하고 있음에도 불구하고 나는 그녀가 얼마나 괴로워하고 있는지를 느낄 수 있었다. 그렇지만 세상과의 싸움을 그렇게 쉽게 포기하는 것은 부당하다는 생각이 들었다. 나는 그녀에게 고통을 더하지 않기 위해 한 차례 마음을 진정시키곤 말했다.

"만약 지금이 우리가 이 세상에서 만나는 마지막 기회라면, 이러한 희생이 과연 누구를 위한 것인지 묻고 싶군요. 만약 우리 사랑이 어떤 높은 섭리를 어긴 것이라면 겸허하게 수용하겠습니다. 높은 뜻을 어기는 것은 신을 배반하는 일이니까요. 사람들은 때로 신을 속일 수 있다고, 자신의 지혜로 신의 예지를 이겨낼 수 있다고 생각하지요. 하지만 그건 망상에 불과합니다. 이 같은 거인과 감히 싸우려는 인간은 멸망하기 마련이지요. 하지만 우리의 사랑을 가로막는 것이 과연 신인가요? 그건 단지 이 세상 사람들이 떠드는 소문에 불과합니다.

난 인간 사회의 규범을 존중합니다. 비록 요즘 들어서는 그 규범이 변조되고 뒤엉켜버렸다 해도 말입니다. 병든 육체에 인위적으로 만든 약이 필요하듯이, 현재 인류가 이 지상에서 공동체를 유지해 나가기 위해서는, 우리가 비웃는 것일망정 규제나 체면, 혹은 사회적 편견 같은 것이 필요하겠지요. 우리는 이런 신들에게 많은 제물을 바치고 있습니다. 그 옛날 아테네인이 그랬던 것처럼, 우리 사회의 미궁을 지배하는 그 괴물들에게 우린 매년 젊은 남녀를 한 배 가득 실어 보내고 있습니다.

이 세상에서 마음의 상처를 입지 않은 사람이 어디 있던가요? 순수한 감정을 가진 사람은 자신의 날개를 꺾어야만 사회라는 새장에서 편안한 휴식을 취할 수 있는 세상이니까요. 정말 달리 어쩔 수가 없는 일이지요. 당신은 모르겠지만, 내가 아는 몇몇 친구들만 봐도 그와 같은 비극을 몇 권의 책으로 묶을 수 있을 정도입니다.

한 친구는 어떤 소녀와 서로 사랑했습니다. 친구는 가난했고, 그녀는 부자였지요. 두 사람의 아버지와 사촌들이 서로 다투고 비난하는 바람에 결국 두 사람은 가슴에 큰 상처를 입었습니다. 왜 그렇게 되었을까요? 그것은 세상이 중국의 비단이 아니라 미국의 무명을 입은 여자는 불행하다는 편견에 빠져 있기 때문입니다.

또 다른 친구도 어떤 소녀와 서로 사랑했습니다. 그는 신교도였고, 그녀는 가톨릭 신자였지요. 양가 어머니, 목사와 신부들이 다투는 바람에 두 사람은 가슴에 상처를 입었습니다. 왜 그랬을까요? 그것은 삼백 년 전에 카를 5세와 프랑수아 1세, 그리고 헨리 8세가 했던 정치적 게임[1] 때문이었지요.

세 번째 친구도 한 소녀와 서로 사랑했습니다. 남자는 귀족이었고, 여자는 평민이었지요. 양가 자매들이 극구 반대하고 나서는 통에 두 남녀는 마음에 큰 상처를 입었습니다. 왜 그랬을까요? 그것은 일백 년 전에 한 병사가 전장에서 왕의 생명을 위협하는 이를 죽였기 때문입니다. 덕분에 병사는 귀족 칭호와 명예를 얻은 한편 그의 증손은 누군가를 피 흘리게 했던 대가를 톡톡히 치르게 된 것입니다.

통계학자들의 보고에 의하면 매시간 한 사람의 심장이 상처를 입는다고 합니다. 나는 그 말을 믿습니다. 왜 그런 일이 벌어져야만 하나요? 세상 어디에서나 타인 간의 사랑은 인정하지 않기 때문입니다. 남편과 아내의 관계가 아니라면 말이지요. 두 여자가 한 남자를 사랑하는 경우, 한 여자는 희생될 수밖에 없습니다. 또 두 남자가 한 여자를 사랑하는 경우에는 한 남자 또는 두 남자가 다 희생됩니

---

1 카를 5세는 종교개혁가 루터를 박해한 신성로마제국의 황제이며, 프랑수아 1세는 칼뱅을 이단으로 몬 프랑스의 왕. 헨리 8세는 수장령을 공포하여 성공회를 수립한 영국 왕으로, 루터 파의 영국 침투를 경계하는 한편, 로마 가톨릭에서도 분리해 나온 주역. 이들은 왕권 강화와 수도원 재산 활용을 위해 종교개혁을 탄압하기도, 이용하기도 함.

다. 왜 그럴까요? 결혼을 염두에 두지 않는다면 누구도 사랑할 수 없는 걸까요? 누군가를 자신의 소유로 만들겠다는 탐욕이 아니라면 그녀를 쳐다보아서도 안 되는 건가요?

당신은 눈을 감고 있군요. 내가 말을 너무 많이 한 것 같아요. 아무튼 세상은 인생에서 가장 성스러운 것을 가장 천박한 것으로 만들어버립니다.

마리아 님, 이제 그만하겠습니다. 우리가 이 세상에 살면서 세상과 소통하고 세상과 상대하려면 사람들의 언어를 사용해야겠지요. 하지만 두 영혼이 시끄러운 저 바깥세상에는 신경 쓰지 않고 순수한 마음의 언어로 대화할 수 있을 때에는 우리의 성스러움을 지키도록 합시다. 자신들이 옳다는 것을 인식하고 세상의 고리타분한 인습에 맞서는 고귀한 사람들의 이 같은 은둔, 용기 있는 저항을 세상에서도 존중하니까요.

세상이 말하는 체면이나 예절, 그리고 편견은 담쟁이덩굴과 같답니다. 녹색 담쟁이덩굴은 줄기와 뿌리를 무수히 뻗어 견고한 성벽을 아름답게 장식합니다. 그렇지만 우리 몸을 완전히 뒤덮을 만큼 무성해지도록 내버려두어서는 안 됩니다. 그렇게 되면 그것들은 우리 몸의 온갖 틈새로 파고들어 우리 마음을 파괴할 수도 있으니까요.

마리아 님, 나와 하나가 되어주십시오. 당신 마음이 시키는 대로 하십시오. 지금 당신 입술에서 나오는 말이 당신과 나의 삶, 당신과 나의 운명을 영원히 결정할 겁니다."

나는 입을 다물었다. 내가 잡고 있는 그녀의 손이 내 뜨거운 심장의 고동 소리에 화답하고 있었다. 그녀의 가슴속에는 파도가 일고 폭풍우가 쳤다. 내 앞에 놓인 하늘은 폭풍우가 구름을 밀어내는 것처럼 그 어느 때보다 더 아름다웠다.

"당신은 왜 나를 사랑하지요?"

그녀가 결정의 순간을 좀 더 미루려는 듯 나직한 목소리로 물었다.

"왜냐고요? 마리아 님, 어린아이에게 왜 태어났는지를 물어보십시오. 꽃에게 왜 피어났느냐고 물어보십시오. 태양에게 왜 빛나는지를 물어보십시오. 난 당신을 사랑할 수밖에 없기에 당신을 사랑하는 겁니다. 이것으로도 부족하다면, 당신 옆에 놓인, 당신이 그토록 좋아하는 책으로부터 말을 빌려 답하도록 하지요.

가장 선한 것은 가장 사랑하는 것이어야 한다. 이 같은 사랑에서는 필요와 불필요, 이로움과 해로움, 얻는 것과 잃는 것, 명예와 불명예, 칭찬과 비난 같은 것을 따져서는 안 된다. 진실로 가장 고귀한 것은 그것이 가장 고귀하고 선한 까닭으로 가장 사랑하는 것이어야 한다.

인간은 외면으로 내면으로 그것을 추구하며 살아가야 한다. 여기서 외면이라 함은, 피조물 가운데 어떤 존재는 영원한 선을 다른 존재보다 많이 가지고 있으며, 존재에 따라 영원한 선은 더 많은 빛을, 혹은 더 적은 빛을 발한다는 뜻이다. 따라서 영원한 선이 가장 크게 빛나는 존재가 모든 피조물 중 가장 사랑받는 것이며, 이와 같은 일이 가장 약하게 일어나는 존재는 가장 약한 존재이리라.

우리가 이런 차이를 인정한다면, 가장 선한 이를 사랑함을 의심치 않고, 선한 이와 하나 되기를 애써야 한다······.

마리아, 당신은 내가 알고 있는 사람 가운데 가장 선한 존재입니다. 그래서 나는 당신에게 이끌리고, 당신을 사랑하죠. 그래서 우리는 서로 사랑하는 것입니다.

당신 가슴속에 있는 말을 하십시오. 당신은 나의 것이라고 말입니다. 당신의 가장 깊은 내면에 있는 감정을 부인하지 마십시오. 신은 당신에게 고통스러운 삶을 주셨지만, 신은 또 당신에게 나를 보내어 고통을 나누도록 하셨습니다. 당신의 고통은 곧 나의 고통이어야 합니다. 우린 그 고통을 함께 짊어지고 가야 합니다. 무거운 돛을 단 배가 인생의 폭풍우를 뚫고 마침내 안전한 항구로 들어가는 것처럼 말입니다."

그녀의 마음은 차츰 고요해졌다. 마치 저녁노을처럼 그녀의 뺨이 붉게 달아올랐다. 그녀는 눈을 크게 떴다. 태양이 다시 한번 신비롭게 빛나기 시작했다. 그녀가 말했다.

"나는 당신 것이에요. 그건 신의 뜻이에요. 지금 이대로의 나를 받아주세요. 내가 살아 있는 한 나는 당신 것이에요. 신께서 우리를 보다 아름다운 세상에서 다시 하나 되게 하시어 당신의 사랑에 보답할 수 있게 되기를 빌게요."

우리는 서로를 껴안았다. 내 입술이 지금 막 내 삶에 축복의 말을 해준 그녀의 입술을 부드럽게 덮었다. 시간은 우리를 위해 멈추었고 주변의 세상도 전부 사라져버렸다. 그 순간 그녀에게서 깊은 한숨이 새어 나왔다. '아, 하나님, 이 행복을 용서해주소서.'라고 그녀가 속삭였다.

"자, 이제 나를 혼자 있게 해주세요. 더 이상 견딜 수가 없어요. 또 만나요. 나의 친구, 나의 사랑, 나의 구원자여!"

그것이 내가 그녀에게서 들은 마지막 말이었다. 아니, 그렇지는 않았다. 집으로 돌아온 나는 불안한 꿈을 꾸었다. 의사가 찾아온 것은 자정이 막 지날 무렵이었다.

"우리의 천사가 천국으로 가셨다네. 이것이 자네한테 보내는 그분의 마지막 인사일세."

그는 한 통의 편지를 건네주었다. 편지 속에는 일찍이 그녀가 내게 주었고 내가 그녀에게 돌려주었던, '주님의 뜻대로'라는 글귀가 새겨진 반지가 들어있었다. 반지는 아주 오래된 종이에 싸여 있었는데, 그녀는 그곳에 어린 시절 내가 그녀한테 전했던 말을 적어 놓았다.

'당신의 것이 곧 제 것입니다. 당신의 마리아.'

우리는 몇 시간 동안 한마디 말 없이 앉아 있었다. 그건 감당하기 힘들 정도로 큰 고통이 찾아왔을 때 신이 우리에게 베푸는 일종의 정신적 마비 상태였으리라. 마침내 의사가 자리에서 일어나 내 손을 잡고 말했다.

"오늘이 우리가 만나는 마지막 날일세. 자넨 여기를 떠나야 하고, 나 또한 살날이 얼마 남지 않았으니 말이야. 다만 자네에게 꼭 해주고 싶은 말이 하나 있네. 그건 평생 내 가슴속에만 간직하고 누구한테도 털어놓지 않은 비밀이라네. 그것을 누구든 한 사람한테만은 고백하고 싶었네.

내 말을 잘 듣게. 오늘 우리 곁을 떠난 영혼은 참으로 아름다운 영혼이었지. 탁월하고 순수한 정신과 깊고 정직한 마음의 소유자였어. 나는 마리아처럼 아름다운 영혼을 가진 또 한 사람을 알고 있네. 아니, 그보다 더 아름다운 영혼이었지! 바로 마리아의 어머니라네.

나는 마리아의 어머니를 사랑했고, 그분도 나를 사랑했네. 그런데 우리는 몹시 가난했지. 나는 우리 두 사람을 위해 세상이 흔히 말하는 명예로운 지위를 얻으려고 싸워왔네. 그러는 동안 젊은 후작이 나의 약혼녀인 그녀를 사랑하게 됐지. 그는 내가 모시던 영주였다네. 그분은 그녀를 진심으로 사랑했어. 그녀를 위해서라면 어떤 희생을 치르더라도 불쌍한 고아에 불과한 그녀를 후작 부인으로 맞이할 각

오가 되어 있었지. 나 또한 그녀를 진심으로 사랑했네. 그녀를 향한 내 사랑의 행복을 희생시키기로 결심했지. 나는 그녀에게 지난날 했던 약속을 취소한다는 한 통의 편지를 남기고 고향을 떠났다네.

그 후 나는 오랫동안 그녀를 만나지 못했어. 그녀를 다시 만난 것은 그녀의 임종 자리였네. 그녀는 첫딸을 낳다 돌아가셨지.

이제 자네는 내가 왜 그렇게 마리아를 사랑했는지, 왜 그토록 마리아의 생을 하루라도 더 연장하기 위해 애썼는지 이해했겠지. 마리아는 내 마음을 이 세상에 묶어두는 유일한 존재였다네. 이제 자네도 내가 그랬던 것처럼 삶을 짊어지고 가야 하네. 부질없는 슬픔에 빠져 헛된 나날을 보내지 말게. 이웃을 돕고, 그들을 사랑하도록 하게. 그리고 이 세상에서 그녀같이 아름다운 영혼을 알게 되고, 사랑할 수 있었음에 신께 감사드리게. 그녀를 잃은 것까지도 말이야."

"신의 뜻대로 하겠습니다."

나는 대답했다. 우리는 그렇게 세상에서의 영원한 작별을 했다.

그로부터 며칠이 지나고, 몇 주가 지났다. 또 몇 달이 지나고, 몇 년이 흘렀다. 그러는 사이 내게 고향은 어느덧 타향이 되었고, 타향은 고향이 되었다. 그러나 그녀를 향한 내 사랑은 아직도 남아 있었다. 한 방울의 눈물이 거대한 바다에 떨어지듯이, 그녀를 향한 나의 사랑은 살아있는 거대한 인류의 바다에 떨어져, 수백만 명의 '낯선 사람들'의 마음에 스미고 그들을 감싸 안았다. 어린 시절부터 내가 그토록 사랑해 왔던 낯선 이들의 마음에.

하지만 오늘처럼 조용한 여름날, 푸른 숲속 자연의 품에 혼자 머무를 때면 저 바깥세상의 존재를 그만 잊어버린다. 마치 이 세상에 오직 나 홀로 외톨이로 살아가는 듯한 기분에, 추억의 무덤가에서 무언가 꿈틀거리기 시작하는 것이다.

까맣게 잊었던 생각들이 떠오르고, 강렬한 사랑의 불길이 가슴속에 되살아난다. 그리고 난 변함없이 깊고 신비로운 눈길로 나를 바라보는 아름다운 존재, 그녀를 향해 달려간다. 그러면 수백만 명의 타인들을 향하던 사랑이 단 한 사람, 오직 나의 수호천사를 향한 사랑으로 바뀐다. 그리하여 나의 상념은 유한하고도 영원한 사랑의 신비로운 수수께끼 앞에서 입을 다물고 마는 것이다.

작품 해설

사랑은 뜨겁지 아니하고, 가슴 아픈 철학이다

김호경 (소설가)

사랑이 아니라 신이 주제인 소설

성문 앞 우물 곁에 서있는 보리수
나는 그 그늘 아래서 단꿈을 꾸었네
가지에 희망의 말 새기어 놓고서
기쁘나 슬플 때나 찾아온 나무 밑

누구라도 기억을 더듬어보면 고등학교 때 배운 이 노래가 떠오를 것이다. 제목은 '보리수'이다. 슈베르트의 가곡 〈겨울 나그네〉의 5번째 곡으로 유명하다. 이 노래가 작곡된 해는 1827년이다. 원래 빌헬름 뮐러가 발표한 「아름다운 물방앗간 아가씨」, 「겨울 나그네」 등의 시를 노래로 만든 것이다. 낭만파 서정 시인인 그는 1823년, 29세에 아들 막스 뮐러를 낳았다. 막스 뮐러는 아버지와 달리 시나 소설을 쓰지 않고 언어학, 종교, 문화학을 공부한 뒤 영국으로 건너가 옥스퍼드대학 교수로 있으면서 동양 고전에 대해 연구했다.

그의 저서들은 『언어학 강의』, 『인도 6파 철학』, 『종교의 기원과 생성』 등 모두 전문서다. 그런데 정작 세상 사람들에게 널리 알려지고 꾸준히 읽히고 있는 책 한 권이 빠져 있다. 바로 『독일인의 사랑』이다. 심지어 뮐러의 연보에서조차 이 책은 소개되어 있지 않다. 근엄한 종교학자에게 마이너스가 된다고 생각하여 뺀 것일까? 1856년, 그가 33세일 때 간행된 이 책은 뮐러의 유일무이한 소설이다. 발표 이후 2025년까지 169년 동안 세계 여러 나라에서 읽히고 있음에도 큰 오해를 안고 있다.

제목에 사랑이라는 단어가 있기 때문에 이 책을 읽기 전부터 제목만으로 '사랑에 관한 소설'로 지레짐작하거나 유추한다는 점이다. 심지어 책을 다 읽은 후에도 사랑 소설로 평하는 사람도 있다. 마치 법정의 『무소유』를 '아무것도 소유하지 말라'고 주장하는 책으로 이해하는 것과 같다. 그래서 이 책의 독후감이나 평을 보면 "순수하고 아름다운 플라토닉 사랑", "청춘 시절의 풋풋한 첫사랑" 등이 주를 이룬다. 물론 『독일인의 사랑』은 주인공인 '나'와

'마리아'와의 만남과 헤어짐, 그로 인한 슬픔을 묘사하고 있지만 사랑이 아니라 신神이 주제이다. 당연히 여기에 대해서도 논박이 있겠으나 해석은 각자의 몫이다. 또 하나, 이 책은 분량이 길지 않기에 금방 읽을 수 있다고 생각한다는 점이다. 그러나 대부분의 독일 소설이 그러하듯 이 소설 또한 읽기 쉽지 않고, 중간중간 지루함과 난독難讀의 덫이 도사리고 있다. 펜을 들고 밑줄을 쳐가며 읽기를 권한다.

'신의 뜻'은 어떻게 작용할까?

이 소설은 '머리말'에서 시작하여 '첫 번째 회상'을 거쳐 '마지막 회상'까지 아홉 장으로 되어 있다. 내용은 무척 단순하다. 독일의 어느 마을에 사는 '나'가 어렸을 때 마리아라는 귀족 여성을 우연히 만나 아슬아슬하게 만남을 이어가다가 그녀가 죽음으로써 젊은 날의 인연이 끝난다는 내용이다. 아슬아슬한 이유는 '나'는 평민인데 반해 그녀는 귀족이며, '나'는 건강한 청년임에 반해 그녀는 심장병에 걸려 있기 때문이다.

마리아는 백작의 지위를 갖고 웅장한 성에서 살았다. '나'는 7~8살 무렵 학교가 끝나면 그 성에서 어린 공자들과 함께 놀고 공부도 했다. 어느 날 그곳에 마리아가 나타났다. 그녀의 정확한 나이는 알 수 없으나 '나'보다 서너 살 많은 것으로 추정된다. 그녀는 몸이 너무 허약해 침대 의자에 누워 생활해야 했다. 어느 봄날, 그녀는 아이들이 놀고 있는 방으로 실려와 이렇게 말했다.

"오늘은 내 생일이야. 오늘 새벽에 난 견진성사를 받았어. 그러니 이젠 언제라도 기꺼이 하느님 곁으로 갈 수 있게 되었지."
"물론 언제까지 너희와 함께하고 싶지만. 언젠가 내가 너희 곁을 떠나더라도 나를 기억해 주기를 바라고는 한단다. 그래서 너희에게 반지를 하나씩 선물하려고 해."

그녀는 네 개의 반지를 동생들에게 주고 이윽고 마지막 반지를 '나'에게 주었다. 반지에는 "신의 뜻대로"라고 새겨져 있었다. 그러나 '나'는 반지를 마리아에게 되돌려주며 말한다.

"이 반지를 나에게 선물하고 싶다면, 그냥 당신이 갖고 있도록 하세요. 당신의 것이 곧 제 것이니까요."

마리아는 반지를 되돌려 받으며 '나'를 깨우쳐 준다.

"넌 지금 네가 무슨 말을 했는지 잘 모를 거야. 너 자신을 이해하는 법을 깨우치도록 해. 그러면 언젠가 너도 행복해지고, 다른 많은 사람도 행복하게 만들 수 있을 거야."

마리아가 동생들과 '나'에게 반지를 나눠주는 행위는 자신의 죽음이 다가오고 있다는 뜻이며, 그렇게 될지라도 자신을 잊지 말라는 당부이다. 그러나 '나'는 그 당부를 거절한다. 마리아는 그 거절에 대해 마음 아파하지 않고 오히려 '나' 자신이 무슨 말을 하고 있는지 모르고 있음을 일깨워준다. 훗날 내가 다시 마리아를 만날 때, 반지에 새겨진 "신의 뜻"은 어떻게 작용할까? 나는 내가 무슨 말을 하고 있는지, 과연 알게 될까?

나는 그녀 곁에 있을 때만 살아있다

대부분 사람은 자신이 무슨 말인가를 하고 있을 때 그 말이 '무슨 말인지 안다'고 생각한다. 즉 자신이 어떤 행위를 할 때 '그 행위가 무엇이며, 어떤 의미가 있는지 안다'고 생각한다는 것이다. 정말 그럴까? 누군가에게 "나는 너를 이해한다." 혹은 "사랑한다."라고 말한다면, 그는 그 말의 의미를 정말 알고 있는 걸까?

자신이 하는 말의 의미를 정확히 아는 사람은 많지 않다. 요즘의 세대는 타인을 이해하지 못한 채, 자기 자신을 돌아볼 여유조차 잃어가고 있다. 이해와 공감을 하지 못하기 때문에 서로를 경계하며, 자신만의 세계에 갇히곤 한다. 닫힌 세계가 아닌 열린 세계에서 꿈을 이루기 위해서는 나의 말과 행동이 어떤 의미가 있는지 먼저 깨달아야 한다. 내가 진정 믿어야 할 것—예컨대 사람, 신념, 삶의 태도—을 찾아가기 위해서는 깊은 사고와 대화가 필요하다.

무슨 말인가를 하고는 있지만 그 말이 무슨 말인지를 스스로 알지 못하면 아무것도 이룰 수 없다. 이는 행동에서도 마찬가지다.

"살아가는 동안 누구나 한 번쯤은, 목적지도 알지 못한 채 먼지 투성이 포플러 가로수 길을 끝없이 걷는 듯한 시기를 경험한다."

어디로 가고 있는지조차 모른 채 걷는(행동) 이유는 자신이 했던 말과 행동의 의미가 무엇인지 모르기 때문이다. 사람의 방황을 담은 이 책은 남녀 간의 사랑 이야기라기보다, 종교와 종교인의 잘못된 사고방식과 행동에 대한 비판을 통해 삶을 성찰하게 하는 잠언서箴言書에 가깝다.

다행인지 불행인지 마리아는 삶을 계속 이어가고 '나'와의 대화도 지속한다. 『독일신학』이라는 책을 바탕으로 과연 하느님은 누구이고, 진리는 무엇이고, 믿음은 무엇인가를 놓고 매우 어려운 토론을 벌인다. 그 끝에 나는 마리아를 사랑하고 있음을 깨닫는다.

"그녀 옆에 있을 때에만 살아있음을 느끼는데, 그녀를 다시는 보지 말라고? 그녀 옆에 있을 수만 있다면 아무 말 하지 않아도 좋다. 그녀가 잠에 들어 꿈을 꿀 때 그저 창가에 서 있기만 해도 좋다."

그러나 운명은 사람의 의지를 따라가지 않고 신의 뜻대로 움직인다. 어쩌면 참된 사랑도, 삶도 그러할 것이다. 마리아와 '나'가 어떤 사랑을 이루게 될 것인지, 신의 뜻은 어떻게 작용할 것인지 섣불리 예측할 수 없다.

더 알아보기

1. 비교하며 읽기

『독일인의 사랑』은 여러 출판사에서 번역 간행되어 폐간된 책까지 포함하면 100여 종이 넘는다. 1970년대 간행된 책과 2000년대 이후에 간행된 책을 비교하면서 읽으면 번역의 변화를 느낄 수 있다.

2. 저자 없는 책

이 소설에서 주요 테마 중 하나로 등장하는 『독일 신학』은 14세기 후반에 쓰인 책으로 저자는 누구인지 모른다. 1516년 마르틴 루터가 책으로 간행했다.

3. 마리아와 시

이 소설에는 플라텐August von Platen-Hallermünde, 안겔루스 질레지우스Angelus Silesius, 매튜 아놀드Matthew Arnold, 윌리엄 워즈워스William Wordsworth 등 여러 시인과 학자의 시가 등장한다. 마리아가 종일 침대에 누워 할 수 있는 일은 시집을 읽는 것뿐이지 않았나 싶다.

독일인의 사랑

초판 1쇄 인쇄 2025년 9월 1일
초판 1쇄 발행 2025년 9월 10일

지은이	막스 뮐러
옮긴이	강명순
펴낸이	정용철
편집	이민애, 박혜빈, 강시현
디자인	김현주, 구세영, 이예은
콘텐츠 총괄	정다정
영업·마케팅	김상길, 이성수, 권지은, 정황규, 어은진, 최서연
경영지원	송윤경, 김나현
펴낸곳	㈜좋은생각사람들
주소	서울시 마포구 월드컵북로22 영준빌딩 2층
이메일	book@positive.co.kr
출판등록	2004년 8월 4일 제2004-000184호
ISBN	979-11-93300-48-0 04800
	979-11-93300-60-2 04800 (set)

- 책값은 뒤표지에 표시되어 있습니다.
- 이 책의 내용을 재사용하려면 반드시 저작권자와 ㈜좋은생각사람들 양측의 서면 동의를 받아야 합니다.
- 잘못 만들어진 책은 구입하신 곳에서 바꿔 드립니다.

좋은생각은 긍정, 희망, 사랑, 위로, 즐거움을 불어넣는 책을 만듭니다.
ⓘ positivebook_insta ⓗ www.positive.co.kr